문득(文得) 여행

문득(文得) 여행

대작가들의 인생과 여행 이야기

1판 1쇄 펴냄 2018년 3월 12일

지 은 이 정원경
발 행 인 강정미
펴 낸 곳 모노폴리

편 집 장 배상연
기획편집 신동욱
마 케 팅 김민수
일러스트 정진수

출판등록 2005년 8월 9일 제2005-48호
주 소 (14157) 서울시 마포구 마포대로 63-8(도화동, 삼창빌딩) 1442호
대표전화 02-3272-6692 팩시밀리 02-3272-6693
홈페이지 www.mpmusic.co.kr
이 메 일 bsy1008@hanmail.net

ISBN 978-89-91952-32-4 (03800)

문득(文得) 여행

대작가들의 인생과 여행 이야기

정원경 지음

들어가며

여행을 떠날 때마다 우리는 인생의 터닝포인트를 기대합니다. '뭔가 달라져야 하지 않을까?' 하고 생각하는 순간 가장 먼저 떠오르는 것도 여행이죠. 대작가들도 그랬습니다. 그들은 문득 떠난 여행에서 또 다른 문을 보았고(門得), 그것을 걸작으로 써냈습니다(文得).

이 책은 대작가들의 인생과 여행에 대한 책입니다. 그들의 여행을 '도피, 유랑, 모험, 순례, 역사기행'으로 나누고, 각각 그들이 어떤 때 여행을 떠났고, 거기서 무엇을 보았으며, 돌아와서 어떤 걸작을 써냈는지를 살펴봅니다. 문학의 별들과 지구별의 곳곳을 함께 둘러보는 여행인 셈입니다.

여행기라는 것이 보고, 듣고, 생각한 것을 그대로 쓰면 되는 글이다 보니 문학적으로 큰 대접을 받지 못합니다만, 저는 같은 이유로 여행기를 좋아합니다. 순간순간 마주치는 낯선 풍경에 대한 반응에서 그 사람의 인격과 취향이 그대로 드러나기 때문입니다. 여행자에게 여행은 하나의 시험대가 됩니다. 자신이 인간적으로 얼마나 성숙했는지를 스스로 점검할 수 있는 기회이기도 하니까요. 자칭 여행기중독자라 할 정도로 꽤 오랫동안 여행기를 읽고 나서야 결국 좋은 사람이 좋은 여행을 할 수 있다는 단순한 진리를 깨달을 수 있었습니다.

생각보다 많은, 아니 거의 모든 대작가들이 그들의 여행을 여행기로 남겨놓았습니다. 대작가들도 여기서는 우리와 같은 여행자요, 외로운 이방인입니다. 우리는 그들의 여행기를 통해 우리는 위대한 작가의 민낯을 가장 가까이서 볼 수 있습니다. 여행기가 데뷔작이나 출세작인 경우가 의외로 많고, 여행기 자체가 걸작인 경우는 더 많죠. 그것을 하나하나 찾아 읽는 것은 색다른 문학기행인 동시에 새로운 수많은 여행지를 발견하는 흥미진진한 탐험입니다. 작가들의 여정과 자취는 그 자체로 특별한 여행 정보가 되기도 하는데, 덤이라 하기엔 너무 큰 재미와 보람을 그 속에서 찾을 수 있습니다.

같이 여행을 다녀 본 바로 그들은 역시 좋은 사람이요 위대한 작가였습니다. 누가 대작가 아니랄까봐 한숨을 내쉴 때마저 깊은 울림과 유머를 뿜어냅니다. 그 여행길 곳곳에 '인생의 진실'과 '창작의 비밀'이 숨어 있죠. 걸작에서와 달리 더 없이 솔직하고 친근한 그들의 고백을 듣고서야 저는 그들을 제대로 알게 되었고, 그들의 작품을 제대로 즐길 수 있었습니다. 그리고 그 유익한 경험을 나누고 싶은 마음에 여행하수, 문장은 더 하수임에도 불구하고 작가들의 여행에 대한 책을 쓰게 되었습니다.

긴 여행을 마칠 즈음, 많은 별들이 여러분의 친구가 되어 있기를, 그들의 작품을 다시 펼쳐보시게 되시기를, 그들과 함께 보았던 풍경 속으로 여행을 떠나게 되시기를 바라며… 이제 우리 열차 정시에 출발합니다!

차례

Chapter. 4. 순례, 두 번 살다 204

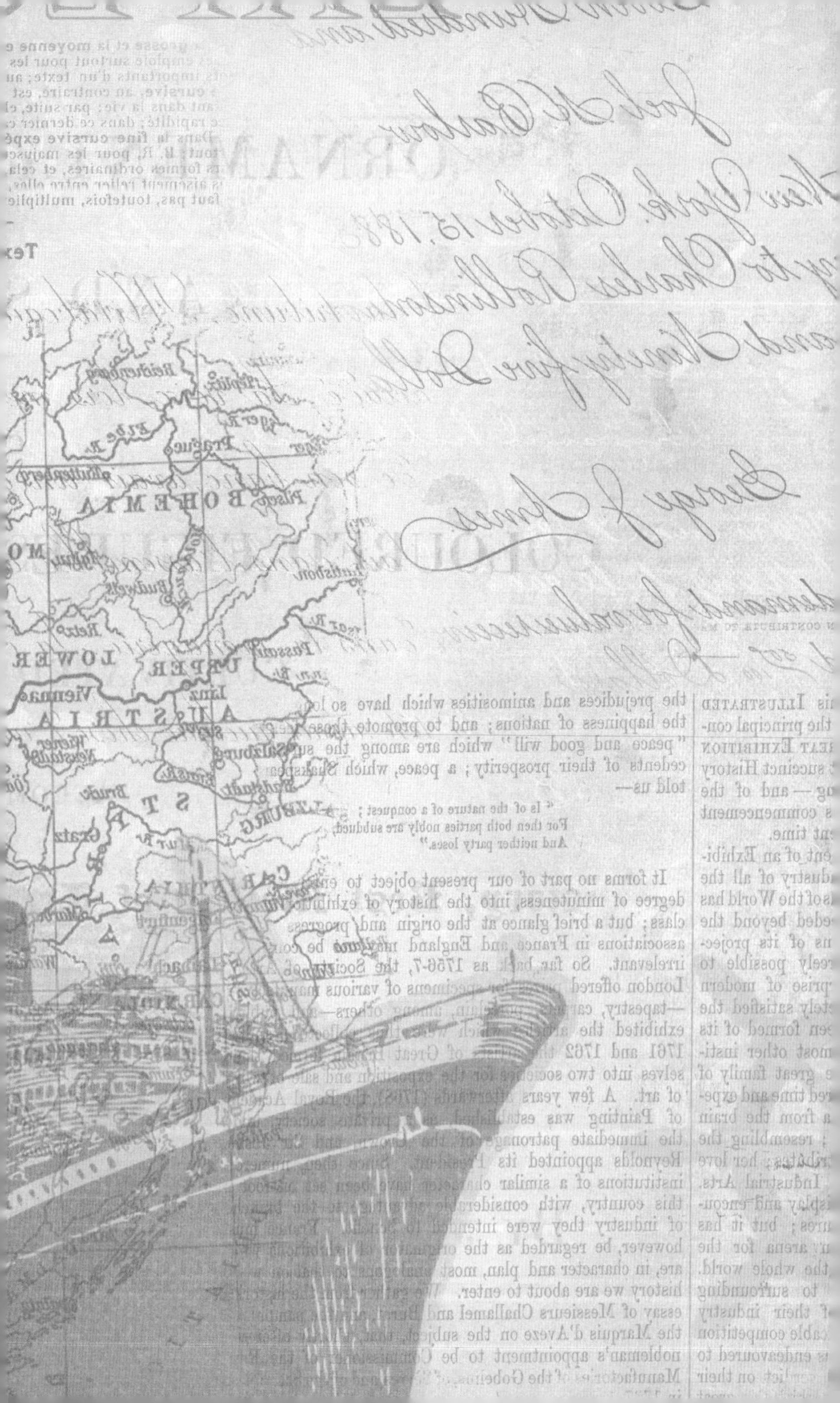

Chapter 1.

도피, 숨어서 울다

Chapter 1.

도피, 숨어서 울다

작가는 왜 글을 쓰는가? 내가 본 것, 내가 한 생각을 다른 사람과 나누고 싶기 때문이다. 뭔가 얘깃거리가 생기면 작가는 일단 쓰기 시작한다. 나의 이야기에 귀 기울여 줄 사람들을 상상하면서 혼자 책상에 앉아 온 세상을 상대로 씨름을 한다. 그렇게 긴긴 시간 기약 없이 환희와 좌절을 오간다. 그것이 작가의 삶이다.

하지만 노력이 작품의 완성을 보장하지는 않는다. 노력으로 된다면야 철근으로 바늘인들 못 만들까마는 현실은 그렇지 못하다. 엄청난 노력만 쏟고 완성하지 못하는 경우가 많고, 마침내 완성했지만 재미없는 경우는 더 많다. 쉽게 썼는데 재미있는 작품이 나올 수도 있다. 그러나 그런 재능을 타고나기는 더더욱 어렵고, 재능이 아니라면 그 이전에 엄청난 노력이나 삶의 곡절이 반드시 있다. 작가에게 보장된 것은 아무것도 없다. 그저 순간 스쳐간 하나의 영감을 부여잡고 하루하루 애쓸 뿐이다.

하나하나의 작품이 그렇게 어렵게 태어난다. 하지만 작품의 완성은 진짜 전쟁의 시작일 뿐이다. 자신의 특기와 치부가 모두 담겨 있는 그 이야기를 얼마나 많은 사람들이 공감해 줄 것인가? 작가는 거만한 평론가와 냉정한 대중 앞에 알몸으로 선다. 작품을 쓴 죄로 자진해서 단두대에 오른다. 폭죽이 터질지, 칼날에 목이 잘릴지, 아니면 무관심 속에 알몸인 채로 방치될지 아무도 모른다. 이 전쟁에 예외는 없다. 그가 아무리 유명한 작가라 해도.

작품을 완성하지 못하거나, 작품으로 인해 비난을 받았을 때 작가가 느끼는 상실과 절망은 말로 다 표현하기 힘들다. 작품이 이미 던져진 마당이니 아무리 말해봐야 오해는 풀리지 않고, 대중 앞에서 눈물을 보인다면 그보다 못나 보일 수가 없다. 급기야 죽어 버릴까 생각하다가도 억울해서 죽지도 못한다. 일 분 일 초가 백년, 하루하루가 지옥이 된다.

그럴 때, 바로 그럴 때, 대작가들은 여행을 떠났다. 때로는 살기 위해 여행을 떠나기도 한다. 이것이 도피이다. 철자법이 틀렸다고 비평가들로부터 개무시를 당한 '안데르센', 어머니의 교육열에 시달리며 방황한 '하이네', 동성애 소설을 썼다고 패륜아로 몰린 '앙드레 지드', 답답한 청교도적 가정을 떠나 아프리카로 간 '카렌 블릭센'이 그랬다.

그들은 다른 세계로 떠나 혼자 울면서 영혼을 치유했다. 낯선 사람들에게서 위안을 받았고, 온전한 인간이 되어 돌아왔으며, 여행에서 얻은 영감으로 새로운 작품에 도전했다. 그리고 마침내 온 인류가 기억하는 걸작을 남겼다.

안데르센의 지중해 여행 지도
덴마크
코펜하겐
함부르크
벨로루시
폴란드
라이프치히
독일
체코
우크라이나
(잘츠부르크)
볼프스가르텐
비엔나
오스트리아
부다페스트
루마니아
다뉴브강 뱃길
이탈리아
콘스탄차
피렌체
로마
이스탄불
나폴리
그리스
델피
아테네
몰타
지중해

도피1. 안데르센의 19세기 지중해 여행

동화작가가
동심을
잃었을 때

1875년 8월, 일흔한 살의 한스 크리스티안 안데르센(Hans Christian Andersen, 1805~1875)은 친구 멜피얼 가家의 별장에서 숨을 거두었다. 그가 죽자 덴마크의 전 국민이 복상을 하고, 장례식에는 국왕과 왕비까지 참석했다. 성대한 장례식은 그가 당대에 이미 동화를 문학의 반열에 올려놓은 국민작가로 크게 인정받았음을 보여준다. 하지만 그의 성장과정은 그리 순탄하지 않았다.

안데르센과 여행

안데르센에게 조금이라도 관심이 있는 독자라면 〈미운 오리 새끼〉가 그의 성장과정을 상징하는 동화이며, 〈성냥팔이 소녀〉가 어머니의 삶에서 영감을 받은 작품이라는 사실을 알고 있을 것이다. 〈인어공주〉나 〈벌거벗은 임금님〉, 〈눈의 여왕〉이 그리는 세계도 마냥 아름답고 행복한 동화의 세계는 아니다. 〈이솝우화〉의 날카로운 풍자가 '이솝'이 고대 그리스의 노예였기 가능했던 짓서림, 안데르센 동화에 배어 있는 슬픔의 정서는 그의 불우한 성장과정에서 나온다. 그리고 이 슬픔의 정서야말로 동화를 문학으로 승화시킨 원동력이었다.

'세계 5대 자서전'이라는 거창한 타이틀을 달고 다니는 〈안데르센 자서전〉을 펴서 곡절 많은 그의 인생 이야기를 조금 더 자세히 들여다보자. 그는 1805년 4월 2일, 덴마크 코펜하겐 근처 '오덴세'에서 가난한 구두수선공의 아들로 태어났다. 단칸방에서 아버지는 구두를 수선했고, 어머니는 남의 집 빨래를 했다. 갓 태어난 안데르센은 귀족이 쓰지 않고 버린 관으로 아버지가 손수 만든 침대에 누워 지냈다. 안데르센은 가난한 집에 태어났지만 많은 사랑을 받으며 자랐다. 아버지는 솜씨가 뛰어난 장인도 아니었고 구두장이 일을 그리 좋아하지도 않았다. 그런 그가 유일하게 행복해 보일 때는 아들에게 〈아라비안 나이트〉를 읽어주거나 인형극을 보여줄 때였다고 한다.

그랬던 아버지가 병으로 일찍 돌아가신다. 소년 안데르센은 정규교육을 받지 못하고 생계를 위해 공장에서 일을 해야 했다. 이 무렵 안데르센은 마을 사람들 앞에서 재미있는 이야기를 들려주기를 좋아해 오덴세라는 작은 도시에서 재담꾼으로 통했다. 의기양양해진 15세의 안데르센은 배우가 되고자 무작정 코펜하겐으로 향한다. 그의 재능은 연기가 아니라 이야기에 있었는데, 그는 자신이 연기를 잘하는 것으로 착각을 했다. 좋아하는 것과 잘 하는 것 사이에서 냉철해지기란 누구에게나 어려운 일이다.

그다지 잘생기지 않은 얼굴, 185센티미터의 키에 팔다리가 유난

청년 안데르센(1836)

히 긴 체형, 발음과 문장력이 딸려서 대사를 제대로 소화하지 못하는 배우. 그는 그렇게 별 볼일 없는 극단의 별 볼일 없는 배우로 떠돈다. 그리고 마치 동화처럼 후원자가 나타난다. 그 사람은 연극 애호가였던 '요나스 콜린'이라는 국회의원이었다. 이야기를 만드는 안데르센의 재능을 제대로 간파한 그는 안데르센이 라틴어 학교에 입학해 문법과 문학을 배울 수 있도록 지원했다. 하지만 국회의원의 추천 때문에 마지못해 자격미달의 학생을 받은 학교장은 졸업하는 그날까지 안데르센을 멸시하고 학대했다. 얼마나 심했는지 이 학교장은 환갑이 넘은 안데르센의 꿈속까지 나타나 괴롭혔다고 한다. 최소한 후원자의 체면을 지켜주는 게 인간적인 도리라고 생각했던 안데르센은 학교장에게 자신을 증명해 보이고자 했고, 그래서 마침내 졸업을 앞두고 첫 작품을 출판한다.

안데르센의 첫 문학작품은 동화가 아니었다. 그것은 〈1828, 1829년 홀멘 운하에서 아마게르 섬 동쪽 끝까지의 도보 여행기〉라는 긴 제목의 여행기였다. 졸업 후에 쓴 다음 작품 〈즉흥시인〉도 동화가 아니다. 〈즉흥시인〉은 이탈리아의 한 소년이 청년시인이 되기까지의 이야기를 담은 자전적 소설로, 1834년 이탈리아 여행의 인상과 체험을 바탕으로 쓰였다. 안데르센은 도보 여행기로 덴마크에 자신의 존재를 알렸으며, 여행에서 비롯된 자전적 소설로 대중적인 성공을 거두었다.

그런 대중적인 인기에도 불구하고 첫 여행기에 대한 덴마크 지식인들의 비평은 냉혹했다. 1800년대 초반의 덴마크는 귀족의 특권이 여전하던 시대였다. 귀족도 아니고, 정규교육을 제대로 받지 않은 안데르센의 책이 인기를 끌자 그의 글에 대한 지식인의 치졸한 비판이 쏟아졌다.

'흥미롭긴 하지만 맞춤법이 틀린 곳이 너무 많고, '아름다운'이라는 말을 수도 없이 반복하는 등 작가적 소양이 부족한 책'

1935년에 드디어 그의 첫 동화집이 나온다. 하지만 비평가들은 여전히 냉담했다.

'아이들에게 유해한 황당무계한 이야기들'

이것이 그의 첫 동화집에 대한 지식인들의 평가였다. 비평가들은 마치 라틴어 학교의 교장처럼 안데르센에게 유난히 인색하게 굴었다.

안데르센은 이번에는 단역배우의 경험을 살려 희곡에 도전, 두 편의 연극을 무대에 올린다. 철자나 문장이 아닌 대사와 이야기로 이루어지는 연극으로 자신의 단점을 극복하려 했던 것이다. 희곡은 비평가를 향한 그의 승부수였다. 그러나 결과는 비평과 흥행 양쪽 모두의 참패. 안데르센이 야심차게 비평가들을 향해 던진 폭탄은 그렇게 자기 발밑에서 터졌고, 먹물들의 역풍에 맞서 한발 한발 전진하던 그의 무릎은 풀려버리고 말았다.

그는 울적함을 달래기 위해 먼 여행길에 올랐고, 이 여행은 〈지중해 기행〉라는 여행기로 우리에게 남아 있다. 이 대목에서 우리는 그의 인생에서 여행이 어떤 의미를 지니는지, 그의 여행기에서 우리가 무엇을 기대할 수 있을지 어렴풋이 예감할 수 있다. 여행은 가난이 그의 상상력을 옥죄어 올 때 작가로서의 돌파구가 되어주었고, 야속한 편견에 시달릴 때 상처가 깊어지기 전에 피할 수 있는 도피처가 되어주었다. 또 훗날 세 번의 실연으로 인한 독신 생활에서 그 외로움을 달래주었던 것도 여행이었다.

특히 이후의 그의 작품들을 살펴보면 여행이 그의 창작활동에 얼마나 절대적인 영향을 미치고 있는지 알 수 있다. 그는 여행 중에 접한 수많은 이야기를 모아 일종의 세계동화 모음집이라 할 수 있는 〈안데르센 이야기집〉을 펴냈고, 〈지중해 기행〉 이후에도 10년 주기로 〈스웨덴 여행기〉, 〈스페인 여행기〉를 썼으며, 건강이 악화되어 더 이상 여행을 할 수 없을 지경이 될 때까지 여행을 계속했다.

그는 자신 소유의 집을 놔두고 지인들의 집이나 별장을 옮겨 다니며 지내는 시간이 더 많았으므로 죽는 그날까지 여행을 했다고 할 수 있다. 이에 더해 지인들의 집에서 많은 사람들에게 즐거움을 줄 수 있는 가장 중요한 이야깃거리는 그의 여행담이었으니, 안데르센의 인생에 있어서 여행은 빛이자 소금이었다.

〈지중해 기행〉과 동화 탄생의 순간

1840년대의 지중해는 어떠했을까? 그곳의 풍경은 지금과는 많이 다르다. 이제 막 기차라는 물건이 등장해 본격적인 산업화에 돌입하고, 나폴레옹이 지나간 자리에 숨죽였던 왕국들이 다시 기지개를 켜고 있었다. 위기의 안데르센은 근대의 황혼으로 물든 지중해로 떠났다. 덴마크를 출발하여 독일과 이탈리아를 거쳐 그리스를 건너 터키로, 그리고 다뉴브 강을 타고 동유럽을 통과해 다시 독일을 거쳐 덴마크로 돌아온다. 여행은 독일에서 피아니스트 리스트의 콘서트를 관람하는 것으로 시작된다. 그냥 음악회도 아니고 리스트라니, 출발부터 특별하다.

"가까운 데서 본 그는 길고 검은 머리칼에 마르고 창백한 얼굴의 젊은이였다. 병약해 보였지만 표정만큼은 너무도 열정적이었다. 관객에게 고개 숙여 인사한 다음 피아노 앞에 앉은 그는 마치 음악이 터져 나오는 그 악기에 단단히 못 박힌 귀신같았다. 그의 음악은 마치 그의 피와 생각에서 흘러나오는 듯했다. 그는 자신의 영혼을 해방시키기 위해 연주해야만 하는 귀신이었다. 마치 고문 받는 듯 그의 선율에는 피가 흐르고 신경들이 전율했다. 그러나 연주를 하는 사이 그의 귀신들린 모습은 자취를 감추었다. 나는 그의 파리한 얼굴에 떠오르는 숭고하고 아름다운 표정을 보았다……우리는 그저 바깥에서 유명한 그림을 구경하는 것이 아니라 곧장 안으로 안내되어 그 심연 자체를 들여다본 덕분에 용솟음쳐 나오는 새로운 형상들을 감상할 수 있었다."

- 1840년 11월 5일 함부르크에서

이 감정과잉의 현란한 묘사는 매우 의도적으로 보인다. 여행의 시작부터 자신이 결코 소양이 부족한 작가가 아님을 증명해 보이는 한편, 특별한 순간을 빌어 단번에 우리를 여행에 동참시키려는 치밀함이 엿보인다. 안데르센의 오기가 느껴지는 멋진 예고편이고, 그래서 소제목도 '여행의 서곡'이다.

이어지는 이제 막 탄생한 기차라는 물건의 모양과 원리에 대한 세밀한 묘사도 흥미롭지만, 여행기 초반의 백미는 피렌체의 '청동 멧돼지 이야기'라고 할 수 있다. 그는 피렌체의 '델 두란두카 광장'에서 기습적으로 한 편의 동화를 펼쳐 보인다. 동화 탄생의 생생한 현장이다.

동화는 하룻밤의 신비한 체험으로 인해 바뀌게 된 소년의 인생 이야기이다. 어느 늦은 가을날 저녁. 광장의 뒷골목에서 하루 종일 동냥을 하던 한 소년이 허기를 채우기 위해 청동 멧돼지 상의 주둥이에 입을 대고 물을 마신다. 그러자 청동 멧돼지는 꿈틀거리며 살아나 말을 하기 시작하고, 소년을 등에 태우고 밤하늘을 날아간다. 피렌체의 모든 동상들이 살아나 하늘을 날고, 움직이는 장면은 판타지 영화의 한 장면 같고, 기구한 운명을 거쳐 화가가 된 소년이 요절하고 말았다는 결말은 안데르센 동화만이 가진 슬픔의 정서를 보여준다. 델 두란두카 광장에서 청동 멧돼지를 만난다면 이 이야기를 떠올리지 않을 수 있을까?

안데르센의 여행 스케치
(콘스탄티노플 근처의 무덤)

동화 탄생의 순간은 계속된다. 자신의 신발 두 짝을 의인화한 '내 장화의 슬픈 자서전', 그리스 목동이 들려주는 애증의 삼각관계 '우정의 맹약', 호메로스의 무덤가에 핀 장미가 일리아드에 꽂혀 머나먼 나라로 가게 되었다는 '장미를 사랑한 나이팅게일'……. 훗날 〈안데르센 이야기집〉에 실린 이 동화들은 여행길에 불쑥불쑥 나타나 우리를 순식간에 다른 세계로 데려간다. 이야기가 시작되는 순간 언제나 여행 중이었다는 사실을 까맣게 잊고 빠져든다. 지중해와 동화 속을 오가는 '이중의 환상여행!' 안데르센 여행기만의 매력이자 마력이다.

동방의 신비

그의 여정은 그리스와 터키로 이어진다. 지중해는 서양 문화와 역사의 고향이다. 신화를 품은 그리스의 수많은 섬들, 그리스와 페르시아의 전쟁, 로마와 카르타고의 충돌, 그리고 기독교와 이슬람의 애증이 파도치는 바다가 지중해이다. 그래서 수많은 작가와 여행자들은 그곳으로 떠났다. 특히 교양이 부족하다는 비판을 받았던, 혹은 스스로 교양이 달린다고 느꼈던 작가들이 그랬다.

안데르센 역시 수평선 위에 뜬 그리스의 섬들을 보며 신화를 떠올린다. 그리고 배가 터키의 다르다넬스 해협으로 들어서면, 그는 온갖 전통복장을 한 사람들로 북적이는 갑판에 서서 구두장이 아버지가 매일 밤 들려주었던 〈천일야화〉의 땅을 바라보며 잔뜩 기대에 부풀어 오른다.

> "그들은 분명 아름다웠으리라! 어느 거리를 가든 볼 수 있는 창살문 뒤로 회교에서 말하는 천국의 미녀들이 분명 있을 테니까. 그러나 터키의 어느 시인이 말했듯, 그들은 "보석상자 속의 루비처럼, 유리병 속의 장미기름처럼, 새장 속의 새처럼 숨겨져" 있었다."
>
> - 1841년 4월 23일 스미르나(현재의 이즈미르)에서

콘스탄티노플(현재의 이스탄불)의 안데르센은 '환상으로 세워 놓은 베네치아' 같은 그곳의 이국적인 풍경을 열정적으로 눈에 담는다. 그리고 마치 죽을 때까지 지워지지 않기를 바라는 것처럼 세밀하게 종이에 새긴다.

수백 개의 호리호리한 광탑, 도금된 초승달을 이고 있는 모스크,

사원의 벽을 채운 화려한 장식과 코란의 글귀들, 금빛의 격자무늬 창문, 동서양의 사람들로 붐비는 벌집과도 같은 시장, 기독교도들에게 금지된 길인 노예시장, 그들의 입에서 끊임없이 나오는 "라 일라, 일랄라(하나님 이외의 신은 없다)"나 "알라 후 아크바르!(신은 위대하다!)와 같은 중얼거림들, 예기치 않게 구경하게 된 마호메트 탄신일 축제…….

다뉴브 강을 따라 여명이 밝기 전의 루마니아, 불가리아, 체코 등의 동유럽도 흥미롭긴 마찬가지. 역병이 창궐하고, 터키의 관리가 느슨하던 다뉴브 강가의 풍경은 모호하고 생경한 역사 속으로 떠나는 탐험이라고 할 수 있다. 국경도 흐릿하고, 역사적으로 명확하게 이름도 붙여지지 않은 시대이지만, 그래서 더욱 다채롭고 미묘하게 빛나는 순간들이 그 속에 있다.

여행의 꽃다발

리스트의 피아노 콘서트로 시작해 그리스 신화를 거쳐 동방의 신비로움을 만끽한 안데르센의 지중해 여행. 여행에서 돌아온 그의 두 손에는 새로운 동화들이 잔뜩 들려 있었다. 안데르센은 비평가들로부터 상처받은 동심을 그렇게 치유했다. 그리고 다시 찾은 함부르크에서는 또 다른 놀라운 만남이 기다리고 있었으니, 멘델스존의 저녁 초대가 그것이다.

안데르센은 함께 초대를 받은 괴테와 이야기를 나누며 천재 음악가가 연주하는 바흐의 피아노곡을 듣는 것으로 여행을 마무리한다. 평생 조국의 귀족들과 비평가들의 푸대접에 시달린 안데르센은 신데렐라가 된 것처럼 천재들만의 음악회에 앉아 여행을 마감한다. 그리고 이렇게 외친다.

"귀환의 첫 순간이야말로 그간의 여행으로부터 받는 꽃다발이다!"

하이네의 하르츠 여행 지도
Goslar
Abbenrode
Veckenstedt
Seesen
Bad Harzburg
Bad
Gandersheim
일젠부르크
Schulenberg
im Oberharz
Wernigerode
클라우슈탈-젤레펠트
Einbeck
Kalefeld
GITTELED
브로켄 산
일제계곡
Altenau
하르츠 국립공원
오스테로데
Northeim
Moringen
니더 작센 주
하르츠
작센
안할트 주
Katlenburg-Lindau
Hardegsen
Bad
Lauterberg
Nörten-Hardenberg
튀링겐 주
Gieboldehausen
독일
Bovenden
Rhumspringe
Silkerode
Seebrug
괴팅겐
Landolfshausen
Duderstadt
Bischofferde

도피2. 하이네의 하르츠 도보 여행

어느 낙제생의 특별한 산행

시인 하인리히 하이네(Heinrich Heine, 1797~1856)의 어머니 엘리자베트 판 겔더른의 교육열은 대단했다. 중산층 상인 집안의 안주인이었던 그녀는 아들에게 원대한 기대를 품었다. 교육은 매우 이성적이고 현실적인 계산 하에 진행되었다. 상류층 지인들의 성공 사례와 인맥을 고려하여 실현 가능한 진로를 정하고, 그에 따라 맞춤교육을 한 것이다. 여기까지는 그럴 수도 있겠다 싶지만, 문제는 시대가 워낙 격변기이다 보니 그 목표를 자주 수정해야 했다는 데 있다.

어머니의 목표는 왕국의 고관대작에서 사업가로, 사업가에서 법률가로 바뀌었고, 하이네는 그때마다 전공을 바꿔 빡세게 공부를 해야 했다. 윗동네 덴마크에서 다섯 살 아래의 안데르센이 무학의 설움에 괴로워하고 있는 동안, 아랫동네 독일의 하이네는 이렇게 과도한 스펙 쌓기에 시달리고 있었던 것이다. 가난의 고통이 없었다고 해서 하이네의 상황이 더 나았다고 할 수는 없다. 자신의 본성대로 살지 못하는 것 자체가 큰 고통이고, 재능이 컸던 만큼 고통도 컸을 것이기 때문이다.

> "그 당시(고등학교 시절) 어머니는 혹시 내가 시인이 될까봐 한 걱정을 하고 있었다. 그것이 내게 일어날 수 있는 일 중에서 가장 커다란 재앙이라고 어머니는 늘 말했다. 당시엔 시인이라는 이름과 함께 떠오르던 생각들이 그렇게 고결한 것이 되지 못했다. 왜냐하면 시인이란 돈 몇 푼에 매여 경조사 시나 써 주다가 나중에 가서는 병원 신세나 지며 숨을 거두는 너절한 거지였기 때문이다."
>
> -〈회상록〉 제2부에서

허공의 질주

어머니의 야망은 하이네가 태어나기도 전부터 불타고 있었다. 때는 영국의 산업혁명과 프랑스 혁명, 그리고 나폴레옹 전쟁으로 자고 나면 세상이 뒤집어지는 격변기. 왕국의 시대는 저물었고, 근대국가는 다다음 세대에나 올 예정이었다. 유럽 전체가 왕정복고와 공화정을 오가고, 교황파와 루터파로 나뉘어 충돌하는 판국. 하이네의 어머니는 정신을 차리고 준비하면 신분상승의 기회가 꼭 오리라 믿고 있었다.

그녀가 처음 원했던 아들의 장래는 왕국의 공작이었다. 하이네가 태어날 무렵, 그녀와 매우 친한 친구의 딸이 어느 왕국의 공작에게 시집을 가게 되었는데, 친구는 공작이 수많은 전투에서 승리를 했기 때문에 머지않아 왕위에 오를지도 모른다고 그녀에게 말했던 것이다. 하이네의 어머니는 이를 아들을 행정관으로 만들 기회로 여겼다. 그래서 하이

학창 시절의 하이네

네에게 수학과 물리학, 전술학에 대한 과외를 시키는 한편 인문계 고전 고등학교에 입학시킨다. 어머니의 꿈을 파괴한 것은 나폴레옹이었다. 신성로마제국이 나폴레옹에 의해 멸망하고, 많은 왕국이 사라지면서 행정관의 꿈을 접어야 했던 것이다.

하이네의 어머니가 세운 다음 목표는 대상인이었다. 제국이 몰락하면서 상인들의 시대가 왔기 때문이다. 남편 주변의 무역업자와 은행가들 중에는 하루아침에 거부가 되는 사람들이 심심찮게 나오고 있었다. 그녀는 하이네를 상업학교로 전학시켜 외국어와 지리, 부기 같은 무역과 상업에 필요한 지식을 속성으로 습득하게 한 후, 지인의 은행과 무역회사에 견습사원으로 집어넣는다. 하이네와 같이 일해 본 사람이면 누구나 일수일 안에 그에게 사업가적 기질이 없음을 알아보았지만, 그녀는 대상인의 꿈을 밀어붙였다.

그녀는 특단의 조치로 아들을 함부르크의 은행가인 작은 아버지 잘로몬 하이네에게 보냈다. 수습은행원이 된 하이네는 그야말로 최악의 직원이었고, 잘로몬은 은행일 가르치는 것을 일찌감치 포기하고 아예 회사를 하나 차려준다. 그의 본명을 딴 '하리 하이네 상사'. 업종이 직물도매였던 하이네 상사는 방만한 경영으로 6개월 만에 파산했고, 1년 뒤 불어 닥친 불황으로 하이네의 아버지가 경영하던 벨벳 도매회사마저도 파산한다.

하이네의 어머니로서는 최대의 위기가 아닐 수 없었으나, 그녀는 멈추지 않고 다른 목표를 찾았다. 법률가야말로 가장 안정적이고 명예로운 직업이라 생각한 그녀는 잘로몬과 상의하여 하이네를 본 대학 법대에 입학시킨다. 잘로몬은 이 기회에 자신의 딸에게 연정을 품고 시 나부랭이로 작업을 걸고 있는 하이네를 멀리 보내버릴 수 있었다.

본 대학에서 기초적인 법률공부를 한 하이네는 다시 학교를 옮겨 전통과 권위에 빛나는 괴팅겐 대학에 들어간다. 그런데 순탄한 듯하던 하이네의 법률공부는 괴팅겐에서 위기를 맞는다. 권위적인 교수들과 법 논리의 이기적인 생리에 환멸을 느낀 그는 입학한 지 몇 달 되지도 않아 다른 학생과 결투를 벌여 정학 6개월을 먹는다.

정학기간 동안 학업을 멈출 수 없었던 하이네는 곧바로 베를린의 법대로 전학한다. 그리고 그곳에서 문학과 철학에 몰두하는 한편 연정을 품고 있던 사촌 여동생들을 만나기 위해 함부르크를 들락거리며 방황한다. 훗날 삼촌 잘로몬이 죽기 직전 하이네를 불러 〈회상록〉에 자신과 딸들에 관한 얘기를 쓰지 않는 조건으로 약간의 유산을 떼어주었기에, 수많은 사랑시를 낳은 당시의 자세한 연애사는 전해지지 않게 되었다고…….

과외, 인문과 상업학교, 수차례의 인턴생활, 사업 실패, 법대만 세 군데를 다닌 실로 대단한 여정. 어머니도 대단하지만 시키는 대로 공부를 한 하이네도 대단하다 하지 않을 수 없겠다. 하이네 어머니의 철저함과 집요함을 실감하고 싶다면 그녀의 초상화를 찾아보시길. 그녀의 초상에는 그녀의 성격이 잘 드러나 있다. 그렇다면 이 파란만장한 모자의 수업시대는 어떻게 끝났을까?

어머니의 헌신을 배반할 수 없었던 하이네는 다시 마음을 잡고 괴팅겐 대학으로 돌아온다. 그리고 1년 후 마침내 법학박사 시험에 합격, 3년 과정을 6년을 걸려 마치게 된다. 그러나 하이네가 학위를 딴 것은 법관이 되기 위한 것이 아니었다. 그는 지겨운 공부를 끝내고 본격적인 시인으로 살기로 이미 마음을 굳힌 상태였던 것이다.

> "나는 그 저주받은 법률공부를 끝까지 마쳤다. 그러나 나는 내가 배운 공부를 이용할 엄두를 전혀 낼 수 없었다. 그리고 또 엉터리 변호나 법률 왜곡에 있어서는 다른 사람이 나보다 한 수 위일 거라고 느꼈기 때문에, 나는 나의 법률학 박사모를 못에 걸어 버리고 말았다. 나의 어머니는 평소보다 훨씬 심각한 얼굴 표정을 하고 있었다. 그러나 나는 어머니의 보호를 떠나야 할 나이의 성숙할 대로 성숙한 인간이 되어 있었다……그렇게 많은 실패를 맛본 뒤 어머니는 나의 생을 인도하는 일을 포기하면서, 나를 성직자의 길로 끌고 가지 못한 것을 후회하였다."
>
> -〈회상록〉 제2부에서

어차피 시인 나부랭이나 될 것이었다면 성직자나 만들 것을. 어머니의 25년간의 질주는 이렇게 가장 원치 않았던 대재앙으로 끝나버린다. 몸소 천재적인 시인을 낳아놓고 필사적으로 시대를 따라잡으려 했던 어머니의 모습이 안쓰러운 것은 내가 나이를 먹었기 때문일까. 그런데 모자가 이 난리를 치고 있는 사이 그의 아버지는 무엇을 하고 있었을까? 그는 어떤 사람이었을까? 그의 아버지 잠존 하이네는 아름다운 머릿결과 여성스런 외모, 관대하고 낙천적인, 특히 여성들에게 더 친절한 '도련님 같은' 남자였다고 한다. 어머니의 교육열에 시달리면서도 변함없이 무심하고 태평하게 시를 썼던 하이네의 영혼은 그의 아버지로부터 온 것이었다.

> "거칠 것 없는 삶의 기쁨이 나의 아버지의 성격상의 기본 특징이었다. 아버지는 향락을 추구했고, 쾌활했으며, 장미 같은 분이었다. 그의 마음속은 언제나 잔칫날이었다. 가끔 춤곡이 제대로 울리지 않아도, 그는 바이올린들의 음을 늘 맞추었다. 언제나 하늘처럼 푸른 명랑함과 경쾌함의 팡파르. 어제 일은 잊어버리고 다가오는 아침은 생각하지 않으려는 태평스러움."
>
> - 〈회상록〉 제5부에서

동화와 마법의 숲

하이네가 하르츠로 여행을 떠난 것은 법대를 졸업하기 1년 전이었다. 베를린과 함부르크 등지를 떠돌던 그는 법률가의 길에 대해 진지하게 고민하며 괴팅겐으로 돌아왔다. 그가 법률가에 대해 진지하게 고민하게 된 이유는 어머니의 소망도 있었지만 그동안 발표한 몇 편의 비극과 두 권의 시집이 큰 반응을 얻지 못한 이유도 있었다. 그는 고등학교를 졸업할 무렵부터 어머니 몰래 많은 시를 써 왔다. 훗날 아름다운 노래가 될 시들 대부분을 이미 써놓았지만, 당시의 그는 늦깎이 법대생에 불과했다. 따지고 보면 그림 형제도, 괴테도 법대를 나와 공직수행과 작품 활동을 병행했으므로 법대를 포기할 명분이 없었다. 법대 졸업은 그가 반드시 넘어야 할 산, 반드시 건너야 할 사하라 사막이었다. 그것이 어머니와 자신이 동시에 행복할 수 있는 유일한 방법이었다. 하지만 대학 도시 괴팅겐에 돌아온 순간부터 그는 또 다시 괴팅겐에 대한 회의와 환멸에 휩싸였다.

"소시지와 대학으로 이름난 괴팅겐 시는 하노버 왕이 통치하는 곳으로…(중략)…내 기억으로는 5년 전 내가 이곳 대학에 입학해서 곧 정학을 당했을 때만 해도 이곳은 고색창연하고 성숙한 모습을 지니고 있었다…(중략, 대학가의 풍경을 길게 조롱한 후)…이곳엔 3년마다 새로운 세대가 형성된다. 그것은 학기에 따라 물결처럼 밀려 지나가는 영원한 인간의 물결이다. 그런데 유독 늙다리 교수들만이 이런 전반적인 움직임 속에서도 꼼짝달싹하지 않고 있어 이집트의 피라미드와도 다를 바 없다. 다른 것이 있다고 한다면, 이 대학에 있는 피라미드에는 아무런 지혜도 숨겨져 있지 않다는 것뿐이다."

- 〈하르츠 기행〉에서

그는 미루고 미루고 미뤄 온 숙제를 하려고 어렵게 책상 앞에 앉았지만 막상 시작하지 못하는 어린아이와 같은 처지였고, 끝내 뛰쳐나가 산으로 숨었다.

그가 향한 곳은 하르츠였다. 하르츠는 독일의 정중앙에 위치한 산간고원 지대이다. 과거 동서독의 경계에서 동독 쪽으로 살짝 치우쳐 있는, 우리나라로 치자면 충북과 비슷한 위치라고 할 수 있다. 그곳은 과거 동독의 땅이었던 관계로 우리에게 덜 알려져 있지만, 독일 최고의 자연경관지구이자 수많은 신화가 살아 있는 명소로, 드넓고 깊숙하게 우거진 숲의 구석구석에 신비롭고 잔혹한 민담이 전해내려 오기에 안데르센의 대선배인 그림 형제가 민담설화를 수집하러 자주 찾았던 곳이라고 한다. 즉 이곳이 바로 백설 공주가 일곱 난쟁이와 살던 곳, 숲 속의 공주가 잠자던 곳, 신데렐라가 살던 산골마을, 헨젤과 그레텔 남매가 영아살해를 당할 뻔했던 깊은 숲속, 빨간 모자를 쓴 소녀가 심부름을 가던 숲길의 현장인 것이다. 민요와 민담은 하이네에게도 중요한 영감의 원천이었기에 그는 그곳으로 향했던 것 같다.

하이네는 특유의 무사태평한 걸음으로 한적한 시골길에서 산간마을 '고슬라'를 지나 점점 더 깊은 숲 속으로 들어간다. 시시때때로 변하는 자연 풍경을 바라보며 지나간 일들을 회상하고, 창문 너머 소녀의 입술을 훔치기도 하고, '독일 야담집' 속의 무서운 이야기들을 떠올리며 걷던 하이네는 산 속 오두막집에서 하룻밤을 지낸다. 동화 속 숲길을 걸어왔기 때문일까. 아니면 오두막에서 작은 소녀를 보았기 때문일까. 안데르센이 이탈리아의 어느 광장에서 기습적으로 동화를 들려주었듯이, 그는 벽난로 앞에서 동화적인 시 한 편을 풀어놓는다.

시 속의 소녀는 그의 무릎에 머리를 기댄 채 할아버지 몰래 그에게 속삭인다. 마녀의 마법에 걸린 유령의 산과 폐허가 된 성과 그 마법을 푸는 비밀에 대해. '돌아가신 숙모님이 말하기를, 밤에, 정확한 시간에, 그곳의 정확한 장소에서, 정확한 말을 하면, 그 폐허가 모습을 바꾸어, 다시 찬란한 성으로 변하고, 기사와 숙녀와 시동들이 다시 흥겹게 춤을 출 거라고' 했다고 말한다.

이렇게 소녀의 장미 입술에서
동화의 그림들이 피어나고
소녀의 눈동자는 그 그림들에
파란 별빛을 흩뿌린다.

작은 소녀는 황금색 머리카락을
내 두 손에 둘러 감고
손가락에 예쁜 이름을 지어주고
웃고 입맞춤하다 이윽고 입을 다문다.

- 〈하르츠 기행〉에서

잠시 후, 나그네는 '지금이 그 정확한 시각, 여기가 그 정확한 장소'라고 외치고는 '정확한 말들'을 쏟아낸다. 자정이 되어 깨어나는 온갖 비밀스러운 자연의 풍경들을 노래한다. 그러자 소녀는 공주가 되고, 오두막은 성이 되고, 나그네는 성의 주인이 된다.

갑작스러운 장시에 놀란 가슴을 진정시키고 동화를 가만히 들여다보면 하이네가 하르츠로 떠난 진짜 이유가 보이기 시작한다. 동화 속 나그네와 하이네는 '정확한 말'이라는 시어를 통해 하나로 연결된다. 법률이라는 마법에 걸린 괴팅겐의 낙제생 하이네는 자신을 시인으로 만들어 줄 '정확한 말들'을 하르츠에서 찾고 있었던 것이다.

마녀와 요정의 축제

동화의 숲을 빠져나온 하이네는 하르츠의 중심 브로켄 산을 향해 산등성이를 오른다. 브로켄 산은 '발푸르기스의 밤'으로 유명한 곳이다. 4월 30일 밤, 북유럽의 악마와 마녀들은 브로켄 산에 모여 밤새 축제를 벌였고, 이에 질세라 중세 수도사들은 이곳에 마녀들을 모아놓고 대규모 화형식을 거행했다. 북유럽 사람들의 할로윈으로 남은 이 마녀들의 밤이 '발푸르기스의 밤'이다. 여기에 더해 브로켄 산을 더욱 신비롭게 만드는 것은 그곳에서 일어나는 '브로켄 현상'이라 불리는 신비한 현상이다. 브로켄 산 앞으로 안개가 끼고, 뒤에서 햇빛이 비추는 순간, 정상에 선 사람의 그림자가 안개 위에 비춰 보이는 동시에 그림자 머리 위로 무지개 빛의 후광이 드리워지는 이 특별한 현상은 이론적으로는 어느 산에서나 조건만 맞으면 볼 수 있지만 산악인도 평생에 한 번 볼까 말까 한 진기한 현상인데, 앞이 탁 트인 지형 탓에 브로켄 산 정상에서 더 자주 나타난다고 한다.

하이네는 그곳에 오르는 동안 괴테의 〈파우스트〉를 떠올린다. 괴테는 브로켄 산을 배경으로 파우스트가 발푸르기스의 밤 축제에 참석한 동안 그레첸이 감옥에 갇혀 미쳐버리는 에피소드를 썼다. 하이네는 이

가파른 등성이를 오르며 〈파우스트〉에 나왔던 악마의 숨결을 느낀다.

> "말발굽 소리가 내 옆을 지나 올라가고 누군가 익살스럽게 숨을 몰아쉬는 듯한 느낌이 든다. 그리고 생각건대, 메피스토펠레스 역시 이곳을 자주 오기는 했어도 막상 오를라치면 꽤 힘들어 숨을 몰아쉬어야만 했을 것 같다. 지독히도 먼 길이었다. 그러나 그토록 오래전부터 와보고 싶었던 브로켄 산장에 막상 다다르니 그 기쁜 마음 금할 길 없었다."
>
> - 〈하르츠 기행〉에서

하이네가 파우스트 박사가 아닌 메피스토펠레스를 떠올린 데에는 그럴만한 속사정이 있었다. 세상 누구도 존경할 것 같지 않은 하이네는 괴테를 열렬히 흠모했다. 당시 괴테는 다양한 분야에 걸쳐 끝없이 작품을 내놓았고, 새로운 경향을 선도했기에 모든 문인들의 존경을 한 몸에 받고 있었다. 수많은 예술가들이 근대문학의 완성자이자 교양인의 표상인 괴테를 만나기 위해 성지순례 하듯 바이마르를 찾고 있었다. 하이네 역시 괴테의 〈서동시집〉(1819)에 감명을 받아 본격적으로 시를 쓰기 시작했기에 괴테를 만나보고 싶어 했다.

괴테의 주요 활동지였던 바이마르와 예나는 하르츠 남쪽에 자리한 도시였으므로 여행을 마친 하이네는 괴테를 찾아갔다. 하이네는 27세, 괴테는 76세였다. 하이네는 그 자리에서 메피스토펠레스를 주인공으로 〈파우스트〉를 개작하고 싶다고 제안하며 괴테의 허락을 구한다. 그가 브로켄 산에 오르며 메피스토펠레스를 떠올린 이유는 이미 이런 구상을 하고 있었기 때문이다. 이 제안에 대한 괴테의 반응은 어땠을까?

괴테는 이 듣보잡 청년 시인의 제안을 냉담하게 거절했다. 다른 사람도 아닌 괴테가 전 생애를 바치다시피 완성한 역작을 아무나 개작하게 해 줄 리가 없었던 것이다. 하이네는 크게 실망했다. 그 이후로도 한동안 계속된 그의 괴테앓이는 1830년을 전후해 끝이 난다. 하르츠 기행 이후 펴낸 시집으로 유명작가가 된 그는 현실참여 작가로 변모했다. 공화주의자 나폴레옹을 흠모하게 된 '청년독일파' 작가 하이네는 독일 문학이 괴테적 서정성을 버리고 현실 참여를 추구해야 한다고 선언함으로써 그동안 흠모해 온 정신적 스승 괴테와 결별했고, 이어서 파리에서 쓴 독일에 대한 정치비평으로 인해 조국으로부터 입국금지를 당해 인생의 후반기 대부분을 파리에서 보내게 된다.

하이네는 브로켄 산 정상에서 일출의 장관을 본 후, 하산 길에 오른다. 하이네의 감정은 물의 요정의 이름을 딴 '일제계곡'에 이르러 최고조에 달한다. 그는 '즐겁고 소박하게 그리고 품위 있게 흘러내리는' 일제계곡에서 여인의 품에 안긴 듯한 마음의 평화를 얻는다. 그리고 어김없이 일제에 살았다는 공주를 떠올리며 한 편의 시를 쏟아낸다.

나는 일제 공주
그래서 바위에 산다네.
내 성으로 오라.
우리 복되게 살자.

나의 맑은 물결로 그대 머리를 적셔 주리라.
고통을 잊으라,

수심에 잠긴 친구야.

나의 하얀 품에서

나의 하얀 가슴에서

그대여, 꿈을 꾸어라,

그 옛 이야기의 기쁨을.

-〈하르츠 기행〉에서

시인이 지나간 자리는 언제나 언어의 힘에 의해 새로 태어난다. 계곡은 하이네로 인해 아름다운 공주의 품이 되었고, 사람들은 시인을 기려 그 길을 '하이네의 길'이라 부르고 있다.

하르츠의 선물

하르츠에서 돌아온 하이네의 마음은 다시 잔칫날이 되었다. 뭔가 새로운 예감에 휩싸여 희망에 부푼다.

"어디에서나 아름다운 기적이 피어나듯 꽃들이 피어나고, 내 마음도 또 다시 피어나려 한다. 이 마음도 결국은 한 송이 꽃이다. 아주 신비스러운 꽃이다…… 갑자기 새싹이 돋는 소리가 나도 소녀여, 놀라지 마오!"

-〈하르츠 기행〉에서

예감은 틀리지 않았다. 그는 이 여행 이후 오래도록 염원하던 두 가시 소망을 성취한다. 그는 다음 해 드디어 법학박사 시험에 합격하며 기나 긴 수업에 종지부를 찍었다. 최하위의 턱걸이 합격이었지만 상관없었다. 그리고 바로 그다음 해에는 연작시 '귀향'과 '하르츠 기행'과 '북해'를 묶은 〈여행화첩〉 1권으로 인기작가가 된다. 안데르센과 마찬가지로 그도 여행기를 통해 작가로 인정을 받았던 것이다.

하이네는 여세를 몰아 앞서 펴냈던 시들을 모아 시선집을 출간하기로 마음먹는다. 이제 막 데뷔한 시인이 선집을 낸다는 것 자체가 매우 이례적인 일이었기에 업계에서 말들이 많았지만, 그는 이 일을 신속하게 밀어붙였고, 대중과 음악가들은 그제야 하이네의 시에 열광하기 시작했다. 그 시선집의 제목은 〈노래의 책〉. 제목처럼 그의 시들은 수많은 노래가 되어 우리 곁에 남아 있다.

정확하게 의도한 바는 아니었지만, 하이네는 '하르츠로의 도피'를 계기로 인생의 꼬인 매듭을 풀 수 있었다. 자연이라는 여신이 시인을 다시 노래하게 만들었고, 시인은 노래 속에서 다시 살아갈 용기를 얻었다. 낭만주의 시인의 감탄과 탄식은 진부한 과거의 언어가 되어버렸지만, 멘델스존, 슈만, 마이어베어, 차이콥스키, 리스트, 브람스, 슈트라우스의 선율을 타고 되살아와 바닥없이 마음을 녹아내리게 한다. 우리 모두는 여전히 감탄 속에서 태어나고, 탄식 속에 죽어가고 있기에, 그의 사랑노래는 지금도 종종 큰 소리를 내며 꽃을 피운다.

"여기 지난 날의 그 노래들이 있다.

……

언젠가 이 책은 네 손에 닿으리라.

먼 나라의 어여쁜 내 사랑이여.

그러면 노래를 옭아맨 마법이 풀리고,
창백한 문자들이 너를 보리라.
애원하듯 네 아름다운 눈을 보고,
서러움과 사랑의 숨결을 속삭이리라."

-〈노래의 책〉 중 '노래들'에서

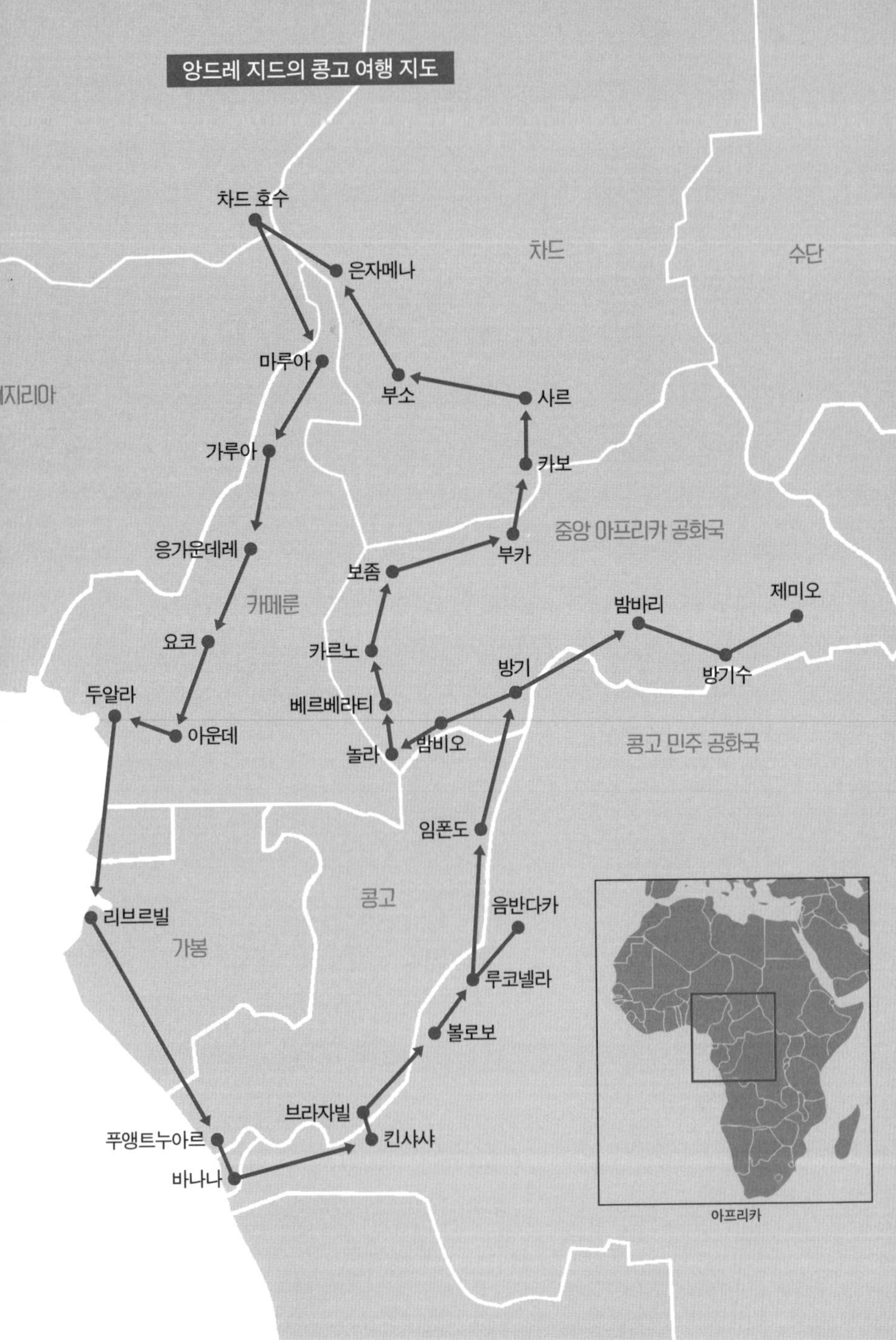
앙드레 지드의 콩고 여행 지도
차드 호수
은자메나
차드
수단
나이지리아
마루아
부소
사르
가루아
카보
중앙 아프리카 공화국
응가운데레
부카
보좀
카메룬
밤바리
제미오
요코
카르노
방기
방기수
두알라
베르베라티
아운데
밤비오
놀라
콩고 민주 공화국
임폰도
콩고
음반다카
리브르빌
가봉
루코넬라
볼로보
브라자빌
푸앵트누아르
킨샤샤
바나나
아프리카

도피 3. 앙드레 지드의 콩고 식민지 여행

나는
알게 되었다.
그러니
말을 해야 한다

앙드레 지드(Andre-Gide, 1869~1951)와 아프리카의 인연은 길고도 깊다. 앙드레 지드는 22세 때부터 평생 동안 10여 차례에 걸쳐 아프리카를 여행했다고 한다. 과연 앙드레 지드에게 아프리카는 무엇이었을까?

모럴리스트의 탄생

소년 앙드레 지드는 엄격한 집안 분위기와 사촌누이 마들렌으로부터의 실연에 괴로워하며 성장한다. 22세의 그는 정신적 사랑과 육체적 욕망의 괴리를 다룬 자전적 작품 〈앙드레 발테르의 수기〉로 작가가 되었다. 그리고 작가가 된 직후 예술인들의 통과의례와 같은 병인 폐결핵에 걸려 요양 차 아프리카로 떠났고, 그곳에서 커다란 깨달음을 얻었다.

앙드레 지드는 아프리카의 자연과 사람들을 보며 새로운 정신적 시평을 발견한다. 그는 더 이상 정신적 사랑과 육체적 욕망의 괴리감에 싸여 괴로워할 것이 아니라 인간의 본능과 욕망을 모두 받아들여야 함을 깨닫는 한편, 여기서 한발 더 나아가 이성이 본능과 욕망을 보호해야 한다고 주장한다. '정신과 본능의 역치. 이성과 욕망의 역치.' 이것이 앙드레 지드라는 모럴리스트의 탄생이요, 프랑스 현대 자유주의의 탄생이다.

그런데 앙드레 지드에게 가해진 아프리카의 충격은 여기서 그치지 않는다. 그는 그다음 번 여행에서 알제리의 한 소년을 통해 자신의 동성애적 성향을 발견하고, 그 충격을 또 그다음 번 아프리카 여행으로 수습한다. 그는 새로운 아프리카 여행을 통해 동성애의 본능까지도 인간에게 있을 수 있는 자연스러운 욕망 중의 하나로 받아들인다. 본국에서는 혼란스럽기만 하던 일이 왜 아프리카에만 가면 이렇게 명확해지는지…….

그는 어머니가 돌아가시는 바람에 그 여행에서 돌아오게 되었고, 결국 첫사랑 사촌누이와 결혼을 한다. 아마도 이 결혼은 그의 '정신'이 '욕망'을 보호해주었기 때문에 가능했을 것이다. 그리고 역시나 아프리카로 신혼여행을 떠났다. 결혼 다음 해 그는 27세에 라로크 자치주 시장으로 임명된다. 프랑스 역사상 최연소 시장. 그는 시장직을 수행하는 와중에 틈틈이 아프리카 여행에서 얻은 깨달음, 즉 '자연과 본능의 존중'에 대한 산문을 썼고, 이것이 그 유명한 〈지상의 양식〉(1897)이다.

〈지상의 양식〉은 출간 당시에는 채 500부도 팔리지 않았으나, 20년 가까운 세월이 흐른 뒤(제1차 세계대전이 끝난 후)에 젊은이들에게 폭발적 호응을 얻었다. 도대체 어떤 책이기에 전후 젊은이들에 의해 재발견된 것일까? 그것은 그 사이에 앙드레 지드의 걸작들이 있었기에 가능했던 일이겠지만, 〈지상의 양식〉이 워낙 아름다운 작품이기 때문이기도 하다. 120년 전에 쓰인 이 작품은 요즘 나오는 잠언식 여행기의 전범이라고 할 수 있다.

> "바닷가의 모래가 부드럽다는 것을 책에서 읽는 것만으로는 만족할 수 없다. 나의 맨발이 그것을 느끼고 싶은 것이다. 먼저 감각이 앞서지 않는 지식은 그 어느 것도 나에게는 소용없다… 나는 복도처럼 바위 또는 초목들 속으로 뚫린 길을 거닐었다. 눈앞에 전개되는 봄의 풍경을 나는 보았다. 그날부터 나의 생의 모든 순간은 이루 말할 수 없는 선물처럼 새로운 맛을 지니게 되었다."
>
> -〈지상의 양식〉 중에서

〈지상의 양식〉 이후로 걸작들이 쏟아졌다. 〈배덕자〉(1902), 〈좁은 문〉(1909), 〈전원 교향곡〉(1919)을 쏟아낸 이 시기를 사람들은 '위대한 창작기'라 부른다. 그리고 1924년, 그의 문제작 〈코리동〉이 출판된다. 〈코리동〉은 동성애를 어떻게 볼 것인가에 대한 소크라테스식 문답으로 이루어진 작품으로, 처음부터 끝까지 동성애의 정당성을 설파하고 있다. 이 작품은 보수적인(혹은 대부분의) 지식인들로부터 격렬한 비난을 받게 되었고, 그 스트레스로 인해 그의 위대한 창작기도 막을 내린다.

조금만 뻔뻔하게 아무 일도 없었다는 듯이 예전과 같은 작품으로 돌아갔다면 그의 위대한 창작기가 계속 되었을지도 모를 일이다. 하지만 그는 과거로 돌아가지 않았다. 그는 책과 재산을 팔아 또 다시 아프리카로 도피했다. 그가 떠난 곳은 프랑스 식민지인 콩고. 앙드레 지드는

앙드레 지드(1924)

그곳에서 처참한 식민지의 현실과 인권 유린의 현장을 목격하고 이를 〈콩고 여행〉이라는 여행기로 고발한다. 여행에서 돌아온 그는 식민지 수탈을 통해 풍요를 누리던 프랑스인들이 애써 외면하고 덮으려 했던 식민지 문제를 공식적으로 고발하고 비난한다. 그렇게 아프리카가 또 한번 그를 살려낸 것이다.

콩고 공화국과 콩고 민주공화국

앙드레 지드와의 여행을 떠나기 전에 잠시 여행지인 콩고에 대해 알아보자. 우리에게 생소한 나라에 대해 알아가는 것은 작가들의 여행을 따라다니는 데 도움이 될 뿐만 아니라 여행, 작가, 교양을 한 번에 쌈 싸먹으려는 이 책의 의도에 정확히 부합한다.

하나, 현재 콩고는 하나의 나라가 아니라 우리와 같은 분단국가이다. 1960년에 독립하여 콩고 강 서편(과거 프랑스령 지역)은 사회주의 국가인 콩고 공화국이고, 콩고 강 동편(과거 벨기에령 지역)은 자본주의 국가인 콩고 민주공화국이다.

콩고 공화국의 인구는 300만 명 정도인데 반해 콩고 민주공화국의 인구는 6천만 명 정도, 그 영토는 세계에서 열두 번째로 넓다. 양국간의 영토나 인구 차이가 너무 커서 분단국이라기보다는 콩고 공화국을 콩고 안의 작은 독립국으로 취급하기도 한다.

둘, 우리가 국제뉴스에서 많이 접하는 분쟁국은 작은 사회주의 국가인 콩고 공화국이 아니라 커다란 자본주의 국가 콩고 민주공화국이다. 지금까지 '콩고 내전'으로 400만 명 이상이 희생되었다고 하고, 내전은 현재도 진행 중이다.

셋, 국기만 보면 그 좌우의 이념을 혼동하기 쉽다. 콩고 민주공화국 국기는 일곱 개의 별 그림이고, 콩고 공화국 국기는 삼색 사선 그림이다.

기사에 의하면 2006년 11월, 콩고 민주공화국은 유엔의 감시 하에 걱정했던 것보다는 덜한 유혈사태를 겪으며 첫 민주선거를 치렀다. 그 결과 정부 측의 '카빌라' 대통령이 당선되었으나, 반군 측에서 선거 결과에 반발하며 내전은 계속되고 있고, 유엔 평화유지군은 그곳을 떠나지 못하고 있다. 전 세계에서 다이아몬드를 가장 많이 생산하는 나라 콩고의 1인당 GDP는 100달러이다. 또한 2017년에는 스마트폰과 전기자동차의 핵심원료인 코발트 광산에서 아동들이 가혹한 노동착취에 시달리고 있는 것이 사실로 확인되었다. 추측컨데 우리가 지금 들고 있는 스마트폰에도 콩고 민주공화국 어린이들이 채취한 코발트가 들어 있을 가능성이 높다.

지배자의 몸으로, 모럴리스트의 눈으로

이제 앙드레 지드와 함께 식민지 시대의 콩고로 돌아가보자. 앙드레 지드는 배를 타고 콩고 강을 따라 올라가서 우방기 강, 샤리 강을 거쳐 차드 호수까지 올라갔다. 지금으로 치면 콩고와 중앙아프리카공화국을 지나 카메룬과 차드, 그리고 나이지리아에 이르는 긴 여정이다. 강의 동쪽은 프랑스령, 서쪽은 벨기에령이다.

앙드레 지드가 어려운 시기에 콩고를 떠올린 이유는 36년 전, 그의 가정교사였던 엘리 알레그레 목사 때문이었다. 엘리 알레그레는 앙드레 지드의 어머니가 아들의 신앙생활을 위해 붙인 가정교사였다. 가정교사가 된 지 얼마 되지 않아 엘리 목사는 콩고로 선교활동을 떠났고, 다섯 살 터울의 두 사람은 한동안 편지를 교환한다. 앙드레 지드는 그때부터 콩고 여행에 대한 열망을 품었고, 〈코리동〉으로 처지가 곤란해지자 지인들과 정부의 지원에 자비를 보태 콩고로 떠났다.

여행 초반의 그는 다소 시무룩한 느낌이다. 여행에 대한 탐미적 예찬으로 넘치는 〈지상의 양식〉 시절과 비교해보면 그 시무룩함은 더 확연하다. 각 도시 풍경에 대한 묘사, 마을 사람들이나 짐꾼들의 인상, 나비 수집, 읽은 책에 대한 메모들은 간결하고 건조하다.

이것은 그가 〈코리동〉으로 사람들에게 너무 많이 시달린 탓일 게다. 하지만 앙드레 지드는 애꿎은 나이 탓을 하고 있다.

"마침내 콩고 강으로 접어들었다.

아! 인생이 수명을 단축시키고 있다는 사실을 모를 수만 있다면

내 가슴이 스무 살 때 못지않게 두근두근 뛰련만."

- '8월 9일, 오후 5시' 중

배는 현재의 콩고 공화국 수도인 브라자빌을 지나 점점 더 내륙으로 향한다. 유명인사에 대한 총독들의 호의가 간간이 이어진다. 그는 비참한 생활을 하는 원주민들을 보며 아프리카에는 더 많은 행정요원과 의료 지원이 있어야 한다고 생각한다. 그런데 그의 이러한 방관자적인 태도는 고무농장이 많은 방기라는 도시에서 분노로 바뀐다. 그리고 그 분노는 향후 그의 인생을 완전히 뒤바꿔 놓는다.

당시 프랑스인들은 아프리카 식민지에서 수탈한 물자로 풍요로운 생활을 누리고 있었다. 그들은 그 풍요를 바탕으로 프랑스 혁명을 이루었다. 프랑스인들이 자랑스럽게 여기는 세계 최초의 시민혁명은 식민지 수탈에 의한 물질적 풍요에 기반하고 있었기에 자유, 평등, 박애를 부르짖는 혁명주의자들조차도 밖에서 자행되는 식민지 만행에 대해서는 의식적으로 침묵했다.

앙드레 지드는 콩고를 여행하며 식민지배의 진상을 보았고, 그것을 기록했다. 그가 목격한 프랑스의 식민지 수탈의 구조는 다음과 같다.

프랑스의 식민지배는 생산물을 정부가 직접적으로 수탈하지 않고 민간회사인 '식민지대회사'들에게 맡기는 방식으로 행해졌다. 이렇게 하면 국내의 정치 공세를 피할 수 있고, 정부가 할 일도 줄어들기 때문이다. 내 손에 피 안 묻히고 논을 받는 빈영화와 외주 시스템은 식민

경제의 근간이었다. 당시의 아프리카의 고무농장은 '산림회사'에 거의 공짜로 불하되었다. 그에 따라 원주민들은 토지를 소유한 산림회사에 일정량의 고무를 채취해 갖다 주고 월급을 받게 되었는데, 원주민들은 일정한 할당량을 채우지 못하면 엄청난 벌금을 물거나 무거운 나무 대들보를 매고 산림회사 사무실 주위를 도는 벌을 받았다. 쓰러져 더 이상 일어서지 못할 지경이 되어도 뺑뺑이는 끝나지 않았다고 한다.

그런데 이 뺑뺑이를 집행하는 것은 산림회사 사람이 아니고 민병대 소속의 군인들이었다. 그래야 나중에 법적으로 문제가 되지 않기 때문이다. 행정과 사법의 책임 전가 전략. 결국 원주민 '음방키'는 귀빈 대접을 받는 선량한 여행자에게 현실을 알린다. 그리고 앙드레 지드는 충격을 받는다.

> "잠을 이룰 수 없다. 밤비오의 그 '무도회(고무농장 원주민에 대한 체벌)' 이야기가 저녁 내내 머릿속에서 떠나지 않는다. 자주 이야기되는 것처럼 '원주민들은 프랑스의 점령 이전이 지금보다 더 불행했다'고 말하는 것만으로는 설득력이 부족하다. 우리는 그들에 대해 피할 수 없는 책임을 떠안았다. 내 마음은 지금 불만과 원망으로 가득하다. 나는 운명이려니 하며 체념하기에는 도저히 용납되지 않는 몇 가지 일들에 대해 지금 알고 있다… 나는 조용히 살아왔다. 그렇지만 나는 이제 알게 되었다. 그러니 말을 해야 한다."
>
> - '10월 30일' 중

분노와 함께 그의 여행은 변화되었다. 그때까지 그는 다른 프랑스인들이 하듯이 험한 길은 가마를 타고 이동했지만, 이후로는 될 수 있으면 도보로 이동한다. 통역을 하는 그의 하인인 아둠에게 글씨를 가르치고, 원주민들의 억울한 사정을 듣기 위해 그들에게 적극적으로 다가간다. 식민지 총독에게 항의편지를 쓰기 위해 일정을 지체하기도 하고, 잡혀간 제보자를 구출하기 위해 행정관이나 악질 민병대원과 나서서 싸운다. 그러니 산림회사의 이중인격적인 호의가 반갑지 않아진 것은 두말할 나위가 없다.

> "그 대회사들의 지사 사원들은 얼마나 친절하고 상냥하게 대하는가! 행정관들이 그런 과도한 친절을 거절하지 못할 경우, 그 사원들에게 어떻게 'No'라고 말할 수 있을지?"
>
> - '10월 21일' 중

관심을 갖자 온갖 착취의 양태가 눈에 보이기 시작한다. 민병대원은 식민지 회사의 횡포가 싫어 숲으로 달아나는 원주민을 잡아 남녀노소를 불문하고 굴비처럼 목을 엮은 채, 머리에는 무거운 짐을 올리게 하고 채찍을 들고 잡아들인다. 또 생필품 상인들은 같은 물건을 프랑스인에게는 1프랑에, 원주민에게는 3프랑에 판다. 그렇지만 원주민은 아예 물건을 살 수도 없이 가난하다. 그간의 폭력과 수탈과 가난으로 많은 사람들이 죽었음에도 불구하고 4년 전의 인구통계에 따라 세금을 걷는 모습, 그래서 이미 죽은 사람들에 대한 세금까지 감당하고 있는 원주민들의 모습. 그리고 다음과 같이 앙드레 지드 자신이 그런 수탈의 원인이 되는 모습.

“길가로는 약 20미터 간격으로 깊이 3미터 가량의 널찍한 구덩이들이 있었는데, 바로 그 안에서 비참한 여인들이 길을 돋우기 위한 사토를 퍼 올리고 있었다. 적절한 도구라고는 하나도 없었다… 여인들은 대개 작업을 하면서 아이에게 젖을 먹이고 있었다. 구덩이가 무너져 내리는 바람에 안에서 일하고 있던 여인들이 아이와 함께 파묻히는 일이 한두 번이 아니라는 이야기를 여러 사람들로부터 들었다… 우리는, 우리가 지나갈 수 있도록 얼마 천 폭풍우에 망가진 길을 복구하기 위해 민병대원들이 그 여인들을 감시하여 밤낮으로 작업을 시켰다는 사실을 알게 되었다.”

- ‘10월 18일’ 중

원주민이 아기와 함께 흙더미에 파묻혀가며 닦은 이 길은 행정관 파샤가 한 달에 한 번 자동차를 몰고 갈 때 이용하는 길이었다.

문학에서 참여로

이제 앙드레 지드가 무엇을 기대하고 이 여행을 시작했는지는 더 이상 중요하지 않게 되었다. 분노가 우울함을 삼켜버린 것이다. 여행에서 돌아온 그는 식민지에서 본 그 ‘끔찍한 것’들을 〈콩고 여행〉을 통해 폭로했고, 프랑스 사회는 비겁한 침묵에서 깨어났다. 1928년 의회는 ‘대조사 위원회’를 발족했고, 식민지 장관은 응분의 조치를 취할 것을 약속했다. 당시 구체적인 시정조치에 대해 확인할 수 없지만 비겁한 침묵에 돌을 던진 앙드레 지드의 행위는 크게 평가받아 마땅할 것이다.

앙드레 지드는 식민지배 고발을 시작으로 정치적인 문제에 적극적으로 개입한다. 공산당에 가입하여 모스크바로 향했고, 그는 또 한 번 그곳에서 보고 알게 된 것을 고발한다. 〈소련에서 돌아와〉를 통해 스탈린의 독재를 강력하게 비판한 것이 그것이다.

본능의 존중, 동성애의 깨달음과 받아들임, 신혼여행, 그리고 정치 참여……. 아프리카는 번번이 앙드레 지드의 인생을 바꾸어 놓았다. 그것이 아프리카이기에 벌어진 일인지, 앙드레 지드이기에 벌어진 일인지를 가려내는 일은 어렵고도 부질없는 일일 것이다. 우리가 주목해야 할 것은 일찍이 정계와 문화계의 유명인사로 자리 잡은 그가 끝까지 양심에 따라 시대의 부조리와 싸웠다는 사실이다. 전 세계가 앙드레 지드를 모럴리스트라 부르는 이유, 우리가 그의 아프리카 여행을 기억해야 할 이유는 여기에 있다.

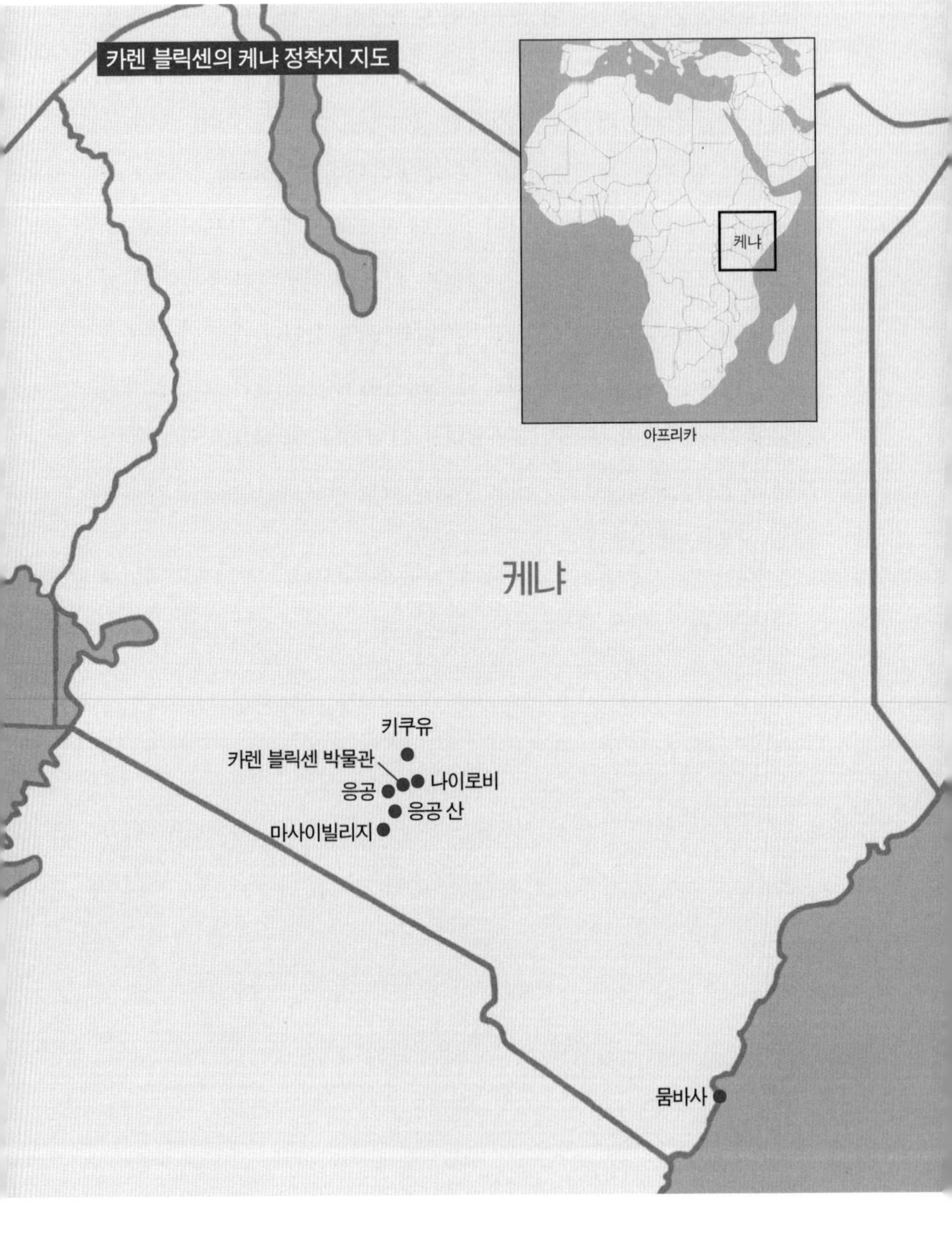

카렌 블릭센의 케냐 정착지 지도
케냐
아프리카
케냐
키쿠유
카렌 블릭센 박물관
나이로비
응공
응공 산
마사이빌리지
뭄바사

도피 4. 카렌 블릭센의 케냐 커피농장 정착기

아프리카에서는
항상
새로운 것이
생겨난다

영화 〈아웃 오브 아프리카〉를 극장에서 본 기억이 난다. 그때의 나는 다른 사람들의 애정사를 가만히 관찰하는 재미를 전혀 몰랐던 질풍노도의 시기였고, 로버트 레드포드와 메릴 스트립이라는 배우들과도 초면이었다. 영화는 여주인공의 힘겨운 아프리카 생활을 두 남자와의 슬픈 사랑 이야기 안에 녹여낸 멜로영화였지만, 나는 '그거 말고 진짜 사건'을 기다리다 100분을 전후하여 결국 졸고 말았더랬다. 내가 보지 못한 그 20분은 이 영화의 가장 로맨틱한 부분이었는데…….

그랬던 〈아웃 오브 아프리카〉를 20년 만에 원작소설로 읽었다. 원작소설이 근래에야 번역출간 되었고, 소설이지만 여행기에 가까운 작품이었기에 선뜻 펼쳐 들었다. 원작은 영화와는 달리 사랑 이야기라기보다는 한 여인이 한 인간으로 자기인식을 하게 되는 과정에 초점을 두고 있었다. 무엇보다 아프리카에 서서히 현지화되어가는 이방인의 감정을 차분하고 섬세하게 담아낸 것이 인상 깊었다. 책을 다 읽고 난 지금, 〈아웃 오브 아프리카〉는 아프리카 여행에서 가장 먼저 챙겨야 할 여행기가 되었다. 앙드레 지드나 헤밍웨이에게는 미안하지만, 아프리카에 관해서라면 그들은 여행 가방이라는 경기장에서 벤치멤버로 밀려나 버렸다.

자살한 아버지의 유산

카렌 블릭센(Blixen Karen, 1885~1962)은 덴마크 작가이다. 책을 출판할 당시 쓴 이름은 아이작 디넨센. 카렌 블릭센은 결혼 이후 쓴 이름이고, 아이작 디넨센은 어릴 적과 이혼 후 쓴 이름이다. 그녀의 아버지는 육군 장교 출신으로 정치를 하며 글을 썼고, 그녀의 어머니는 부유한 상인가문의 딸이었다.

그녀 인생의 첫 번째 시련은 아버지의 죽음이었다. 열한 살 때 아버지가 자살을 한 것이다. 그녀는 모험심 많고, 글에 대한 재능을 가진 아버지를 더 많이 닮았고, 따랐다고 한다. 특히 아버지는 일 년 반 동안 미국 위스콘신의 인디언들과 지내고 나서 〈사냥꾼으로부터 온 편지〉라는 책을 남겼는데, 〈아웃 오브 아프리카〉는 그런 아버지의 작업에 영향을 받은 바가 크다. 글과 책이 얼마나 멋진 유산이 될 수 있는지 알 수 있는 좋은 선례라 할 수 있다.

모험심과 재능만 닮았다면 좋았겠지만 이들 부녀에겐 치명적인 공통점도 있다. 바로 매독이다. 매독은 그녀의 아버지를 자살로 몰아간 원인이었고, 카렌 블릭센을 평생 괴롭힌 지병이기도 했다. 그녀의 아버지는 미국에서 돌아온 지 얼마 되지 않아 자신이 매독에 걸린 것을 알게 되었고, 설상가상 집에서 일하던 하녀와의 사이에 아이가 생겨 버렸다. 변명의 여지가 없는 과오를 연달아 저지른 그에게 엄격한 처가의 가풍은 커다란 압박이었고, 혼자 고민하던 그는 결국 목을 맸다고 한다.

카렌 블릭센은 아프리카에서 남편으로부터 매독에 감염되었다. 그녀는 잠시 고향으로 돌아가 매독을 치료하고 아프리카로 돌아왔는데, 그 이후 검사 결과 아무런 이상이 없었음에도 불구하고 평생 스스로 매독을 의심해 각종 과잉진료를 받았다고 한다. 말년의 여러 가지 병증에 대한 정확한 원인은 지금까지도 의문으로 남아 있지만, 아버지의 죽음 때문에 매독에 대한 충격과 우려가 더 심했던 것만은 분명해 보인다.

다시 열한 살로 돌아와서, 아버지의 죽음이 그녀에게 남긴 가장 즉각적이고 뼈아픈 유산은 외가로의 이사였다. 외가는 부유하지만 매우 엄격하고 보수적인 기독교 집안이었다. 그녀는 학교에 가지 않고 외할머니와 고모에게 직접 교육을 받았는데, 이 두 분 모두 어머니보다 더 독실하고 열성적인 기독교도였다. 외국어와 교양에 대한 전형적인 귀족교육을 받는 동안 그녀는 내내 우울했다. 재능과 끼가 있는 아이들이 강압적인 환경에서 자라게 되는 경우의 부작용은 아이가 자신의 재능에 몰두하지 못하고 세상에 대한 반감과 탈출 욕구에만 몰두하게 된다는 데 있다.

그녀는 결국 성인이 되자마자 아버지 쪽 친척인 피네케 블릭센의 청혼을 받아들였다. 태국사업에서 재미를 본 친가 쪽 아저씨는 그들에게 케냐의 커피사업을 권했고, 블릭센 부부는 사업자금을 받아 결혼과 동시에 케냐로 떠난다. 그녀는 결혼을 통해 외가에서 친가로, 덴마크에서 케냐로 떠나 외가의 영향권에서 완전히 벗어났다.

카렌 블릭센(1918년 케냐)

그녀는 케냐에서 무려 17년간 지내고 덴마크로 돌아온다. 고향 룽스테둔의 어머니에게 돌아온 그녀는 4년 뒤 첫 소설집 〈7개의 고딕이야기〉(1934)를 어렵사리 출판하면서 오십이 다된 나이에 작가로서의 삶을 시작한다. 이 책에는 영화 〈바베트의 만찬〉의 원작이 포함되어 있다. 그리고 3년 후, 두 번째 작품 〈아웃 오브 아프리카〉(1937)로 큰 명성을 얻는다. 이후 그녀는 40년 동안 줄기차게 작품을 발표했고, 두 차례에 걸쳐 노벨문학상 후보에도 올랐다. 이때 그녀의 경쟁자는 헤밍웨이와 알베르 카뮈였다.

그녀의 재능으로 볼 때 굳이 아프리카로 가지 않았어도 그에 필적할 명작들을 남겼을 것이고, 오히려 훨씬 더 일찍 재능을 꽃피우지 않았을까 하는 생각을 해본다. 억압적인 교육이 그녀를 더 먼 길로 돌아가게 만든 것은 아닌지…….

〈아웃 오브 아프리카〉의 미덕은 그녀의 자기인식 과정이 아프리카에서의 생활 속에 잘 녹아 있기 때문이다. 그녀는 섣불리 무언가를 규정하기보다는 자연과 원주민으로부터 비롯된 자신의 내면변화에 주시한다. 풍경이 내면을 고무시키고, 그 내면세계가 다시 풍경에 투사되는 과정을 통해 점점 아프리카와 하나가 된다. 마치 엉뚱한 곳에 심어진 나무가 바람에 흔들리고, 몇 번의 죽을 고비를 넘겨가며 자기만의 모양을 갖게 되듯, 추운 나라 덴마크에서 온 그녀는 아프리카 오지에서 자기만의 영혼을 완성한다. 때로 이 작품에 대해 서구적 관점의 한계가 있다는 비판이 가해지기도 하지만, 이러한 비판을 간단하게 무너뜨리는 것은 그녀의 끊임없는 관찰과 진솔한 고백이다. 이것은 이제까지 누구도 남긴 적 없는 아프리카에 관한 '감정의 기록'인 것이다.

풍경과 내면이 어우러지는 한 장면을 보자. 그녀는 케냐의 나이로비에서 19킬로미터 떨어진 은공 산 기슭, 1800미터 고지에 커피농장을 일구었다. 바람은 항상 북북동의 해안에서부터 불어오고, 구름이 바람을 타고 은공 언덕을 오르다 산비탈에 부딪혀 비가 되어 내리는 풍경이 한눈에 보이는 그곳. 그녀는 이제껏 느끼지 못했던 자신의 존재감을 느끼며 고무된다.

> "아프리카 고원지대에서 체류하던 시절을 회고하면 자신이 한때 높은 공중에서 살았다는 감회에 젖는다… 한낮에는 땅 위의 공기가 마치 타오르는 불꽃처럼 살아 있었다. 흐르는 물처럼 섬광을 발하고 물결치고 빛났으며 모든 사물을 거울처럼 비추어 물도 반들고 거대한 신기루를 반

들어냈다. 이런 높은 곳의 공기 속에서 편안히 숨 쉬다 보면 어느새 기운찬 자신감과 상쾌한 기분이 가슴 가득 차오른다. 고원 지대에서 아침에 눈을 뜨면 이런 생각을 하게 된다. '여기 내가 있다. 내가 있어야만 하는 곳에.'"

- '은공 농장' 중

'내가 있어야만 하는 곳에 내가 있다'는 느낌이 얼마나 벅찬 감정이었을지는 그녀의 성장과정을 감안할 때 더 깊이 공감할 수 있다. 이러한 자기 확신은 스스로의 내면을 객관적으로 들여다 볼 수 있는 마음의 힘을 주고, 세상과 대면할 용기를 준다. 나무의 뿌리와 잎이 따로 자라지 않듯, 스스로에게 느끼는 자존감과 외부세계로 향한 관심은 함께 커나간다. 자존감은 고난을 긍정적 의미로 받아들이고 대처하게 만드는 든든한 뿌리이다. 비로소 자신에게 맞는 땅을 찾은 그녀가 사업과 사랑의 실패를 겪는 중에도 왜소해지지 않고 더 풍부한 영혼의 소유자가 되어간 것처럼 말이다,

그녀의 영혼이 항상 아름다운 풍경에만 감응한 것은 아니다. 현실의 아프리카에는 잔인하고 불합리한 풍경이 더 많을 터. 사냥을 하던 그녀는 냉정하고 무자비한 약육강식의 포식자가 되어 자연을 향해 총을 쏜다. 그리고 그 결과 아프리카의 자연은 그 빛깔을 잃어버린다.

"이구아나는 생김새는 예쁘지 않지만 색깔만큼은 그 아름다움을 따를 자가 없다··· 나는 이구아나를 쏜 적이 있다. 가죽으로 아름다운 물건을 만들 수 있으리란 생각에서였다. 그러자 이상한 일이 일어났고 나는 그 일을

잊을 수 없다. 돌 위에서 총을 맞고 죽어 있는 이구아나에게 다가가는데 몇 걸음을 옮기기도 전에 이구아나가 선명한 색을 잃어 가는 게 보였다. 이구아나가 지닌 모든 색이 마치 한숨을 내쉬듯 빠져나갔고 내가 다가가 만졌을 때는 콘크리트 덩어리처럼 우중충한 잿빛이 되어 있었다. 그 찬란한 빛을 발했던 건 이구아나의 몸속에서 맹렬히 고동치던 살아 있는 피였다… '나는 그들 모두를 정복했다. 그러나 나는 무덤들 가운데 서 있다'."

- '이구아나' 중

이것은 자연과 인간의 관계를 극적으로 보여주는 장면인 동시에, 여자와 남자, 유럽인과 아프리카인의 관계를 상징하는 장면이라고 할 수 있다. 누군가의 소유가 되는 순간 그 빛을 잃는다는 깨달음은 작품 속의 그녀가 한곳에 머물 줄 모르는 남자 데니스를 억지로 잡아두려 하지 않았던 것과 일맥상통한다. 모든 사람은 자신의 삶을 살 때 가장 아름답다는 걸 어린 시절부터 절감해온 그녀는 자유분방한 남자 데니스와의 온전한 공존을 꿈꾸었고, 그가 사고로 죽자 덧없지만 아름다운 추억을 돌아보며 여생을 보냈던 것이다.

당신은 어느 부족입니까?

아프리카에 정착한 그녀에게 가장 중요한 것은 원주민과의 관계였다. 커피농장을 경영하기 위해서는 그들이 반드시 필요했기 때문이다. 과연 그들을 정복하지 않고 그들과 공존하는 것이 가능한 일이었을까? 공존을 위해서는 그들을 알아야 하고, 이해해야 하고, 사랑해야 했다. 그래서 그녀는 〈아웃 오브 아프리카〉에 원주민의 각 부족과 개개인의 특성을 묘사하는 데 꽤 많은 힘을 쏟는다. 아프리카에는 3000여 부족이 있었고, 각 부족들은 각자의 뚜렷한 성격과 전통을 가지고 있었다. 이방인들의 눈에는 모두 검게 보일 뿐이지만 원주민 개개인에게는 부족의 특성이 깊이 배어 있었던 것이다. 아마도 노력만 한다면 누구나 자신과 유사한 부족을 찾아낼 수 있으리라.

카렌은 키쿠유족과 함께 커피농장을 일군다. 그녀의 농장 건너 구역은 마사이족의 땅이고, 그녀의 집사는 소말리인이다. 영화에서 기차에서 내리는 카렌을 가장 먼저 맞았던 이슬람풍 의상을 입은 원주민 파라가 소말리인이다. 소말리인은 아랍계 흑인으로 이슬람교도들이다. 언제나 주인보다 많은 것을 알고 있다는 듯 뻣뻣한 자세를 취하는 소말리인은 눈치가 빠르고 욕심이 많다. 협상에 능해 백인들의 하수인이 되어 같은 흑인들을 감시한다. 얼굴의 광대가 유난히 발달되어 있는데 축구선수를 예로 들자면 카메룬 선수 에투형 얼굴이다. 이슬람교도들답게 원한을 가슴에 새기면 평생을 간직하는 것도 중요한 특성.

마사이족은 유목민이다. 그들은 타협을 모르는 아프리카의 전사들이다. 정말 피하고 싶은 단어인 '우월한 스타일'이라는 표현을 기어코 동원하게 만드는 외모와 행동. 축구선수 중에 비슷한 스타일을 꼽는다면 코트디부아르의 디디에 드록바 정도. 그들은 노예가 되려야 될 수 없는 부족이다. 마사이족을 감옥에 가두면 이유 없이 3일 만에 죽기 때문에 누구도 그들을 노예로 만들 수 없었다고 한다. 그들도 소말리인처럼 원한을 가슴에 품는다. 마사이족의 원한은 평생에 그치지 않고 대를 이어 내려간다.

커피농장을 함께 일군 키쿠유족은 카렌 블릭센과 가장 가까이 지낸 부족이다. 소말리인처럼 약삭빠르지도, 마사이족처럼 전투적이지도 않다. 그들은 백인들이나 타 부족의 행동 등 모든 현상을 자연현상처럼 받아들인다. 따라서 어떤 가혹한 일이 벌어져도, 누가 무슨 짓을 해도 충격을 받지도, 고마워하지도 않는다. 키쿠유족은 뭔가 딱 부러지게 표현하는 적 없이 항상 에둘러 말하며, 그조차도 띄엄띄엄 뜸을 들여가며 말한다. 무력해 보이지만 신성함에 대한 단단한 믿음을 가진 부족. 축구보다는 마라톤에 어울리는 부족이다.

키쿠유족과 관련해 가장 흥미로운 내용은 그들의 재판과 판결에 관한 것이다. 키쿠유족은 사건사고 발생 시 '카야마'라고 하는 원로회의를 통해 판결을 내린다. 일주일 동안 쌍방의 이야기를 듣고 원로들 간의 회의를 거친 후 판결을 내린다. 그런데 그들은 사람을 처벌하지 않고 가축으로 배상하도록 한다. 철저한 보상 중심이다. 카렌 블릭센이 참석한 재판 기록에 의하면 살인 사건의 경우는 '양 40마리', 오발 사고로 인해 턱이 날아간 경우는 '암소와 새끼 암소'를 배상했다. 배상 즉시 사건은 종결되고 피해자는 판결을 적은 종이를 주머니에 넣어 목에 달고 다닌다. 그리고 그 이후 어느 누구도 그 일을 입에 올리지 않는다. 정말 그렇게 원한과 가축을 바꿀 수 있을까? 가족의 죽음조차도 자연현상으로 받아들이기 때문일까? 이 모든 판결의 중심에는 족장이 있다.

"내가 보고 있는 동안에 그(족장 '키난주이')는 미동도 하지 않았다. 그는 그곳에서 벌어지고 있는 사태에 대해 알지도, 느끼지도 못하는 짐짝처럼 꼼짝도 않고 앉아 있었다. 그는 흥분해서 소리를 질러대는 군중에게 옆

얼굴을 보이고 있었는데 나는 그의 옆얼굴이 진정한 왕의 얼굴임을 깨달았다. 그런 자세로 스스로 무생물로 변신하는 건 원주민의 재능이었다. 키난주이가 어떤 말이나 행동을 보였더라면 오히려 격정으로 흥분한 군중에게 기름을 붓는 격이 되었을 것이며 조용히 앉아 있는 것만큼 그들을 진정시키는 효과를 거두지 못했을 터였다. 그건 아무나 가진 능력이 아니었다."

- '키쿠유족 족장' 중

그녀는 원시적인 형태의 재판에서 진정한 인내와 권위를 본다. 모든 부족에게는 그들에게 맞는 생존 논리가 있고, 그에 따른 법과 관습이 있었다. 그녀는 그들의 법과 권위를 인정해주는 흔치 않은 백인 농장주였고, 원주민은 그런 그녀에게 그들만의 세계를 보여준다. 그녀가 본 원주민의 세계는 소유와 억측으로 가득한 문명세계와는 달리 자연과 밀착된 건강하고 단순한 세계였다.

"원주민은 피와 살이 아프리카였다. 그레이트 리프트 밸리 위로 솟은 롱고노트 산의 사화산도, 강가에 줄지어 선 무성한 미모사 나무도, 코끼리와 기린도 원주민만큼 아프리카적이진 못했다. 거대한 풍경 속의 형제들. 그들 모두가 하나의 정신의 다른 표현이자 동일한 주제의 변주였다… 나는 깨달았다. 원주민은 고귀하고 이주민은 무미건조함을."

- '은공 농장' 중

그녀는 결국 아프리카에서의 사업에 실패했다. 커피농장을 농장에서 일을 하던 원주민들에게 돌려주고, 결혼을 계기로 뛰쳐나왔던 어머니의 집으로 17년 만에 되돌아갔다. 사업 실패, 매독, 이혼, 연인의 죽음, 외가로의 복귀……. 청춘을 모두 바친 그녀의 아프리카 생활은 겉으로 보기에는 상처뿐이었다. 하지만 그녀의 영혼은 비로소 충만해졌고, 그 공존과 덧없는 추억을 써 내려가기 시작했다.

이 책의 제목은 "아프리카로부터는 항상 무언가 새로운 것이 생겨난다"라는 라틴 경구에서 따온 것이다. 〈아웃 오브 아프리카〉는 '아프리카를 떠나며'나 '아프리카 탈출'이 아닌 '아프리카로부터'라는 얘기다. 그렇다면 아프리카에서 생겨나는 새로운 것이란 무엇일까? 아프리카는 아무 일도 일어나지 않는 문명세계와 달리 쉴 새 없이 무슨 일인가가 벌어지고 있는 자연의 세계이다. 항상 무언가가 생겨나고 있고 무언가가 사라지고 있으며, 인간도 자연을 따라 출렁인다. 잠시만이라도 그녀와 함께 자연의 창으로, 인간의 창으로 아프리카를 바라본다면 누구든지 무언가 새로운 것을 발견할 수 있지 않을까? 아프리카에서 많은 것을 잃었지만 아프리카로부터 모든 것을 얻은 카렌 블릭센처럼 말이다.

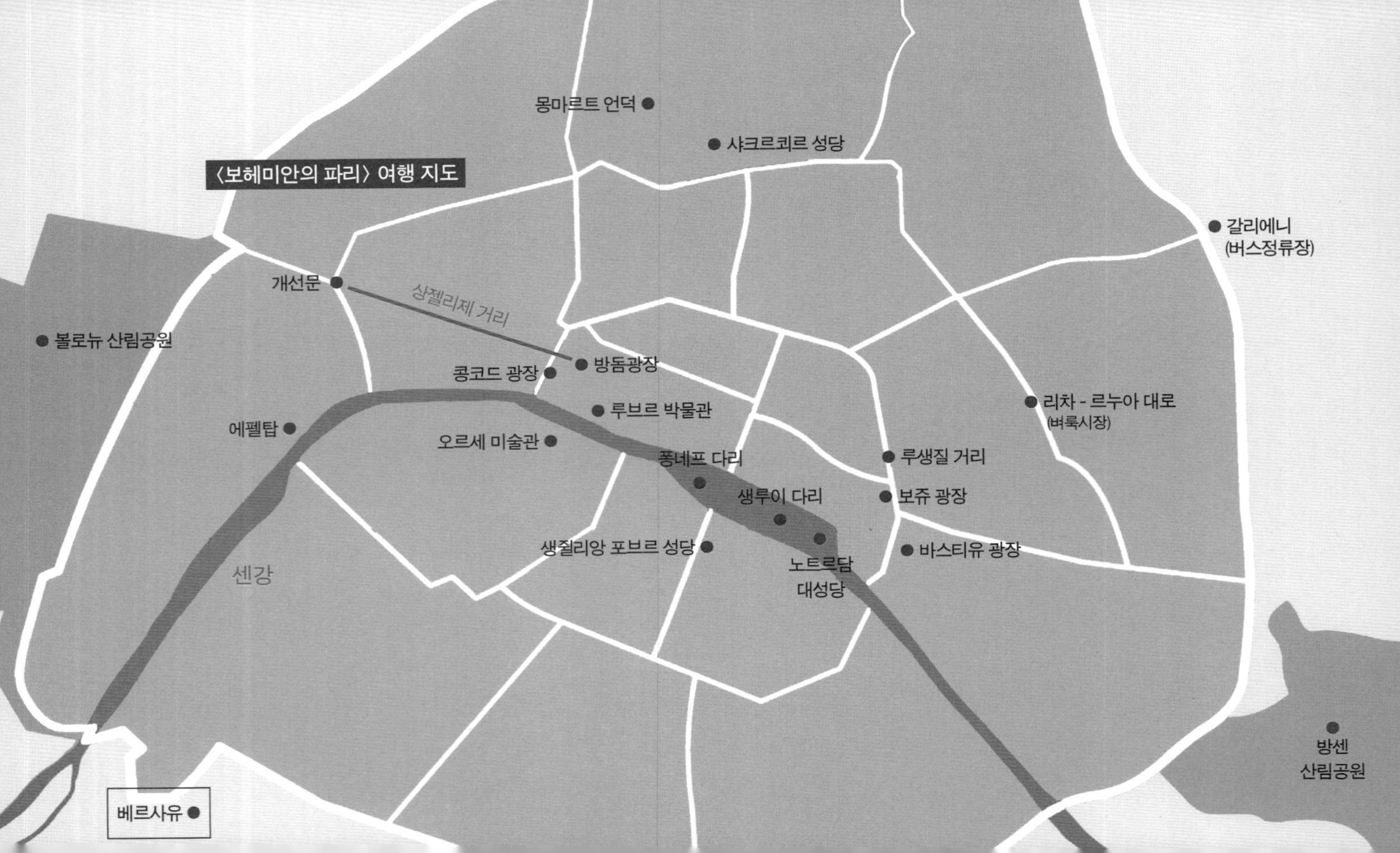
〈보헤미안의 파리〉 여행 지도
몽마르트 언덕
샤크르쾨르 성당
갈리에니
(버스정류장)
개선문
상젤리제 거리
볼로뉴 산림공원
방돔광장
콩코드 광장
루브르 박물관
에펠탑
오르세 미술관
리차 - 르누아 대로
(벼룩시장)
루생질 거리
퐁네프 다리
생루이 다리
보쥬 광장
생젤리앙 포브르 성당
바스티유 광장
노트르담
대성당
센강
방센
산림공원
베르사유

도피를 부르는 여행기 - 에릭 메이슬의 〈보헤미안의 파리〉

위기의
작가들을 위한
여행

각 장의 주제에 맞는 엄선된 여행기를 하나씩 권하고자 한다. 대작가들의 여행기도 좋지만 당장의 여행에 도움이 되는 여행기도 필요할 것이기 때문이다. 도피의 장에서는 작가들을 위한 책을 골랐다. 〈보헤미안의 파리〉(에릭 메이슬)는 도망치고 싶은 작가들을 위한 여행 안내서이다. 작가가 가장 도망치고 싶을 땐 언제일까? 맞다. 골이 텅 빈 것처럼 단어 하나도 떠오르지 않을 때이다. 마감에 몰렸을 때가 멍할 때보다 백 배는 나은 것이다. 그래서 전문가 한 분을 모셨다. 그는 말한다. 글을 쓰고 나서 여행을 떠나려 하지 말고, 일단 떠나서 글을 쓰라고. 솔깃하지 않은가? 그런데 이상하다. 무조건 떠나라고 하는데, 읽다 보면 당장 글을 쓰고 싶어진다. 묘한 책이다.

걸작은 잊어라!

에릭 메이슨(Eric Maisel, 1947~)은 예술가들을 위한 코치로, 일명 ‘크리에이티브 카운슬러’로 불린다. 저가가 추천하는 파리 여행법은 ‘창작여행’이다. 원제는 ‘Writer’ Paris’(작가의 파리). 한 달 150만 원으로 6개월 동안 파리에서 소설 한편을 쓰는 비법을 알려준다. 파리에 가고 싶은데 핑계가 없는 사람들에게는 가야 할 이유를 제공하고, 글을 쓰고 싶어 하는 사람들에게는 ‘파리’라는 당근을 던져 작업으로 유도한다.

그의 첫 번째 제안은 ‘걱정 말고 무조건 써라. 가능하다면 무조건 떠나라’이다. 여기서 우리가 우선 주목해야 할 것은 ‘무조건 써라’라는 말이 아니라 ‘걱정 말고’이다. 글을 쓸 때, 우리는 제일 먼저‘무엇을 쓸 것인가’라는 질문에 부딪힌다. 글을 쓰려고 책상에 앉는 순간, 머릿속이 하얗게 부서지는 경험은 작가에게 절망 그 자체이다. 이럴 경우 파리에서라면 조금은 덜 비참할 수 있다. 파리는 산책하기 좋은 도시이기 때문이다.

‘플라뇌르(Flaneur)’는 산책하는 사람을 의미한다. 보들레르는 “예술가는 산책을 하며 사람과 세상을 관찰하는 방관자”라고 했다. 파리는 지리적으로 20개 구가 바람개비 모양으로 펼쳐진 작은 도시로, 안쪽에는 루브르, 노트르담, 오르세, 에펠탑 같은 관광지가 있고, 밖으로는 서쪽에는 불로뉴 숲, 동쪽에는 벵센 숲, 북쪽에는 몽마르트, 남쪽에는 몽수리 공원이 있다. 지하철을 타고 새로운 동네로 가서 산책을 해도 좋고, 안쪽 동네를 한가롭게 거닐다가 작은 카페나 성당에 들어가 쉬어도 좋으며, 그저 광장의 사람들을 바라보면서 소재를 떠올려 보는 것이다.

헤밍웨이가 방탕한 밤을 보내고 아침에 양파 수프를 먹으며 해장

했다는 카페에 가본들 당신에게 무슨 도움이 되고 영감을 주겠는가?(그곳은 음식 값도 두 배는 비싸고, 사람들도 두 배는 많다고 한다) 중요한 것은 우리는 관광객이 아니라 글을 쓰는 예술가라는 사실이다. 관광지를 배회하는 대신 아침에 일찍 일어나 리차-르누아 대로의 벼룩시장으로 과일을 사러 가보자. 탐스러운 과일을 생각보다 매우 싼값에 팔고 있다. 그중 싼 과일들은 보기 좋은 것과 나쁜 것이 섞여 있다. 과일을 주걱으로 퍼 담으며 작가는 생각한다.

'글 쓰는 것도 이와 같지 않을까?'

좋은 것과 나쁜 것을 받아들일 줄 알아야 글을 쓸 수 있다. 독자들은 모두 반짝반짝 빛나는, 보기만 해도 먹고 싶은 글을 요구하지만, 작가들은 언제나 좋은 글만을 쓸 수는 없다. 훌륭한 글을 쓰기 위해 하찮은 글을 받아들지 않는다면 그 어떤 것도 쓸 수 없게 되기 쉽다. 작가는 수준이 떨어지는 작품을 자주 생산할 수밖에 없는 존재임을 받아들이는 순간 세상은 달라 보이기 시작한다.

> "걸작은 잊어라. 그냥 쓸 준비만 해라. 그리고 나쁜 것을 받아들일 마음의 준비만 하면 된다. 과일 상자 안에는 설익은 과일도 있고, 썩어 문드러진 과일도 있고, 먹음직스런 과일도 있다. 그냥 한 주걱 퍼내라. 당신이라는 캐릭터는 이렇게 해서 만들어진다."
>
> - 3장 '살구' 중

에릭 메이슬은 이렇게 글을 쓰기 위한 마음의 준비를 할 수 있도록 잔뜩 바람을 넣고 나서는 파리 관광을 위한 작은 팁이나 정보도 잊지 않는다. 첫 번째 팁은 오르세 미술관 관람법.

오르세 미술관을 가려거든 아침 일찍 가야 한다. 오후에는 관광객이 몰려오므로 조용히 그림을 보기 어렵고, 그림을 보아도 깊이 느끼기 어렵다. 가급적 문을 여는 9시 15분에 가서 곧장 고흐와 고갱이 있는 3층으로 올라가야 한다. 조용한 미술관에서 고흐와 고갱을 만나는 특별한 체험이야말로 파리에서 감성을 충만시키는 좋은 방법이다. 조용한 공간에서 고갱과 단 둘이 있다 보면, 타이티에서 방탕한 생활을 하다가 매독으로 죽었다는 사생활에 대한 선입견으로 인해 깊이 생각하지 않았던 그의 순수한 영혼을 만날 수 있다.

프랑스어를 못한다고 겁먹을 필요도 없다. 몇 마디만 알면 그냥 글을 쓰며 머물기에 충분하다.

윈 꼼 사(Un Comme Sa). 이거 하나 주세요.

콤비엥?(Combien?) 얼마예요?

주 쉬 데솔레(Ju Suis Desolee). 죄송합니다.

주 느 파홀레 파 프랑세(Je Ne Parle Pas Francais). 전 프랑스어를 잘 못합니다.

이 네 마디면 충분하다. 우린 그저 파리에 머물며 글을 쓰고, 예술가들의 교훈을 되새기고, 풍경을 즐기면 되는 것이므로…….

창작여행의 마법

이제 쓸거리도 생겼고, 파리에도 어느 정도 익숙해졌다면 글을 써

보자. 우리는 어디서든 글을 쓸 수 있다. 카페에서 두 시간 동안 글을 쓰고, 산책을 하다가 성당에서 글을 쓰고, 다리 위에 주저앉아 글을 쓴다. 이렇게 하면 예술가로의 낭만을 즐기면서 하루 여섯 시간을 쓸 수 있다. 그리고 매일 글쓰기와 산책을 반복한다. 모든 곳이 관광 명소이자 우리의 작업실이다. 하루 여섯 장의 글을 쓴다면 3개월이면 소설 한 편이 나온다. 글이 막힐 때면 플라뇌르…….

힘들 때면 파리에서 살았던 예술가들을 생각하며 힘을 내보는 것도 좋다. 파리에서 떠올릴 수 있는 작가는 수도 없이 많다. 보들레르, 사르트르, 헨리 밀러와 아나이스 닌, 조르주 심농, 헤밍웨이, 그리고 피카소, 세계 최초의 동성애자 시장인 베르트랑 들라노에……. 그들의 일화는 회의와 자책에 빠진 우리에게 커다란 위로가 될 것이다.

사르트르는 아무도 반기지 않는 대중을 위한 플로베르 전기인 〈가문의 백치〉에 10년 동안 집착하며 인생을 낭비했다. 그가 잘할 수 있었던 실존주의에 관한 연구를 제대로 마무리하지도 않은 채 결과 없는 글에 10년을 매달렸다. 글을 쓰는 사람은 자신을 결코 과대평가해서는 안 된다. 나는 뭔가 할 얘기가 있다는 믿음이 중요할 때도 있지만, 인간을 감동시키는 소박한 이야기에 집중하는 것이 무엇보다 중요하다.

헨리 밀러는 그의 연인 아나이스의 일기를 아꼈다. 그녀의 일기는 10년 뒤 재평가를 받았다. 소설이 써지지 않을 때는 지금 생각나는 것들에 대한 짧은 글을 써도 좋다. 짧은 글은 하루 안에 마무리를 지을 수 있다는 장점이 있다. 누구나 소설을 써야 할 이유는 없으며, 아나이스처럼 소설이 아닌 다른 글에 당신의 재능이 있을 수도 있다.

글을 쓰면서 다른 사람의 평가에 대처하는 법에 대한 예는 조르주 심농이다. 그는 평생 600편의 소설을 썼다. 그는 타인의 평가에 대해 이렇게 말했다.

"중요한 것은 작품에 대한 타인의 평가가 아니라 타인이 하는 말을 들으며 떠오르는 나의 생각이다."

만약 당신이 힘든 과정을 극복하고 목표했던 하루치의 글을 썼다면, 이제 저녁 내내 온 파리가 두 팔을 벌리고 기다리고 있다. 하지만 대도시들은 여행을 즐기기에 만만치 않은 곳이다. 런던, 뉴욕, 취리히, 비엔나, 모스크바, 밀라노 등 유명한 관광지나 세계 제일의 대도시는 사실 가난한 여행자들의 적이다. 건너뛰자니 허전하고, 눈에 담자니 살인적인 물가와 쌀쌀한 사람들로 후회할 것이 불 보듯 뻔하다.

도시는 각자의 방식으로 천천히 즐길 때에만 그 본 모습을 드러낸다. 그렇다면 작가는 어떤 방식으로 도시를 즐길 수 있을까? 저자의 단호하고 시원한 결론은 이렇다.

> "예술을 단념했을 때 제아무리 마법 같은 장소라 할지라도 신비로움을 잃는다. 센 강은 어디에 있는 지저분한 하수도이다. 노트르담 성당은 흔하디 흔한 돌조각 더미이다. 그러나 어떻게든 한 시간 정도 글을 쓴 다음에는 마법이 다시 돌아온다. 파리가 웃는다."
>
> - 25장 '글을 쓰지 않는 것에 대하여'에서

만약 당신이 창작여행, 예술여행을 떠난다면, 파리의 명소들은 달콤한 휴식의 장소, 낭만적인 사랑의 배경, 영감의 원천이 되는 곳으로 바뀌게 될 것이라는 말씀.

여행의 목적

우리는 가끔 목적이 없는 여행을 떠나기도 한다. 그저 잠시 이곳을 벗어나 이국적인 풍경 속에서 한가롭게 지내고 싶다는 생각이 언제나 머릿속에 맴돈다. 하지만 목적 없는 여행은 일단 잘 떠나지지 않는다. 목적이 없기 때문에 시간과 비용을 마련하기가 쉽지 않다. 훌쩍 떠났다고 하더라도, 여행자는 여행지에 도착하고 나서 이내 "내가 여기서 뭐하는 거지?"라는 막막한 상태가 되기 십상이다. 관광을 하면서도 "보기 좋긴 하다만 내가 이걸 봐서 뭐하나…" 하는 생각이 들고, 현지인들을 만나도 "이거 뭐 내가 돈으로밖에 안 보이는 건가?" 하는 생각에 빠져 결국 "남는 건 사진뿐, 사진이나 찍자"의 상태로 돌입하게 되는 경우가 흔하다.

그리하여 목적은 여행의 첫 번째 단추요, 여행을 지탱하는 연료가 된다. 이 책에서 제시하는 목표는 글쓰기이다. 직업적으로 글을 쓰는 사람이건, 다른 일을 하고 있지만 언젠가는 자신의 책을 쓰는 꿈을 품고 있는 사람이건, 파리로 한 권의 책을 쓰기 위한 여행을 떠나 볼 것을 제안하고 있다. '파리라면 당신도 책을 쓸 수 있을 것이다'라고 최면을 건다.

책을 덮는 순간, 이제 파리도, 파리의 예술가들도, 소설도 손에 잡힐 듯 가까워진 느낌이다. 만일 떠날 수만 있다면……. 이때 작가는 이렇게 충고한다.

> "작은 틈을 내서라도 지금부터 글을 써라. 글을 쓰는 만큼 파리는 가까워진다!"

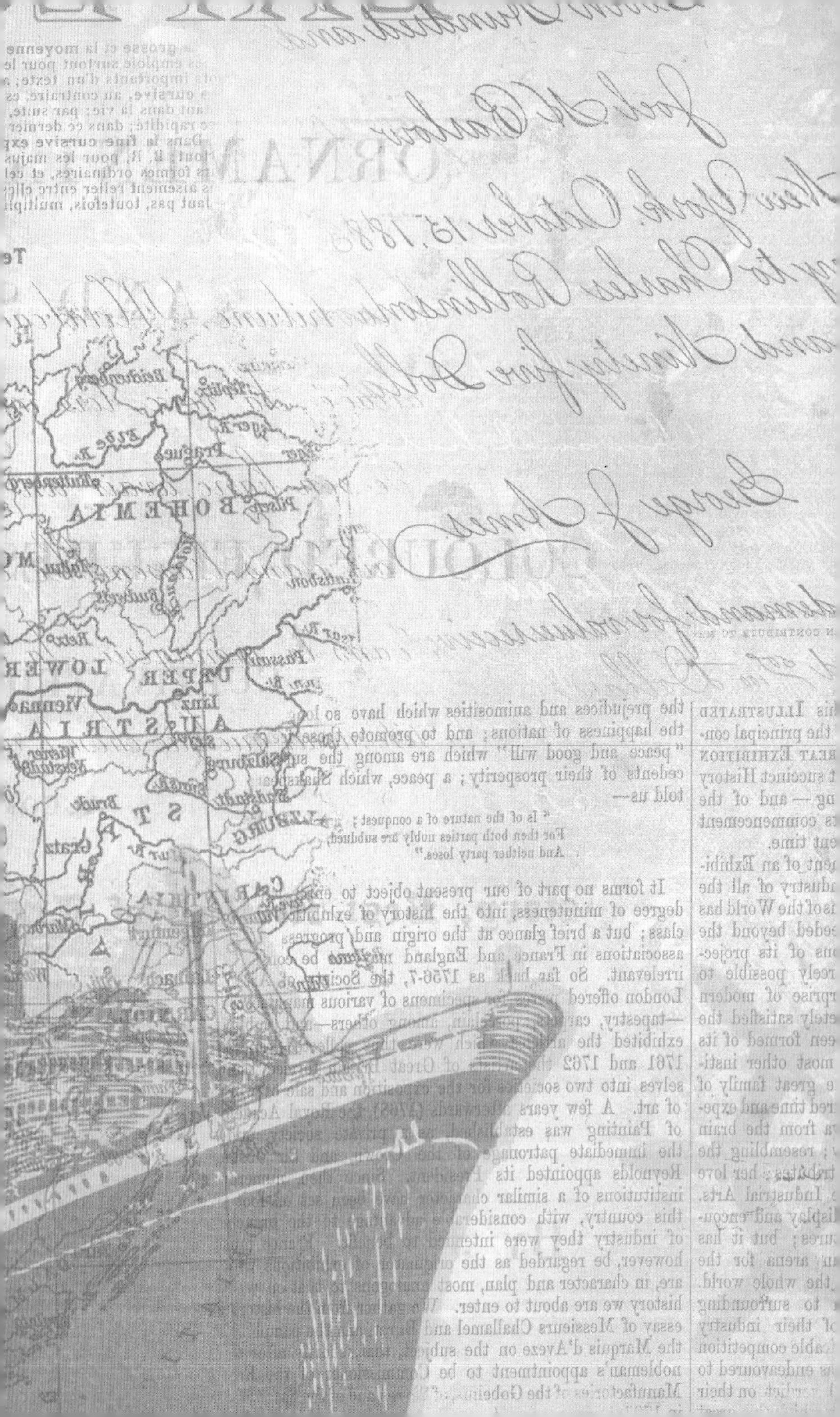

Chapter 2.

방랑, 길에서 쉬다

Chapter 2.

방랑, 길에서 쉬다

작가에겐 휴일이 따로 없다. 글을 쓴 날은 일한 날, 글을 못 쓴 날은 공친 날이다. 대부분의 작가들은 일하는 날보다 공치는 날이 더 많고, 공치는 날이 더 고단하다. 종일 CPU는 계속 돌아가는데 부팅이 되지 않는 컴퓨터처럼 책상머리에서 공회전을 하고 나면, 글을 쓸 때보다 백 배는 더 지쳐버리는 것이다. 그 결과 작가는 하는 것도 없이 피곤해하고, 되는 것도 없는데 바쁜 척하는 인간이 된다. 다시 말하지만 이런 날이 훨씬 더 많다. 그렇게 하루하루, 한 달 두 달, 일 년 이 년이 간다.

작가에게 가장 필요한 것은 일단 뭔가를 써야겠다는 강렬한 욕망, 즉 영감이다. '이건 써야 해. 나만 쓸 수 있어!'라는 강력한 의지가 없이 긴 글을 쓰기는 힘들다. 재능이 없는 작가들은 영감을 찾아 헤매며 지내고, 천재작가들은 재능에 깔려 죽는다. 천재작가들이 술독에 빠지거나 요절하는 이유는 글을 너무 많이 써서가 아니라 다른 사람들보다 글을 쓰고 싶은 욕망이 훨씬 강해서 공치는 날을 견디지 못하기 때문이라고 나는 믿는다. 욕망과 집중력이 강하기 때문에 일상이 엉망이 돼버리는 것이다.

직업작가들에겐 이 공치는 날을 위한 '버티는 기술'이 필요하다. 우선 버텨야 작가생활을 계속 할 수가 있고, 잘 버텨야 좋은 글을 쓸 수 있다. 재능이 다소 부족해도 버티는 기술이 있으면 작가가 될 수 있다. 그리고 타고난 재능과 버티는 기술을 겸비한 작가만이 거장이 된다.

좋은 작가는 책상 앞에서 버티지 않는다. 일하는 날과 공치는 날을 미리 계획하고, 덜 지치기 위해 최대한 계획에 따라 글을 쓴다. 일상 속에서 좌충우돌하는 대신 스스로 휴일을 정하고, 밖으로 나가 어슬렁거리며 먹이를 찾는다. 멀리 나갈수록 풍경은 낯설어지고, 새로운 먹이들이 신경을 자극한다.

뚜렷한 목적 없이 마음이 이끄는 대로 떠도는 것, 그것이 방랑이다. 우울한 말년을 앞두고 세계일주를 한 마크 트웨인, 내전을 앞둔 조국 스페인을 방랑한 천재시인 로르카, 여행을 일상 삼아 지내며 기행소설이라는 장르를 정착시킨 네덜란드 작가 세스 노터봄, 투덜거림에도 격조가 있음을 보여주는 여행고수 빌 브라이슨은 그들의 방랑을 기록으로 남겼다.

하늘, 냄새, 싸움, 적막, 술 한 잔, 그리움……. 방랑길에서는 항상 우리 옆에 있었지만 일상에서는 보이지 않았던 모든 것들이 영감을 준다. 그래서 작가는 길에서 쉰다. 쉬어도 길에서 쉬어야 한다.

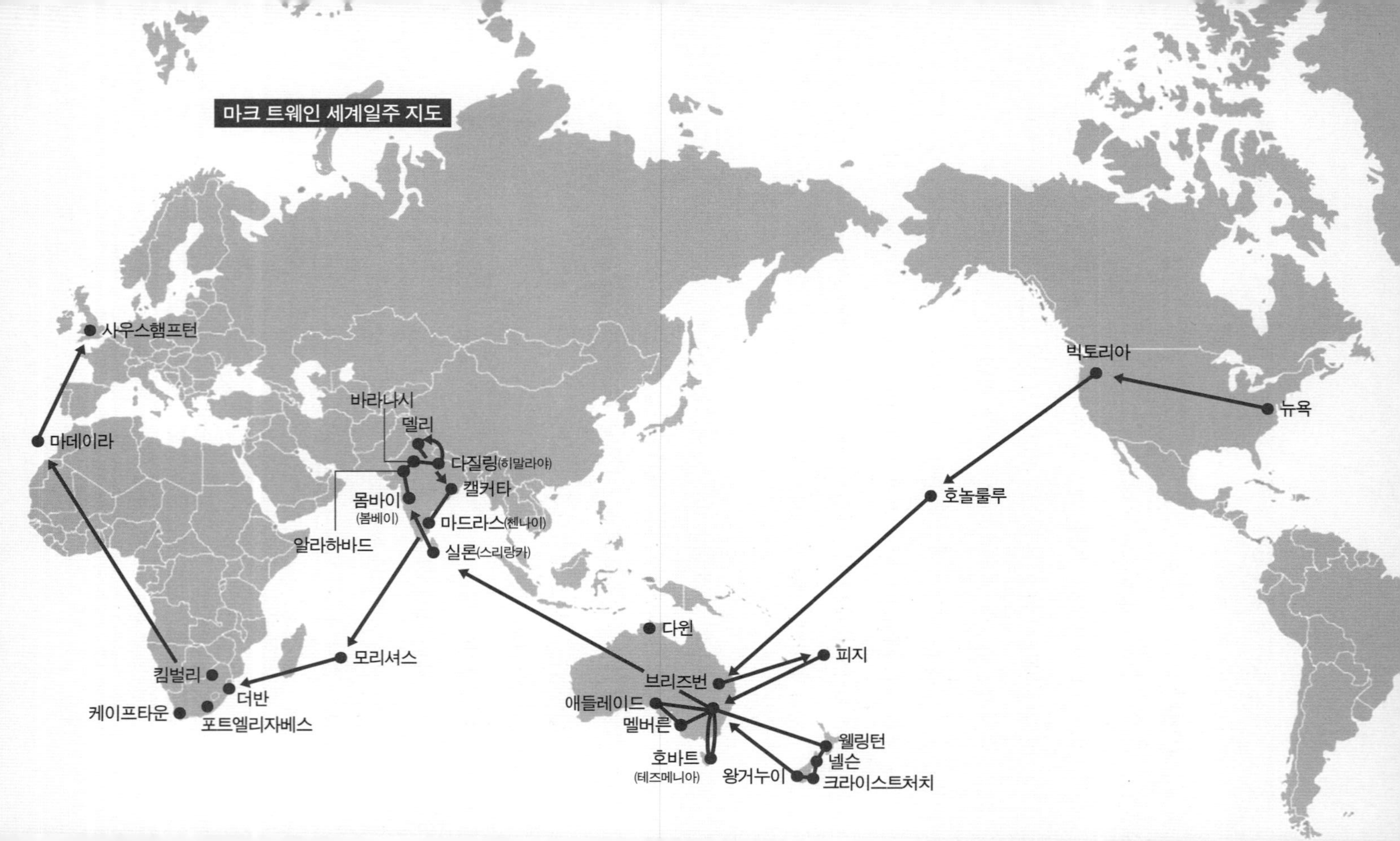

마크 트웨인 세계일주 지도
뉴욕
빅토리아
호놀룰루
피지
브리즈번
다윈
애들레이드
멜버른
호바트
(테즈메니아)
왕거누이
크라이스트처치
넬슨
웰링턴
실론(스리랑카)
마드라스(첸나이)
캘커타
다질링(히말라야)
델리
바라나시
몸바이
(봄베이)
알라하바드
모리셔스
더반
포트엘리자베스
케이프타운
킴벌리
마데이라
사우스햄프턴

방랑 1. 마크 트웨인의 적도 세계일주

공짜 유머는 없다

"왓츤 아줌마는 계속 나를 못살게 굴었으며, 그 바람에 나는 갑갑증이 나고 심심해서 죽을 맛이었습니다… 창문 옆 의자에 걸터앉아 신바람 나는 생각을 해보려고 했지만 아무 소용이 없었지요. 차라리 죽어버리는 편이 더 나을 만큼 심심해서 도저히 견딜 수가 없었습니다. 별은 반짝기렸고, 숲속의 나뭇잎들은 처량하게 살랑거렸고, 멀리서 부엉이가 죽은 사람을 부르는 듯 부엉부엉 소리를 내며 울고 있었습니다. 죽어가는 그 누구를 위해서인 듯 소쩍새는 울고 있었고, 개는 컹컹 짖어대고 있었으며, 바람은 나에게 하소연이라도 하듯 속삭이고 있었지만 그 말이 무엇을 뜻하는지 도저히 알아낼 재간이 없었지요."

-〈허클베리 핀의 모험〉 중

〈허클베리 핀〉의 도입부에서 허크는 잠이 오지 않는 밤에 집 앞에 나와 담배 한 대를 피우며 이렇게 넋두리한다. 구구절절 어딘가로 떠나고 싶은 간절한 마음을 표현한 이 대목은 여행으로 일평생을 보낸 마크 트웨인(Mark Twain, 1835~1910)의 기질을 잘 보여주고 있다. 신바람 나는 생각을 해보려 해도 아무 생각도 떠오르지 않고, 죽는 편이 나을 만큼 심심해서 견딜 수 없는 그런 날, 흔들리는 나뭇잎도 처량해 보이고, 바람의 하소연도 도대체 알아들을 수 없을 때, 우리는 무엇을 할 수 있단 말인가? 마크 트웨인에게 무료함은 인생의 적이었고, 평생 여행과 유머라는 무기로 무료함에 맞서 싸웠다.

마크 트웨인의 여행기들

마크 트웨인의 삶은 크게 세 시기로 나뉜다. 그리고 그 각각 시기에 세 권의 여행기가 있다. 첫 번째 시기는 11세에 아버지를 잃고 여러 직업을 전전하다 미시시피 강 일대에서 수로 안내원으로 일했던 청소년기이다. 마크 트웨인도 안데르센처럼 여행기로 인기작가가 되었다. 여행기는 불우한 환경 때문에 정규교육을 받지 못한 작가들의 등용문이 돼주는 경우가 많았는데, 청년 마크 트웨인은 지방지에 단편소설을 간간이 발표하다가 여행기 〈철부지의 유럽여행(The Innocents Abroad)〉(1869)으로 정식작가로 인정받는다.

이 여행은 선발된 상류층 인사들의 호화로운 유럽일주 패키지 여행이었다. 당시 미국은 남북전쟁을 막 끝내고 기나긴 개척 과정을 마무리한 상태였다. 이 대규모의 신사유람은 미국도 이제 정상국가가 되었다는 자신감에서 비롯된 기획이었고, 그는 신문기자의 자격으로 어렵사리 이 유람선에 승선한다. 마크 트웨인은 이 여행기에서 '때 묻지 않은(Innocent)' 미국인의 관점으로 구질서의 잔재가 남아 있던 유럽사회를 비웃는 한편, 동행한 상류층 인사들의 해프닝들을 담아 인기작가로 명성을 얻게 된다. 그는 또 이 여행담으로 당시 매우 인기 있는 흥행사업이었던 '강연회'의 스타강사가 되어 성장기의 긴 고생에서 벗어났다.

이 성공을 발판으로 인생의 두 번째 시기가 열린다. 사랑하는 여자와 결혼하여 세 딸을 낳았고, 20여 년간 그의 대표작들을 쏟아냈다. 그가 유년시절을 보낸 미시시피 강 일대에는 세계 각지에서 모인 부랑자들이 무질서하게 엉켜 있었고, 영특하고 모험심 많았던 마크 트웨인은 그곳에서의 경험담으로 위대한 작품을 남겼다. 〈톰 소여의 모험〉(1876), 〈미시시피에서의 삶〉(1883), 〈허클베리 핀의 모험〉(1885), 풍자소설 〈왕자와 거지〉(1881), 〈아서코트의 코네티컷 양키〉(1889) 등의 작품이 그것이다.

이 시기에 그가 쓴 여행기는 〈도보 여행기(The Tramp Abroad)〉(1880)이다. 예술과 여행에 대해 한층 진지하게 접근하고 있는 유럽 도보 여행기로, 모험과 성찰을 아우르고자 하는 의도가 담긴 여행기이다. 그래서 그런지 이후 그의 작품세계는 노예제도나 신분차별 등 사회문제를 정면으로 다룬다. 그의 대표작 〈허클베리 핀의 모험〉은 흑인차별을 정면으로 다룬 최초의 미국소설이었던 것이다.

마크 트웨인의 작품으로 인해 미국문학은 비로소 유럽의 그늘에서 벗어났다. 그의 소설은 톨스토이를 필두로 하는 장엄한 러시아 문학과도 다르고, 상징과 관념으로 가득한 유럽 문학과도 달랐다. 유머, 문장, 스토리텔링, 주제 등 모든 면에서 유럽문학과는 확실히 다른 미국적이라 할 수 있는 소설이었다. 무지렁이 소년 허클베리 핀이 '흑인을 인

마크 트웨인(1895)

간으로 인정하는 것이 악마적인 행동이라면 나는 악마의 편이 되겠다' 고 선포하는 순간 미국문학이 탄생했다고 해도 과언이 아니다. 이것이 오늘날까지 인종차별 소재의 작품이 미국에서 특별대우를 받는 이유이기도 하다.

그런데 오십 평생 유쾌하기만 했던 그의 인생에 시련이 닥치기 시작한다. 경제적으로 여유가 생긴 마크 트웨인은 꽤 많은 벤처 사업에 투자를 했다가 모두 실패한다. 10여 년간 그가 날린 돈을 지금 돈으로 환산하면 80억 원 정도라고 하는데, 당시에 그의 강연과 소설이 얼마나 인기가 많았는지를 반증하는 액수이다. 투자 실패를 만회하고자 했던 그는 젊고 유능한 편집인과 함께 출판사를 설립, 톰 소여와 허클베리핀을 주인공으로 하는 속편들을 써냈다. 그러나 반응은 예전 같지 않았다. 결국 동업자 편집인의 미숙한 경영으로 출판사는 망하기에 이르렀고, 회사 앞으로 엄청난 부채가 남았다. 이때 그의 나이 58세였다.

출판사의 부채는 마크 트웨인이 원하기만 한다면 갚지 않을 수도 있는 돈이었다. 그 부채는 회사의 부채이지 개인의 부채가 아니었기 때문이다. 그러므로 마크 트웨인이 발을 빼기만 하면 법적으로는 책임을 지지 않아도 되었다. 그러나 그의 아내는 이러한 선택에 반대했다고 한다.

> "작가는 그렇게 살면 안 돼요. 내 계산으로는 4년만 노력하면 그 빚을 다 갚을 수 있어요."
>
> -〈마크 트웨인 자서전〉 중

마크 트웨인은 결국 새 재정관리인인 헨리 로저스의 충고에 따라 파산신청을 하고 1895년, 빚을 갚기 위해 장장 14개월 동안 세계일주 순회 강연실에 오른다. 건상이 좋지 않은 큰딸 클라라는 유럽에 두고, 아내 올리비아, 둘째딸 클라라, 그리고 매니저 스마이드와 함께 떠났다. 〈마크 트웨인의 19세기 세계일주(Following The Equator-A Journey Around The World)〉(1897)는 바로 그 여행의 기록이다.

파산과 큰딸의 투병… 최악의 시기에 떠난 여행이었다. 하지만 그는 이 여행기에 이러한 저간의 사정을 언급하지 않는다. 복잡한 돈 문제를 늘어놓는 것은 여행기와 어울리지 않는다고 생각했을 것이고, 여행 직후 큰딸 클라라가 죽었기 때문에 가족들에 관한 이야기를 풀어 놓을 기분도 아니었을 것이다. 가족 이야기를 하기 시작하면 클라라에 대한 이야기를 하지 않을 수 없을 것이고, 그러면 더 이상 여행의 기록이

유쾌할 수 없을 것이므로……. 그는 눈물을 감추고 무대에 오른 코미디언이 초상을 하고 있다.

"여행할 때 제일 먼저 관심이 가는 것은 그곳의 사람들이고, 그 다음이 특이한 풍물, 그리고 마지막이 그곳의 역사이다. 그러나 현대적인 대도시에서는 신기한 풍물이라는 게 별로 없다… 대부분 이름만 다를 뿐이지, 실상을 알고 보면 그 이름만큼도 색다르지 못할 때가 많다. 물론 차이가 있을 수 있겠지만, 낯선 이방인의 시선으로 구별해 내기에는 그 정도가 너무 미약하다. 건달, 부랑자, 떠돌이, 깡패 등 불량배를 가리키는 말이 여럿 있지만, 그 뜻에는 별 차이가 없는 것과 마찬가지다."

- '멜버른 컵 경마대회' 중

적도를 따라서

그는 14개월 동안 증기선과 기차로 적도를 따라 여행을 한다. 하와이(샌드위치 섬), 피지군도, 오스트레일리아, 뉴질랜드와 태즈메이니아, 그리고 인도 일주와 스리랑카(실론), 남아프리카 공화국으로 이어진다.

마크 트웨인의 개성은 여행기에도 그대로 살아 있다. 증기선이나 기차 등 이동 중에 만난 사람과 체험담의 비중이 높고, 방대한 기록 중에 거의 믿거나 말거나에 가까운 일화를 찾아내어 인간의 본성을 풍자하는 한편, 하나의 체험을 거의 소설적 구성에 가까운 재미있는 이야기로 풀어내기도 하며, 무엇보다 그 모든 이야기는 언제나 유머로 마무리된다는 점에서 그렇다.

마크 트웨인
(1895년 뉴질랜드)

오스트레일리아 여행에서 그의 관심 대상은 영국 죄수들의 유배지였던 오스트레일리아 일대가 어떻게 정상적인 국가로 거듭나게 되었는가 하는 문제였다. 각지의 원주민들이 어떻게 사냥되고 노예가 되었으며 현재 어떻게 살고 있는지, 그리고 이 과정에서 어떤 어처구니없고 신기한 일들이 벌어졌는지 등등. 미국의 건국 초기 풍경을 직접 보며 자란 그에게 오스트레일리아의 건국 과정에서 있었던 자극적인 일화들은 그야말로 이야기의 보물창고였다.

참혹하게 여행객들을 죽이고 하느님에게 구원을 받았다고 참회록을 쓴 살인마의 이야기도 있고, 증기선보다 빠른 상어의 뱃속에서 나온 신문을 보고 다른 사람보다 먼저 양피 사재기를 하여 벼락부자가 된 청년의 이야기도 있으며, 격렬하게 저항하던 태즈메이니아의 '빅 리버' 부족에게 무방비의 몸으로 접근, 기나긴 전쟁을 평화적으로 종결시킨 벽돌공 로빈슨의 일화도 있다.

"그러나 가장 안타까운 것은 투항 이후 빅 리버 부족의 운명이었다. 그들은 태스메이니아 인근의 섬에 있는 작은 정착촌에 이송되어 정부의 보호를 받게 되었다… 원주민들은 문명이 정해주는 생활상에는 조금도 적응할 수가 없었다. 그들은 두고 온 고향과 야생의 자유로운 삶을 간절히 열망했다. 천국을 지옥과 맞바꾼 것을 후회했지만, 이미 때는 늦었다… 불과 몇 년 사이에 빅 리버 부족은 한 쌍만 남게 되었다. 결국 1864년 부족의 마지막 남성이 사망하고, 1876년 최후의 여성이 사망함으로써, 오스트랄라시아의 스파르타들은 지구상에서 자취를 감추었다."

- '화해자 로빈슨' 중

인도로 간 마크 트웨인

마크 트웨인은 인도에 도착하는 순간 인도의 매력에 빠져버린다. 200만 개의 신이 있는 나라, 가난도 부유함도 극을 달리는 나라, 믿을 수 없이 소란스러운가 하면 개조차도 명상을 하는 나라……. '윤리와 합리'보다 '기질과 관습'을 우선적으로 여기던 마크 트웨인에게 인도는 또 다른 미시시피였다. 봄베이, 바로다, 알라하바드, 바라나시, 캘커타, 다즐링, 델리, 마르나스와 실론(스리랑카)……. 무질서에서 질서를 찾아내는 것이야말로 그의 특기인 바, 그는 농익은 유머감각으로 인도에서 보고 들은 것을 펼쳐놓는다.

일례로 그가 제안하는 베나레스(바라나시) 사원의 순례 코스는 마크 트웨인만이 가능한 유머와 인도의 조합을 보여준다. 그는 큰딸 클라라의 죽음을 목전에 두고 하나의 신이 아닌 200만 개의 신을 통해 위안을 받으려 했던 것 같다.

> "내가 번호를 매긴 순서대로 꼭 순례일정을 잡을 필요는 없다. 다만 내 판단으로는, 그렇게 하는 게 논리적으로 합당하다고 여겨서 순서를 매겨 놓았을 뿐이다… 즉, 이른 아침 갠지스 강에서 멱을 감으면 식욕이 마구 솟아난다. 그때 쇠꼬리에 입을 맞추면 밥맛이 도로 달아날 것이다. 그러고 나면 일을 시작할 시간이 되고, 돈을 벌고 싶은 욕망도 높아진다. 그때 시바 신의 남근에 성수를 부어 물질적인 부를 보장 받는다. 시바 신의 남근은 비도 몰고 오는데, 비가 오면 턱이 낮은 우물 안으로 이물질이 들어가 열병이 번지기 쉽다. 그때 케다르 가트의 하수를 먹고 열병을 치료받는다. 그 오염된 물은 열병을 낫게 할지 모르지만 그로 인해 천연두를 옮게 한다. 그러면 단드판 사원에 가서 운명의 우물을 내려다보자. 구름이 태양을 가려 자신의 얼굴이 보이지 않으면 죽음이 임박한 것이다. 이런 경우 할 수 있는 일은 내세의 행복을 보장받는 것이다. 운명의 신 마하 칼에게 경배하면 된다. 그러고 나서……"
>
> - '베나레스 사원 순례' 중

인용한 내용은 총 12단계의 순례 중 6단계에 불과하다. 12단계에 이르면 순례자는 구원을 받는 한편 구원의 증거를 남기고, 다시 구원을 받았는지 여부를 확인할 수 있게 된다. 만일 마크 트웨인이 〈인도에서 온 톰 소여〉라는 소설을 썼다면 톰 소여는 틀림없이 친구들 앞에서 똑같은 허풍을 떨었을 것이고, 주변에 아픈 친구를 데려다 강물에 목욕을 시키고, 소 꼬리에 입을 맞추게 하며 12단계의 구원의식을 치른 다음 이제 다 치료가 되었노라 선포했으리라.

만약 종교적인 이유이나 약간의 익지스러움 때문에 거부감을 느낀 독자가 있다면 다음과 같은 일화는 어떠신지.

> "이른 아침에 창문을 열어두고 잠깐 방을 비웠다가 원숭이들에게 봉변을 당했다. 방문을 열고 들어서는 순간, 나는 깜짝 놀라 그 자리에 우뚝 멈춰서고 말았다. 원숭이 한 마리가 거울 앞에서 내 빗으로 제 머리를 빗질하고 있었고, 다른 한 마리는 내가 메모해둔 습작 노트를 들여다보며 눈물 흘리는 시늉을 하는 게 아닌가! 나는 빗질하는 녀석한테는 신경도 쓰지 않았지만, 노트를 훔쳐본 녀석 때문에 몹시 마음이 상했다. 원숭이가 펼친 부분은 가장 재미있고 유머러스한 대목이었는데, 녀석이 감히 울고 있다니! 화가 난 나는 그 녀석을 향해 뭔가를 집어 던졌는데, 그 순간 아차 실수했다 싶었다. 집주인이 말하기를 원숭이는 흉내 내는 데는 선수라고 했기 때문이다."
>
> - '또 한 명의 사탄(델리)' 중

그의 여행은 인도양을 지나 남아프리카 공화국으로 이어진다. 이곳에서 우리는 매우 익숙한 지명들을 만나게 된다. 케이프타운, 킴벌리, 엘리자베스 포트, 이스트 런던… 모두 축구장이 있는 곳이다. 그는 남아공의 정치적 상황 때문에 오래 머물지 못하고 여행을 마친다.

최악의 시기에 떠난 긴 여정을 돌아볼 때, 마크 트웨인에게 가장 큰 위안이 된 것은 항해 그 자체였다고 할 수 있다. 항해의 매력은 여행 중 사색할 수 있는 시간을 충분히 가질 수 있고, 무엇보다 복잡한 세상에서 떨어져 지내며 평온을 만끽할 수 있다는 것. 메이저 폰드호, 마라로아호, 오세아니호, 아룬델 캐슬호에서 그는 지나온 곳을 추억하고 앞으로 갈 곳을 계획한다. 배에서 내리는 순간, 어쩌면 그의 손에는 이미 여행기가 들려 있었을지도 모를 일이다.

> "인도양의 잔잔한 수면 위를 항해하고 있다… 나도 언제 육지에 닻을 내릴지에 관해서는 관심이 없다… 내 마음대로 배를 움직일 수만 있다면, 나는 앞으로도 이런 항해를 계속하고 싶다. 피곤하지도 않고 걱정할 것도 없고 책임질 일도 없이, 이토록 안락한 기분을 만끽하도록 해주는 곳이 지상 어디에 있겠는가?"
>
> - '바다 위의 평온한 삶' 중

항해의 끝

안타깝게도 이것이 마크 트웨인의 길 위에서의 마지막 휴식이었다. 적도 여행을 마친 후, 유럽에서 몇 년 더 강연과 기고 활동을 한 그는 1900년 미국으로 돌아온다. 아내의 계산은 정확했다. 그동안 그가 번 돈은 빚을 다 갚고도 남았던 것이다. 하지만 여행 직후 큰딸의 죽음(1896)으로 시작된 불행이 10년간 이어진다. 그의 세 번째 인생은 쏟아지는 세간의 존경이 부질없을 정도로 우울했다. 1904년 아내 올리비아가 오랜 투병 끝에 죽었고, 3년 뒤인 1909년 막내딸 진이 뇌수막염으로 세상을 떠난다. 같은 해 그의 오랜 친구이자 재정관리인 헨리 로저스도 죽었다.

죽음의 융단폭격은 그에게서 여유를 앗아갔고, 그의 작품은 인생

마크 트웨인(1909년 에디슨 촬영 필름)

과 신에 대한 지독한 조롱과 냉소로 채워진다. 흥미롭게도 이 시기 그의 모습이 화면으로 남아 있다. 막내딸이 죽기 몇 달 전, 에디슨은 자신이 새로 발명한 카메라를 들고 마크 트웨인의 집을 방문을 하여 그와 두 딸의 모습을 촬영했다. 짧고 거친 화면 속의 그는 잔뜩 화난 표정으로 파이프를 입에 물고 허둥거리듯 걷고 있다.

더 이상 무료함을 참을 수 없었던 것일까? 막내딸이 죽고 4개월 후인 1910년 4월, 마크 트웨인은 둘째 딸 클라라만이 지켜보는 가운데 심장마비로 세상을 떠난다. 1년 전만 해도 전혀 병색이라고는 없어 보였던 그였는데……. 우울이 '여행과 유머의 항공모함' 마크 트웨인을 침몰시킨 것만 같다.

마크 트웨인은 유머가 슬픔에서 나온다고 했다. 천국에는 유머가 없다고도 했다. 유머는 불합리하고 고단한 인생을 조롱함으로써 역설적으로 살아갈 기운을 북돋아준다. 세상이, 인생이, 인간이 모순투성이임을 다 같이 인정하는 순간 사람들은 외로움에서 벗어나 웃음을 터뜨리며 위안을 얻는 것이다.

공짜 유머는 없다. 유머는 단순히 타고나는 재주가 아니라 생존을 위한 몸부림이다. 눈물을 감추고, 새로운 모험을 하고, 난장판 속에서도 순수 영혼을 유지하는 자만이 다른 사람을 웃길 수 있다. 그리고 웃는 자만이 계속 살아갈 수 있다.

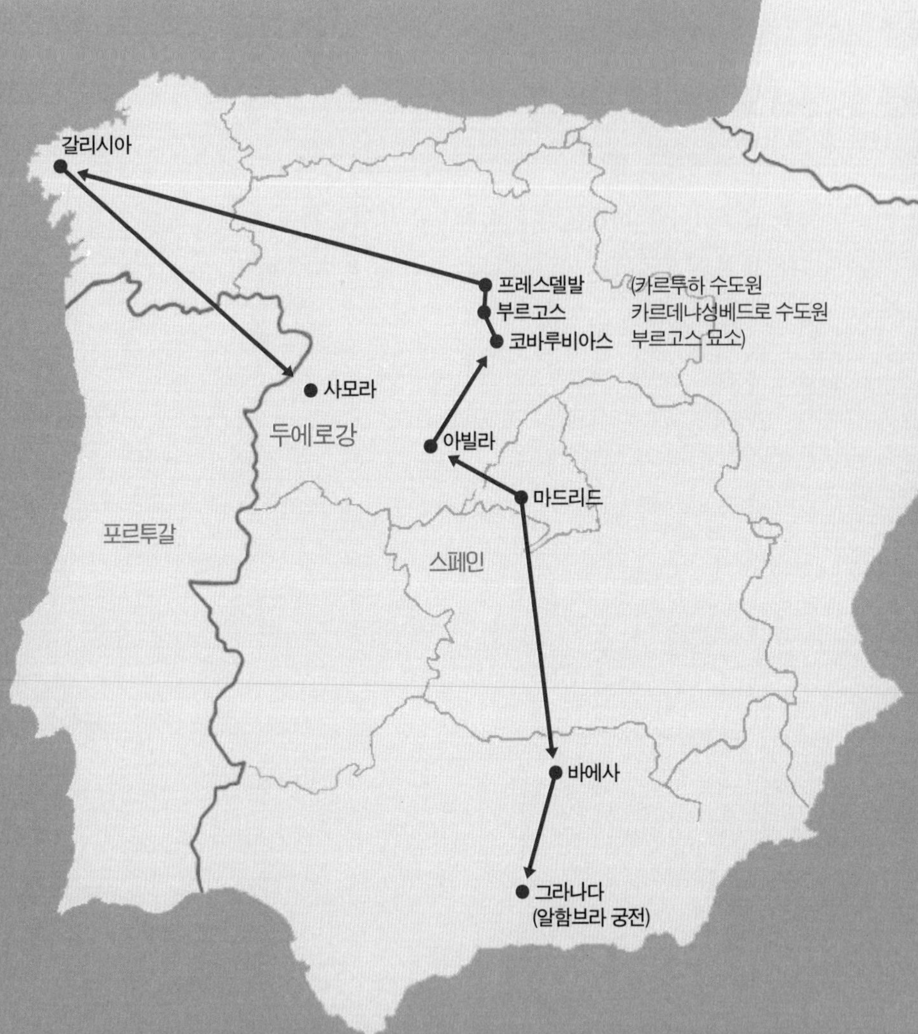

로르카의 스페인 여행 지도

방랑 2. 가르시아 로르카의 스페인 여행

먼 지평선은
밤을
꿈꾼다

스페인의 천재 시인 가르시아 로르카(Federico García Lorca 1898~1936)는 남부 지방 부호의 아들로 태어나, 안달루시아의 집시 정서를 담은 어두운 시와 희곡을 남기고, 1936년 스페인 내전 중에 파시스트 군에게 총살당했다. 선명한 이미지와 음악적인 감성으로 가득한 그의 시들은, 우리나라의 윤동주나 기형도의 시처럼 즉각적이고 강렬한 여운을 전한다. 그래서 우리는 그들을 천재시인이라 부르는 것이리라.

안달루시아

로르카가 태어나고 죽은 곳은 스페인 안달루시아 지방의 그라나다이다. 유럽 각 나라의 지방명은 생소한 경우가 많은데, 프랑스의 프로방스, 이탈리아의 토스카니, 러시아의 카프카스 등이 그렇다. 우리나라의 영남, 호남이라는 표현이 자주 쓰임에도 불구 외국인들이 알기 어려운 것과 마찬가지로, 이러한 지역명은 매우 중요한 문화적 의미를 담고 있지만 오래전부터 고차된 지방색을 근거로 하기 때문에 우리를 혼란스럽게 만든다.

로르카가 스무 살에 쓴 여행기 〈인상과 풍경〉에는 이러한 지방명이 자주 등장하고, 그의 작품세계가 안달루시아 정서에 뿌리박고 있으므로 여행기를 읽기 전에 스페인의 지방명칭과 안달루시아의 문화를 알아보려 한다.

스페인에서 자연환경과 지역문화에 따라 언급되는 지역명은 카스티야, 카탈루냐, 아라곤, 발렌시아, 안달루시아 등이다. 카스티야는 과거 카스티야 왕국의 자리이다. 마드리드를 중심으로 한 중원의 넓은 지역으로 마드리드의 서북 지역을 카스티야 레온이라 하고, 남쪽 지역을 카스티야 라만차라 한다. 세르반테스의 돈키호테는 이 카스티야 라만차를 무대로 하고 있다.

한편 서부 지중해 연안에는 북쪽으로부터 바르셀로나를 중심으로 한 카탈루냐, 사라고사를 중심으로 한 아라곤, 발렌시아를 중심으로 한 발렌시아가 있다. 그리고 우리나라의 소백산맥처럼 국토를 가로지른 모레나 산맥이 있고, 산맥 너머 지중해와 아프리카와 면해 있는 넓은 남부 지역이 안달루시아 지방이다. 연중 뜨거운 태양이 작열하고, 풍요로운 들판과 바다가 어우러진 아름다운 곳으로, 이해를 위해 거칠게 대입하자면 우리나라의 전라도와 비슷한 곳이라 할 수 있다.

안달루시아의 특징은 다른 지역보다 훨씬 오래 아랍의 지배를 받았다는 점. 스페인은 8세기 무렵 이슬람의 지배를 받게 되었고, 11세기부터 그리스도교 세력(카스티야 왕국과 아라곤 왕국의 동맹)이 '레콘키스

가르시아 로르카(1920)

타(재정복)'라고 하는 독립전쟁을 시작해 15세기 말까지 전쟁을 치러 완전한 독립을 이루었다. 알함브라 궁전이 있는 안달루시아 지방의 '그라나다 함락'이 그 전쟁의 끝이었으니, 이 지역은 장장 800년 동안 이슬람의 지배를 받은 것이다.

그래서 안달루시아에는 유럽대륙에서 이슬람의 향취가 가장 짙게 남아 있다. 각 도시의 중심인 대성당(카테드랄)에 새겨진 이슬람의 부조들이 가장 눈에 띄는 증거이다. 이슬람 세력은 성당을 부수는 대신 성당 곳곳에 자신들의 신화를 새겨 넣었고, 독립 이후 스페인은 이슬람의 부조를 뜯어내지 않고 그리스도교의 부조를 그 상단에 새기는 방식으로 대응했기에, 대성당에 그들의 역사가 고스란히 새겨져 있다. 또 안달루시아에서는 아랍식 타일 장식은 한 가게나 저택들을 흔히 볼 수 있는데, 이렇게 유럽과 이슬람의 양식이 혼합된 건축양식을 '안달루시아 양식' 혹은 '무데하르 양식'이라고 부른다.

이슬람의 영향은 건축뿐 아니라 음악에도 남아 있다. 플라멩코와 집시들의 노래인 '칸테혼도(심각한 노래)'가 그것이다. 스패니시 기타의 선율과 이슬람의 멜리스마 창법이 섞인 노래에 맞춰 집시풍 의상을 흔들며 추는 춤 플라멩코는 슬픔과 정열이 빚어낸 안달루시아만의 독특한 문화적 산물이다.

안달루시아의 음악은 로르카의 영혼을 지배했다. 그리고 로르카는 그것을 문학적으로 꽃피웠다. 한때 피아노 연주가가 되려고 했을 정도로 음악적인 재능이 뛰어났던 로르카는 가사를 쓰듯 '칸테혼도 형식'으로 시를 썼고, 그의 음악 선생이자 동지인 작곡가 마누엘 데 파야는 그의 시를 가사로 해서 노래를 만들었다. 그의 대표 시집들은 그 제목부터 〈칸테혼도의 노래〉, 〈집시의 노래〉이다. 그는 안달루시아의 정서에 초현실주의적 분위기를 더한 시집 〈집시의 노래〉로 20대 후반에 스페인어권에서 유명인사가 되었고, 그들이 만든 노래들은 지금도 여전히 유명한 가수들에 의해 즐겨 불리고 있다. 그래서 로르카에 대한 안달루시아 사람들의 애정은 더더욱 깊다.

이슬람과 군부독재로부터 이중의 탄압을 받은 안달루시아. 그곳은 결국 찬란한 태양과 너른 평원에도 불구하고 슬픔의 땅이 되었고, 그들은 그 슬픔을 먹고 세상 어디에도 없는 특별한 꽃을 피워냈으니, 그것이 안달루시아 양식, 플라멩코, 그리고 로르카이다.

천재들의 애증을 다룬 영화 〈리틀 애쉬〉

우리에게는 낯선 시인 로르카의 일생을 그린 영화가 있다. 2010년 조용히 개봉했던 〈리틀 애쉬〉이다. 영화 줄거리를 통해 그의 일생을 살펴보자.

영화는 로르카가 대학시절 초현실주의 화가 달리와 만나는 것으로 시작해 썰렁한 올리브 농장에서 총살당하기까지를 그리고 있다. 마드리드 대학의 기숙사를 배경으로 스페인의 세 천재 예술가인 로르카, 달리, 영화감독 루이스 브뉘엘의 애증이 흥미롭게 펼쳐지는 작품이다.

로르카는 그들 중에 가장 먼저 자기 세계를 발견했으며, 재능을 꽃피웠고, 가장 학구적이었다. 정치적인 기질이 강했던 브뉘엘은 로르카를 흠모해 그와 함께 공동작업을 하고 싶어 하지만, 로르카는 새로 온 반짝이는 화가 달리에게 관심을 보인다. 이 애증의 삼각관계가 영화의 중심 구도이다. 로르카는 조숙한 정신세계를 가진 인물이었고, 달리는 특별한 광기를 가진 인물이었기에 두 사람은 만나자마자 서로를 과도하게(?) 흠모하게 된다. 당연히 브뉘엘은 둘 사이를 질투한다. 로르카의 여자 친구도 그 질투의 포로가 되긴 마찬가지.

영화는 중반에 접어들면서 달리가 죽기 3년 전에야 고백했다는 두 사람의 동성애 관계를 전면적으로 부각시킨다. 그 관계가 탄생시킨 그림이 바로 〈리틀 애쉬〉(우리말로는 '잿가루'). 달리의 그림에 로르카가 제목을 붙인 작품이다. 두 사람의 관계는 동성애 관계를 감당하지 못한 달리가 로르카를 거부하고 브뉘엘과 함께 파리로 떠나면서 끝난다.

이후 파리의 달리와 브뉘엘은 로르카의 영혼을 훔친 영화 〈안달루시아의 개〉를 찍으며 초현실주의에 매진하고, 스페인에 남은 로르카

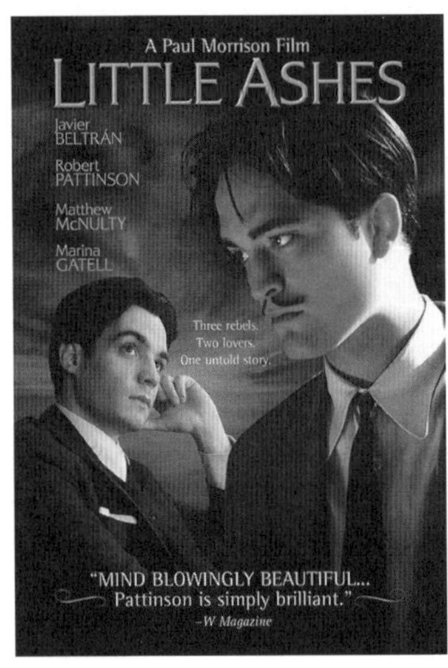

영화 〈리틀 애쉬〉(2010) 포스터

는 미국과 쿠바를 여행하고 돌아와 그리스 비극을 현대화한 희곡을 써서 전국 순회공연에 매진한다. 로르카는 군부 독재의 부활을 막기 위해 적극적으로 정치 선전활동을 벌였다. 그러나 군인들은 끝내 공화정부를 상대로 스페인 내전을 일으켰고, 잠시 고향으로 내려가 있던 로르카는 저택으로 들이닥친 파시스트 군에게 잡혀가 처형되었다. 서른여덟의 나이에 생을 마친 로르카의 시체와 무덤은 스페인 정부의 끊임없는 노력에도 불구 아직까지 찾지 못했다고 한다.

여기까지가 〈리틀 애쉬〉를 통해 알 수 있는 로르카의 생애이다. 영화 제작과 관련해 재미있는 제작 비하인드 스토리를 덧붙이자면, 이 영화는 달리를 소재로 영화를 만들기 위해 '달리 재단'에 접수된 열한 편의 시나리오 중 유일하게 허락을 받은 대본으로 제작되었다는 것, 그리고 달리 역을 연기한 로버트 패틴슨(〈트와일라잇〉의 주연배우)은 애초 로르카 역으로 캐스팅 되었으나, 본인이 달리 역을 강력하게 원하는 바람에 배역이 바뀌었다는 것이다. 패틴슨은 진지한 시인보다 광기어린 화가를 연기하고 싶어 한 것 같은데, 그 결과 이야기의 중심인 로르카보다 개성이 강한 달리가 영화의 전면에 부각되면서 전체적인 균형이 어긋나버린 느낌이다.

하지만 현대 스페인을 대표하는 세 천재들의 숨겨진 이야기가 흥미롭고, 로르카와 달리가 여행했다는 스페인의 카다케스의 풍광, 로르카의 시구를 연상시키는 이미지 컷들, 그리고 집시풍의 영화음악이 인상적인, 꼭 한번 볼 만한 작품이다.

인상과 풍경

로르카의 여행 산문집 〈인상과 풍경〉은 그가 스무 살 때 쓴 첫 저작이다. 그는 어릴 적부터 개인교사에게 음악과 문학수업을 받았고, 마드리드로 갈 무렵에는 이미 그라나다에서 대학과정을 마친 후였다. 이 여행은 예술학 교수인 마틴 도밍게스 베루에타와 함께 떠난 일종의 졸업여행이었다. 로르카는 그의 권유로 마드리드로 가기 직전 이 여행기를 썼다. 〈인상과 풍경〉은 역사와 예술에 관한 유럽 귀족교육의 일단을 잘 보여주는 한편, 천재 시인의 언어와 감성을 날것 그대로 만날 수 있는 매우 특별한 여행기이다.

〈인상과 풍경〉은 안달루시아의 시각으로 본 스페인의 풍경이다.

그는 풍경 자체가 아닌 그로부터 촉발된 인상에 집중하면서 조국의 풍경에 자신만의, 안달루시아 사람만의 관점과 감성을 불어넣는다. 이것은 우연의 산물이 아니라 명확한 의도에 따른 것으로, 그는 서문의 맨 첫머리에 작품에 임하는 자신의 태도를 분명하게 밝히고 있다. 이것은 젊은 청년의 자신만만한 패기가 담긴 일종의 선언문과도 같다.

> "독자 제위. 여러분이 이 책을 덮는 순간 안개와도 같은 우수가 마음속을 뒤덮을 것이다. 그리고 여러분은 이 책을 통해서 세상의 모든 사물이 어떻게 쓸쓸한 색채를 띠며 우울한 풍경으로 변해 가는지 보게 될 것이다. 이 책 속에서 지나가는 모든 장면들은 추억과 풍경, 그리고 인물들에 대한 나의 인상이다. 아마 현실이 눈 덮인 하얀 세상처럼 우리 앞에 분명히 나타나는 일은 없을 것이다. 그러나 일단 우리 마음속에 열정이 분출하기 시작하면, 환상은 온 세상의 영혼의 불을 지펴 작은 것들을 크게, 추한 것들을 고결하게 만든다. 마치 보름달의 빛이 들판으로 번져 나갈 때처럼 말이다."
>
> - 서문 중

카스티야

그의 선언대로 이 여행기는 쓸쓸한 색채를 띤 우울한 풍경으로 가득하다. 어두울수록 아름답고, 고독할수록 찬란하다. 전반부는 카스티야 일원, 후반부는 안달루시아 일원의 풍경과 인상을 담고 있는데, 고향인 안달루시아 부분보다는 전반부인 카스티야 부분이 더욱 강렬하다.

아마도 낯선 풍경이 시인의 긴장을 촉발시켰기 때문일 텐데, 그 긴장과 우울의 배경에는 당시 조국의 상황도 무관치 않다.

당시 스페인은 제1차 세계대전을 거치며 미국과의 전쟁에서 패배, 식민지를 다 잃어버리면서 이미 몰락의 길에 들어선 상황이었다. 거기다가 나라는 극우 민족주의자들과 공화주의자들로 양분되어 내전의 어두운 그림자가 드리워 있던 시절. 그는 레콘키스타의 흔적과 번영의 자취가 퇴색되어 가는 조국의 풍경을 특유의 필치로 그려낸다.

여행의 시작은 아빌라. 스페인에서 가장 훌륭한 중세 유적이라 일컬어지는 이곳도 청년의 눈에는 헛된 욕망과 허영이 지나간 잔재일 뿐이다.

> "아빌라는 가장 카스티야다우면서도 가장 엄숙한 분위기를 풍기는 도시이다. 아빌라는 언제나 깊은 정적에 잠겨 있다… 아, 위대한 아빌라는 이미 죽었다! 차마 이곳을 떠나지 못하는 그림자만이 유령처럼 도처에 어른거린다… 광장 한복판에는 어디선가 떨어져 나온 듯한 십자가가 나뒹구는데, 누추한 차림새를 한 아이들이 이에 아랑곳 않고 놀고 있다. 잿빛 하늘 아래 흐르는 적막 속에서 강물은 끊임없이 칼이 부딪히는 듯한 소리를 냈다."
>
> - '아빌라' 중

그가 말하는 유령이란 무엇일까. 그것은 필시 성자들의 전설, 왕국의 신화, 그리고 그것을 정치적 자양분으로 삼으려는 군부세력의 야심일 터. 시인은 유령이 횡횡하는 대낮의 풍경보다 카스티야 평원의 지평선을 달구는 노을에서 위안을 얻는다. 책의 표지에 걸린 알함브라 궁전의 유화처럼, 천재 시인의 물오른 감성이 우리의 마음을 어두운 색조로 흠뻑 물들인다.

"노을로 물든 하늘은 단조롭지만 웅장한 교향곡을 연주하기 시작했다. 오렌지 빛으로 물든 세상이 근엄한 망토를 펼치자 먼 솔밭에서는 우수가 샘솟았다. 저녁 삼종기도를 알리는 종소리가 세상에 울려 퍼지고 사람들의 마음속으로 신비로운 기분이 스며들었다… 드넓은 대지가 금빛으로 출렁이니 눈이 부셔 앞이 보이지 않았다. 먼 지평선은 밤을 꿈꾼다."

- '카스티야 평원의 메손' 중

수도원과 묘지

카스티야 여행에서 수도원과 묘지에 대한 인상도 기억에 남는다. 그는 수도원의 아름다움이나 수도 생활의 경건함에 젖어들지 않는다. 오히려 그들의 현실도피적인 수도 생활이 도대체 무엇을, 누구를 위한 것인지를 되묻는다.

"때때로 발걸음을 멈추면 회랑에는 열정과 어우러진 정적이 무겁게 흘렀다. 어둠이 드리운 방에서 마르멜로 향기가 은은하게 퍼져 나왔고 고뇌와 열정이 뒤섞인 그 향기에 숨이 막힐 듯했다. 수도원을 뒤덮은 고독 사이로 사탄이 코를 킁킁대며 돌아다닌다. 카르투하 수도원의 정적에는 고뇌의 흔적이 깊이 새겨져 있다. 이곳의 수도사들은 온갖 죄악과 타락에 물든 속세를 떠난 사람들이다… 선한 영혼을 지녔으나 불행한 자들은 이곳, 번뇌의 황무지에서 하느님을 간절히 찾고 있다… 묻지 않을 수 없다. 카르투시오 수도회 수사들이 찾는 하느님은 대체 누구인가? 분명 그리스도는 아닐 것이다. 절대 그럴 리 없다…"

- '카르투하 수도원' 중

"수도원을 뒤덮은 고독 사이로 사탄이 코를 킁킁대며 돌아다닌다"는 표현이나 "번뇌의 황무지" 같은 표현을 읽고 있노라면 수도원에서 느꼈던 알듯 모를 듯한 스산한 공기가 선명한 형체로 되살아온다. 어디 수도원뿐이랴. 그 의심쩍은 공기는 모든 엄숙한 공간과 거대한 제단에 어김없이 흐르고 있다. 그는 정체를 드러내지 않던 그 느낌에 어김없이 언어의 옷을 입혀 그 실체를 드러낸다.

한편 묘지를 찾은 그의 인상은 색다르다. 그는 묘비를 통해 바로크에서 로마네스크, 그리고 르네상스로 이어지는 예술양식과 그 시대를 생각한다. 그간의 교양학습을 토대로 인생을 탐구하고 있는 이 대목은 새로운 묘지 여행법이라 할 만하다.

"이 묘소들은 내가 본 것 중에서 기독교적인 특성을 가장 잘 간직하고 있었다. 후대의 묘소들과 비교했을 때, 세속적이거나 이교도적인 요소의 영향을 크게 받지 않았음을 확인할 수 있다. 반면 이 묘소들은 굶주림과 미신이 횡횡하던 시대가 어떠했는지를 단적으로 증명하기도 한다. 벨새부(사탄)에 대한 두려움과 공포도 무시할 수는 없었겠지만, 그보다는 악의적이고 교활하기 짝이 없던 행태들이 넘쳐나던 시대였으니 말이다. 또

한 당시 사람들이 재물 때문에 얼마나 불안하게 살았는지를 이 묘소들을 에워싼 수천 개의 방패를 보면 능히 짐작할 수 있다. 결국 모두 한 줌의 재로 사라지고 말 것을…"

- '부르고스의 묘소' 중

"고통스럽기 그지없는 역사의 소용돌이 속에서도 삶을 영원하게 만들려는 애틋한 노력과 열정만큼은 단 한 번도 끊이지 않고 계속되었다. 음산한 비석과 아치를 만들어서라도 후세의 사람들과 영원히 대화하고 싶어 하는 인간의 욕망…… 무덤이란 언제나 우리를 향해 던지는 질문이다…"

- '부르고스의 묘소' 중

정원, 궁전, 고아원, 교회, 그라나다, 사라고사, 두에로 강……. 그의 시선과 손끝에서 스페인의 강렬한 태양은 산산이 부서지고, 조국의 하늘과 땅에는 어둠의 장막이 내려앉는다. 〈인상과 풍경〉은 어느 장, 어느 곳을 펴서 보아도 로르카의 괴력을 느낄 수 있다.

어둠의 문턱

조국을 여행하는 자, 어찌 슬프지 않을 수 있을까? 로르카는 스무살의 나이에 조국의 어둠 속으로 뚜벅뚜벅 걸어들어 갔다. 그는 어두운 구석에 서서 자신의 소명을 깨달았고, 역사의 시계를 거꾸로 돌리려는 파시스트들과 맞서 싸웠다.

"이 세상에서 나는 늘 가난한 이들의 친구이며, 변함없이 그들의 편일 것입니다… 우리는-나는 안락한 계층의 평균적인 환경 속에서 교육받은 지식인들을 말하는 것입니다-희생을 요구받고 있습니다. 그것을 받아들여야 하지 않을까요?"

- '로르카의 연설문' 중에서.

서경식의 〈사라지지 않는 사람들〉(돌베게) 재인용

우리는 조국을 어떤 말로 위로할 수 있을까? 우리는 어떤 희생을 요구받고 있는가?

어두운 하늘, 조국의 강물은 칼날 부딪히는 소리를 내며 울고, 긴 밤의 문턱, 무거운 구름에 막혀 새벽은 오가지 못하고 있으니, 할 수 있는 일이란 외치고 울고 절망하며, 지평선 너머의 새벽을 부르는 것뿐.

세스 노터봄의 지구촌 여행지

방랑 3. 세스 노테봄의 지구촌 여행

당신의 그림자를 봐드립니다

세스 노터봄(Cees Nooteboom, 1933~)은 국제문단에서는 꽤 유명한 네덜란드 작가이다. 그는 20대 초반에 소설 〈필립과 다른 사람들〉(1954)로 안네프랑크상을 수상하며 작가생활을 시작했다. 안네프랑크상은 30세 이하 네덜란드의 청년 작가들에게 수여되는 상으로, 암스테르담에서 숨어 지내다 작가의 꿈을 다 펼치지 못하고 열여섯 나이에 생을 마감한 안네 프랑크를 기억하기 위한 상이다. 첫 작품 이후 노터봄은 다양한 장르의 글을 줄기차게 써왔다. 저서가 대략 50권이 넘고, 수상경력은 괴테상, 레지옹도뇌르 훈장까지 포함해서 17차례 정도나 된다.

노벨상 후보의 후보

그를 항상 따라다니는 수식어 중 하나는 '노벨상 후보로 꾸준히 거론되는 작가'이다. 그놈에 노벨상이 뭐시길래 '후보의 후보'인 것까지 타이틀이 되나 싶지만, 알고 보면 그럴만한 이유가 있다. 네덜란드가 지금까지 수상하지 못한 유일한 노벨상이 문학상이기 때문이다. 네덜란드어를 번역을 해야 하는 것이 걸림돌이고, 제2차 세계대전 중 재능 있는 작가들이 나치를 피해 대거 미국으로 망명한 탓도 있다. 오랫동안 주목받지 못하던 네덜란드 문학은 1990년부터 도서전을 통해 본격적으로 알려지기 시작했다. 국가적인 번역과 홍보 지원의 힘이 컸는데, 그중 가장 먼저 국제적인 명성을 얻은 작가가 노터봄이다. 그렇게 해서 그는 네덜란드 최초의 노벨문학상을 목전에 두게된 것이다.

글에 나타난 성품으로 볼 때 노터봄이 노벨상에 크게 연연하는 타입으로는 보이지 않는다. 일본 작가 하루키가 노벨상을 향해 전력질주하듯 매년 대작을 써내고 있는데 반해 그는 오히려 작품 활동이 뜸해진 모양새이기도 하다. 2010년 〈산티아고 가는 길〉 한국 출간에 맞춰 방한했던 노터봄은 자신이 노벨상 후보로 거론되는 것에 대한 소감을 묻자 이렇게 말했다.

> "10년 전쯤 친구 휴고 클라우스(벨기에. 1929~2008)가 올해는 노벨문학상을 받게 될 거라는 급보를 듣고 헬리콥터까지 불렀는데 수상자는 결국 다른 사람이었다. 그는 매년 수상 후보로만 거론되다가 세상을 떴다… 노벨문학상은 작가의 작품 전반이 아니라 잘 쓰인 특정 작품에 주어진다는 느낌이 강하다… 나도 구미 각국에서 여러 상을 받았지만, 결국 중요한 것은 상이 아니라 독자들의 평가이다."
>
> - 2010년 9월 7일 한국일보 기사

작가들의 진짜 속마음을 알 수는 없다. 상을 바라는 게 죄도 아니다. 다만 대작가라면 노벨상보다 더 중요한 사명을 품고 글을 써주길 바라는 마음이 있기에 자꾸만 그들의 속내를 들여다보게 된다. 노벨상 얘기는 여기까지. 우리가 잘 몰라서 그렇지 노터봄이 명망 있는 작가라는 것을 설명하려 꺼낸 이야기가 너무 길어졌다.

기행소설

노터봄이야말로 여행을 먹고 사는 작가라고 할 수 있다. 그는 정규교육을 받지 못하고 교회부설학교와 야간학교에서 학창시절을 보냈다. 열두 살 때 영국군의 공습 와중에 아버지를 잃었고, 어머니가 3년 뒤에 재혼하자 찬밥 신세가 되었던 것 같다. 안데르센, 카렌 블릭센, 마크 트웨인도 비슷한 시기에 아버지를 잃은 것을 보면, 아버지의 부재로 인한 강한 자의식과 자유분방함이 그들을 작가적 삶으로 이끌지 않았나 하는 생각도 든다.

졸업 후, 노터봄은 잠시 은행에 근무하다가 대학에 진학하지 않고 훌쩍 여행을 떠났다. 혼자서 2년간 유럽 각지를 떠돌아다니고 나서 집으로 돌아온 스무 살의 그는 그 체험을 바탕으로 소설 〈필립과 다른 사람들〉을 썼다. 이 작품에서 그는 한 소년의 성장을 할아버지와의 여행을 통해 청소년 시절 자신의 외로움과 진지함을 고스란히 담았다. 그에겐 여행과 대화가 하나의 대학 과정이었던 것이다.

이후 그의 인생은 온통 여행과 글쓰기로 채워진다. 끊임없이 여행을 떠났고, 그 여행을 소재로 해서 소설, 희곡, 시, 에세이, 여행기를 썼

세스 노터봄(2014)

다. 그중 가장 주목받는 작품들은 장편소설과 '기행소설'이다. 특히 여행기와 소설의 경계를 절묘하게 지워버린 새로운 형식의 여행기 '기행소설'은 노터봄만의 문학적 성취로 평가된다. 지금에야 '기행소설의 창시자'라 불리지만, 애초에 그가 야심적으로 새로운 형식에 도전한 것으로 보이지는 않는다. 자기 느낌에 충실한 여행기를 쓰다 보니 하나의 독특한 스타일로 굳어졌다고 보는 것이 더 정확해 보인다.

그의 기행소설은 가공의 사건 없이 여정을 그대로 따라간다는 면에서 일반적인 소설과 구별된다. 한편 일반 여행기와는 달리 정보를 위한 정보나 난데없는 설명은 하지 않는다. 여행기이되 철저하게 현재성에 따르는 소설적 구조를 유지하는 것이다. 기행소설을 그림에 비유하자면 피카소의 그림과 유사하다고 할 수 있다. 피카소가 사물을 면으로 쪼갠 후 재조합해 자신만의 새로운 사물을 창조해낸 것처럼, 노터봄은 여정, 기분, 지식, 추억 등 현지에서 이방인이 느낀 인상의 조각들을 모아 장소에 대한 자신만의 커다란 형체를 만들어낸다.

그는 "내 여행기의 목적은 그 나라의 본질을 문학으로 승화시키는 것"이라고 스스로 규정했다. 이곳저곳을 기웃거리며 집요하게 풍경을 쫓고, 그렇게 이방인의 시선으로 그곳 사람들도 미처 보지 못했던 그들의 그림자를 그려낸다.

기행소설이란 것이 설명하자니 길고 어렵지, 실제로 읽어보면 그리 어렵지 않다. 여행을 따라다니는 동안은 강력한 현장감과 일체감을 느낄 수 있고, 한 장이 끝날 때마다 지적 만족감을 선사한다. 읽다 보면 한번쯤 따라 써보고 싶은 강한 유혹을 느끼게 되는데, 작가들의 습작 대부분이 좋아하는 작가들을 흉내 내는 것이었으므로 주저 말고 시도해 봄직도 하다.

네덜란드식 여행법

〈이스파한에서의 하룻저녁〉은 70년대 후반에 그의 일곱 번의 여행을 담은 기행소설 모음집이다. 20여 편의 여행 책 중 초기작에 속하고, 그중에서 우리나라에 번역 출판된 두 권 중 한 권이다. 근래 출판된 〈산티아고 가는 길〉은 기행소설이 아닌, 10여 년간의 스페인 여행과 로마네스크 양식의 성당 순례를 집대성한 본격적인 여행기이므로, 현재로서는 이 작품이 한국에 소개된 유일한 '기행소설'이다. 그런데 안타깝게도 번역본마저 오래전 절판된 상태인 관계로 엄청난 웃돈을 주고 중고 책을 사거나, 서고가 큰 도서관에서 빌려서야 볼 수 있다. 그래서 무리인 줄 알지만 짧은 글 속에 겉핥기식으로라도 일곱 번의 여행을 모두 담으려 한다.

그의 여행지는 극과 극이다. 네덜란드인을 기준으로 볼 때, 일본의 동경과 교토, 아프리카의 감비아, 포르투갈의 마데이라, 이란의 이스파한, 말레이시아는 낯선 곳이고, 독일과 영국은 친숙한 곳이다. 낯설면 낯선 대로, 친숙하면 친숙한 대로 다른 접근법이 필요한 법. 가는 곳마다 다른 접근법을 취하는 것이야말로 노터봄만의 매력이다.

여행기에서 도입부는 매우 중요하다. 독자로 하여금 이제 가려는 그곳을 꿈꾸게 만들고, 부지불식 간에 여행에 동참하도록 만들어야 하기 때문이다. 노터봄의 도입부는 언제나 마음에 든다. 무심한 어투로 매번 다른 미끼를 던진다. 일본으로 향하며, 어릴 적 보았던 사진 속의 일본군의 모습을 떠올리는 대목도 좋고, 독일로 가며 삼엄한 동독의 국경을 넘어 입국했던 예전 기억을 떠올리는 부분도 좋다. 항공 스케줄이 뒤엉키는 바람에 금시초문의 나라 감비아로 가게 된 사연, 대형 고무튜브에 불과한 여객선 호버크래프트를 바라보며 영국의 고집스러움을 떠올리는 시작도 좋다. 그중 개인적으로 가장 마음에 드는 도입부는 마데이라 편이다. '북아프리카 대서양 연안에 있는 포르투갈령의 섬, 마데이라'로 떠나는 설레는 마음을 그는 이렇게 돌려 말한다.

"어린 시절에 대한 기억이 없는 작가는 지도를 갖고 있지 않은 여행가나 마찬가지일 것이다… 내가 열두 살이 되면 이스파한으로 가야겠다고 생각을 했던 것을 기억한다. 또한 열네 살 때에는 4년 후에는 내가 작가가 되어 있을 것이라고 생각했던 것도 기억하고 있다. 정확히는 모르지만 아주 어린 나이에 나는 내가 죽는다는 생각이 들었던 것도 기억이 난다. 내가 지금 마데이라 상공을 비행기를 타고 날고 있으리라는 생각을 언제 했었던가? 지금 나는 그곳으로 날아가고 있다."

-'햇빛 찬란한 마데이라'에서

도입은 매번 다르지만 여행의 시작은 매번 비슷하다. 비행기 안의 사람들, 공항의 풍경, 숙소로 이동하는 길, 호텔의 분위기, 술 한 잔으로 여독을 달래는 몽롱한 첫날 밤, 처음 보는 그곳의 아침 풍경……. 별다를 것 없는 여정이지만 도착과 처음 이삼일은 여행자들의 오감이 가장 분주한 시간이다. 여행자는 마치 대기권에 진입하는 우주선처럼 낯선 풍경과의 마찰을 견뎌내야 한다. 새로운 것들은 마구 달려드는데, 아직 달아오르기는 이른 혼란스러운 시간, 노터봄은 마치 겹눈으로 세상을 보듯 동시다발로 부대낀 다양한 모습과 감정을 빠짐없이 있는 그대로 써내는 특별한 능력을 보여준다. 그다지 특별할 것 없는 순간에도 그는 항상 겹눈을 뜨고 있다.

"텔레비전을 켜 보았다. 방금 따낸 복숭아 같은 얼굴을 한 틴에이저들이 탭댄스를 추고 있었다. 그들은 혐오스러운 미국식 웃음을 띠고 있었으나 꽤 멋져 보였다."

-'천황의 생일, 문물의 파토스와 다른 일본 체험'에서

어떻게 혐오와 멋짐을 동시에 느낄 수 있을까? 낯선 곳에서 느꼈던 이중적 감정이 비로소 선명하게 되살아난다.

충돌하는 감정을 냉정하게 추스르는 노터봄의 비법 중 하나는 신문이다. 그는 항상 현지에서 발행되는 영자 신문을 보고, 그것을 잔뜩 짊어지고 돌아온다. 그는 신문의 사건사고를 통해 이방인의 자기 감정 너머에 있는 그곳 사람들의 초상을 본다. 그리고 때때로 현지인들이 무심하게 달고 다니는 그들의 그림자를 본다.

> "싱가포르와 인도네시아 신문에는 우리가 신문에서 늘 익숙한 자유라는 것이 없다… 결국 아시아에서 유럽을 말할 때 우리는 인도네시아의 선례를 좇아 네덜란드와 비교하게 된다. 인도네시아에서 일부의 네덜란드 기자들은 환영을 받지 못한다. 한편 〈텔레그래프〉지의 밥 크룬 같은 기자는 인도네시아 신문의 첫 페이지에 인용되기도 했다. 왜냐하면 그는 인도네시아의 선거가 공명한 선거였다고 논평을 했기 때문이었다. 기자가 정부를 옹호했고 신문은 기자의 논평을 인용했다."
>
> - '서머싯 모옴의 마지막 손님, 말레이시아 방문'에서

관찰을 어느 정도 마치고 난 그는 슬슬 주변을 둘러보기 시작한다. 대개 가까운 시내를 맴돌다 점점 반경을 넓혀간다. 일본 교토의 '돌의 정원', 독일의 '독일국민주당' 전당대회, 아무것도 할 것이 없어 불현듯 감행한 감비아 대통령 인터뷰, 마데이라의 단체여행에서 가게 된 타보지 않고는 절대 알 수 없는 돌썰매……. 마흔 중반의 활기가 그대로 느껴지는 대목들이다.

이 책의 표제작이라 할 수 있는 '이스파한에서의 하룻저녁'은 이슬람 체험으로부터 페르시아 제국의 유적 페르세폴리스에 이르는 가장 여행다운 여정이다. 이런 유서 깊은 곳이야말로 여행가와 작가의 시험대인데 누구나 다 아는 그곳에 대해 무엇을 느낄지, 어떤 말을 해야 할지를 고민하게 되기 때문이다.

노터봄은 페르세폴리스에서 일주일 동안 머무르며 그곳의 유물들에 '탐닉'한다. 시공을 초월한 이런 장대한 유적이야말로 '죽음'과 '소멸의식'에 민감한 그에게 딱 어울리는 장소이다.

> "그 부조는 판자처럼 납작했고 팔로 구부릴 수 있을 정도로 비스듬히 기울어져 있는 사람의 모습이었다. 오늘날 나와 같은 하찮은 존재들 사이에 그 사람은 유령처럼 서 있었다… 수개월이 지난 지금 그 사진을 보면 산소마스크 없이 숨을 쉬는 듯한 흥분을 느끼게 된다. 나는 그를 볼 수 있지만 그는 나를 보지 못한다. 내가 다시 그 사람을 보러 나크시에로스탐에 간다면 그때와 똑같은 상황이 재현될 것이다. 즉 아무것도 변한 것이 없을 것이다. 그 사람은 가장 오래된 왕조보다 더 오래된 인물로 있을 것이고 사람들이 오고가는 것을 마치 생존해 있는 사람처럼 도전적인 모습으로 모두 보고 있을 것이다. 그를 오랫동안 쳐다보는 사람은 연기 속으로 사라질 것이다."
>
> - '이스파한에서의 하룻저녁'에서

그는 마치 투명인간처럼 여행을 한다. 졸린 눈을 하고 구석에 앉아 조용히 '정신적 사진'을 찍는다. 그렇게 일곱 번의 여행 끝에 남은 일곱 번의 마지막 인상은 어떨까? 낯선 곳에서 무수히 사라질 뻔했던 그의 눈앞에서 이번엔 풍경들이 사라져간다. 1970년대 말 경제 위기에 빠져 있던 영국을 떠나며 그는 이렇게 마지막 정신적 사진을 찍는다.

> "도버 해협은 아주 맑은 겨울 날씨를 맞고 있었다. 대형 페리호가 항구를 떠나면서 영국은 점점점 작아지는 모습을 보였다. 태양은 서산으로 지면서 마지막 햇살을 해안 절벽에 쏟아 부으면서 알루미늄 색깔로 반짝이고 있었다. 그 모습은 마치 바다 한가운데에 아주 밝고 투명한 커튼이 드리워져 있는 것 같았다. 나는 모든 것들이 안개 속으로 사라져 갈 때까지 갑판 위에 서 있었다. 모든 섬들이 수평선 너머로 사라지는 것처럼 모든 것들이 그렇게 점점 작아지다 끝내는 완전히 사라져 버렸다."
>
> - '대영제국의 황혼기'에서

이제 우리도 노터봄과의 짧은 여행을 끝내야 할 때가 되었다. 돌이켜보면 기행소설은 결국 다른 나라를 있는 그대로 보고자 하는 노력의 산물이 아닌가 한다. 우월의식이나 역사적인 감정에서 벗어나 실제 보고 겪은 진짜 그곳의 모습, 그들의 의식을 알아보고자 하는 의도가 현재성에 충실한 소설 형태의 여행기를 쓰게 만들었지 싶다. 이러한 노터봄의 여행법은 식민지 시대에 정복이 아닌 교역에 충실했던 네덜란드인들의 모습을 떠올리게 한다. 마음만 먹었다면 비슷한 강소국 벨기에 정도의 정복자는 될 수도 있었지만, 그들은 가급적 거래와 공존을 도모했다.

노터봄이 마데이라와 영국에서 보았듯이 정복자들은 언젠가는

'갖고 있는 보석을 내다 팔아야 하는 한물간 늙은 여배우'의 처지로 전락하고, 후손들에게 보복의 두려움과 양심의 가책을 물려준다. 피정복자에게 씻을 수 없는 상처와 증오를 남기는 것은 말할 것도 없다. 정복, 상처, 보복, 응징, 이 모든 것이 타인에 대한 무시와 무지의 산물인 것이다. 겹눈을 뜬 여행자, 타인의 그림자를 보는 여행자 노터봄은 그래서 소중하다.

그러나 안타깝게도 그의 기행소설들을 당장 한국어로 만날 수는 없다. 기행소설 대다수가 번역되지 않았고, 번역 출간된 것들도 대부분 절판되었기 때문이다. 지금으로서는 노벨상만이 유일한 희망인 듯. 여행을 마치며 네덜란드와 노터봄의 노벨문학상 수상을 응원해본다.

빌 브라이슨의 유럽 여행지도
함메르페스트
스웨덴
핀란드
오슬로
스톡홀름
예테보리
코펜하겐
함부르크
암스테르담
쾰른
브뤼셀
독일
아헨
파리
프랑스
리히텐슈타인
비엔나
오스트리아
제네바
스위스
밀라노
이탈리아
코모
루마니아
크로아티아
로마
스플리트
소피아
불가리아
나폴리
소렌토
카프리
이스탄
터키

방랑 4. 빌 브라이슨의 유럽 여행

불평의 미학

대부분의 유럽 여행기는 감탄기, 자랑기, 자기식대로 즐기기다. 예쁜 사진 속 여행자들은 언제나 유럽에 있다는 사실만으로도 문화인이 된 것처럼 뿌듯하게 웃으며 우리를 쳐다보고 있다. 부러우면 지는 거라지만 이런 여행기들은 언제나 우리의 염장을 지른다. 빌 브라이슨(Bill Bryson, 1951~)식으로 표현하자면, 이런 책은 도서관에서 죽어라 고시 공부하는 놈에게 지난 밤 클럽에서 보낸 광란의 밤을 생생하게 중계하는 친구 놈 같은, 차라리 듣지도 말고 읽지도 않는 게 정신 건강에 좋은 책이라 할 수 있다. 이런 여행기들에 식상해질 무렵 빌 브라이슨의 여행기를 만났다. 〈빌 브라이슨 발칙한 유럽산책〉은 유럽에 대해 속속들이 알고 있는 문화평론가의 불평과 독설로 가득한 여행기이다. 이런 발칙한 여행자라니, 반갑지 아니한가.

빌 브라이슨(1998)

미국인도 아닌, 유럽인도 아닌

빌 브라이슨은 미국인이면서 영국인이다. 미국 태생으로 1973년 영국여행 중 그곳에 눌러 살기로 결심하고 정신과 병원에 취직, 그곳의 간호사와 사랑에 빠져 결혼했다. 이후 20여 년 동안 영국에 살면서 칼럼리스트이자 여행 작가로 〈더 타임즈〉나 〈인디펜던트〉 등 거의 모든 매체에 기고를 했고, 20년 전 미국으로 돌아가 양국을 오가며 저술활동을 하고 있다. 그는 특정 문화의 고정관념에 얽매이지 않은 냉정한 유머와 재치로 인기작가가 되었다. 일단 어떤 사물, 어떤 사람이든 눈에 띄어 그의 머릿속을 통과하는 순간 즐거운 얘깃거리로 바뀐다.

우리나라에서 그는 아는 사람들만 아는 작가였다. 과학에 대한 흥미로운 잡학사전인 〈거의 모든 것의 역사〉와 미국 동부 '애팔래치아 트

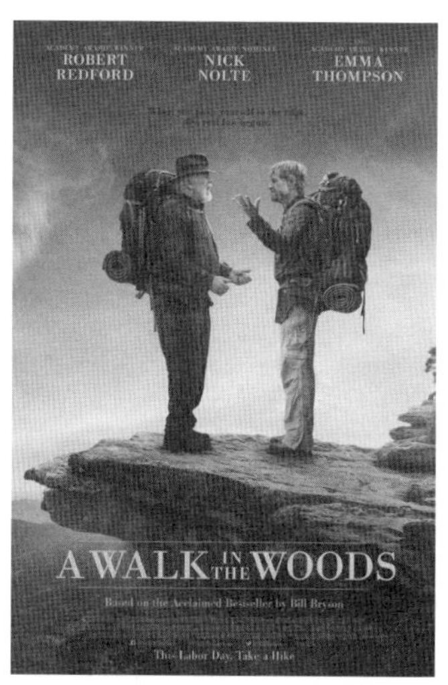

영화 〈어 워크 인 더 우즈〉(2015) 포스터

레일' 여행을 소재로 한 여행소설 〈나를 부르는 숲〉(1998)은 책 좀 읽는다 하는 샌님들이 '이런 책 아니?' 하는 식으로 추천하는 책이었다(특히 〈나를 부르는 숲〉은 2015년 로버트 레드포드와 닉 놀테 주연의 〈어 워크 인 더 우드〉로 영화화 되었으니 찾보시길).

그러던 것이 어느 날부턴가 우리나라에도 '빌 브라이슨'을 상표처럼 단 책들이 우박 쏟아지듯 출간되었다. 〈빌 브라이슨의 발칙한 유럽산책〉(미국 1999/한국 2008)를 필두로 〈빌 브라이슨의 셰익스피어 순례〉, 〈빌 브라이슨의 발칙한 영어산책〉, 〈빌 브라이슨의 재미있는 세상(The Life and Times of The Thunderbolt Kid)〉, 〈빌 브라이슨의 아프리카 다이어리〉, 〈빌 브라이슨의 미국학(I'm a Stranger Here Myself : Notes on Returning to America After Twen)〉, 〈빌 브라이슨의 발칙한 영국 산책〉, 〈빌 브라이슨의 대난한 오주 여행기〉 등등등, 세어봐야 알겠지만 모르긴 몰라도 우리나라에 가장 많은 작품이 출간된 외국 작가가 아닐까 싶다.

그뿐이랴. 그는 영국에서 자국의 문화발전에 공로가 큰 외국인에게 주는 명예훈장을 받았고, 더럼 대학교 총장을 역임하는 한편 다수의 헐리웃 배우들과 절친으로 지내는 등 영미 양국에서 경쟁적으로 환영을 받고 있는 (괴테 이래로 가장) 행복한 작가이다. 그에게도 남 모를 아픔이 있겠거니, 하는 못나고 못된 생각이 스멀스멀 피어오르려 하니 대작가 인증은 이 정도에서 그만하기로 하자.

불평의 미학

문학적으로는 현대 영미 기행문학의 대표작이라 일컬어지는 〈나를 부르는 숲〉이 가장 높은 평가를 받지만, 한국에서 그를 인기작가로 만든 것은 역시 〈빌 브라이슨 발칙한 유럽산책(Neither Here Nor There)〉이다. 교양과 유머를 버무려가며 독자들을 능숙하게 리드하는 극강의 솜씨를 맛볼 수 있는 작품. 수많은 빌 브라이슨의 책 중에서 뭘 읽을까 고민이라면 무조건 이 두 편이다. 단언컨대 이 초기작들을 뛰어넘는 작품은 아직 나오지 않았다.

그와 함께 하는 유럽산책의 메인 메뉴는 재치 있는 풍경 묘사와 박물관이나 미술관에서 들려주는 빌 브라이슨식 해설이다. 하지만 내가 가장 좋아하는 메뉴는 따로 있다. 그 사이사이 보석같이 박혀 있는 그의 불평이 그것이다. 유럽여행을 하며 여행을 망칠까봐 화내지 못한 순간들, 빈티 날까 차마 꺼내놓고 하지 못하는 말들, 여러분은 없으신가? 빌 브라이슨은 냉동실에 오래 보관된 생선과도 같은 그 찝찝한 기억을 꺼내 세상이 다 듣게 떠들어준다. 내놓고 말해주는 것만도 반갑고 고마운데, 거만한 유럽인에 대한 기억의 비늘을 벗겨내고, 배를 갈라 깨끗하게 손질해준다. 다른 여행기에서는 절대 맛볼 수 없었던 그 통쾌한 맛, 지금부터 시식해보자.

오로라의 일정에 맞추다 보니 그의 여행 일정은 노르웨이를 포함한 스칸디나비아 반도와 스위스에서 시작되었다. 그곳의 문제는 엄청난 세금으로 여행자들의 주머니를 털어간다는 것이다. 그리고 그 세금으로 자국민들에게는 풍요로운 복지를 주고, 여행자들에게는 도도한 태도로 맛없는 음식을 던져준다. 아쉬울 것이 없으니 싫으면 오지 말라는 식으로.

그는 영국 사람답게 EEC(유럽경제연합)에 대해서도 부정적이다. 혼자 하는 여행길이니 만큼 이 책에서는 혼자 질문하고 답하기가 자주 등장하는데 EEC에 대한 질문과 대답은 이렇다.

질문 : EEC에는 얼마나 많은 사람이 일하고 있을까?

답 : 3분의 1만 일을 한다.

독일 사람은 천성적이라고밖에 표현할 길이 없을 정도로 근면 성실하다. 한때 나치에 경도된 바 있으나 잘못을 깨끗이 인정하는 합리적인 사람들이다. 그럼에도 불구하고(오스트리아 사람들을 포함한) 그들은 '농담이 범죄라도 되는 듯 행동하는 재미없는 사람들'이고, 유럽에서 가장 보수적인 기질을 가진 사람들이라고 한다. 품성은 좋으나 친해지기는 어려운 사람들이다.

그의 독설은 프랑스 파리에서 절정을 이룬다. 이 대목에서는 그도 어쩔 수 없는 영국인인가?라는 생각이 들 정도이다. 먼저 도마에 오른 것은 요리로 유명한 식당이다. 식당에서 일하는 프랑스인들은 손님이 오면 쏘아보며 눈으로 '넌 뭐야?'라고 묻는다. 음식점에서는 손님에 비해 턱없이 부족한 웨이터들 때문에 주문하는 데만 45분을 기다려야 하고, 주문한 다음 음식이 나오면 25초 안에 해치우고 꺼지라는 듯 웨이터들이 눈총을 준다.

거리에서는 적개심에 차서 돌진하는 차들을 피해 다녀야 한다. 실제 차가 없던 시절의 기록을 보아도 프랑스에서는 유독 마차에 치어 죽는 사람이 많았다는 기록이 있다. 관광지에서는 입장권을 사기 위한 줄이 줄지 않는다. 앞에서 계속 새치기를 하기 때문이다. 화장실에서는 사용료를 받는 아줌마가 오줌 누는 모습을 노려본다. 바닥에 흘리는지도……(화장실 지킴이는 이제는 없어졌다고 한다). 그리고 그들은 제2차세계대전에서 연합군이 그들을 지켜주었음에도 불구하고 고마워하지 않으며, 합성수지로 만든 '부유하고 우매한 인간의 상징'인 퐁피두센터를 지었다. 그리고 프랑스 사람에 대한 영국 사람들의 몇 가지 농담도 인용한다.

> 영국 신문에서 영국 기업인을 상대로 한 설문 조사, 가장 싫어하는 것 세 가지는?
> 정원에 두는 못생긴 요정 조각상, 자동차 유리에 매다는 주사위, 그리고 프랑스 사람.

또 크리스토퍼 히버트는 16세기에 쓴 〈여행기〉에 이렇게 적었다.

"이탈리아 사람들은 수다스럽고 신뢰하기 어려우며 지독히 부패하고, 독일인은 식탐이 많으며, 스위스 사람은 짜증이 날 만큼 거만하고 정리정돈을 좋아하고, 프랑스 사람은 견딜 수 없을 만큼 '프랑스인답다.'"

꼭 프랑스가 아니더라도 까탈스러운 그의 불평은 끝이 없다. 곳곳에 등장하는 친구인 카츠(그는 〈나를 부르는 숲〉에서도 등장하는 못말리는 고문관 친구이기도 하다)와 함께 했던 20년 전 유럽 여행에 대한 추억도 그때 그 짜증을 떠올리는 것이고, 지나가는 혹은 옆자리의 사람에 대한 불평불만도 쉼 없이 늘어놓는다.

결국 그는 아름다운 풍경, 박물관 탐방, 해만 나오면 장소를 가리지 않고 몸을 드러내놓고 선탠을 하는 예쁜 여자들 구경으로 하루하루를 근근이 버티다가 태양이 그리운 나머지 예정된 도시들을 훌쩍 뛰어넘어 이탈리아 로마로 내려온다.

불평의 절정이 파리였다고 한다면 찬사의 절정은 이탈리아의 소렌토와 카프리이다. 그의 표현에 의하면 "만약 이곳들을 소유할 수만 있다면 어머니라도 팔 수 있고, 대머리가 되어도 좋을 것"이라고 한다. 프랑스인 못지않게 소란스럽고 무질서한 이탈리아인들이지만, 그곳 사람들은 거만하지도 않고, 카페에 앉아서 오랫동안 이야기하는 것을 즐기며, 물가도 적당하다. 물론 이탈리아 사람들은 근면 성실과 담을 쌓아서 여러 가지(예를 들면 그 귀중한 문화재를 거의 방치하다시피 하고 있는) 문제가 있기는 하지만 빌 브라이슨은 이조차도 다행스럽게 여긴다. 왜냐하면 잘생기고, 머리 좋고, 활달한 이탈리아 사람들이 근면하기까지 하다면 다시 세계를 정복하는 일은 시간 문제일 것이기 때문이다!

그의 여정은 동유럽을 거쳐 터키 이스탄불에서 끝난다. 터키의 해변에 서면 바다 건너 아시아가 보인다. 그는 바다 건너로 여행을 계속하려는 몸의 관성을 강하게 느낀다. 하지만 이 끝도 없을 욕망을 간신히 진정시키고 편안한 잠자리가 있는 안락한 집으로 돌아간다.

떠날 때 꼭 가져가야 하는 것

모든 여행기가 중독성을 가지고 있는데, 그중에서도 빌 브라이슨의 여행기는 매우 강한 중독성이 있다. 한마디로 말해 일단 읽기 시작하면 끝까지 보게 된다. 해박한 지식을 총동원하며 시시콜콜한 역사와 문화에 대해 풀어 놓는다. 그리고 여정과 여정 중에 생긴 일, 그때 그곳에서 머릿속에 떠오른 생각들을 놀라울 만큼 꼼꼼하게 기록한다. 시종일관 이렇게 투덜거리기도 쉽지 않은데, 그것을 가능하게 하는 것은 상식적 판단과 풍부한 지식이다. 달리 표현하자면 뚜렷한 주관이라고 할 수도 있는 이것이 그의 불평불만을 읽을 만한 무엇으로 만든다. 유럽으로 갈 때는 일정만 열심히 짤게 아니라 뚜렷한 주관부터 챙기자. 솔직히 우리야말로 그동안 참을 만큼 참지 않았는가.

물론 빌 브라이슨이 불평만으로 대작가, 인기작가가 된 것은 아니다. 그에겐 반전을 엮어내는 여행기술이 있다. 아무리 인상이 더러운 도시라고 하더라도 어느 구석에는 숨어 있을, 나의 감성과 기대를 자극할 만한 장소들을 끝끝내 찾아내고야 마는 여행가적 근성이 그것이다. 여행자들에게는 넉넉한 경비와 착용감 좋은 복대, 여행지에 대한 사전 지식도 필요하지만, 가장 필요한 것은 어떠한 상황에서도, 파리에서조차도 '역시 오길 잘했군'이라고 느낄 수 있는 장소를 찾아내고야 말겠다는 투혼인 것이다.

책을 덮고 나면 빌 브라이슨의 다른 여행기들이 당신을 부를 것이다. 하지만 그와 여행을 계속하려는 욕망을 진정시켜야 한다. 그저 그런 여행기들에 싫증날 때를 위해서…….

〈여행생활자〉 여행 지도

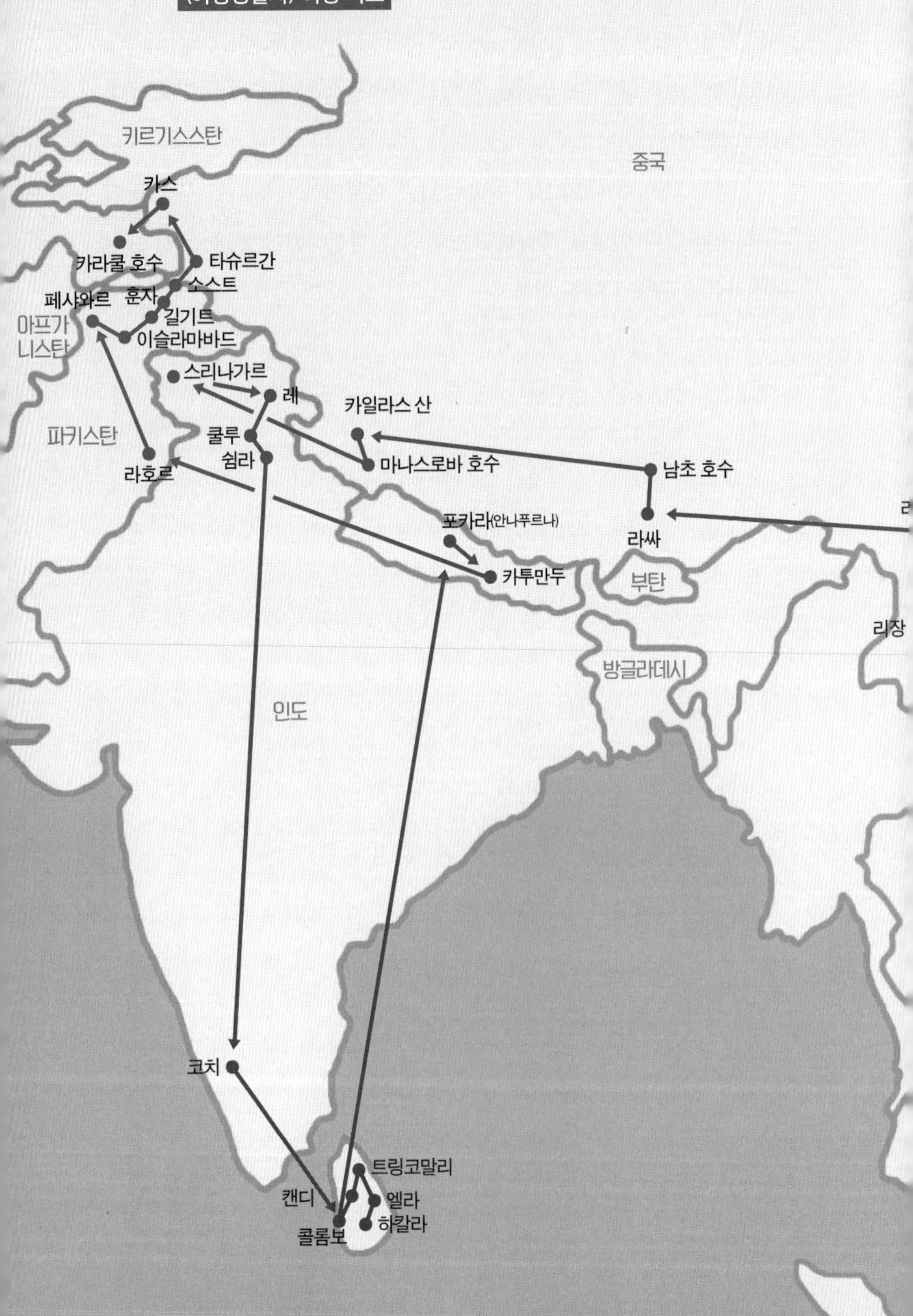

키르기스스탄
중국
카스
카라쿨 호수
타슈르간
소스트
훈자
페샤와르
길기트
아프가니스탄
이슬라마바드
스리나가르
레
카일라스 산
쿨루
쉼라
파키스탄
라호르
마나스로바 호수
남초 호수
포카라(안나푸르나)
라싸
카투만두
부탄
리장
방글라데시
인도
코치
트링코말리
캔디
엘라
콜롬보
하칼라

방랑을 부르는 여행기 - 유성용의 〈여행생활자〉

히말라야의 방랑자

방랑의 장에서 소개할 여행안내서는 〈여행생활자〉(유성용)이다. 이 책을 고른 이유는 순전히 히말라야 때문이다. 여행 책에 히말라야가 빠지면 서운하기도 하려니와, 이런 길고 장대한 여행지들이야말로 대작가들이 전문 여행 작가들을 위해 남겨놓은 미개척지이기 때문이다. 대부분의 작가들은 그곳을 온전히 담는 데 실패한다. 생각과 욕심이 너무 많기 때문이다. 〈여행생활자〉의 미덕은 등반이나 깨달음에 집착하지 않는 데 있다. 그저 이 마을 저 마을, 이 산 저 산을 떠돌아다닐 뿐이다. 방랑자는 말이 아니라 몸으로 풍경을 담는다. 그리고 몸의 기억은 그 어떤 기억, 그 누구의 기억보다 온전하다.

여행을 의미하는 말들

여행기를 소개하기 전에 우리가 혼용해서 쓰는 여행에 관한 말들을 분류해보고자 한다. 느닷없는 낱말풀이가 달갑지 않을 수도 있지만, 어떤 분야든 전체적인 안목은 필요한 법이다. 경험에 비추어 볼 때 이거 알면 의외로 유용하다. 여행을 계획하거나 여행기를 쓸 때 큰 도움이 되고, 〈여행생활자〉 같은 내면적인 여행기를 더 편하게 대할 수 있게 해준다.

여행을 의미하는 말은 의외로 많다. 일단 가까운 곳을 다녀온다는 의미로 '나들이(Outing)', '소풍(Excursion)'이 있다. '관광(Tour, Sightseeing)'은 구경과 휴식을 강조하는 말인데, 이중 'Tour'는 한 바퀴 도는 행위를 가리킨다. 이에 비해 우리가 일반적으로 쓰는 '여행(Trip, Travel)'이라는 말은 놀고먹는 행위는 물론 정신적이고 육체적인 체험을 강조한 말이다. 'Trip'은 놀고먹는 일을, 'Travel'은 체험을 중시한다. '여정(Journey)'은 여행과 혼용하여 쓰되 여행의 과정을 강조하는 말이다. 'Voyage'는 배를 타고 다니는 항해를 의미하는 말로, 비유적으로 멀고 험난한 여정을 뜻한다. 오지를 찾아가거나 모험적인 힘든 여행을 뜻하는 말로 '탐험(Exploration, Expedition)'도 있다.

또 이와는 약간 다른 차원의 단어들도 있다. 한곳에 머물지 않는 삶을 뜻하는 '유랑(자의에 의한 Nomad, 타의에 의한 Exile)'과 종교, 예술, 민족 등의 정신적 발자취를 따라가며 그 의미를 되새기는 '순례(Pilgrim)', 그리고 특정한 장소나 유적에 얽매이지 않고 발길 닿는 대로 다니며 그저 이런저런 생각으로 일을 삼는 '방랑(Vegavonding)'이 그것이다.

모든 여행은 나들이·관광·여행·여정이 뒤섞여 있고, 경우에 따라 한 번의 여정 속에서 탐험 요소나 순례 요소, 유랑이나 방랑의 요소를 경험하기도 한다. 개념을 알고 있으면 상황에 맞게 마음의 준비를 하고, 길을 잃지 않고 여행을 재구성할 수 있다.

〈여행생활자〉는 일종의 '방랑자(Vegavond)'이다. 하릴없이 여행을 하되 순간순간 마주치는 감명과 깨달음을 나누는 일종의 '구도자'이다. 풍족하게 놀고먹지는 않으니 '한량'까지는 아니다.

히말라야에 대하여

〈여행생활자〉의 무대는 세계의 지붕이라 일컬어지는 '히말라야(Himalaya. 눈이 사는 곳)'이다. 히말라야는 거대한 산맥들이 그러하듯 여러 나라의 경계가 된다. 중국·인도·티베트가 머리를 맞대고 있고, 그 가파른 비탈에는 네팔과 파키스탄이 둥지를 틀고 있다. 북쪽 끝에는 아프카니스탄이, 남쪽 끝에는 부탄이 자리 잡고 있다.

그곳은 티베트 불교의 본산인 동시에 힌두교의 성산이고, 서사면으로는 이슬람교도들도 살고 있다. 그 지명들 또한 티베트어와 산스크리트어, 그리고 우루두어, 네팔어, 투르크어 등이 혼재되어 있어 들을 때마다 어느 나라 말인지 분간하기 어렵다. 불행인지 다행인지 히말라야는 어느 한 나라나 종교에 소유되지 않았다. 누군가의 소유가 되기에는 너무나 험준한 곳이기도 하고, 한 나라가 끌어안기에는 그 신성한 기운이 너무도 크기 때문일 것이다.

또 히말라야는 자연환경이 척박한 나라 안에서도 가장 모진 자연이 있는 곳이고, 소위 경제적 약소국, 혹은 정치적 후진국이라 일컬어지는 나라 안에서도 재차 정지적으로 탄압받는 사람들이 모여 사는 곳이다. 결국 히말라야 언저리의 사람들은 각자의 방식으로 히말라야의 신성함을 나누어 가지게 되었다. 그들은 국적과 종교, 인종이 아닌 히말라야라는 이름 안에서 산다.

방랑 시인의 귀환

그 세상의 끝으로 여행생활자가 떠났다. 여행의 여정을 정리하자면 이렇다. 중국 윈난성에서 티베트를 거쳐 카일라스산(수미산, 강디세 혹은 강린포체)을 돌아 네팔을 지나고, 인도의 라다크 지역을 거쳐 스리랑카로 이어진다. 파키스탄으로 가기 위해 다시 인도로 왔다가, 고(故) 김선일 씨 피랍으로 파키스탄 국경이 닫히자 국경이 열리기를 기다리며 인도와 스리랑카, 네팔을 떠돌기를 3개월, 결국 비자를 받아 파키스탄의 카라코람 하이웨이를 달려 훈자로 간다. 그리고 다시 카라코람 산맥의 쿤제라브 패스(일명 '피의 고개')를 넘어 파미르 고원에 다다른다.

"지금 생각하면 여행자란 따로 할 일이 있는 사람이라기보다는, 우여곡절을 마다하지 않고 기꺼이 받아들이는 사람이다. 여행이란 것이 우리의 삶을 닮은 그런 것이라면, 우리 삶의 우여곡절이란 것도 나서서 체험하지 않을 이유가 없겠다는 그런 헐거운 비유식을 풀며 나는 다시 인도-파키스탄 국경에 접어들었다."

- 파키스탄 라호르에서

길고 먼 길. 남들은 대여섯 번 끊어서 갈 길을 한 번에 다닌 데다,

도시의 명칭들도 생경한 관계로 주의를 기울이지 않으면 그 여정을 파악하기가 쉽지 않다. 또 이 책은 '세상에서 가장 쓸쓸한 여행기'라는 부제를 달았을 만큼 여행생활자의 처절한 방랑과 진지한 사색들로 빼곡하다. 히말라야 12좌로 치자면 히든피크(Hidden Peak)라고도 불렸던 가셔브롬(빛나는 산)과 같다고나 할까.

"여행은 모순이다. 자유 속에서 생활을 꿈꾸는 아둔한 우여곡절이다. 여행의 길은 그저 멀어서 먼 길이 아니고 길을 알면서도 스스로 나아가서 길을 잃고, 멀리 돌아가야 하는 먼 길이다. 그 길은 절대의 빛으로 이루어진 눈부신 천국으로 가는 길이 아니고 동서남북이 없는 눈부신 환한 빛 속에서 어둠을 조적해서 쌓아가는 제 속의 길이다…(중략)…나는 목적도 없이 저 기차에 올라탈 것이다."

- 스리랑카의 기차 안에서

방랑자와의 만남은 언제나 조금 서먹한 법. 그를 안으로 들여 따뜻한 차 한 잔을 놓고 마주앉으면 그는 곧 생기를 되찾을 것이다. 그리고 정상이 아닌 골짜기에서 만난 사람들과 방랑이 아니면 볼 수 없었던 풍경들과 고난 중에 너무나 짧게 스쳐갔던 행복했던 순간들을 말해 줄 것이다.

인도의 어느 시골 사과밭 근처를 친구와 거닐다 허름한 구멍가게에서 사과차를 마시며 담배 두 개피를 나눠 피우는 것만으로도 더 이상 바랄 것이 없었던 그날, 히말라야 한가운데에 있는 그 이름도 '뜨거운 물'인 온천마을 '타토파니'에서 보낸 한때, 떠날 생각만 해도 쓸쓸한 마음이 들 정도로 아름다웠던 살구꽃이 만발한 파키스탄의 훈자에서의 나날, 그리고 혹독한 추위에 떨며 버스를 타고 파키스탄 카라코람 산맥을 넘던 그 밤.

> "나는 되도록 이를 악물어보았지만 이 부딪치는 소리를 어찌 할 수 없었다. 그는 내 옆자리에 앉더니, 그의 모포를 반쯤 내어 나를 덮어 주었다. 그도 얇은 옷을 한 겹 입고 있었을 뿐이지만, 그렇게 내 곁에서 자기의 체온을 나눠주었다. 당신은 왜 나에게 잘해줍니까. 우리는 인사 한 번 나눈 적이 없는데…"
>
> - 파키스탄 카라코람 하이웨이 버스 안에서

방랑자의 속삭임

〈여행생활자〉를 읽는 동안 지금은 어디서 봤는지도 기억나지 않는 이슬람 우화가 떠올랐다. 그 내용은 이렇다. 어느 왕국에 왕이 살았는데, 왕국은 풍요로웠고, 왕은 지혜롭고 외모까지 출중해서 온 나라 사람들의 사랑을 받았다. 어느 날 왕의 행차에 거지행색의 방랑자가 다가왔다. 방랑자는 왕의 귀에 대고 한 마디 말을 속삭이고 가버렸다.

그날 이후 왕은 모든 것을 버리고 방랑자가 되었다. 방랑자가 된 왕이 이웃나라로 갔을 때 이웃나라의 왕은 그에게 도대체 그 방랑자가 무슨 말을 했는지 물었다. 방랑자가 된 왕은 잠시 생각하더니 이웃나라의 왕에게만 들리도록 속삭였다. 그러자 이웃나라의 왕도 방랑자가 되어 함께 떠났다.

그 한 마디 말은 도대체 무엇이었을까? 지금도 가끔씩 뭐라고 귓속말을 했는지 궁금하다. '궁금하면 너도 해봐!' 정도였을까? 이 책을 읽는 동안 나는 그 속삭임을 얼핏 들은 것 같다. 히말라야의 작은 점이 되었다가 점점 더 작아져 사라져버리는 나의 모습을 본 것도 같다.

Chapter 3.

모험, 생사를 걸다

Chapter 3.

모험, 생사를 걸다

새로운 것에 대한 욕망은 인간이라는 동물의 본능이다. 그리고 무수히 많은 인간의 행위 중에서도 특히 예술은 새로움을 목표로 삼는다. 예술에서 새로움이란 '발명'이 아니라 '발견'에 가깝다. 사물을 창조하는 대신 그대로의 사물을 남다르게 바라봄으로써 세상을 더 넓고 깊게 만드는 것이다. 먹지도 입지도 못하는, 없어도 살아가는 데 아무 지장이 없는 예술은 그래서 여전히 인간에게 중요한 뭔가로 여겨진다. 예술이 없다면 인간 세상은 지금보다 훨씬 작고 딱딱해질 것이므로.

만일 당신이 지금 뭔가 새로운 작품을 만들어내기 위해 고통을 받고 있다면 인류문명의 최전선에서 싸우고 있음을 잊지 말라. 우리는 세상을 더 크고 물렁하게 만들고 있는 중이라는 것을.

'이것은 나 혼자만의 싸움이 아니다. 전 인류를 위한 전투이다!'

무력하고, 왜소하고, 외롭다고 느껴질 때 이 주문을 외면 왠지 힘이 솟는다. 과대망상이라고 비웃어도 상관없다. 남들이 뭐라 하든, 이러한 사명과 확신은 당장 오늘 하루의 창작에 도움이 된다. 창작에 도움이 되고, 기분이 좋아진다면 작가는 법을 어기지 않는 한 무슨 짓이라도 감행해야 한다.

생기를 잃은 채로 새로운 뭔가를 만들어 낼 수는 없다. 온갖 주문을 외워도 힘이 나지 않을 때, 내 안에 더 이상 끄집어낼 새로운 것이 없다고 느낄 때, 지금의 내 모습이 나조차 꼴도 보기 싫을 때는 일단 그곳을 벗어나는 수밖에 다른 도리가 없다. 얼마나 멀리 가야 할 것인가는 무력감, 정체감, 자기혐오의 정도와 비례한다. 적어도 지난번보다는 더 멀고, 더 어둡고, 더 위험한 곳으로 가야 뭔가를 건질 수 있을 것이다.

그렇게 여행은 조금씩 모험의 외길로 치닫고, 세상 안전하던 작가라는 직업은 점점 생사를 걸어야 하는 극한직업이 되어간다. 작가가 고통스러울수록 독자들은 더 즐거우니까.

안락한 의자를 견디지 못하고 모험을 감행한 작가들을 모아보았다. 호메로스에 의해 탄생한 모험의 화신, 행복한 여행자의 표상 오디세우스, 시베리아를 횡단해 유형수들만 우글거리는 사할린 섬으로 간 안톤 체홉, 전쟁, 사냥, 연애…… 무엇이든 끝장을 봐야 직성이 풀렸던 헤밍웨이, 시대의 변화를 따라잡으려 말년에 미국을 일주한 존 스타인벡, 호기심이 발동하는 대로 오지, 물 속, 심령세계의 가장 깊숙한 곳으로 들어간 마이클 크라이튼.

간 곳은 달라도 그들이 얻고자 한 것은 같다. 세상의 끝을 두 눈으로 확인하고, 극한의 순간에야 제 모습을 드러내는 인간의 본성을 '발견'하려 했던 것이다. 지옥의 문턱에서 돌아온 그들은 대수롭지 않게 새로운 작품을 세상에 던져 놓았다. 그리고 다시 모험을 떠났다. 마치 한 방울의 꿀을 물고 죽을 때까지 벌집을 들락거리는 꿀벌처럼 그렇게.

오디세우스의 모험 지도
테레필로스
아이아이에
마케도니아
트라케
흑해
이스마로스
세이렌 섬
파이아케스
트로이
아이올리아
이오니아
이타케
키클롭스
카리브디스와 스킬라
아카이아
시칠리아
헬리오스 섬
칼립소
카르타고
지중해
로토스파고이 족

모험 1. 호메로스의 고대 지중해 모험

오디세우스의 여행법

〈오디세이아〉의 작가 호메로스(Homeros, 기원전 8C)의 생애에 관해 확실하게 밝혀진 사실은 아무것도 없다. 눈 먼 음유시인이라는 얘기도 있고, 실존인물이 아닐 것이라는 얘기도 있고, 여성일 것이라는 주장까지 있다. 그러나 작가에 대한 많은 논란에도 불구하고 그의 작품 〈일리아드〉와 〈오디세이아〉의 절대적인 위상과 서사적 완성도에 대해 감히 이의를 제기하는 사람은 없다. 이야기의 세계에서 호메로스의 작품은 가장 오래되고, 가장 모범적인 작품인 것이다.

"모든 위대한 문학작품은 〈일리아드〉이거나 〈오디세이아〉이다."

- 귀스타프 플로베르 (〈일리아드와 오디세이아 이펙트〉에서 재인용)

호메로스를 읽어야 하는 이유

호메로스의 서사시 〈일리아드〉와 〈오디세이아〉는 '트로이 전쟁'을 소재로 하고 있다. 그리스 연합군과 트로이 연합군의 전쟁이다. 트로이는 당시 일리온이라고도 불렸기에 제목이 '일리아드(일리온 이야기)'가 되었으며, 배경은 현재 터키의 북서해안가에 위치한 히사를리크 언덕이다.

〈일리아드〉는 10년간의 트로이 전쟁 중 9년째 '아킬레우스의 분노'에 대한 이야기이고, 〈오디세이아〉는 전쟁이 끝난 후 오디세우스가 집으로 돌아가는 10년간의 이야기이다. 그냥 읽어도 너무나 흥미진진한 호메로스지만 아직 고전의 세계에 발을 들여놓지 않은 독자들을 위해 그의 작품을 읽어야 하는 이유를 몇 가지 정리해본다. 일독을 촉구하고, 완독을 응원하는 마음으로.

호메로스를 읽어야 하는 가장 큰 이유는 서양문화에 미친 막대한 영향 때문이다. 호메로스의 작품은 '그리스 비극'의 주요 소재가 되었다. 기원전 5세기, 전성기를 구가하며 일찌감치 극문학을 완성해버린 그리스 비극은 〈일리아드〉와 〈오디세이아〉에서 에피소드를 가져와 하나의 연극 작품으로 재구성하는 경우가 많았다. 그리고 그리스 비극이 무수히 쏟아져 나오고 난 후, 아리스토텔레스는 호메로스와 그리스 비극들을 모두 분석하여 이야기의 원리와 작법을 정리했으니, 이것이 〈시학〉이다. 여기서 호메로스의 작품들은 좋은 이야기의 대표적인 예로 다루어지고 있고, 〈시학〉은 오늘날에도 여전히 가장 훌륭한 창작교과서로 애용되고 있다.

그뿐이 아니다. 로마인들은 〈일리아드〉에서 살아남은 트로이 장

호메로스 동상

수 아이네이아스가 〈오디세우스〉처럼 모험을 한 후 이탈리아에 도착해 새로운 나라를 세웠다고 하는 로마 창건신화 〈아이네이스〉를 썼다. 그리고 이 작품을 쓴 작가 베르길리우스는 단테가 쓴 〈신곡〉에서 주인공을 지옥과 천국으로 데려가는 안내자로 등장한다.

중세시대 내내 이단시되며 잊혔던 호메로스는 중세 천년이 지나고 나서 다시 살아난다. 페트라르카가 호메로스를 라틴어로 번역하면서 르네상스가 촉발된 것이다. 그 르네상스의 끝에 셰익스피어가 있다. 셰익스피어는 고대 그리스의 작품을 탐독했고, 극문학을 완성했다. 호메로스를 따라가면 이렇게 2000년의 서양 고전문학이 쉽고 자연스럽게 정리된다. 같은 논리로 호메로스를 모르면 서양고전의 세계를 알 수 없다.

> "서양의 문학을 애써 연구하다 해결을 못 보고 호메로스의 작품을 보면 이미 거기에 열쇠와 보기가 나와 있는 것을 보고 어리둥절해지거나 자신의 어리석음이 스스로 부끄러워지는 때가 있다."
>
> -〈오디세이아〉의 번역자 유영

호메로스를 읽어야 하는 이유는 단지 그가 최초의 작가이기 때문만은 아니다. 읽어도 읽어도 계속 재미있게 읽게 만드는 '이야기의 비결'이 그 속에 있기 때문이다. 고대 서사시라고 해서 이야기를 시간 순서대로 길고 지루하게 늘어놓는 식이라고 미리 짐작한다면 그것은 큰 착각이다. 10년의 이야기를 〈일리아드〉는 50일, 〈오디세이아〉는 40일 안에 재구성했다. 특히 〈오디세이아〉의 구성은 현대적이다. 고대 모험담 특유의 나열식 구성에서 탈피, '위기에 놓인 오디세우스의 가족들'과 '모험에서 돌아온 오디세우스가 가족을 구하는 이야기'를 앞뒤에 배치하고, 수많은 모험담을 가운데 액자형식으로 삽입하고 있다. 이로써 독자들은 최종 목적을 염두에 두고 이야기를 따라갈 수 있고, 결말에 이르러 악당을 물리치는 통쾌함을 만끽할 수 있게 된다.

호메로스를 읽어야 하는 마지막 이유는 우리가 지금도 때때로 호메로스를 만나고 있기 때문이다. 호메로스가 만들어낸 인물들은 수많은 작품에 불쑥불쑥 등장한다. 그를 몰랐던 시절, 그와 마주칠 때마다 얼마나 당황하고 창피했는지…….

> "만약 여러분이 어디선가 그를 만나게 되더라도 이렇게 묻는 일은 없어야 할 것이다. '무엇 때문에 이 모든 일을 하는가?' 아마도 그는 대답을 거

의 찾았을 것이다. 물론 그가 책 속의 행간에 숨겨놓은 다른 형태의 질문들을 통해서 말이다. 오디세우스처럼 행복하게, 그가 머릿속에서 자신의 모든 여정을 재구성할 어느 날, 스스로를 되찾기 위한 이야기라고."

- 베르나르 올리비에의 〈나는 걷는다〉 서문 '편집자의 글' 중

'오디세우스처럼 행복하게'라니 무슨 뜻일까? 이런 식으로 여행과 문학의 세계에서 그를 피할 수는 없다. 오디세우스는 동서양을 막론하고 여행자의 상징, 모험의 화신으로 끊임없이 인용되고 있고, 이것이 모험의 장에서 맨 먼저 그를 만나야 하는 이유이다. 여행과 걸작의 비밀을 찾아 나선 이 길에서 호메로스와 오디세우스를 만나지 않는 것은 예의가 아닌 것이다.

작가는 결국 작품으로 기억된다. 오디세우스를 아는 것이 호메로스를 아는 것이다. 호메로스의 정체를 밝히는 어려운 문제는 전문가에게 맡겨두고, 여행자 오디세우스를 따라가 보자. 그의 여행법 속에 영원히 변치 않는 모험의 원리, 이야기의 원리가 있으므로.

여행의 시작, 계시

그리스 로마신화에서 신들의 가장 중요한 역할은 '계시'이다. 신화 속의 계시를 서사의 관점에서 보자면 앞으로 벌어질 사태에 대한 정보를 미리 제공함으로써 이야기의 방향을 제시하고 단순한 일화들에 서스펜스 효과를 불러일으키는 역할을 한다고 할 수 있다. 쉽게 말해 '주인공이 신들의 계시를 끝까지 잘 따를 것인가, 그러지 못할 것인가'

하는 궁금증을 유발한다.

경우에 따라 신들은 아킬레우스의 경우처럼 한쪽에는 '그가 나서야 전쟁에 이길 수 있다'는 계시를, 다른 한쪽에는 '전쟁에 참가하면 그는 죽게 될 것이다'라는 계시를 내려 인간들을 난처하게 만들기도 한다. 이 상충되는 계시가 아킬레우스라는 인물에게 강렬한 스포트라이트를 비춘다.

오디세우스는 비교적 희망적인 계시를 받은 경우에 속한다. 그를 편애하는 아테나 여신은 언제나 오디세우스에게 '내 말을 잘 들으면 너는 집으로 돌아 갈 수 있을 거야' 하고 속삭인다. 하지만 그녀의 말만 믿기에는 바다의 신 포세이돈의 분노가 너무 크다. 오디세우스가 포세이돈의 아들인 외눈박이 괴물 폴리페모스의 하나밖에 없는 눈을 창으로 찔렀기 때문이다. 포세이돈, 즉 바다는 제 아들 못난 것은 생각하지 않고 보복에 나선 아버지의 얼굴을 하고 있다. 계시는 원치 않는 운명을 예고하고 있을 때 더 받아들이기 힘들고, 단순하지만 지키기 어렵다. 그리스신화의 비극적 아름다움은 여기에서 비롯된다.

신의 계시를 여행의 세계에 대입해 보자면 그것은 일종의 '예감'이라고 할 수 있다. 여행자의 예감은 신의 계시만큼 구체적이지는 않지만 여행자의 '관점'과 '관심'을 유발시킨다. 적극적으로 예감할수록 적극적인 여행이 될 가능성이 높다. 그 예감이 적중하는 순간, 우리는 걷잡을 수 없이 여행에 빠져들게 된다. 만일 예감이 어긋나는 경우, 오디세우스가 신을 불러 상담을 했듯이, 우리는 우리의 잘못된 예감과 다시 이야기를 나눌 수도 있다. 자신과의 대화가 단절되는 순간, 여행은 방향을 잃고 단순한 관광으로 전락하게 된다.

자신의 적극적인 예감에 따를 것인가, 그렇지 않고 그때그때의 욕망이나 상황에 따를 것인가는 각자의 선택에 달려 있다. 순간적 욕망에 따른다고 우리가 오디세우스의 부하들처럼 돼지가 되지는 않을 것이니 어느 한쪽 길을 강요할 수는 없겠다. 여행은 어쩌면 잠시라도 개나 돼지처럼 살 수 있는 좋은 기회일 수도 있을 테니까. 다만 오디세우스가 갖은 고난 속에서도 집으로 돌아올 수 있었던 것은 그가 신들과의 대화를 멈추지 않았기 때문임을 기억해야 한다. 집으로 안전하게 돌아오기 위해서는 경거망동하지 말고 계시를 기다릴 줄 알아야 하는 것이다.

> "그녀(키르케)가 이렇게 말하자 저는 말했습니다. '여신이시여, 원컨대 사실대로 말씀해주소서. 어떠한 수단을 써서든지 무서운 카리브디스(바다의 괴물)를 피할 도리는 없으며, 동료들이 잡힐 경우 복수할 방법은 없는지요?' 그러자 신성한 여신이 대답했습니다. '분별없는 분이여, 아직도 그대는 전쟁과 고난에 관심을 두고 있소? 그대는 불사의 신들에게까지도 순종치 않으려 하오?…(중략)…도저히 방어할 도리가 없으니 도주만이 최선이오."
>
> - '스킬라와 카리브디스' 중 오디세우스

관찰과 변장

신의 계시를 받은 오디세우스가 낯선 섬에 도착하여 첫 번째로 하는 일은 관찰이다. 여행자가 닿는 곳은 언제나 새로운 미지의 세계다. 앞으로 나아가기 위해서는 용기를 내어 그 속으로 들어가야 한다. 낯선

자에 대한 예의가 문명의 척도라는 말이 있다. 그곳이 문명사회인지 아닌지에 따라 여행자의 운명은 결정된다. 그리고 손님에 대한 예의가 주인의 미덕이라면, 잘 관찰한 후 주인들의 예법을 존중하는 것이 여행자의 미덕이다.

> '오 내가 또 어느 인간의 고장에 와 닿은 것인가? 심술궂고 거칠고 경우 없는 자들인가, 아니면 낯선 사람들에게 친절하고 신을 두려워하는 자들인가?…(중략)…자, 가보자. 내 스스로 죽음을 무릎 쓰고 알아보리라.'
>
> - '나우시카' 중 오디세우스

관찰을 해도 공기가 잘 파악되지 않을 경우 신들이나 오디세우스가 자주 사용하는 방법은 변장이다. 오디세우스는 신들 뺨치는 변장술을 가졌다. 그는 트로이 전쟁 당시, 박물장수로 변장하여 숨어 있는 아킬레우스를 찾아내 전쟁에 참가시켰고, '트로이의 목마'라는 위장전술로 전쟁을 종결시켰다. 그의 변장술은 〈일리아드〉를 넘어 〈오디세이아〉에서도 빛을 발한다. 외눈박이 괴물 폴리페모스에게 자신의 이름을 'Nobody'라고 하여 위기에서 탈출했을 뿐만 아니라, 고향땅에 도착한 후에도 거지로 위장하여 가족들의 상황을 파악하는 한편, 진정한 적군과 아군이 누구인지 미리 가려낸다.

여행자도 마찬가지. 여행지의 수상한 공기가 느껴진다면 무턱대고 다가가기 전에 'Nobody' 가 되어 보는 것이 어떨까? 낯선 곳에서는 오디세우스처럼 빈털터리 거지로 변장하는 것이 안전할 것이다. 주머니에 든 돈만 믿고, 혹은 들뜬 기분에 휩싸여 큰소리치다가는 낭패를 보기 쉽다. 여행에서 한 번의 실수는 종종 치명적인 결과를 낳는다. 오디세우스는 포세이돈의 분노 때문에 9년 동안을 망망대해에서 죽도록 고생하지 않았던가.

또 길을 잃었을 때는 잠시 길가의 돌멩이처럼 가만히 앉아 있는 것이 좋다. 길이 보이고, 누군가 말을 걸어올 때까지. 그가 천사인지 악마인지 알 수 있을 때까지 말이다. 우리는 그래야만 무도한 괴물들, 세이렌의 목소리, 망각의 약물(로터스), 칼립소의 유혹에서 벗어날 수 있을 것이다. 로마인들이 오디세우스를 변장술에 능한 사기꾼이라고 했듯이, 혹시 누군가 우리를 교활한 여행자라 말해도 상관없다. 셰익스피어가 말했듯이 '끝이 좋으면 다 좋은 법'이다.

고난과 지혜

오디세우스는 고난 끝에 살아 돌아온 인간의 상징이다. 그는 시종일관 바닥으로, 바닥으로 내려간다. 그는 9년간 12척의 배와 600명의 동료들을 모두 잃었다. 퀴클롭스, 스킬라와 카리브디스 같은 괴물들이야 그렇다 치자. 하지만 그는 동료들의 끊임없는 신성모독과 시기와 의심에 시달린다. 살아 있는 동료들에게 더 이상 의지할 수 없는 지경에 이르자 그는 죽은 자들로부터 위안과 지혜를 얻기 위해 죽음의 세계로까지 떠나야 했다. 무엇보다 큰 고난은 절망의 순간에 영생과 환희를 약속하며 타협을 종용하는 칼립소의 유혹이었다. 그는 총 9년의 표류 중 8년을 칼립소와 보낸다. 다른 무엇보다 타협이 가장 강력한 장애물이 될 수 있다는 호메로스의 경고이다.

오디세우스 동상(그리스 이타카 섬)

반복되는 고난 속에서 인간은 '버티는 법'을 터득한다. 오디세우스는 여행 초반에 수도 없이 "신이시여! 어찌 저에게 이토록…" 하며 탄식한다. 하지만 여행이 길어지면서 그는 더 이상 분노하거나 절규하지 않는다. 신에게는 낮은 소리로 간청하고, 마음속으로는 인내를 다짐한다.

> "여신이시여, 내 말에 노하지 마소서. 내 자신 페넬로페가 아무리 영리하다 하더라도 아름다움이나 체구에 있어서 그대를 따르지 못함을 아옵니다. 그녀는 속세의 인간이지만 그대는 나이를 모르고 죽음을 모르는 분.

그래도 이 몸은 날이면 날마다 고향길이 그립고 귀국의 날이 기다려지니 어찌 하리요. 비록 어느 신께서 검푸른 바다 속에서 나를 해칠지라도 내게는 정신이 있으니 고난과 싸워 이겨 참아보리다."

- '칼립소' 중 오디세우스

인간에게 닥치는 고난의 깊이와 종류는 언제나 상상을 초월한다. 그것은 미루어 짐작하거나 듣는 것만으로는 알 수 없으며, '내 것'이 되었을 때야 비로소 실감할 수 있다. 호메로스는 오디세우스의 모험을 통해 말한다. 인생이란 고난을 상대로 한 지난한 투쟁이며, 인간은 수많은 고난을 겪고 또 겪으면서 서서히 침몰해가는 존재라고. 한두 번에 불과한 승리를 위해 오랜 기간 인내하고, 그 기억에 의지해 살아가는 존재가 인간이라고.

행복한 여행자

모든 운명은 비극적이되 그 와중에 빛나는 순간을 건져 올려야 걸작이 될 수 있다. 〈오디세이아〉는 고난으로 단련된 오디세우스가 가족을 괴롭히는 무뢰한들을 통쾌하게 응징하는 것으로 끝난다. 긴 여정을 함께한 독자들을 위한 상쾌한 결말이다.

오디세우스는 그리스 서쪽 해안에 있는 이타카 섬의 왕이었다. 이타카의 귀족들은 전쟁이 끝났는데도 왕이 돌아오지 않자 집으로 몰려와 왕비인 페넬로페에게 청혼을 한다. 왕비와 결혼을 하면 왕이 될 수 있기 때문이다. 그들은 청혼사를 강제로 쫓아내지 못하는 관습을 이용해 왕궁에 눌러 앉아 페넬로페에게 남편을 선택하라고 독촉했다. 수십 명이, 10년 가까이, 하인들의 시중을 받으며, 매일 가축을 잡아 술판을 벌여 가산을 탕진시키는 점거농성을 벌인 것이다. 오디세우스는 아버지와 아내와 아들이 탈진할 무렵에야 거지 행색을 하고 돌아온다. 그리고 그는 모험의 기술, 즉 계시, 관찰과 변장, 인내를 발휘하며 한 발 한 발 적진으로 들어가 결정적인 순간에 아들과 함께 무도한 청혼자들을 쓸어버린다.

자칫 무리한 해피엔딩일 수도 있었던 이 결말은 두 가지의 이야기 비결로 완결성을 성취한다. 감정이입과 일관성이 그것이다. 독자들은 오디세우스가 신과 괴물들에게 고난을 당하는 동안은 같은 인간으로써 그를 응원하고, 인간 악당들을 만났을 때는 정의로운 인간으로서 같이 분노한다. 그간 긴 모험을 같이 한 동지적 감정이 응원과 분노를 하나로 만든 결과, 오디세우스의 응징은 정의의 승리일 뿐만 아니라 인간의 승리가 되어 독자의 감정을 급격히 고양시킨다. 또 오디세우스는 고난에서 얻은 모험의 기술을 변주한다. 수세적인 국면에서 안도감을 줄 뿐이던 전략이 공세적 국면에서 승리를 성취해내고야 마는 순간 통쾌함이 배가가 되는 것이다. 결말에 이르러 갑자기 새로운 기술을 쓰는 것은 실패에 이르는 편한 길이다.

> "호메로스를 읽을 미래의 독자들에게 트로이아는 모든 도시를 대신하며, 오디세우스는 모든 사람을 대신할 것이다."
>
> - 알베르토 망구엘의 〈일리아드와 오디세이아 이펙트〉 중

문명이 막 동트기 시작할 때, 호메로스는 오디세우스를 통해 모험하는 인간, 인내하는 인간, 성찰하는 인간의 전형을 제시했다. 보잘것없는 한 인간이 모험을 통해 신적인 존재로 다시 태어나는 이야기인 〈오디세이아〉는 행복한 여행자가 되는 비결, 훌륭한 작가가 되는 비결을 알려주는 영원한 계시이다.

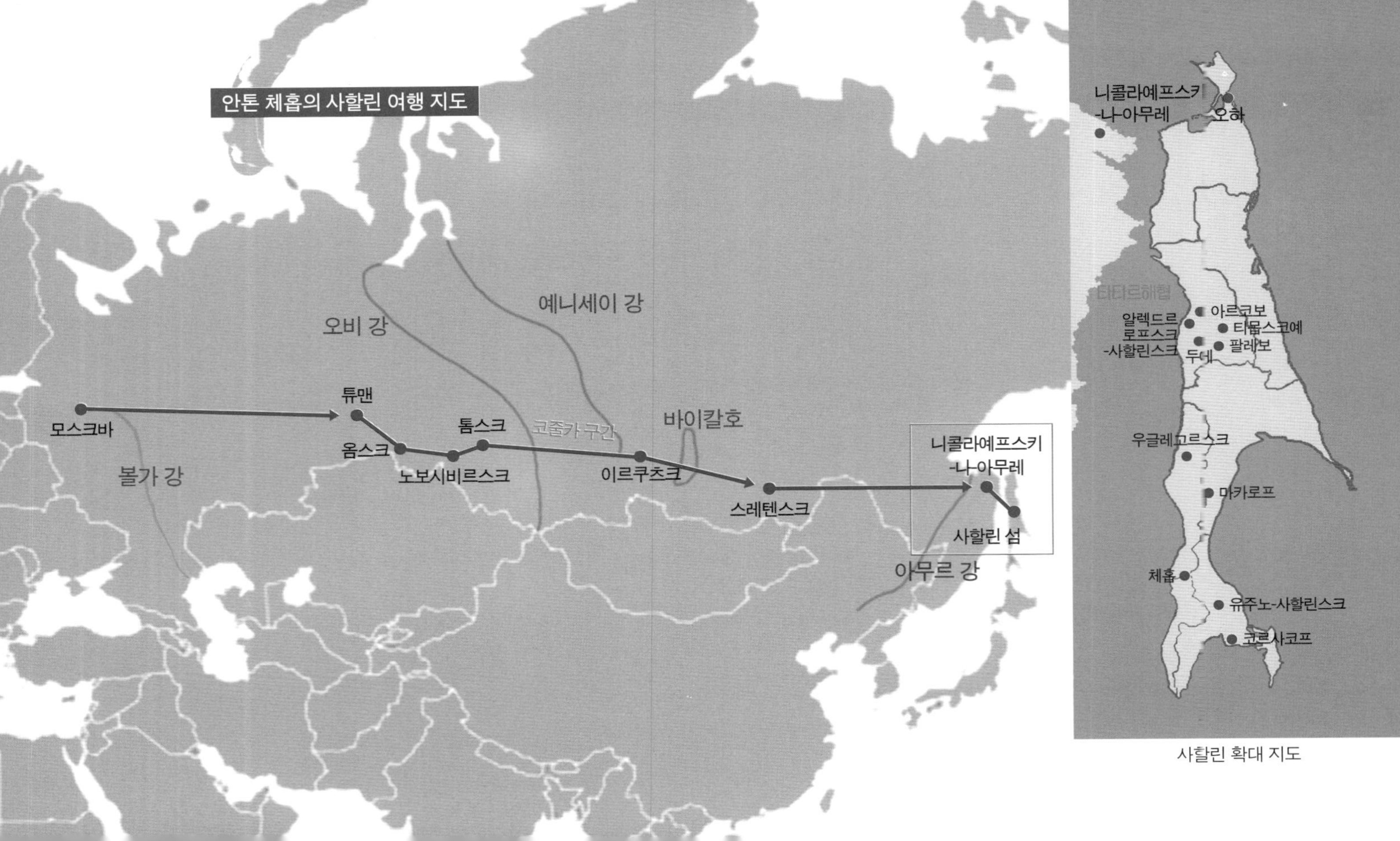
안톤 체홉의 사할린 여행 지도
모스크바
볼가 강
튜맨
옴스크
오비 강
노보시비르스크
톰스크
예니세이 강
코줄카 구간
이르쿠츠크
바이칼호
스레텐스크
니콜라예프스키
-나-아무레
사할린 섬
아무르 강
니콜라예프스키
-나-아무레
오하
타타르해협
알렉드르
로프스크
-사할린스크
아르코보
티몹스코예
두예
팔레보
우글레고르스크
마카로프
체홉
유주노-사할린스크
코르사코프
사할린 확대 지도

모험 2. 안톤 체홉의 시베리아 횡단과 사할린 섬

세상 끝으로 날아간 갈매기

안톤 체홉(Anton Chekhov, 1860~1904)은 생전에 일찌감치 자신의 작가적 가치를 인정받았다. 서른 살 무렵 푸시킨상을 수상하며 최고의 단편소설 작가로 명성을 얻은 그는 얼마 후 새로운 도약을 위해 사할린 섬으로 여행을 감행했다. 이 여정이 모험적일 수밖에 없는 이유는 마차를 타고 모스크바에서 시베리아 벌판을 넘어 사할린까지 가야 하는 1만 킬로미터에 달하는 험난한 길 때문이기도 하지만, 당시 그곳이 죄수들로 우글거리는 유형수들의 섬이었기 때문이다.

대륙의 끝 죄수들의 섬 사할린. 그곳은 어느 모로 보나 세상의 끝이었다. 곡절 많은 어린 시절을 보낸 체홉은 살 만해지자마자 그 세상 끝으로 떠났다. 하필 왜 그곳으로 떠났을까? 그가 본 세상의 끝은 어떤 풍경이었을까? 몰랐으면 모를까 알게 된 이상 따라 나서지 않고는 견딜 수 없는 여행이다.

'니나'라는 이름의 갈매기

체홉의 희곡 〈갈매기〉(1896)는 사할린 여행으로부터 5년 뒤에 쓰인 작품이다. 〈갈매기〉는 작가적 변신을 원했던 그의 고뇌를 담은 희곡으로, 사할린 여행을 전후로 한 그의 정신적 풍경을 담고 있다. 사할린에 다녀온 후 그는 모스크바 교외의 멜로호보로 이사를 하고, 그곳에서 사할린 여행을 정리하는 한편 농촌을 배경으로 단편소설을 쓰며 지냈다. 큰 흐름으로 보아 이 기간은 완숙한 작가로 숙성되어가는 시기였다. 〈갈매기〉는 그 긴 고민의 결산이었고, 이를 기점으로 생의 마지막 시기에 〈바냐 아저씨〉(1897)와 〈벚꽃동산〉(1903)을 탄생시킨다.

〈갈매기〉에는 세 명의 남자가 등장한다. 무명의 희곡작가 뜨레쁠레프, 성공한 단편소설가 뜨리고린, 이들 주변을 맴도는 무신경한 의사 도른. 연극 속의 세 남자는 결코 호수를 떠나지 못하는 갈매기처럼 예술적 욕망에 사로잡혀 고통스럽게 날갯짓한다. 난해한 작품으로 유명한 〈갈매기〉의 세 명의 남자는 모두 안톤 체홉의 다른 모습이다. 그는 실패한 희곡작가이자, 성공한 단편소설가이자, 무미건조한 의사였다. 조용한 성격의 체홉은 자신의 분신들인 등장인물을 내세워 마음껏 농담과 독설을 쏟아냈다.

자아분열의 다중인격에서 비롯된 이 이야기는 그에게도 새로운 도전이었다. 처음 공연을 본 관객들 대다수는 그것을 실험극으로 받아들였지만, 체홉은 〈갈매기〉를 두고 항상 코미디라고 말했다. 체홉이 이 작품을 코미디라고 한 이유를 알기 위해서는 희곡 이면에 있는 그의 실제 삶을 알아야 한다. 성장과정을 알면 〈갈매기〉 같은 고품격 코미디도 없는 것이다.

안톤 체홉(1982)

체홉은 자수성가한 작가였다. 그는 러시아 아조프 해의 항구도시 따간로그에서 태어났다. 아조프 해는 카스피 해와 연결된 호수와 같은 바다이고, 따간로그는 우크라이나와 접경을 이루는 러시아의 항구도시이다. 그의 아버지는 식료품점이 망하자 열여섯 살의 체홉만 타간로그에 남겨둔 채 식구들과 모스크바로 야반도주했다. 혼자 남은 체홉은 가정교사로 스스로 학비를 벌어가며 5년제 고등과정을 8년 만에 졸업, 모스크바의 의과대학에 장학생으로 입학하며 가족들과 합류했다. 어려운 가정형편 속에서 체홉은 대학에 다니는 내내 각종 신문과 잡지에 유머단편을 써서 가계를 꾸려나갔다. 당시 필명 '안또샤 체혼테'로 발표한 짧고 우스운 이야기들은 대략 500편이 넘는다고 한다. 의대를 졸업하고

개업을 한 스물네 살의 그는 이중 일부 작품을 선별해 첫 단편집 〈멜포네네의 우화〉를 출간, 정식 작가로 데뷔한다. 그렇게 의사가 된 체홉은 실명으로 작품 활동에 몰입, 연달아 단편집을 출간하며 평단과 선배작가들의 극찬 속에 서른도 되지 않아 푸시킨상을 수상한다. 졸업할 무렵 시작된 폐결핵과 객혈만 아니라면 그의 청년기는 완벽한 해피엔딩이 되었을 것이었다.

글을 써서 학비와 가족들의 생활비를 벌어가며 의사가 된 것도 이례적이지만, 더욱 흥미로운 것은 힘든 상황에서 그가 쓴 글이 유머단편이었다는 사실이다. 오랜 시간 몸에 배인 그의 코미디 감각은 이후의 소설과 희곡 모두에 생기를 불어넣는 요소가 되었다. 그의 영감이 우스꽝스러운 소동일 때는 희곡이 되고, 인생의 씁쓸한 순간을 포착할 때는 단편소설이 되는 식이었다. 체홉에게 희곡과 소설은 같은 뿌리에서 나온 다른 자식이었다. 그러나 세간의 평가나 작품의 수를 볼 때 두 자식은 크게 차이가 났다. 희곡은 단편소설과는 비교가 되지 않을 정도로 열등한, 그래서 더 애틋하고 정이 가는 못난 자식이었다.

연극 〈갈매기〉의 순수하고 지리멸렬한 희곡작가 뜨레쁠레프와 유명 단편소설작가 뜨레고린, 우유부단한 의사 도른은 그렇게 탄생되었다. 체홉은 두 작가를 통해 단편소설 작가로서 느끼는 대작에 대한 열등감과 희곡에 냉담한 관객들에 대한 열패감을 표출한다. 뜨레쁠레프가 뜨레고린에 대해 내뱉는 시기어린 인물평에는 인정받지 못한 희곡작가로서의 시끄러운 속마음이 그대로 드러나 있는데, 그냥 보면 무덤덤한 푸념에 불과하지만 배경을 알고 나면 지독한 자기비하 코미디로 읽혀지는 대목이다.

뜨레쁠례프 : (뜨레고린은) 현명하고 소박하고 조금은 멜랑콜리하지요. 무척 예의 바르고, 마혼이 되려면 아직 멀었는데, 벌써 유명해져서 아쉬운 것이 없습니다. 전혀 없습니다…(중략)…이제 그 사람은 맥주만 마시고 젊지 않은 사람을 좋아하지요. 작품에 대해서 말하자면… 뭐라고 할까요? 부드럽고 재능도 있지만… 그렇지만… 똘스또이나 졸라를 읽고 나면 뜨레고린을 읽고 싶은 생각이 들지 않습니다.

- 〈갈매기〉 제1막 중 뜨레쁠례프의 대사

이 작품에서 체홉은 예술에 대한 애증을 애정관계에 대입했다. 〈갈매기〉의 여주인공은 배우를 꿈꾸는 니나로, 뜨레쁠례프는 니나를 사랑하지만, 그녀는 휴양 차 마을에 들른 성공한 작가 뜨레고린을 흠모한다. 뜨레쁠례프는 고뇌와 질투어린 사랑에 괴로워하고, 니나는 무지할 정도로 순수한 동경으로 사랑을 쫓고, 뜨레고린은 친절하고 풍족하지만 이기적이다. 그녀는 무명의 뜨레쁠례프에게는 의혹의 눈길을, 뜨레고린에게는 사소한 것 하나하나에 무한한 호기심을 보이는데, 체홉은 자신의 내면에서 갈라져 나온 두 인물이 순진무구한 여성 니나에게 서로를 마구 헐뜯게 함으로써 자신의 예술적 고민을 표출한다.

한편 성공한 단편소설가로서의 체홉, 아니 뜨레고린도 마냥 행복하지만은 않았다. 체홉은 유명 작가가 된 이후에도 의사생활을 병행하며 언제나 쫓기듯 글을 써야 했고, 촉박한 시간 속에서 새로운 작품에 대한 압박감에 시달렸다. 그는 이러한 속사정을 뜨레고린의 입을 통해 털어놓는다. 아이돌을 만난 소녀 팬처럼 현실감 없는 질문을 끝없이 던지는 니나 앞에서 난산힘을 다해 여유를 보이던 뜨레고린은 결국 숨거

왔던 고충을 터트린다.

> 뜨레고린 : 써야 한다, 써야 한다, 써야 한단 하나의 생각이 밤낮으로 잠시도 내 머리를 떠나지 않습니다. 한 작품을 끝내자마자 곧바로 다음 작품을 써야 합니다…(중략)…역마차를 갈아타듯 끊임없이 글을 씁니다. 다른 일은 생각조차 못합니다. 그런데 여기서 멋지고 화려한 것이 무엇인지 당신에게 묻고 싶군요. 소름 끼치게 지겨운 생활일 뿐입니다!…(중략)…글을 쓰고 있을 때에는 즐겁지요. 교정을 보고 있을 때도 즐겁습니다. 하지만… 책이 발간되면 '이게 아닌데, 잘못이야, 처음부터 쓰지를 말았어야 했어' 하는 생각이 듭니다. 대중은 책을 읽으면서 '그래, 아주 재미있고 재주도 있어. 재미있기는 하지만 똘스또이에 비하면 아직 멀었어', 아니면 '괜찮은 작품이야, 하지만 뚜르게네프의 '아버지와 아들'이 훨씬 낫지' 합니다. 관 뚜껑을 덮을 때까지 계속 재미있고 재주도 있어야만 합니다. 그 이상은 없죠.
>
> -〈갈매기〉 제 1막과 제2막 중

체홉의 자기혐오는 두 작가뿐만 아니라 의사 도른을 통해서 드러난다. 니나와 작가들이 예술세계에서 허우적대는 동안 그는 가식적인 친절과 과장된 유쾌함으로 다른 사람들의 일에 무심하게 참견한다. 체홉은 〈갈매기〉에서뿐만 아니라 다른 작품에서도 자주 의사를 등장시켰는데, 그들은 하나같이 진료와 일상에 지쳐 있는 모습이다. 다음과 같은 도른의 푸념은 얌전한 의사 체홉의 실생활이 어땠는지를 짐작케 한다.

메드베젠꼬 : 웃을 수 있으시다니 좋으시겠습니다. 당신에게는 돈이 굴러다니나 봅니다.

도른 : 돈? 이보시오, 지난 30년 동안 나는 쉬지 않고, 밤낮으로 시간도 없이 진료했지만 고작 2천 루블을 모았을 뿐이오. 그것도 얼마 전 외국에 나가느라 다 써버려서 지금은 한 푼도 없소이다.

- 〈갈매기〉 제4막 중

결코 적지 않은 돈 2천 루블을 외국 여행으로 다 써버리고 돈이 없다고 불평하는 도른을 통해 자신의 속물근성을 드러내놓고 비웃는 체홉. 잔고를 말려버린 그 외국 여행이 어쩌면 사할린 여행은 아니었을까 하는 생각을 떨칠 수 없기도 하다.

〈갈매기〉 속의 인물들은 그렇게 진한 자기연민 속에 서서히 파멸되어간다. 연극 중간에 뜬금없이 등장해 이 작품을 난해함의 대명사로 만든 상징물 '죽은 갈매기'는 비단 자살한 뜨레쁠레프만을 의미하지는 않는다. 그것은 덧없는 욕망에 사로잡힌 모든 사람들의 운명을 상징하고, 욕망을 좇는 과정에서 필연적으로 잃어버리고 마는 순수한 영혼을 상징한다. "이 갈매기는 왜 죽었을까요?" 하는 니나의 물음에 대한 대답은 그래서 사람마다 다를 수밖에 없다.

서른 살에 소설가와 의사로 남부럽지 않은 성취를 이룬 체홉의 정신적 풍경은 알고 보면 '죽은 갈매기'와 같은 상태였다. 원하던 것을 다 이루었지만 막상 그것은 생각만큼 대단치 않았고, 일상은 여전히 빡빡했고, 몸과 마음은 지쳐 있었다. 작년에 수상한 푸시킨상의 영광은 얼마 전 연극 〈숲의 정령〉의 대실패로 빛이 바랬고, 화가였던 둘째 형 니콜라이의 죽음으로 마음은 순식간에 잿빛이 되어 버렸다. 그의 오랜 소망들은 손에 잡힐 듯 왔다가 니나처럼 갈매기가 되어 멀리 날아가 버렸다.

세상 끝으로 가는 길

체홉은 사할린 여행을 위해 만반의 준비를 했다. 사할린에 대한 구할 수 있는 자료는 빠짐없이 찾아본 것은 물론이고, 〈신세계〉라는 잡지에 여행기를 쓰는 대가로 경비 1만 5000루블을 지원받았다. 문제는 가족이었다. 가족은 그의 사할린행을 이해할 수 없었다. 모스크바에서 사할린은 육로로 3개월, 흑해에서 지중해를 거쳐 수에즈 운하로 빠지는 뱃길로는 2개월 정도가 걸렸다. 체홉은 육로로 갔다 뱃길로 돌아왔다. 폐결핵으로 피를 몇 차례 토한 전력이 있는 체홉이었기에 기나긴 오지 탐험에 대한 가족의 반대와 걱정은 컸다. 하지만 가족은 그의 의지를 꺾지 못했고, 만약의 사태에 대비해 그들은 모두 모여 사진을 찍었다. 이때 촬영한 가족사진이 남아 있는데, 작가 포함 열 명의 식구를 보고 있자면 그들을 먹여 살리기 위해 장가도 가지 않고 진료와 글쓰기로 청춘을 보낸 체홉이 짠해 보이기도 한다.

체홉은 1890년 4월 21일 동료작가들의 응원과 가족의 걱정 속에 길을 떠났다. 그리고 장장 8개월 반의 여정을 마치고 돌아와 여행기를 쓰기 시작했다. 체홉은 사할린 여행에 관한 글을 세 차례에 걸쳐 나누어 썼는데, 국내에 번역된 〈사할린 섬〉은 그 모든 내용을 담고 있다. 여행기는 집필 시기와 내용에 따라 크게 세 부분으로 나눌 수 있는데, 시베리아 횡단 과정을 쓴 여행기(1부), 사할린의 구석구석을 다니며 유형지의 실태를 조사한 일종의 탐사보고서(2부 초·중반), 그리고 중요한 주제를 정해 기록을 정리한 요약보고서(2부 후반)가 그것이다.

시베리아 횡단 여정을 담은 제1부 '시베리아에서'는 9회에 걸쳐 〈신세계〉에 기고한 것으로, 자연과 인물에 대한 체홉의 비범하고 시적인 묘사를 만끽할 수 있는 흥미진진한 여행기이다. 마차와 배로 시베리아를 횡단하는 길은 고생스럽기 짝이 없다. 밤이면 얼고 낮이면 녹는 험난한 길, 추위와 홍수, 부서진 마차와 오지 않는 배, 우울한 이주민들이나 유형수들과의 대화가 두 달 반 내내 계속된다. 소위 '대로'라고 불리던 마찻길은 카자흐스탄, 몽골, 중국 만주지방과의 접경을 따라 이어져 있는 진창길로, 오늘날의 시베리아 횡단철도 노선과 대체로 일치한다.

횡단로는 예니세이 강을 기점으로 서시베리아와 동시베리아로 나뉘는데, 낮고 평평한 서시베리아는 거리로는 동시베리아의 절반이지만 잦은 눈비와 잦은 강의 범람으로 건너가기가 몇백 배는 지랄맞다. 튜멘, 이르티시 강, 옴스크, 오비 강, 톰스크, 코줄카… 낯설기 그지없는 도시 이름에는 각기 다른 고난과 한기가 진하게 배어 있다.

체홉은 그 장대한 여정을 가장 인상적인 기억만을 간추려 아홉 개 장으로 기록했다. 여덟 장에 걸쳐 서시베리아에서의 고난을 묘사하고, 동시베리아 길은 타이가 지대 위주로 한 장에 간추린다. 여행 기록은 튜멘에서 시작된다. 모스크바와 연결된 철로가 끝나는 튜멘에서부터 마찻길이 시작되기에 체홉은 이곳을 여행의 시작으로 삼는다. 모스크바에서 튜멘은 2000킬로미터에 불과(!)함으로 마차와 배로 이동한 거리는 8000킬로미터이다. 일단 여행 초반의 한 대목으로 서시베리아의 음습함을 느껴보자.

"저녁이 되면 땅이 얼어붙기 시작해 진흙탕은 울퉁불퉁해진다. 마차는 튀고 쿵쿵거리며 온갖 소리를 내며 삐걱거린다. 춥다!…(중략)…강으로 다가가 본다. 건너편으로 가려면 나룻배를 타야만 한다. 기슭에는 인기척도 없다. "저쪽으로 건너가는 영혼은 상처를 입습니다!"라고 마부가 말한다. "그래도 한번 울부짖어보시렵니까? 나리!"
아파서 고함지르는 것, 우는 것, 도움을 청하는 것, 일반적으로 부르는 것 등을 이곳에서는 울부짖는다고 말한다…(중략)…우리도 울부짖기 시작한다. 강은 넓고 어둠에 잠겨 저쪽 기슭은 보이지 않으며 강의 습기로 다리가 얼어붙고 온몸도 얼어붙는다. 30분, 1시간이나 울부짖고 있으나 나룻배는 오지 않는다."

- 제1부 '시베리아에서' 중 1장 중

읽기만 해도 온몸에 한기가 스미는 느낌. 체홉의 감각적 묘사는 시작부터 이미 물이 올라 있으나 고난은 아직 시작되지도 않은 5월 8일 경의 기록이다. 길이 점점 험해질수록 체홉의 감정도 상승한다. 풍경과 추위, 육체적 시련과 거칠고 무식한 사람들이 얼어붙은 진흙마냥 질퍽하고 단단하게 결합한다. 가뜩이나 험난한 길을 더 고생스럽게 만든 것은 홍수였다. '홍수는 일종의 형벌'이었다. 비가 내리면 스텝의 초지는 물에 잠기고 거대한 호수가 되어버리고, 지붕도 없는 마차로 폭우 속을 달리자면, 비가 아프도록 얼굴을 때린다. 마차는 미친 듯이 흔들리고, 말들조차 온몸에서 김을 뿜으며 달리다 멈춰 뻗대고, 오리들과 갈매기는 비웃기라도 하듯 하늘을 난다.

이렇게 범람한 이르티시 강과 오비 강 주변을 마차와 배로 건너면

톰스크다. 하지만 진짜 난코스는 이곳에서부터 시작된다. 톰스크에서 이르쿠츠크 사이에 악명 높은 코줄카가 기다리고 있는 것이다.

"코줄카는 체르노레첸스카야 역참과 코줄타 역참 사이(이는 아친스크시와 크라스노야르스크 시 사이다)의 23킬로미터의 거리를 부르는 말이다. 그 무시무시한 장소에 이르기 전에 2, 3역참을 지나자 벌써 징조가 나타나기 시작한다. 마주친 한 사람은 네 번이나 마차가 뒤집혔다고 하고 다른 이는 마차 굴대가 부서졌다고 한다. 또 다른 이는 침울하고 말이 없다. "길이 괜찮냐"고 묻자 "엄청 좋지요. 에이 빌어먹을!" 하고 내뱉는다. 모두 나를 죽은 목숨이라는 듯이 쳐다본다. 왜냐하면 내 마차가 본래 가벼운 승객용 마차였기 때문이다.

"틀림없이 부서져서 진흙탕에 처박힐 거요! 역참 마차를 타고 가는 게 나을 텐데!"

- 제1부 '시베리아에서' 중 8장에서

결국 체홉은 걱정했던 모든 일을 다 겪은 후에야 코줄카를 통과, 예니세이 강을 건너 타이가 숲을 지난다. 다행히 폐병은 도지지 않았다. 유일하게 아쉬운 것이라면 체홉이 이런 여행기를 하나만이라도 더 썼다면 얼마나 좋을까 하는 것뿐!

유형지에 관한 모든 것

마침내 아무르 강 건너의 니콜라옙스크에 도착한 체홉은 배를 타고 타타르 해협을 건너 사할린으로 들어간다. 진짜 사할린 여행은 이제야 시작인 것이다. 그는 사할린에 3개월간 머물며 도시에서 산골짝까지 구석구석을 살펴보고, 자신이 본 모든 것을 기록으로 남겼다. 총 23장으로 이루어진 2부는 유형지 탐사에 관한 한 전무후무한 방대한 기록으로, 그는 돌아오고 나서 4년간 이것을 기록했을 정도로 일종의 역사적 사명감을 느꼈다. 쓰고, 쓰고, 또 쓰는 그를 본 현지인들은 기록에 미친 사람으로 여겼지만 체홉이 원한 것은 자신의 문학적 지평을 넓혀 줄 직접적이고 개인적인 인상이었다.

> "내가 방문한 마을마다 모든 집들을 돌아다녔고 집주인 부부, 가족, 동거인들 그리고 일꾼을 기록했다. 내 작업을 가볍게 하고 시간을 줄이기 위하여 사람들은 나한테 친절하게도 조수를 추천했으나 조사 결과가 아니라 조사 과정에서 얻는 인상이 주요한 목적이었기에 나는 다른 이의 도움은 매우 드문 경우에만 받았다. 혼자서 3개월이 걸린 이 일을 근본적인 조사라고 부를 수는 없다."
>
> \- 제2부 '사할린 섬-여행기 중에서' 중 3장에서

유형이란 인간이 살기 부적합 곳에 보내 노역을 시키는 것으로 죗값을 치르게 하는 것이다. 러시아는 시베리아와 같은 방식으로 죄수들을 이용해 척박한 사할린을 탄광과 농업식민지로 개척하고자 했다. 사할린의 당시 주민 구성과 개척방식을 요약하면 다음과 같다.

유형지의 주민은 징역유형수, 이주유형수, 농민, 그리고 간수들과 군대로 이루어진 관리인으로 구성되어 있었다. 징역유형수는 말 그대로 교도소에 수감되어 노역에 임하는 죄수들이다. 주로 중범죄자들이

많고 가족이 죄인을 따라오는 경우도 적지 않았다. 형기를 마친 그들은 교도소를 나오면 이주유형수가 된다. 주로 개간이 필요한 마을로 가서 농사를 짓게 한다. 처음 2년 동안은 정착을 위해 배급을 지급하고, 그 이후는 알아서 생활을 꾸려나간다. 이주유형수는 짧게는 6년, 보통 10년이 지나 자유민인 '농민' 신분을 얻는데, 실생활에서 이주유형수와 농민 간의 특별한 차이는 없다. 모든 유형수와 농민에게 본토로의 이주는 원칙적으로 금지되어 있다. 가족 이주자가 아닌 경우 합법적인 결혼도 가능하나 동거를 하는 경우가 많고, 여성보다 남성이 월등히 많다. 이것이 유형지 주민의 대체적인 구성원리이다.

사할린 섬의 지형은 1000킬로미터의 길쭉한 형태로 되어 있다. 행정의 중심은 북사할린의 알렉산드롭스크와 남사할린의 코르사코프였다. 북쪽보다 남쪽의 기후와 자연환경이 좋지만, 당시 러시아가 일본으로부터 남사할린을 넘겨받은 지 얼마 되지 않았기에 남사할린에는 아직 원주민의 비율이 높았다. 그곳은 이제 막 본격적인 개척이 시작되고 있었던 것이다. 척박한 섬 사할린의 식민지 개척은 주로 해안가의 도시를 거점으로 조금씩 안쪽으로 마을을 세워가는 식으로 진행되었다.

이에 따라 체홉은 큰 도시를 중심으로 이동해가며 각지의 교도소와 주요 시설들, 주변 자연경관을 빠짐없이 둘러보는 한편, 도시탐사가 끝나면 내륙으로 난 길을 따라 작은 마을들로 들어갔다. 가뜩이나 농업에 부적합한 지형과 기후의 사할린은 안으로 들어갈수록 단출하고, 가난하고, 암울했다. 농사지을 땅도 부족하지만, 땅이 있어도 심을 종자가 부족했다. 물론 땅과 종자가 있어도 게으른 그들은 일을 하지 않았겠지만.

각 장의 제목만 보아도 그의 탐사방식과 마을의 구조를 알 수 있는데, 일례로 8장의 제목은 다음과 같다.

> VIII. 아르카이 강, 아르코보 초소, 제1, 제2, 제3 아르코보 마을, 아르코보 분지, 서쪽 해안 마을들: 므가치, 탄기, 호에, 트라바우스, 비아흐트이, 반기, 툰넬, 케이블 집, 두에, 가족용 감방, 두에 교도소, 탄광, 보예보드스카야 교도소, 외수레바퀴에 매인 죄수들
>
> - '차례'에서

가난과 우울의 사회학적 보고서라 할 만한 2부를 읽어나가기란 쉽지 않다. 하지만 묵묵히 체홉을 따라가다 보면 매 장소에서마다 강렬한 에피소드를 만날 수 있다. 유형수들의 특별한 사연들과 현지에서 일어난 각종 사건사고, 공무원들의 비양심적이고 무사안일한 일처리, 쓸쓸하지만 순수한 자연경관은 인내심 있는 독자들만의 것이다.

> 어두운 독방에 갇혀 있는 예순에서 예순다섯 살가량 된 머리가 센 노인으로 성이 테레홉인 죄수는 진짜 악당이라는 인상을 풍겼다. 내가 도착하기 전날 그는 태형을 받았는데 나와 이야기하는 중에 이 사건을 입에 올리게 되자 그는 내게 피하출혈로 퍼렇고 시뻘겋게 된 엉덩이를 보여주었다. 죄수들의 이야기에 의하면 이 노인은 60명을 죽였다고 한다. 그에겐 그런 습성이 있는 듯하다. 그는 신참 죄수가 부유하게 보이면 그를 꼬드겨서 함께 도망을 치고, 그 다음 타이가 숲에서 그들을 강탈한 뒤 죽이고 범죄의 흔적을 감추기 위해 시체를 토막 내 강에다 던져버린다는 것

> 이다. 마지막으로 붙잡힐 때에도 그는 간수들을 향해 몽둥이를 휘두르고 있었다. 그의 탁한 납빛 눈과 반쯤 면도한 모가 난 커다란 두개골을 보고 나니 이 모든 이야기가 믿을 만했다."
>
> \- 제2부 '사할린 섬-여행기 중에서' 중 8장 '두에 교도소에서'

가난과 무료함, 도박과 범죄로 들끓는 북사할린에 비해 남사할린은 덜 춥기에 덜 가난하다. 그래서일까? 이곳에서는 엽기적인 치정사고가 많다. 살인죄로 유형을 온 죄수가 사랑하는 여인을 만나 살림을 차리고, 그 여인이 다른 남자와 정분이 나자 또다시 그 내연남을 죽이는 식의 사연들이다. 그 살인범은 살인을 저지르기 며칠 전 아내에게 이렇게 말했다고 한다.

> "망할 놈의 여자들, 여자들! 여자 때문에 징역을 살러 왔고 여기서 또 여자 때문에 죽어야 한다니!"
>
> \- 제2부 '사할린 섬-여행기 중에서' 중 13장에서

체홉의 사할린 여행기는 바닥없는 '무료함에 관한 보고서'이자 '범죄에 관한 백과사전'이다. 혹시 방대한 내용을 다 읽기 어려운 독자라면 보고서의 요약판인 20장에서 23장만 읽어도 좋겠다. 여성, 가족, 아이들, 간수와 군인들에 대한 고발은 물론 재판과 형벌, 탈주사들, 그리고 의료에 관한 내용이 깔끔하게 정리되어 있다. 그는 농사를 지을 수 없는 땅에 5000명의 죄수를 보내 방치하는 것이 무슨 교정효과가 있겠는가 하는 의문을 제기하기 위해 별책을 쓴 것으로 보인다.

겨울이면 타타르 해협이 얼어붙어 사할린이 육지와 연결되는 바람에 탈주가 급증한다는 사실, 복수와 사랑을 위한 탈주들, 탈주자 한 명을 잡아올 때마다 3루블을 지급하는 제도 때문에 벌어지는 간수와 죄수, 죄수와 죄수 간에 이루어지는 협잡들, 탈주를 막기 위한 처참한 형벌의 현장과 이런 억압이 오히려 유형수들로 하여금 더더욱 그곳을 떠나고 싶게 만드는 아이러니한 상황……. 세상 끝으로 간 체홉은 마치 갈매기처럼 그 모든 기이한 것을 빠짐없이 내려다본다.

예술이라는 뻘짓

톨스토이의 〈예술이란 무엇인가〉는 어느 극단의 연습 장면으로 시작한다. 그는 여러 배우들과 스태프들이 시덥지 않은 작품을 무대에 올리기 위해 같은 장면을 수도 없이 반복하는 모습을 보며 '이게 다 무슨 뻘짓인가?' 하는 식의 한탄을 한다. 창작을 위한 고뇌와 몸부림은 작품이 성공한 이후에야 빛이 날 뿐, 그 전까지는 모두 뻘짓으로밖에 보이지 않는 것이다.

체홉은 단편소설 작가로서의 열등감에 싸여 폐병의 부담을 안고 세상 끝으로의 모험을 감행했다. 그러나 그는 끝내 그곳에서 본 것을 장편소설로 써내지 못했고, 죽을 때까지도 장편소설을 써내지 못했다. 그렇다면 뻘짓보다 더 험했던 진창길과 그보다 더 질퍽한 인간들 속에서 8개월을 보낸 그의 모험은 죄다 뻘짓이었단 말인가?

물론 그렇지 않다. 여행에서 돌아온 체홉은 자신의 작가적 지향에 따라 톨스토이의 영지 근처인 멜로호보로 이사를 했다. 체홉은 가벼운 재미나 정치적 목적에 매몰되는 것을 극도로 경계했다. 그는 톨스토이처럼 적나라한 인간의 본성과 사무치는 감정을 작품에 담고자 했고, '사할린'을 그 통로로 삼고자 했다. '사할린'은 비록 장편소설이 되지 못하고 장대한 보고서로 남았지만, 그 고행의 체험과 인상은 범죄자와 농민들을 생생하게 묘사한 단편소설들에 조각조각 흩뿌려져 있고, 〈갈매기〉의 날개에도 진하게 묻어 있다. 그리고 〈갈매기〉를 기점으로 희곡에 매진, 〈바냐 아저씨〉와 〈벚꽃 동산〉(1903)을 남기고 마흔네 살(1904)에 숨을 거둔다.

오늘날 체홉은 러시아 문학에서 가장 특별한 작가로 평가받는다. 투르게네프, 도스토옙스키, 톨스토이, 고리키, 파스테르나크, 솔제니친으로 이어지는 장편소설의 산맥 속에서 체홉의 단편소설과 희곡의 존재감은 절대적이다. 체홉의 희곡이 있기에 러시아는 고대 그리스의 소포클레스, 프랑스의 라신, 영국의 셰익스피어를 부러워하지 않게 되었다. 그렇게 그는 러시아 사람들의 '니나', 모든 작가들의 갈매기가 되었다.

만일 그의 무덤 앞에 서게 된다면 나는 무엇보다 그의 가족사진과 〈사할린 섬〉을 떠올리게 되지 않을까? 그리고 방명록에 이렇게 적지 않을까?

"나으리는 좋겠습니다. 그놈에 빌어먹을 날갯짓이 끝났으니까요! 아무튼 헛고생은 아니었으니 천만다행이지 뭐요."

헤밍웨이의 쿠바 거주지

키웨스트
아바나
코지마(노인과 바다)
(카페 라 테라자)
말레콘
(방파제)
핀카비히아
(헤밍웨이 박물관)
암보스문도스 호텔
쿠바
쿠바

모험 3. 어니스트 헤밍웨이의 쿠바

사냥을 멈추면 끝이야!

'작가'가 아닌 '사람'을 알게 되면 읽기 힘들었던 고전들이 친밀해지고, 예전에 느끼지 못했던 감동을 새삼 느낄 수 있다. 여행과 작품 사이를 오가는 여정은 때때로 두서없는 추적이 되고, 방대한 작품들을 채 읽지 못하고 끝내는 얄팍한 패키지 관광처럼 되어 버리기도 하지만, 그 길의 끝에는 위대한 걸작이 있으므로 언제나 해피엔딩이다.

헤밍웨이와 킬리만자로

헤밍웨이(Ernest Hemingway, 1899~1961)의 여행은 어디까지가 여행이고 어디까지가 전투인지 구별하기 어렵다. 네 번의 참전, 잃어버린 세대(1920년대의 작가들)로 지낸 파리에서의 7년, 아프리카 맹수 사냥, 투우사와의 밀착동행과 투우에 대한 탐구, 쿠바에서의 청새치 낚시. 그는 전장에서의 전투를 여행처럼 즐겼고, 그의 여행은 언제나 전투처럼 되어

버리기 일쑤였다.

그는 이 체험을 바탕으로 여행기를 쓰듯이 소설을 썼다. 제1차세계대전 참전 경험은 〈무기여 잘 있거라〉(1929)나 〈우리의 시대에〉(1924)에, 스페인 내전의 참전 경험은 〈누구를 위하여 종은 울리나〉(1940)에, 파리에서의 생활은 〈태양은 또다시 떠오른다〉(1926)에, 투우에 대한 애정은 〈오후의 죽음〉(1932)에, 아프리카에서의 맹수 사냥 체험은 〈킬리만자로의 눈〉(1936)이나 〈아프리카의 푸른 언덕〉(1935)에, 그리고 아버지로부터 배워 평생을 즐긴 낚시 체험은 〈노인과 바다〉(1952)에 소상히 녹아 있다.

자신이 추구하는 바를 먼저 실행하고 그것을 그대로 작품화한 일군의 작품들을 일컬어 '행동주의 문학'이라고 한다. 행동주의는 자발적 의도에 따라 모험을 감행한다는 면에서 여타의 여행기적 소설과 구분된다. 그들은 이러저러한 개인적인 사정에 따라 떠난 여행에서 무언가를 발견한 것이 아니라 의지의 요구에 따라 행동에 나섰고, 자신이 겪은 그대로를 작품에 표현했다. 헤밍웨이, 생택쥐페리, 앙드레 말로가 대표적이다. 헤밍웨이는 모험과 사랑, 생택쥐페리는 비행과 풍경, 앙드레 말로는 시대와 사명에 따라 행동했다.

헤밍웨이의 작품 중 모험과 작가적 삶을 직접적으로 다룬 것은 〈킬리만자로의 눈〉이다. 이 작품도 그의 다른 작품들처럼 경험을 소설화한 것이다. 청년시절의 헤밍웨이는 다음 작품에 대한 압박에서 벗어나고자 애인과 함께 탄자니아로 사냥을 떠났고, 사냥 도중 차량 전복으로 큰 부상을 당했다가 겨우 구조된 적이 있다. 저편 산자락 케냐에서 〈아웃 오브 아프리카〉의 카렌 블릭센이 커피농장을 일구고 있었을 때,

헤밍웨이(1953년 케냐)

이편 산자락 탄자니아의 헤밍웨이는 사경을 헤매고 있었던 것, 두 사람은 모두 킬리만자로에서의 경험으로 걸작을 써 냈고, 말년에는 같은 해에 노벨문학상 후보에 올랐다. 우연 치고는 재미있는 인연이다.

아무튼 그는 이 경험을 바탕으로 〈킬리만자로의 눈〉을 써서 모험이 작가에게 어떤 의미가 있는지를 정면으로 다루었다. 작가는 왜 목숨을 걸고 모험을 감행하는가? 그리고 그 죽음은 무엇을 의미하는가?

"킬리만사로는 6570미터 높이의 눈 덮인 산으로, 아프리카에서 가장 높은 산이라고 한다. 그 산의 서쪽 정상은 마사이족의 말로 '누가예 누가이'로 불리는데, 이는 '하나님의 집'이라는 뜻이다. 서쪽 정상 가까이에는 미라의 상태로 얼어붙은 표범의 시체가 있다. 그런 높은 곳에서 그 표범이 무얼 찾고 있었는지 설명할 수 있는 사람이 이제까지 아무도 없었다."

- 〈킬리만자로의 눈〉 중

아무것도 먹을 게 없는 설산의 꼭대기에서 얼어 죽은 표범은 작가들의 모습과 많이 닮아 있다. 남들은 알 수 없는 어떤 예감과 흥분에 싸여 끝을 모르고 오르고 또 오르다 최후를 맞이하는 존재. 그가 마지막까지 찾으려 한 것이 무엇인지, 최후의 순간에 무엇을 보았는지는 작가 이외에는 아무도 알 수 없다. 우리 모두는 그것을 궁금해하고, 누군가는 그가 멈춘 그 지점을 출발점 삼아 앞으로 나아간다. 작가도, 인간 존재도 죽을 때까지 그저 계속 앞으로 나아갈 뿐, 인생에 결론은 없다. 인간은 한 명, 한명이 모두 인생에 대한 해답이다.

이런 의미에서 조난당한 주인공 해리의 회상 중 삼촌의 대사는 의미심장하다. 성공작 이후 다음 작품을 쓰지 못하고 방황하던 해리는 대화가 통하는 집안 어른을 찾아가 고민을 털어 놓는다. 이런저런 이야기 끝에 삼촌은 불쑥 "요즘도 사냥을 하나?" 하고 묻는다. 다음 작품에 대한 고민에 시달리느라 사냥을 한 지 꽤 오래되었다고 대답하는 해리. 그러자 삼촌은 말한다.

"사냥을 멈추면 끝이야."라고.

이 말에 자극을 받은 해리는 사냥을 떠났고, 그곳에서 최후를 맞는다. 그가 죽기 전 마지막 본 환상은 설산을 오르는 자신의 모습이었다.

소설 속에서 괜한 충고로 조카를 죽음으로 내몬 삼촌은 친척들로부터 욕 꽤나 드셨을 테지만 다행이도 현실에서 그런 일은 일어나지 않았다. 현실의 헤밍웨이는 죽음의 문턱에서 살아 돌아왔기 때문이다. 안락한 세상으로 돌아온 헤밍웨이는 사냥과 죽음, 작가와 사랑에 대한 짧지만 강렬한 소설을 남겼다. 자연은 무심하게 제 갈 길을 갈 뿐이고, 인간은 각자의 방식대로 세상을 버텨갈 뿐이라는 것, 그러므로 사냥을 멈추면 인생은 끝이라는 것. 이것이 그가 본 인생의 진실이었다. 그리고 결국 더 이상 사냥할 기운마저 없다고 느낀 어느 날, 그는 스스로에게 총을 겨누어 인생을 끝냈다. 끝까지 행동한 대로 쓰고, 쓴 대로 행동했던 것이다.

헤밍웨이와 쿠바

〈킬리만자로의 눈〉이 청년 헤밍웨이의 영혼을 담은 작품이라면 〈노인과 바다〉는 노년기의 헤밍웨이를 담고 있는 작품이다. 두 작품 모두 사냥을 다루고 있지만, 〈노인과 바다〉는 한층 원숙해진 그의 영혼을 담고 있다. 다시 말해 〈노인과 바다〉는 킬리만자로의 표범이 본 마지막 풍경이다. 나이가 들어가며 읽고 또 다시 읽어도 항상 새로운 이유이다.

원작을 다시 읽기 전 그가 어떤 사람인지 조금 더 자세히 알면 더 많은 것을 보고 느낄 수 있다. 헤밍웨이의 실제 삶을 다룬 책 중 그의 딸 힐러리 헤밍웨이와 전기 작가 칼린 브레넌의 〈쿠바의 헤밍웨이〉를 권한다. 그가 쿠바에 체류하면서 일어났던 일들을 기록한 일종의 전기로, 1928년의 낚시여행으로 시작해, 쿠바혁명으로 그곳을 떠나야 했던 1960년까지 헤밍웨이의 사생활과, 그 사생활에서 비롯되었을 것으로 여겨지는 소설의 대목들을 톱니가 맞물리듯 소개한다. 무엇보다 〈노인과 바다〉를 완성하기까지의 낚시 편력, 쿠바와의 인연이 자세히 남겨 있어 모험을 통한 걸작의 탄생 과정을 생생하게 관찰할 수 있다.

헤밍웨이는 아버지에게 낚시를 배웠고, 1928년경(30세) 처음 멕시코 만으로 낚시를 오게 된다. 당시 그가 탔던 낚싯배는, 금주령 시대에 쿠바에서 미국으로 술을 밀반입하는 배였고, 헤밍웨이는 그 밀수선의 쿠바인 선장 조 러셀에게 새치 낚시를 배웠다. 그와 친해진 헤밍웨이는 술을 밀반입하는 현장에 따라가기도 했는데, 그 결과 조 러셀은 소설 〈가진 자와 못 가진 자〉에 밀수선 선장으로 등장하게 된다. 그는 밀주를 운반하기는 해도 밀입국자는 태우지 않았다.

> "이봐." 나는 말했다. "난 말할 줄 아는 건 어떤 것도 운반하지 않는다고 말했잖아. 술 자루는 말을 못해. 데미존(큰 술병)도 역시 말을 못하고. 말 못하는 것들은 또 있지. 하지만 사람은 말을 하잖아."
>
> - 〈가진 자와 못 가진 자〉 중

헤밍웨이는 새치 낚시에 빠졌고, 1933년부터 산 프란시스 항구 근처의 암보스 문도스 호텔에 장기투숙, 가족이 있는 미국의 키 웨스트 저택을 오가며 생활한다. 당시 그는 쿠바에 있는 부유한 미국인의 집에 머물며 작업을 하기도 했다. 여기서 그는 그 집의 제인 메이슨이라는 유부녀와 야릇한 감정을 주고받고, 그들 부부는 〈프랜시스 매콤버의 짧고 행복한 인생〉의 주인공으로 등장하게 된다.

그러다 세 번째 부인, 마사 헤밍웨이와 결혼을 하면서 '핀카 비히야(전망 좋은 방)'라 불리는 저택을 구입한다. 마사는 헤밍웨이를 위해 그가 좋아하는 금발로 염색을 하고, 그는 그에 화답하듯 〈누구를 위하여 종은 울리나〉에 금발의 미녀를 등장시켰다. 그 후 여주인은 '메리 헤밍웨이'로 바뀌었지만 그는 20년 동안 그곳을 떠나지 않았다.

그의 낚시 사랑은 정말이지 대단했다. 필라델피아 자연사학회 과학자들을 초청해 새치의 분류를 연구하게 하기도 하고, 그의 재벌 친구 러너가 설립한 세계낚시연맹의 초대부회장이었으며, 나중에는 헤밍웨이 낚시대회를 주관하기도 했다. 이 대회의 우승자는 카스트로였으며 그 시상식은 그들의 처음이자 마지막 만남이었다. 세기의 턱수염이 함께 찍은 이때의 사진은 지금도 쿠바의 여기저기에 걸려 있다고 한다.

그는 "어느 늙은 어부는 커다란 고기에 끌려 먼 바다로 나가 하룻밤을 꼬박 새고 돌아온 적도 있었다"는 어느 어부의 말을 듣고 〈노인과 바다〉의 아이디어를 떠올렸다고 한다. 드디어 어마어마한 물고기가 낚시에 걸린 것이다. 헤밍웨이는 이 작품에 30년 낚시 인생의 모든 체험을 쏟아 부었다. 어부들의 생리, 바람과 바다와 파도의 모습들, 낚시를 문 물고기의 움직임, 두꺼운 낚싯줄을 어깨에 메고 느끼는 체력의 한계, 그리고 시시각각 어부의 머릿속에 명멸하는 온갖 기억과 애증…….

"그러자 그는 아무것도 먹지 못한 거대한 고기가 안됐다는 마음이 들었다. 하지만 고기를 죽이겠다는 결심은 불쌍한 마음에도 결코 누그러지지 않았다. 이놈이 얼마나 많은 사람을 배불리 먹일 수 있을까, 그런데 그들이 이 고기를 먹을 만한 가치가 있는 사람들인가? 아니지, 물론 아니야. 이놈의 행동가짐이나 위엄을 인정한다면 고기를 먹을 만한 가치가 있는 사람은 아무도 없어."

- 〈노인과 바다〉 중

그는 1935년에 정말 세계신기록에 가까운 어마어마한 고기를 낚았고, 실제로 상어에게 고기를 물어 뜯겼다고 한다. 상어들은 헤밍웨이의 애장품인 톰슨 기관총이 퍼붓는 총탄에도 불구, 고기는 물론 총에 맞은 자신의 친구들까지 먹어치웠다. 나중에 돌아와 하반신을 물어뜯긴 고기의 무게를 재어보니 500파운드(약 250킬로그램) 남짓, 그것은 헤밍웨이가 쿠바에서 잡은 새치의 최고 기록인 468파운드보다 무거웠다.

"절반이군." 그가 말했다. "원래 네 모습에서 말이야. 내가 너무 바다 멀리 나가서 미안하군. 내가 우리 둘 다를 망쳤어. 하지만 너와 난 많은 상어를 죽였고 다른 고기들도 많이 파멸시켰지. 너 얼마나 많이 죽였니, 늙은 고기야? 너도 아무 이유 없이 머리에 작살을 맞은 게 아니야."

- 〈노인과 바다〉 중

사냥의 맛

헤밍웨이가 생전에 쓰기를 벼르다 끝내 써내고야 만 작품 〈노인과 바다〉는 이렇게 탄생했다. 그는 〈노인과 바다〉를 통해 짧고 사실적인 문장이 가장 상징적일 수 있음을 증명해 보였다. 헤밍웨이는 "나는 〈노인과 바다〉를 쓰면서 어떠한 은유나 상징도 염두에 두지 않았다"고 말한 바 있다. 하지만 소설 속의 바다는 바다이면서 이미 바다가 아니고, 노인은 노인이면서 이미 노인이 아니었다. '사실과 상징의 일치'는 그가 모험과 문학을 통해 성취한 가장 큰 업적이다. 결국 노벨상 위원회는 그 공로를 인정해 1954년 노벨문학상 수상자로 그를 지목했다. 그러자 그는 쿠바인으로 노벨상을 받기를 원했고, 하필이면 그해 두 번의 비행기를 사고를 당해 시상식에는 참석하지 못했다. 사고 후유증 때문에 더 이상 모험을 떠나지 못한 헤밍웨이는 7년 후 스스로 목숨을 끊었다.

산 프란시스코 부두, 암보스 문도스 호텔, 그가 포도주를 마시던 카페 플로리타, 그의 저택 '핀카 비히야(전망 좋은 집)', 그리고 작은 어촌 코지마, 그리고 쿠바, 파리, 스페인, 탄자니아…… 그가 만난 사람들, 그가 본 풍경들은 모두 문학이 되었고, 관광명소가 되었다. 하지만 작가에게 관광은 어울리지 않는다. 관광 따위는 신혼부부들에게나 주고 사냥을 떠나볼 일이다. 알 수 없는 진실과 줄다리기를 하며 죽기 살기로 끝까지 버티다 보면, 틀림없이 작은 살점 같은 영감 하나를 얻을 수 있을 테니까.

마이클 크라이튼의 여행지
아일랜드
런던
볼게이노 국립공원 (르완다)
케냐 산
크레이그 공원 (킬리만자로)
발티스탄(히말라야)
방콕
콴탕(말레이지아)
뉴기니
랑기로아 섬(타히티)
로스엔젤레스
루선밸리
샌디에이고
자메이카
케임브리지 (하버드 대학

모험 4. 마이클 크라이튼의 지구촌 여행

당신의 직감을 믿어라

열네 살의 소년이 있었다. 어느 날 아버지를 따라 한적한 박물관에 간 그는 아버지의 권유로 관람기를 써서 유명 신문사에 투고했다. 글은 기사화되었고, 소년은 적지 않은 원고료를 받았다. 그 후 소년은 계속 글을 써서 용돈을 벌었고, 학창시절 내내 틈틈이 소설을 썼다.

그때 그는 몰랐을 것이다. 그의 키가 2미터까지 자라게 될 줄은, 하버드 의대를 졸업하고도 전업 작가가 되기 위해 의사되기를 포기할 줄은, 네 번이나 이혼을 하고 심한 우울증과 알코올중독에 빠져 지내게 될 줄은, 어릴 적 아버지로부터 받은 학대가 그때까지 그를 괴롭히게 될 줄은……. 어린아이를 보며 그들이 살아가야 할 험한 세상을 떠올리면 언제나 가슴이 먹먹해진다. 그 아이가 훗날 수많은 화제작을 남긴 작가 마이클 크라이튼이라 해도 그 슬픔이 덜하지는 않다.

마이클 크라이튼(1969년 의과대학 시절)

상상의 근원

'사이언스 스릴러'의 선구자 마이클 크라이튼(Michael Crichton, 1942~2008)은 영화의 원작이 된 소설 〈주라기 공원〉(1990)과 〈트위스터〉(1996), 그리고 미드 열풍의 도화선 〈ER〉(1994~2009)의 책임 프로듀서로 잘 알려져 있다. 14편의 소설, 4편의 논픽션을 썼고, 7편의 영화를 연출했다. 유사과학소설들로 인기 작가가 된 그는 늘 B급 작가 취급을 받았다. 첨단과학이 초래할 수 있는 부작용을 다룬 그의 소설들은 언제나 독자들을 몰입시켰지만, 문학계와 과학계는 그를 진지하게 받아들이지 않았다. 평론가들은 흥미 위주의 전개와 뻔한 결말을 아쉬워했고, 과학자들은 과학을 빙자한 공상을 경계했다.

이러한 평가가 뒤바뀐 것은 영화감독 스필버그를 만나고 나서였다. 모기 화석에서 DNA를 추출하여 멸종된 공룡들을 되살린다는 황당한 이야기는 화면에 공룡이 등장하자마자 하나의 사실이 되었다. 평론가와 과학자들은 날뛰는 공룡들 앞에서 입을 다물 수밖에 없었다. 공룡을 최초로 완벽하게 재현한 스필버그의 공이 가장 컸지만, 그것을 가능케 한 마이클 크라이튼의 상상력과 과학적 추론 또한 인정할 수밖에 없었기 때문이다. 공룡은 그때까지 분리되어 논해지던 기술과 상상의 경계를 허물었고, 기술이 발전할수록 오히려 상상력이 더 중요해질 것임을 예고했다.

이로써 마이클 크라이튼은 과학지식과 상상력을 겸비한 흔치 않은 작가로 인정받았고, 유사과학소설로 치부되던 그의 소설은 '사이언스 스릴러'라는 그럴듯한 장르명을 얻게 되었다. 그러거나 말거나, 마이클 크라이튼은 곧바로 〈주라기 공원〉보다 먼저 스필버그에게 제안했다가 거절당했던 의학드라마 〈ER〉의 책임 프로듀서로 변신, 그의 과학적, 드라마적, 제작자적 역량을 펼쳐 보이며 스필버그의 후광에서 벗어난다. 제작사의 사장은 스필버그였지만 〈ER〉에 관해서라면 마이클 크라이튼의 공이 훨씬 컸기 때문. 물론 공으로 치자면 배우 조지 클루니도 할 말이 많겠지만 그 얘기는 여기까지 하자.

마이클 크라이튼의 그 많은 지식과 상상은 어디에서 온 것일까. 다행스럽게도 작가 본인이 직접 그 근원을 아주 소상하게 기록으로 남겨놓았다. 1988년 출간된 〈여행 Travel〉(1988)이 그것이다. 〈여행〉은 마이클 크라이튼이 〈주라기 공원〉을 쓰기 직전에 펴낸 자서전에 가까운 여행기로, 그는 자신의 상상 대부분이 경험과 모험에서 비롯되었다는,

믿을 수 없는 얘기를 수많은 일화로 들려준다. 초자연적인 세계를 과학적으로 접근하는 작가의 원체험이 그대로 담겨 있는, 독특한 작가의 독특한 여행기이다.

〈여행〉의 내용은 크게 세 부분으로 구성되어 있다. 전반부는 그의 하버드 의대생 시절, 중반부는 다양한 여행과 모험 이야기, 그리고 후반부는 명상과 심령과학 체험이다. 인체와 질병을 통해 본 지구인의 생물적, 정신적 특성으로 시작해, 지구촌 구석구석에서 만나는 신비로운 체험을 지나, 4차원 세계와의 교신으로 이어지는 여정이 한 작가의 성장과정을 따라 자연스럽게 펼쳐진다. 그의 모든 책이 그렇듯이 두껍고 방대하지만, 누구에게나 술술 읽힌다.

질병으로의 여행

그의 의과대학 시절에 관한 이야기는 여행 이야기가 아님에도 불구 이 책에서 가장 흥미롭다고 하지 않을 수 없다. 굳이 여행을 갖다 붙이자면 이것은 상상력 풍부한 초보 의사와 함께하는 병원 여행이라고 할 수 있다. 두말할 필요 없이 〈ER〉의 원체험에 관한 내용이다.

첫 시체해부의 기억, 정신과 의사가 갖추어야 하는 교활함, 미혼모 병동과 일반 산모병동의 차이, 담당의사와 잠자리를 해야만 직성이 풀리는 미모의 정신병환자 이야기 등 질병으로 떠나는 의미심장하면서도 유쾌한 여행이다. 그는 이 체험담을 통해 질병이란 인간의 본성이 초래한 하나의 결과일 뿐이라는 사실을 강조하고, 치료 행위가 어떻게 인간의 본성을 묘하게 굴절시키는지를 날카롭게 파헤친다.

4년의 대학과정이 끝나갈 무렵, 그는 두 가지 이유로 의대를 그만두게 된다. 하나는 글쓰기와 의사생활을 병행하기 어렵다는 이유이고, 다른 하나는 직업인으로서의 의사에게 요구되는 질병관과 그의 질병관이 근본적으로 다르다는 이유였다.

그의 문제의식은 이렇다. 그는 질병의 발생과 치료에 있어서 심리적 요인(무의식)이 일반적으로 생각하는 것 이상으로 중요하다고 말한다. 따라서 그 치료 또한 이상증상에 대한 즉각적인 화학처방에만 의존할 것이 아니라, 질병의 원인에 대한 인간적이고 포괄적인 접근이 있어야 한다는 것이다. 그는 포괄적인 진단 없이 실시되는 화학처방들은 사실 치료라기보다 일시적 처치에 불과하지만, 현대의 진료 시스템은 신속한 진료, 즉각적인 화학처방, 상업적인 이윤만을 추구하고 있다고 확신한다. 결국 마이클 크라이튼은 하버드 의대 졸업을 코앞에 두고 의사가 되기를 포기한다. 그의 결정에 대한 '하버드 의대 중퇴희망자 전문상담교수' 닥터 코먼의 대답은 이러했다.

> "결국 자네가 의대를 자퇴할 거라는 생각은 하고 있었네. 자넨 지나치게 많은 환상을 품고 있어."
>
> - 의과대학 시절 중 '의학을 포기하다' 에서

그는 그렇게 전업작가의 길로 나섰다. 그리고 닥터 코먼이 말한 그의 '지나치게 많은 환상'은 〈여행〉이라는 자서전을 거쳐 〈ER〉이라는 미드로 재탄생했다.

지구촌 여행

2장에서는 본격적인 여행 이야기가 펼쳐진다. 그의 여행 이야기는 그의 소설세계만큼이나 다채롭다. 전업작가 초기에 생활했던 로스엔젤레스를 시작으로, 우연찮게 목격하게 된 방콕의 미성년 매춘 현장, 난파선이나 상어를 보기 위해 여동생과 감행한 목숨을 건 스쿠버 다이빙, 텐트 안을 바라보는 코끼리 눈과의 대면, 르완다 국립공원에서 고릴라와 섞여 생활하기, 끊임없는 포기의 유혹에 시달렸던 탄자니아의 킬리만자로 트래킹 등 시간과 돈에 구애받지 않는 모험의 연속이다.

이 여행들은 〈콩고〉, 〈스피어〉, 〈주라기 공원〉 등의 직접적인 소재가 되었으나, 그는 이 여행기에서 의식적으로 여행과 작품을 연관 짓지 않는다. 대신 그 체험의 과정과 그 과정에서 생각하고 느낀 것들을 상세히 전달한다. 그는 체험이 그 자체로 강력한 의미가 된다는 점을 강조한다.

"마침내 나는 직접적인 경험이 가장 가치 있는 경험임을 깨달았다. 사람들은 사상과 견해와 개념 그리고 각종 정보 체계의 홍수에 파묻혀 있다. 따라서 이런 여과과정을 거치지 않으면 그 무엇도 경험하기 힘들다. 더욱이 전통적으로 직접적인 통찰의 수원지였던 자연 세계가 급속히 사라지고 있다. 현대 도시인들은 밤하늘의 별조차 구경하기 어렵다…(중략)…결론적으로 여행은 세상을 직접 경험하도록 도와주었다. 덕분에 나 자신에 관해 더 많은 사실을 알게 되었다."

- '서문' 에서

마이클 크라이트(심해 잠수)

헤밍웨이와 마찬가지로 마이클 크라이튼은 위험을 마다하기는커녕 그것을 즐겼다. 가끔은 이런 생각도 든다. '다른 것도 아닌 여행에 목숨을 걸다니……', '고작 오래된 난파선을 보자고 목숨을 걸고 40미터 아래로 잠수할 필요가 있을까? 그것도 여동생까지 데리고?' 같은. 하지만 호기심의 부름에 무모해 보일 정도로 과감하게 응하는 모험정신이 없다면 세상의 중심을 두 눈으로 볼 수 없다. 그리고 그 순간에 나타나는 나 자신의 또 다른, 아니 진정한 내면과 대면할 수도 없을 것이다.

호기심은 위험한 것과 안전한 것을 가려서 떠오르지 않고, 대개 위험을 요하는 호기심일수록 더 강렬한 법. 머릿속에 떠도는 호기심을 잠재우고 잠재우다 보면 우리가 알 수 있는 세상은 매우 한정될 것이다. 따지고 보면 작가에게 가장 위험한 것은 모험이 아니라 용기 부족의 '나약함'이요, 호기심 부족의 '편협한 사고'일 것이다.

마이클 크라이튼(콩고 고릴라 체험)

심령세계로의 여행

마이클 크라이튼의 호기심은 인간과 지구촌에 머무르지 않고 4차원 세계로 향한다. 이 대목이야말로 궁금한 것이 있으면 지체 없이 직접 체험에 나서는 그의 모험정신이 빛나는 대목이라 할 수 있다. 그는 영국에서 영화 〈대열차강도〉(1978)를 연출하던 중 점쟁이들을 만나기 시작한다. 여러 군데를 돌아다닌 결과 몇몇은 절대 다른 사람이 알 수 없는 사실들을 맞추었고, 몇몇은 완전히 엉뚱한 얘기를 했다. 그는 '반반이다' 혹은 '맞추더라도 구체적이지 않다'라는 결과보다는 뭔가를 '맞추는 사람이 있다'라는 사실에 주목한다.

호기심은 꼬리를 물어 그는 각종 명상캠프에 참가하여 신비한 체험들을 하고, 그 체험을 분석한다. 이 무렵 유행했던 유리겔러식의 숟가락 구부리기 모임에도 참여한다. 결과는 숟가락 손잡이 부분이 아닌 숟가락 머리 부분이 반으로 휘어지는 것이었다. 그는 어떤 무의식 세계의 힘을 부정할 수 없었고, 틈이 나는 대로 각종 명상캠프에 참가한다. 에너지를 손가락 끝에 모아 광선처럼 발사시키는 체험에 성공하기도 하고, 산책을 하며 인간의 몸은 물론이고 모든 사물에서 뿜어져 나오는 형형색색의 오라를 보기도 한다.

그의 모험은 여기에서 멈추지 않고 급기야 그의 몸에 붙은 '엔티티(귀신, 악마)'를 쫓는 의식인 '구마의식'을 감행하기에 이른다. 구마의식이란 영매의 안내를 받아 텔레파시를 통해 안드로메다계에 진입하여 몸에 붙은 엔티티를 만나고, 그것을 쫓아내는 의식을 말한다. 그는 실제로 안드로메다계로 들어가 영매의 도움으로 자신에게 붙은 작은 악마를 만난다.

그는 영매를 통해 그 작고 우스꽝스러운 악마가 애초에 아버지로부터 자신을 보호하기 위하여 스스로 불러들인 존재이며, 그 후에도 부정적인 감정이 들 때마다 줄곧 자신의 친구가 되어 준 존재라는 사실을 알게 된다. 그는 그동안 함께해준 작은 악마, 앤티티에게 눈물로 감사인사를 건네고 그를 떠나보낸다.

마이클 크라이튼은 최대한 분석적인 자세로 온갖 심령현상을 관찰한다. 그의 체험에 의하면 그 세계는 분명히 존재하는 것이다. 하지만 그의 여러 증언에도 불구하고 의문은 남는다. 고릴라의 세계나 다이빙의 세계, 그리고 병원 어행까지는 그렇다 쳐도 4차원 세계로의 여행이라니, 이것을 도대체 어떻게 받아들여야 한단 말인가? 그래서 뭐가 어쨌다는 것인가? 마이클 크라이튼은 모든 체험을 종합한 후 다음과 같은 결론을 내린다.

"나는 나 자신을 제외한 그 무엇을 배우려는 의도로 여행한 적이 없었다. 그리고 이 여행의 진짜 핵심은 드넓은 세상을 믿게 되거나 믿게 되지 않게 되었다는 것이 아니라 나 자신에 대한 배움을 얻었다는 것이다."

- 여행 II 중 '직접 경험'에서

잃어버린 세계

긴 여행이었다. 질병의 근원들, 동물적 감각, 한계상황, 4차원 세계……. 마이클 크라이튼이 모험의 끝에서 만난 것들에는 공통점이 있다. 그것은 그 세계들이 세상에 '존재하지 않는 세계'가 아니라 우리가 '잃어버린 세계'라는 점이다. 우리가 그것을 이용해 어떤 목적, 즉 경제적 이익이나 치료, 초능력이나 구원을 추구하지만 않는다면, 그 세계는 안전하고 유익하다. 우리는 체험 자체가 가장 중요하다는 그의 메시지를 다시 한번 마음에 새길 필요가 있다.

"나는 끊임없는 (문명세계의) 공격이 불건전한 방식으로 우리를 고분고분하게 만든다고 생각한다. 직접적인 경험에서부터 차단되면, 우리 자신의 느낌과 감각에서부터 차단되면 우리는 자기 것이 아닌 관점이나 시각만을 채택하게 될 것이다…(중략)…아인슈타인의 설명대로 이론의 문제점은, 그 이론이 관찰되는 것뿐만 아니라 관찰 가능한 것까지 설명한다는 것이다…(중략)…당신의 직감을 믿어라! 그리고 그 직감의 원천은 직접경험이다!"

- 여행 II 중 '직접경험'에서

그는 우리의 무의식은 직접경험의 산물이며, 직감이라는 것은 무의식에서 나온다는 것, 그러므로 우리는 우리의 직감을 믿고 존중해야 한다는 사실을 강조하며 책을 마친다. 과연 그럴까? 그가 이 책을 쓰고 나서 곧바로 공룡의 세계를 창조한 걸 보면, 그 원리는 분명 작동하고 있는 것 같다.

〈천천히 걸어, 희망으로〉
출발
쿠페묄레
킬
오이틴
함부르크
비스핑겐
첼레
하메른
알텐베켄
킬레 이스텐
몬테바우어
그로서 펠트베르크
프랑크푸르트
오버람슈타트
하이델베르크
슈발츠발트
펠트베르그
콘스탄츠 크로이츠닝겐
라퍼빌스
고트하르트 산
루가노
파비아
제노바
카라라(채석장)
피사
피렌체
카말도리마을
구비오
아시시
스포레토 수도원
라에트 수도원
몬토폴리-파르마
로마
도착
폴란드
체코
독일
오스트리아
프랑스
이탈리아

모험을 부르는 여행기 - 쿠르트 파이페의 〈천천히 걸어, 희망으로〉

예정된 죽음으로의 여행

이 여행기는 제목 그대로 도보 여행기이다. 도보 여행이 모험이 될 수 있을까? 될 수 있다. 같은 길이라도 누가 가느냐에 따라 여행이 되기도 하고, 모험이 되기도 한다. 독일의 정원사 쿠르트 파이페(Kurt Peipe, 1942~)는 67세에 시한부 선고를 받고 3350킬로미터에 이르는 장거리 도보 여행을 떠났다. 위험 속으로 들어가는 여행이 아닌 죽음을 안고 떠난 여행이므로 모험이 된다. 저자는 화학요법으로 투병을 하느니 과감하게 맨몸으로 부딪치는 편을 택했다. 모험이 얼마나 아름다울 수 있는지 이보다 잘 보여주는 여행기를 본 적이 없다. 평생 조경 일만 했던 노인이 한 권의 책에 인생과 죽음, 가족과 이웃, 고난과 깨달음을 완벽하게 재구성했다. 모험의 힘이다.

유럽 도보 여행길 'E1'과 'GR'

저자가 선택한 여정은 E1이다. 이 여행기에는 그가 E1이라는 코스를 걸었다고만 나와 있을 뿐 자세한 설명은 없으므로 이에 대해 알고 가는 것이 독자들에게나, 여행자들에게 유익할 것이라 생각된다.

유럽의 장거리 도보 여행길은 E루트(European Walking Route)와 GR루트(Grande Route)로 체계화되어 있다. E루트는 여러 나라를 경유하는 도보 여행길로 E1에서 E11까지 조성되어 있으며, GR루트는 각 나라 안에서의 장거리 도보 여행길을 가리킨다.

예를 들어 저자가 걸어 간 E1루트는 덴마크와 노르웨이에서 출발, 독일과 스위스를 종단하여 이탈리아 로마에 이르는 길이다. 괴테의 이탈리아 여행과 유사한 길이고, 로마로 향하는 성 프란체스카 순례길이 그 마지막 구간을 이룬다(저자는 독일의 북단 쿠퍼뮐레에서 출발했다). 우리에게 잘 알려진 산티아고 순례길의 경우는 E3에 해당한다. E3는 최장 10개국(불가리아, 헝가리, 폴란드, 슬로바키아, 체코, 독일, 벨기에, 룩셈부르크, 프랑스, 스페인)에 걸친 도보 여행길로 근래에는 포르투갈의 성 빈센트 곶까지 확장되었다.

GR루트는 각 나라의 도보 여행길이다. 스페인에는 500여 루트가, 프랑스의 경우에는 70여 루트가 있는 식이다. 이 길들은 E루트와 이어지는 것도 있고, 그렇지 않는 길도 있다. 유럽 도보 여행을 준비하는 사람은 관광지화 논쟁 속에 있는 산티아고 순례길 말고, 다른 루트를 계획해보는 것도 좋을 듯하다.

내가 걷고 싶은 길은 그리스를 횡단해 터키 이스탄불로 가는 E6 루트다. 이유는 페르시아와 고대 그리스 사람들이 오가던 이 길에 고대의 역사와 서사와 신화가 묻혀 있기 때문이다. 영화 〈300〉에서 양국군이 혈전을 벌였던 테르모필레가 중요 경유지가 된다.

헤어짐을 위한 대여정

이제 E1으로 떠나보자. 쿠르트 파이페는 1941년에 출생한 독일 사람이다. 그는 58년간 조경사로 일했으며 몇 년 전 대장암 말기 판정을 받았다. 자연요법으로 병이 악화되는 것을 지연시키기는 했으나, 결국 증상이 악화되어 2007년 수술을 시도했다. 결과는 좋지 않았다. 의사는 "고통이 견딜 수 없을 만큼 심해지면 오십시오"라는 말로 그를 퇴원시켰다.

저자는 화학요법과 방사능치료를 받으며 다른 식구들에게 신경만 쓰이게 하는 환자가 되기는 싫었다고 한다. 차라리 반 년이나 일 년 일찍 죽더라도 남은 시간을 원하는 대로 쓰고 싶었다고 한다. 그리하여 그는 죽음을 목전에 두고 오랜 열망이었던 유럽 종단 여행을 결심한다. 저자는 수술한 자리가 아무는 3주 동안 아내를 설득하고 여행을 준비를 해서 장도에 오른다.

> "아내가 나의 부재를 통해 이 상황을 받아들일 수도 있을 것이라고 생각했다. 일단…, 내가 얼마간 멀리 떠나게 된다면…, 그리고 언젠가는 영원히… 그러나 아내에게 말하지는 않았다. 하지만 실제로 일종의 시험 기간이었다. 나는 바보같이 아내도 같은 생각을 했으리라고는 미처 생각지 못했다. 어리석게도 난 감쪽같이 숨길 수 있을 거라 믿었다. 사람이 모든

걸 말할 필요는 없지 않은가. 때로는 말하지 않는 것이 한없이 좋을 때도 있는 법이니까."

- '죽음을 기다리는 대신, 출발을 꿈꾸다'에서

166일에 걸친 긴 여행은 여러 가지로 힘든 고난의 길이었다. 수술의 여파로 인공항문 장치와 비닐 주머니를 달고 다녀야 했고, 몸 안에 번식하는 암세포와 싸워야 했으며, 넉넉지 못한 경비 때문에 대부분 텐트에서 잠을 자고, 식당에서의 식사는 최대한 자제해야 했다. 하지만 그는 끝까지 포기하지 않았다. 새로운 깨달음, 지난 인생에 대한 추억, 그리고 짧은 가족들과의 동행이 이 여행을 지속시키는 든든한 버팀목이 돼주었다. 이 여행기의 감동을 일일이 설명하기는 어렵지만, 그중에서도 가장 특별한 감동은 '가족들과의 동행'에 있다.

저자는 아내, 동생, 세 딸, 손자와 풍광이 좋기로 유명한 구간을 3박 4일이나 4박 5일씩 동행하며 마지막이 될지 모르는 추억을 만든다. 그의 마음속에서 "걱정 말고, 살아라. 걱정 말고, 걸어라"라고 계속 응원하는 그의 어머니도 언제나 함께였다. 저자는 가족과 아름다운 추억을 만들어가고 있다는 사실에 행복해한다. 오랫동안 함께 살아온 아내와의 여행도 감동적이고, 스물한 살의 외손자 올리버와의 동행도 인상 깊다.

"나는 오늘만큼은 돈을 아끼지 말아야겠다고 생각했다. 이후로 마른 빵만 먹고 지내는 일이 있어도 말이다. 올리버가 나와 보내는 이 시간을 아름답고 유일한 추억으로 간직할 수 있었으면 좋겠다. 나중에 올리버가 이렇게 말할 수 있었으면 좋겠다. '할아버지하고 같이 긴 산행을 했었지. 하나밖에 없는 내 할아버지하고.'"

- 독일 남부 슈바르츠발트 산길에서

저자가 무사히 로마에 도착하자 가족도 로마에 모인다. 아름다운 추억이 완성된 것이다. 언젠가 나도 죽음의 예고장을 받아들게 된다면 즉각적으로 이 여행을 떠올리게 될 것만 같다.

"나는 걷고자 했을 뿐이다. 그럴 때마다 고통이라는 놈이 찾아온다. 고약한 놈이 도무지 쉴 줄도 모른다. 암세포의 전이가 무자비하게 진행되는 것이다. 그때마다 '나는 아직 시간이 있어'라며 마음을 다잡는다. 약은 먹지 않는다. 내 영혼이야말로 암에 맞서는 나의 유일한 자본이니까."

- '의지와 믿음이라는 약'에서

깨달음

41년생인 그는 제2차 세계대전 직후의 독일에서 유년기를 보냈다. 전쟁의 가해국인 독일은 엄청난 보상금을 지불해야 했고, 그는 앞선 세대의 죄를 고스란히 물려받아야 했다. 그는 어린 나이에 정규교육 대신 이웃 동네의 정원사에게 도제 수업을 받아 일찌감치 정원사의 길을 걷게 되었다. 그는 일평생 경제적으로 넉넉하게 지내본 적이 없었다. 다섯 식구가 식당에서 음식값 걱정 없이 배부르게 먹어본 적이 한 번도 없을 정도도. 노후 자금도 충분치 않았으며, 따라서 여행 자금도 턱없이 모자랐다.

가족과의 동행은 짧고 혼자만의 길은 멀기만 했다. 하지만 저자의 여정은 우울하지 않았다. 저자는 죽음을 선고받은 일흔이 넘은 노인임에도 불구하고 여행을 통해 끊임없이 깨달음을 얻었다. "한 걸음 한 걸음 내딛을 때마다 나는 바뀌었다"고 말한다.

그의 첫 번째 깨달음은 자신이 완고하게 지켜왔던 원칙과 관련된 것이다. 그는 냉정한 독일인답게 다른 사람에게 신세지는 것을 극도로 싫어한다. 하지만 그는 밤마다 텐트를 펼 자리를 찾아 땅 주인이나 집주인에게 아쉬운 소리를 해야 했고, 몸을 녹이기 위해 들어간 식당에서는 제대로 된 식사를 주문할 수 없었다. 그러다 보면 친절한 사람들은 무상으로 잠잘 방이나 음식을 제공해주기도 하는 바, 고집 센 노인인 저자는 번번이 그 호의를 거절한다. 그리고 여러 차례의 거절을 거쳐 그는 커다란 깨달음을 얻는다.

> "타인의 진심 어린 도움을 거절하는 행위는 뺨을 때리는 짓과 다름없는 일이라는 사실을 깨닫게 되었다. 이 사실을 깨닫는 데 도대체 나이가 몇이나 되어서야 가능했는가!…(중략)…앞으로는 타인에게 뭔가 좋은 것을 주고 싶어 하는 즐거움을 수용하리라. 또한 선물을 받는 자체가 바로 보답이라는 것도 모르고, 몇 푼 안 되는 돈푼으로 보답이 가능하다고 믿었던 나의 보잘것없는 결벽증을 완전히 버릴 것이다."
>
> \- 비스핑겐에서

춥고 비가 자주 내리는 독일에서의 축축한 잠자리들, 가시덤불에

찢긴 상처로 달려드는 모기들, 극악한 순간에 어김없이 찾아오는 만남의 행운, 아내와 함께 한 스위스의 스트라스 알타 등반, 40도가 넘는 뜨거운 이탈리아에서의 여정, 그리고 무엇보다 몸속에서 쉬지 않고 자라고 있는 암세포들……. 인생의 마지막 모험 곳곳에서 그가 얻는 깨달음에는 거부할 수 없는 진정성과 뒤늦게 알게 된 데 대한 회한이 짙게 배어 있다. 모든 깨달음이 하나하나 계시처럼 마음으로 흘러들어오는 것은 아마도 그가 죽음을 앞두고 있어서일 게다.

> "내가 여행을 하면서 자주 겪었던 것은 넉넉하지 못한 사람들이 가장 많이 베푼다는 것이다. 그 이유는 아마 넉넉지 못한 사람들이 가난하거나 아무것도 가지지 못한 게 어떤 건지 쉽게 상상할 수 있기 때문인지도 모른다…(중략)…한편 부유한 사람들은 아무것도 가지지 못하거나 조금밖에 가진 게 없다는 게 도무지 어떤 것인지를 아예 상상할 수도 없다. 부유한 사람들은 인색하다기보다는 생각이 미치지 못할 때가 많다."
>
> \- 오테른하겐에서

마침내 '도착했다'라는 짧은 구절을 읽는 순간 온몸에 전율이 퍼졌다. 대장정을 마친 그는 에필로그에서 죽음이 아닌 삶에 대해 말한다. 죽음에서 돌아온 오디세우스, 악마와 거래한 적 없는 파우스트가 되어 우리에게 마지막 충고를 던진다. 누군가의 충고에 이렇게 무방비로 가슴 떨린 적은 그때가 처음이었고, 마지막이었다.

> "나는 내 안에서 한 걸음 한 걸음씩 여행을 시작할 수 있었다. 그것이 의

식적으로 알고 한 행위가 아니듯이, 영혼의 가장 깊은 곳에 있던 생각들이 표면으로 떠올랐다. 자아를 펼치고, 기존의 것을 모두 몰아내고, 나를 다시 형성했다. 나는 다만 맡기고 일어나는 대로 내버려두어야 했다. 보라, 사람들이 으레 생각하듯 세상은 그렇게 나쁘고 이기적이지 않다… (중략)…당신의 가장 가까운 이들에 대한 사랑이 분명히 그리로 향하는 첫 걸음이 되리라."

- '에필로그'에서

Chapter 4.

순례,
두 번
살다

Chapter 4.

순례,
두 번
살다

이 장은 순례의 장이다. 순례(Pilgrimage)라는 말은 라틴어 '페르 아그룸(Per Agrum. 들판을 가로질러)'에서 왔다. '들판'은 '고난'으로, '가로질러'는 '무언가를 찾아'로 의미가 확장된 결과, 순례는 '성자, 영웅, 신에 의해 성스러워진 곳을 찾아가는 고된 여행'을 의미하게 되었다. 시간이 흐르면서 사람들은 생각에 따라 무엇이든 성스러운 것이 될 수 있음을 인정하게 되었고, 이제 우리는 각자가 신성하게 여기는 장소를 찾아다니며 마음으로 느끼고 깨닫는 여행을 모두 '순례'라고 부른다.

티베트의 순례자들은 말한다. "적어도 순례를 하는 동안은 죄를 짓지 않을 수 있다"고. 일상생활에서 죄를 피하기는 어렵다. 살생, 음란, 불신, 게으름, 무관심 등 죄목을 열거하다 보면 하루 중 죄짓지 않는 순간이 드물 지경이다. 작가라고 예외는 아니다. 특히 자신의 영혼을 남에게 드러내 보이는 것을 직업으로 삼는 작가로서는 영혼을 건강하게 관리할 필요가 있다. 병든 영혼으로 좋은 작품을 쓸 수는 없다. 쓴다 해도 독자들은 귀신같이 당신의 영혼을 알아본다.

그래서 작가들은 떠올리는 것만으로도, 곁에 두는 것만으로도 영혼이 온전해지는 그 무엇을 찾는다. 마음의 고향, 영혼의 안식처, 정신적 지주, 수호신, 애장품 같은 것들 말이다. 영혼을 순수하고 맑은 상태로 되돌려주는 그런 물건이 성물이요, 그런 사람이 성자요, 성자와 성물이 있는 곳이 성지이다. 영혼이 심각하게 위태롭거나 열망의 실체를 애타게 확인하고 싶을 때 작가는 성지로 떠난다. 작가에게 순례는 주어진 운명에는 없는 신성한 일생을 살아볼 수 있는 유일한 기회이다.

간절한 열망을 품고 신성한 곳, 영혼의 고향을 찾아간 작가들이 있다. 문헌과 풍월로만 접했던 근대 성리학을 목격하기 위해 중원으로 간 박지원, 르네상스 예술의 고향 이탈리아로 떠난 괴테, 기억 속의 미국이 아닌 진짜 미국을 보기 위해 늘그막에 국토순례를 떠난 존 스타인벡, 유럽의 미술관에서 상처받은 영혼을 달랜 서경식, 그들은 순례를 떠나 신성한 세계의 중심을 보았고, 그 기록은 그 자체로 걸작이 되었다.

연암 박지원의 〈열하일기〉 여정 지도

한양
금천군 연암
평양
박천
의주
구련성
봉성
연산관
요양
백천보
성경(심양)
거류하
신안
소흑산
북진
금주
영원
산해관
영평
풍운
옥전
삼하
북경
고북구
열하

순례 1. 연암 박지원의 중국 문물 기행

자유롭지 않으면 지혜로울 수 없다

순례의 장에서 가장 먼저 만날 여행기는 연암 박지원(燕巖 朴趾源, 1737~1805)의 〈열하일기〉이다. 여행기 세계의 백두대간! 평생을 다녀도 새로운 봉우리가 나오고, 같은 풍경도 언제 오르느냐에 따라 늘 다르게 보이는 대작이다. 오래전부터 온전히 여행기적 관점에서 〈열하일기〉를 조명하고 싶은 열망을 품어 왔지만, 기행문임에도 불구 그 내용이 워낙 방대해 번번이 중도에서 아쉽게 돌아서야 했다. 그래도 꾸준히 오르다 보면 간 데까지는 볼 수 있음을 위안 삼으며 오늘도 연암을 따라 중원의 땅으로 떠나본다.

세계 최고(最古, 最高)의 여행기

여행기라는 한정된 장르의 프레임으로 볼 때 〈열하일기〉의 존재감은 가히 세계적이라 할 수 있다. 우선 〈열하일기〉는 '세계 최고(最古)

의 여행기'이다. 증기기관이 발명되기 이전의 여행은 '더 멀리, 더 먼저'의 각축장이었고, 그 기록은 문학이라 할 수 없는 '견문록'이나 '탐험기'였다. 19세기 증기기관의 출현으로 세계가 급속도로 작아지면서 여행기는 비로소 문학으로 변모한다. '더 멀리, 더 먼저'의 경쟁에서 벗어나 '누가 무엇을 어떻게'를 더 중요하게 여기는 여행기들이 유행하게 되는 것이다.

〈열하일기〉는 18세기의 여행기 중 거의 유일하게 문학적 성취를 이루어낸 작품이라 할 수 있다. 내용적 문학성은 추후 자세히 살펴보기로 하고, 여기서는 현대적 구성의 측면에서 살펴보자. 여기서 말하는 현대적 형식이란, 작은 단락 하나하나를 기(記), 록(錄), 담(談), 전(傳), 략(略) 등의 에세이로 완성하고, 작은 단락을 모아 한 장을 구성하는 형식을 말한다. 쉽게 말해 완성도 높은 짧은 에세이들로 벽돌을 쌓아 건물을 짓듯 여행기를 완성한 것이다. 찾아보면 지구상 어딘가에 있을지 모르겠지만 적어도 지금까지는 18세기 여행기 중 〈열하일기〉 같은 형식의 여행기를 보거나 들은 적은 없다.

〈열하일기〉는 '세계 최고(最高)의 여행기'이기도 하다. 대개 대작가들의 여행기는 카잔차키스가 고백했던 대로 '정신적 위기를 보여주는 하나의 절규'이거나 휴식기의 소일거리인 경우가 많다. 그들의 여행은 예술적 발효를 거쳐 새로운 문학작품으로 재탄생된 이후, 사후적으로 존재 의미를 되찾곤 한다. 그러나 조선시대 최고의 문인이자 지식인 박지원은 특이하게도 45년간 쌓은 사상과 문학을 여행기로 집대성했다. 동서고금에 감성과 문장과 학식을 두루 갖춘 사람은 드물고, 그것을 이렇게 여행기에 쏟아 부은 경우는 더더욱 드물다. '세계 최고(最古), 최고(最高)의 여행기'. 여행기적 관점에서 이것을 증명해 보이는 것이 이 짧은 글의 사명이요 과제되겠다.

다음 단락으로 넘어가기 전에 마저 하나 더 감탄할 것이 있다. 이것이 연암의 첫 저작이었다는 사실. 〈열하일기〉는 대작가가 데뷔작으로 쓴 여행기 중 최고작이기도 한 것이다.

> 형산이 다시 묻기를
>
> "박 선생은 지금 저술한 책이 몇 권이나 더 있습니까? 또한 아름다운 시집을 중국에 가지고 오신 것이 있습니까?"
>
> 하기에 내가,
>
> "평생에 학식이 노둔해서 일찍이 몇 권의 책도 저술하지 못했습니다."
>
> 하였더니, 형산이
>
> "비록 주공 같은 아름다운 재주가 있더라도 만일에 교만하고 인색하면 말할 거리도 못되지요."
>
> 하였다.
>
> -〈열하일기〉'혹정필담'에서

하늘에서 떨어진 여행

〈열하일기〉는 10권 28책으로 구성되어 있다. 합쳐서 38권이라는 뜻이 아니라 28개 큰 챕터를 10권으로 나누어 묶었다는 뜻이다. 어쨌거나 여행기로서는 상당히 방대한 분량이고, 내용도 심오하다. 이런 여행기일수록 그 배경을 알고 있어야 지치지 않고 끝까지 동행할 수 있으므

연암 박지원

로 사전에 길고 복잡한 사상논쟁과 권력다툼의 역사를 알아볼 필요가 있다. 우리는 그 역사 속에서 〈열하일기〉의 순례적 의미와 걸작이 200년 넘게 간행조차 되지 못했던 이유를 유추할 수 있다.

연암이 열하로 떠나기 4년 전, 정조가 즉위했다. 그 무렵 조정은 당파가 심하고 외척이 강했다. 그들 중에는 정조가 왕위를 물려받는 것에 필사적으로 반대하는 자들이 많았는데, 정조의 아버지가 사도세자였기 때문이다. 그들은 사도세자의 죽음을 방관한 데 대한 보복을 두려워했다. 왕위에 오른 정조는 가장 먼저 반대세력과 외척과 같은 적폐를 청산하고자 했고, 그 일을 앞장서서 실행한 이가 세자 시절부터 정조를 호위해 온 홍국영이었다. 서른 살의 홍국영은 적폐청산을 지휘하며 1, 2년 사이 막강한 권력실세로 떠올랐다.

벼슬도 없는 박지원이 적폐로 지목되는 어이없는 상황이 벌어진 것은 그 무렵이었다. 연암의 일가인 반남 박씨 가문은 전통적인 주류세력이라 할 노론 벽파였다. 박지원은 그런 정치싸움이 싫어 벼슬길에 나서길 거부했다.

> "당시 아버지의 문장에 대한 명성은 이미 세상을 떠들썩하게 했다. 그래서 과거시험을 치를 때마다 시험을 주관하는 자들은 아버지를 꼭 합격시키려 하였다. 아버지는 그것을 눈치 채고 어떤 때는 응시하지 않았고 어떤 때는 응시는 하되 답안지를 제출하지 않으셨다. 하루는 과거 시험장에서 고송과 괴석을 붓 가는 대로 그리셨는데, 당시 사람들은 아버지를 어리석다고 비웃었다."
>
> - 박종채의 〈나의 아버지 박지원〉 중에서

홍국영은 재능이 출중하고 성품이 강직한 그를 잠재적 위험인물로 보았다. 아무리 벼슬 없는 '열상외사'라지만 그는 항상 블랙리스트 상단에 올라 있었다. 가문에 위협이 닥치자 연암은 그 싸움에 휘말리지 않기 위해 스스로 한양을 떠나 개성 인근의 산골 '연암골'로 들어가 맨손으로 밭을 일구며 홀로 지내게 된다. 연암골은 그가 7년 전 과거를 완전히 접고 친구들과 전국을 방랑하던 중 노후 정착지로 점찍고, 자신의 호마저 그곳 지명으로 삼았던 곳이었다. 처자식은 가난 때문에 친정에 가서 산 지 이미 오래였기에 주변정리를 할 것도 없었다. 개성에서 30리 거리라는 '연암(제비바위)'의 풍경은 다음과 같았다. 지금도 그곳에 그의 자취가 남아 있을지는 사뭇 궁금하다.

"제가 언덕과 골짜기 하나씩 일군 지 오늘에야 9년이 지났습니다. 풍찬노숙 끝에 헛되이 두 주먹만 쥐었습니다. 마음은 피로하고 재주가 졸렬해 아무것도 이룬 것이 없습니다. 겨우 자갈밭 몇 이랑에 초가삼간을 가졌답니다. 낭떠러지 절벽과 감싸 안고 있는 골짜기에 초목이 빽빽이 들어차 초입에는 자그마한 길조차 없답니다…(중략)…집 앞 왼편으로 깎아지른 듯 서 있는 푸른 절벽은 병풍을 둘러친 것 같고, 바위 틈은 속이 뻐끔뻐끔 벌어져 절로 암혈을 이루고 있습니다. 제비들이 그 속에 둥지를 틀었으니 이것이 제비바위(燕巖)이지요…(중략)…호랑이와 표범과 이웃이 되고, 족제비와 날다람쥐가 벗이 되니 그 험하고 외지고 외롭게 떨어져 있음이 이와 같다지만 그래도 마음은 이곳이 즐거워 그 어느 것하고도 바꿀 수 없습니다."

- 박지원이 홍대용에게 보낸 편지 중

홍국영의 전성기는 짧았다. 그는 과도한 권력남용으로 정조 3년에 면직되었다. 이듬해 왕후 독살사건에 연루되어 가산몰수 및 강릉 유배에 처해졌고, 낭패감을 못 이긴 그는 유배 1년 만에 병사한다. 홍국영이 실각하자 연암은 정국도 살필 겸 몇 년 만에 한양으로 올라와 처남집에서 머문다. 빈곤과 마음고생에 시달린 그의 머리와 긴 수염은 몇 년 새 백발이 되어 있었다고. 홍국영은 없지만 정국은 여전히 혼란스러웠고, 이미 여러 지인들이 화를 입고 사라진 한양은 쓸쓸하기만 했다.

그에게 연행(연경, 즉 북경에 감)의 기회가 찾아 온 것은 바로 이때였다. 정조 4년(1780년), 청나라 건륭황제 칠순 축하를 위해 연행단이 꾸려졌고, 천우신조인지 연행단에 8촌 형인 박명원이 있어 그의 비공식

수행원으로 합류할 수 있게 된다. 헛헛한 나날을 보내고 있던 그에게 내 돈 안 드는 출장이되 업무는 없는 절호의 여행이 하늘에서 뚝 떨어진 것이다!

중국여행은 그야말로 문득 찾아왔지만, 연암은 오래전부터 이 길을 꿈꾸고 있었던 차였다. 어디 연암뿐이랴. 공맹과 제자백가의 본산이요, 전통과 신기술이 모두 그곳에서 전해졌으니 조선선비들에게 중원 땅을 밟는 것은 일종의 성지순례와 같았다.

그런데 당시 청나라에 대한 조선 선비들의 태도는 크게 두 갈래로 나뉘어 있었다. 왕가를 비롯한 세도가들에게 청나라는 이교도의 예루살렘, 오염된 성지였다. 그들은 청나라가 들어선 지 130년도 더 지났음에도 불구 주자학과 망한 명나라만을 흠모하고 있었다. 황제의 미움을 살까 두려워 표를 못 내서 그렇지 신성한 머리카락을 반삭으로 밀고 다니는 만주족 청나라는 그들에게 여전히 오랑캐였다. 그래서 그들은 가당치도 않은 북벌을 공공연히 외치는 한편, 우리라도 성리학을 온전히 지켜야 한다는 소중화를 부르짖으며 문을 걸어 잠갔다. 사실 청나라를 인정할 것이냐 말 것이냐는 그들에게 관습과 사상의 문제를 넘어 생존의 문제였다. 전통적인 가치가 붕괴하면 자신들의 특권도 무너질 것임을 그들은 아주 잘 알고 있었던 것이다.

하지만 연암과 그의 절친인 홍대용이나 박제가의 생각은 달랐다. 영정조시대가 말이 태평성대지 세도정치와 민생파탄으로 나라가 썩기 시작한 지 오래. 그들은 청나라가 한족의 전통사상을 그대로 수용하는 한편, 새로운 문물을 적극 받아들여 안정과 번영을 누리고 있는 것에 주목했다. 당시 청나라의 영토는 지금의 중국보다도 넓었다.

"… 삼대 이후의 성스럽고 밝은 임금들과 한, 당, 송, 명의 아름다운 법률 제도도 변함없이 남아 있다. 저들(청나라 왕실)이 이적이긴 하지만 중국이 자기들에게 이로워서 길이 누리기에 족함을 알고, 이를 빼앗아 웅거하되 마치 자기들이 본래 지니었던 것처럼 하고 있다. 참으로 백성들에게 이롭고 나라에 도움이 될 일이라면, 천하를 위해서 일하는 자는 그 법이 비록 이적에게서 나온 것일지라도 이를 거두어서 본받으려고 한다… (중략)…그러므로 이제 (우리나라) 사람들이 참으로 이적을 물리치려면 중화가 끼친 법을 모두 배워서 우리나라의 유치한 문화부터 먼저 열어야 한다."

-〈열하일기〉 '일신수필' 중

연암은 학문이 정치적 명분이나 형식적인 겉치레가 아닌 실질적인 생활에 도움이 되는 것이어야 한다고 생각했다. 오랑캐든 서학이든 천주학이든 모든 새로운 제도와 문물을 뜯어보고 배울 것은 배우는 것이 나라가 살길이라고 생각했다. 이것이 이른바 '북학'이고, 그들은 '이용후생'을 신조로 삼았다.

"이용(기술)이 있은 연후에야 후생(풍요)이 될 것이요, 후생이 된 후에야 정덕(도덕)이 될 것이다. 대체 이용이 되지 않고 후생할 수 있는 이는 드물지니, 생활이 이미 넉넉하지 못하다면, 어찌 그 마음을 바로 지닐 수 있으리요."

-〈열하일기〉 '도강록' 중

쉽게 말해 인간이 먹고 살만해야 도덕을 따질 수 있으니, 일단 먹고 살게 해주는 것이 중요하다는 얘기.

연암은 오래전부터 풍문과 문헌으로만 접한 그곳에 진짜 살길이 있는지 확인하고 싶어 했다. 그런 그에게 하늘에서 뚝 떨어지듯 기회가 찾아왔고, 그는 기회를 놓칠세라 얼른 짐을 싸 연행단 속으로 끼어들어 간다. 그의 앞에는 광대한 풍경, 새로운 문물과 함께 넉 달 육천 리 대여정이 놓여 있었다.

열하로 가는 대여정

'열하'는 하북성 북쪽 끝, 현재의 청더(承德)시이다. 뜨거운 강물이 흐른다 하여 '열하'라 불리게 된 그곳은 내몽고로 들어가는 관문이다. 1703년 몽골의 침략을 방비하기 위해 청나라 황제 강희제가 '피서산장'을 축조한 이래 황제들은 여름마다 이곳에서 일을 하며 피서를 했다. 거대한 인공호수의 여름궁전 '피서산장'은 현재 세계문화유산으로 지정되어 있기도. 애초 연행단의 목적지는 열하가 아니라 연경. 그들은 연경에 도착하고 나서야 황제가 열하에 가 있음을 알게 되고, 허둥지둥 열하로 가게 된다. 이것이 〈연경일기〉가 아닌 〈열하일기〉가 된 이유이다.

연암은 이 여정을 본기와 외전으로 나누는 전통적인 역사서술방식으로 정리했다. 28권 중 앞의 7권으로 전체 여정을 훑은 다음(편년체), 나머지 19권에 특별히 기억할 만한 사건이나 그 밖에 보고 들은 것을 자유롭게 덧붙인다(기전체). 각 권의 제목을 아는 것이 〈열하일기〉를 쉽게 이해하고 즐기는 지름길이다. 안사로 된 긴 제목이 처음엔 낯설고 낭

조선 사신단 연행도(18세기)

황스럽지만 찬찬히 뜯어 보면 단락의 내용을 간단명료하게 알 수 있다. 28권 모두를 볼 수는 없겠고 여정부라 할 전반부 일곱 권의 제목을 보자면 다음과 같다.

1권 '도강록(渡江錄) - 강을 건넌 기록, 압록강에서 요양까지 15일.

2권 '성경잡지(盛京雜識)' - 성경(심양)에서 보고 들은 여러 가지, 십리하에서 소흑산까지 5일.

3권 '일신수필(馹迅隨筆)' - 말 타고 지나가듯 쓴 글, 성경을 떠나 산해관까지 9일.

4권 '관내정사(關內程史)' - 연경의 관내에서 일어난 일들, 산해관에서 연경(북경)까지 11일.

5권 '막북행정록(漠北行程錄)' - 북쪽 사막을 건너가며 벌어진 일들. 연경에서 열하까지 5일.

6권 '태학유관록(太學留館錄)' - 태학관에 머문 동안의 기록. 열하의 태학관에서 지낸 15일.

7권 '환연도중록(還燕道中錄) - 연경으로 돌아오는 길의 기록. 열하에서 연경까지 6일.

압록강에서 연경까지 걸어가는 데 한 달 열흘이니 가고 오는 데만 석 달. 여기에 열하로의 한 달 여정이 추가되어 넉 달이 되었다. 연경까지 이천삼백 리, 거기서 열하까지가 칠백 리이므로 왕복 육천리 길이다.

〈열하일기〉의 여행기적 미덕은 차원을 넘나드는 자유로운 사고를 타고난 문장으로 풀어냈다는 데 있다. 그는 풍경 속에서 심오한 사상을 발견하고, 그 속에 서린 역사에서 시심을 느낀다. 체면 따위 연연하지 않고 고된 여정의 재미를 전하는가 하면, 새로운 문물을 접할 때마다 소상한 연구를 마다하지 않는다. 앞서 말한 바와 같이 평생을 두고 봐도 끝없이 새로운 장면을 만날 수 있는데, 여기서는 이 네 가지 여행기적 미덕을 통해 〈열하일기〉의 위대함을 실감해 보고자 한다. 아무리 애써 봐야 '말을 타고 지나가듯' 보는 수준이겠지만, 가는 만큼은 볼 수 있다는 희망을 재차 되뇌며 걸어가 볼 뿐이다.

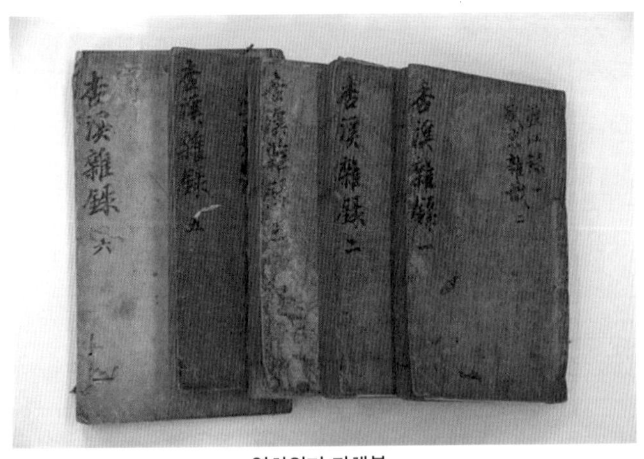

열하일기 간행본

풍경은 사상이 되고

풍경과 사상이 합일하는 경지를 잘 보여주는 대목은 '도강록'의 '호곡장론(통곡할 만한 자리)'이다. '도강록'에서 그는 강을 두 번 건넜다. 그러므로 '도강록'의 강은 압록강도 되고, 장마에 물이 불어난 요동벌판의 강물도 된다. 연암이 처음으로 국경을 넘어 청나라와 대면하는 부분이니 만큼 '도강록'만 읽어도 거의 반을 읽은 듯한 느낌이 들 정도로 풍성하고 강렬하다.

허술하고 황량한 접경지대의 풍경을 읽고 있자면 그곳이 우리에겐 유일한 국경이지만 그들에게는 광대한 국경선의 일부분일 뿐임을 새삼 실감할 수 있고, 양국을 오가는 역관과 장사꾼들의 모습에서는 변치 않는 무역의 생리를 엿볼 수 있다. 연암은 안시성이 있는 평양성을 지나며 잘못된 고대사 해석으로 영토가 쪼그라든 것을 안타까워하고,

맨몸으로 말에 올라 위험천만하게 강물을 건너고 또 산을 하나 더 넘고 나서 생전 처음으로 지평선과 마주한다. 요동벌판이다. 그는 이 장관을 만나는 순간 스스로 깨닫지 못한 사이에 손을 들어 이마에 얹고 "아, 참 좋은 울음터로다. 가히 한 번 울만 하구나" 하고 장탄식한다.

> "저 간난 아기에게 물어보오. 그가 처음 날 때 느낀 것이 무슨 정일까…(중략)…그가 태중에 있을 때 캄캄하고 막히고 결려서 갑갑하게 지나다가, 갑자기 넓고 훤한 곳에 터져 나와 손을 펴고 발을 펴자 그 마음이 시원해졌으니, 어찌 참된 소리를 내어 제멋대로 외치고 싶지 않겠소?…(중략)…이제 요동벌판에 와서 보니 여기서부터 산해관까지 천이백 리 사방에 도무지 한 점의 산도 없이 하늘 끝과 땅 끝이 맞닿은 곳이 아교풀로 붙인 듯, 실로 꿰맨 듯 고금에 오가는 비구름이 다만 창창할 뿐이니, 이 역시 한바탕 울만 한 곳이 아니겠소."
>
> -〈열하일기〉 '도강록' 에서

세 페이지에 걸친 '호곡장론'은 그 한 마디 한 마디가 요동벌판보다 더 장대하다 할 수 있다. 풍경에 대한 묘사도 묘사지만, 무엇보다 대자연의 풍광에서 즉각적으로 고차원적인 인간론으로 나아가는 그의 공력이 빛난다. 그는 '눈물이 칠정(七情) 중 슬픔에만 있겠는가? 눈물은 기쁨(희, 喜), 노여움(노, 怒), 슬픔(애, 哀), 두려움(구, 懼), 사랑(애, 愛), 싫어함(오, 惡), 바람(욕, 欲)의 칠정 모두에 있는 것이다'라고 말하며 풍경에 맞먹는 정신적 해방의 경지를 보여준다. 차원을 넘나드는 자유로운 사고와 그것을 높이 띄워주는 문장력! 이것이 그가 여행기로 사상을 십내

성할 수 있었던 그만의 비결이다.

역사는 시가 되고

연암은 자주 역사현장에서 느낀 감회를 풍경에 주입하여 시적인 문장으로 풀어낸다. 가장 기억에 남는 예는 '야출고북구기'이다. '고북구'는 만리장성의 관문 중 하나로 말 그대로 '밤에 고북구를 나서며'라는 의미이다.

긴 여정 끝에 연경에 도착한 연행단은 황제가 열하에 있으며, 조선에서 온 사신들이 늦지 않도록 특별히 배려하라는 어명이 떨어졌다는 말을 전해 듣고 급부담을 느껴 다급하게 출발, 4일 밤을 지새우는 강행군 끝에 열하에 도착한다. 그야말로 절정의 고난이라 할 이 여정은 5권 '막북행정록'에 소상히 기록되어 있는데, 연암은 여정과 사건을 기술하느라 자세히 쓰지 못한 부분을 16권 '산장잡기(피서산장에서 보고 들은 것들)'에 추가로 기록했다. '야출고북구기'는 '산장잡기'에 실려 있는데, 일단 그의 친절한 해설로 그곳의 풍경, 그날의 여정을 들어보자.

> "대개 장성을 둘러 '구'라고 불린 곳이 백이나 되는 것을 알 수 있다. 산을 의지해서 성을 쌓았는데, 끊어진 구렁과 깊은 시내가 입을 벌린 듯 구멍이 뚫린 듯해서, 흐르는 물이 부딪혀 뚫어지면 성을 쌓을 수 없으므로 정장(정자형태의 문)을 만들었다…(중략)…우리는 무령산을 돌아 배를 타고 광형하를 건너 밤중에 고북구를 빠져나갔는데, 밤이 이미 삼경이나 되었다. 중관을 나와서 말을 만리장성 아래 세우고, 그 높이를 헤아려보

니 열댓 길이나 되었다. 곧 붓과 벼루를 꺼내고 (물이 없어) 술을 부어 먹을 간 뒤에, 성벽을 어루만지면서 글을 썼다. '건륭 45년 경자 8월 7일 밤 삼경에 조선 박지원이 이곳을 지나다.'"

- '야출고북구기'에서

연암이 '나 여기 왔다감'이라는 낙서를 성벽에 쓰는 장면이다. 예로부터 중국 사람들은 만리장성의 밖은 모두 오랑캐의 땅이라 여겼다. 고북구는 말하자면 중원의 최후 방어선으로 연암은 한밤중 고북구를 나서며 그곳이 유서 깊은 전쟁터였음을 떠올린다. 당과 후당과 거란, 여진과 요와 송, 원과 명 간의 기념비적인 전투를 영화의 몽타주처럼 순식간에 돌아본 그는 '날고 뛰고 치고 베던' 성 아래를 내려다보다 풍경에 어린 살기를 본다.

"때마침 상현달이 고개에 걸려 떨어지려 하는데, 그 빛이 갈아세운 칸날처럼 싸늘하였다. 조금 있다가 달이 고개 너머로 기울면서, 뾰족한 두 끝을 드러내어 갑자기 불빛처럼 붉게 변하더니, 횃불 두 개가 산 위에서 나오는 것 같았다. 긴 바람 소리가 숙연해서 숲과 골짜기가 함께 울었다. 짐승 같은 언덕과 귀신같은 바위들이 창을 세우고 방패를 벌여 놓은 것 같았다. 큰 물이 산 틈에서 쏟아져 흐르는 소리가 마치 군사가 싸우는 소리나 말이 뛰고 북을 치는 소리와 같았다."

- '야출고북구기'에서

자신의 글이 혹여 감정과잉으로 비칠까 걱정했는지 연암은 곧이어 '야출고북구기후지(밤에 고북구를 나서며 후기)'를 덧붙여 자신이 어려서부터 '배짱이 없고 겁이 많았으며 빈 방에 들어가거나 밤에 조그만 등불을 만나더라도 머리털이 움직이고 핏줄이 뛰지 않았던 적이 없었'고, 마흔네 살이 된 지금도 마찬가지라고 고백한다. 하지만 외모에 걸맞지 않는 여린 마음이야말로 슬픔과 기쁨, 욕망과 공포를 표현해 내는 시적 재능의 원천이므로 흉이 아닌 복이라 할 수 있겠다. 아울러 자신을 낮춰서라도 순간의 인상을 온전히 전하려한 그의 작가적 분투를 새로이 주목하게 된 것은 이번 독서의 새로운 보람이라 할 수 있다.

여정은 웃음이 되고

그의 작가적 분투는 골계, 즉 웃음에 대한 집착에서 특히 돋보인다. 그는 생사를 오가는 긴박한 순간이야말로 긴장과 웃음을 동시에 선사할 기회임을 안다. '도강록'에서 요동벌의 강을 건너는 대목이 대표적이다.

> "물살의 세기가 어제 건넜던 곳보다 더하다…(중략)…창대는 말머리를 꽉 껴안고, 장복은 힘껏 내 엉덩이를 부축하여, 서로 목숨을 의지해서 잠시 동안의 행복을 마음속으로 빌었다. 말을 모는 소리조차 오호 하니(조심히 달래는 소리), 어쩐지 처량하게 들렸다. 말이 강 복판에 이르자, 갑자기 몸이 왼쪽으로 쏠렸다. 대체 물이 말의 배에 닿으면 네 발굽이 저절로 떠서 누워 건너는 모양이다. 내 몸은 나도 모르는 사이에 오른편으로 기울어지면서, 하마터면 물에 빠질 뻔하였다. 마침 앞에 말꼬리가 물 위에 떠 있는 것을 보고, 재빠르게 그것을 붙들고 몸을 가누어 고쳐 앉아서,

겨우 떨어지기를 면하였다. 나 역시 나 자신이 이토록 재빠를 줄은 뜻하지 못한 일이다."

- 〈열하일기〉 '도강록'에서

창대와 장복은 연암의 하인들이다. 대체로 그들이 등장하는 장면에는 항상 웃음이 있다. 〈열하일기〉의 감초 캐릭터인 그들과 관련해 가장 인상적인 일화라면 열하로 가는 여정 중 창대와 헤어졌다 재회하는 장면이다.

앞서도 말했지만 고난은 연경-열하 구간에서 절정에 달한다. 한여름 외몽고 지역. 지척을 분간할 수 없는 열기와 흙먼지로 가득하고, 천리 밖 위쪽에 장마가 지면 그 물이 흘러내려와 지금도 일 년에 두 세 번씩 홍수가 지는 곳. 연행단이 강행군을 할 무렵이 때마침 장마철이었다. 황무지에 홍수가 나니 강 건너기가 '도강록' 때와는 비교가 되지 않을 정도로 고생스럽다. 연행단은 '제때 도착'이라는 막중한 임무를 완수하기 위해 나흘간 한숨도 자지 않고 행군하다 '하룻밤에 강을 아홉 번씩이나 건너는' 모험을 감행하기에 이른다. 연암은 수없이 강을 건너는 동안 귀나 눈을 닫으면 두려움도 없어진다는 도를 깨닫기에 이르는데, 이 이야기는 '일야구도하기'라는 명문으로 남았다.

그런데 물속을 들락거리는 고통보다 더한 고통이 있었으니, 그것은 잠 못 자는 고통이었다. 무박사일의 고된 여정, 밀려오는 잠과의 사투를 묘사한 대목에서 고난과 능청이 최고조에 이른다.

"나 역시 졸음을 이길 수 없이, 눈시울이 구름장처럼 무겁고 하품이 조수

밀리듯 한다. 가끔 눈을 뻔히 뜨고 물건을 보나, 벌써 이상한 꿈에 잠겼고, 혹은 남더러 말에서 떨어질라 주의를 주면서도, 나 자신은 안장에서 기울어지고는 한다…(중략)…창대도 가면서 이야기하기에, 나 역시 대꾸하다 가만히 살펴보니, 헛소리가 그처럼 정중하였다."

- '막북행정록'에서

창대의 진짜 이야기는 그 다음부터다. 그렇게 정신없이 강을 건너는 중에 창대가 발굽에 밟혀 크게 다치고 만다. 일행이 일정에 쫓기는 급박한 상황, 연암은 비정하게도 '알아서 따라오라'며 창대를 버리고 간다. '그도 역시 어쩔 수 없는 양반네인 것인가?' 하는 실망감을 떨칠 수 없는 장면. 혼자 강 건너는 이야기를 읽는 내내 한쪽 마음이 버려진 창대에게 가 있는데, 열하에 거의 다다를 무렵 창대가 불쑥 앞에 나타나 절을 하니, 읽고 있던 나도 실제 창대를 만난 듯 반갑고 어리둥절하다.

사연인 즉, 버려진 창대가 길가에서 울고 있었는데 지나가던 청나라 제독이 창대의 딱한 사연을 듣고 그를 불쌍히 여겨 준마를 내주어, 바람같이 달려 열하로 가는 길목에 먼저 와 있었던 것이다. 연암은 겸연쩍게 제독의 '대국적 풍모'에 감탄하지만, 제3자의 눈으로 볼 때 감탄스러운 것은 따로 있다. 자신을 버리고 간 주인을 끝까지 섬기는 창대의 순박한 마음, 그리고 재미를 위해 부끄러울 법한 일화를 감추지 않고 털어놓는 연암의 솔직함이 그것이다.

견문은 지혜가 되고

이제 다시 여행의 처음으로 돌아가 중원 길 연암의 가장 큰 목적이 우리의 살길을 찾는 것이었음을 상기할 때가 되었다. 책으로만 접한 사상의 고향을 찾아갔다는 의미에서, 또 풍문으로만 들은 지식을 통해 얻은 '북학'의 현장을 직접 확인하고자 했다는 의미에서 그의 여행은 순례적 의미를 지닌다. 열하로 가는 길은 역사와 문물의 보고였고, 황제에게 바치는 주변국들의 진상품들이 모인 열하는 세계박람회와 같았다. 연암은 벽돌과 마차 활용법은 물론 야소교(예수교)와 라마교의 교리와 성전, 현대기술로도 이해 불가한 요술쇼, 타조나 코끼리와 같은 신기한 동물 등등을 한시도 쉬지 않고 살펴보고, 떠오른 생각을 필사적으로 메모한다.

일례로 코끼리를 묘사한 〈상기〉를 보자.

> "코끼리의 생김새는 소 몸뚱이에다 나귀의 꼬리이고, 낙타 무릎에다 범의 발굽이다. 짧은 털은 잿빛이고, 모습은 어진데다 소리는 서글프다. 귀는 구름장처럼 드리워졌고, 눈은 초승달 같다. 두 어금니의 크기는 2위나 되고, 길이는 한 길 남짓 된다. 코는 어금니보다 긴데, 자벌레처럼 구부러지고 펴진다. 굼벵이처럼 말아 붙이기도 하는데, 누에 꽁무니 같은 그 코끝으로 족집게처럼 물건을 끼어서 두르르 말아 입에다 넣는다… 코끼리의 눈은 아주 가늘어서 마치 간사한 사람이 아양 부릴 때에 웃음 치는 눈과도 같지만, 코끼리의 어진 성품은 바로 이 눈에 있다."
>
> - '상기'에서

말로는 설명하기 어려운 코끼리라는 동물을 그가 이토록 정성들여 묘사한 이유는 뭘까? 단순히 '나는 보았다'는 것을 자랑하기 위해서는 아닐 것이다. 그렇다면 그 이면에 있는 그의 진짜 의도는? 아마도 세상에 얼마나 새로운 것이 많은지를 우물 안 개구리와 같은 유학자들에게 전하고자 한 것이 아니었을까 한다. 세상에 주자학과 마소돼지닭 말고도 얼마나 많은 사상과 동물이 있는지를 넌지시 돌려 설득하려는 시도로 보이는 것이다. 이런 관점에서 볼 때 〈열하일기〉의 궁극적 목표는 한두 가지 기술을 모방하는 것이 아니라 근본적인 의식의 변화였다고 할 수 있으며, 코끼리는 고정관념 전체를 흔들어 중심을 흐트려 놓으려는 고도의 전략이 된다. 결국 조선이라는 나라는 그 폐쇄성으로 인해 멸망했고, 그 여파는 불우한 근현대까지 미쳤으니, 코끼리에 대한 설명이 길면 길어질수록, 그 묘사가 절묘하면 절묘할수록 웃음은 저만치 달아나고 입안에 쓴물이 고인다.

연암의 이런 안타까움이 가장 선명하게 집약된 부분이 '일신수필' 중 '중국의 큰 볼거리'이다. 순례자 연암은 깨진 기와장과 똥무더기에서 우리의 살 길을 발견한다. 그는 가장 하찮은 물건을 다루는 그들의 태도에 결정적인 지혜가 있다고 말한다.

연암 왈, 대개 우리나라 선비들은 연경에 다녀온 이에게 무엇이 제일 장관이더냐고 묻는데, 어떤 사람들은 요동천리니 서산의 누대니 하며 흥분하고, 어떤 사람은 오랑캐의 나라에서는 볼 것도 배울 것도 없더라고 대답을 하기도 하는 바, 자신은 이렇게 말하겠노라 한다.

" "그들의 장관은 기와 조각에 있고, 또 똥 부스러기에도 있다"고 말하겠다. 저 깨진 기와 조각은 천하에 버리는 물건이다. 그렇지만 민간에서 담을 쌓을 때 높이가 어깨까지 솟는다면 다시 이를 둘씩 또 둘씩 포개어 물결무늬를 만든다든지…(중략)… 똥은 아주 더러운 것이지만, 이를 밭에 내가기 위하여 황금처럼 아끼니, 길가에 내버린 똥은 없고, 말똥을 줍는 자가 삼태기를 들고 말 뒤를 따라 다닌다. 이를 주워 모을 때도 네모반듯하게 쌓고, 혹은 여덟 모로 혹은 여섯 모로 하고, 또는 누각이나 돈대의 모양으로 만든다."

- '일신수필'에서

하찮은 '깨진 기와 조각'에서 문명을 보고, 똥 부스러기를 다루는 방식에서 생존의 도를 발견하는 경지! 연암은 가장 하찮은 물건을 볼 때나 가장 신기한 물건을 때나 한결같은 자세로 지혜를 구했다. 그리고 자유분방한 사고를 통해 '이용후생'을 위한 소중한 지혜를 건져올렸다. 그는 자유롭기에 지혜로울 수 있고, 지혜롭기에 언제나 즐기운 여행자가 될 수 있었던 것이다.

열하, 그 후

〈열하일기〉의 여행기적 탐구는 여기까지다. 쓸 때는 그럴싸하다 여겨졌으나 다시 보니 '아홉 마리에서 털끝 하나 뽑아 온' 것만 같다. 끝으로 여행 이후 연암의 삶을 궁금해하는 사람들이있을 것 같아 그의 여생을 간략히 정리한다.

연암은 여행에서 돌아와 다시 연암골로 들어가 3년 동안 〈열하일기〉를 썼다. 간간이 놀러온 친구들에게 일부 완성된 부분을 읽어주었고, 그것을 빌려간 친구들은 그냥 돌려주기 아쉬워 필사를 했다. 그렇게 〈열하일기〉는 간행도 하기 전에 파편 같은 필사본만으로 장안에 퍼졌고, 그 명성은 끝내 그를 세상으로 불러내었다. 연암은 나이 오십에 선공감 감역. 지금으로 치면 건설노동부 말단 공무원직을 맡게 된다. 그동안의 공부를 세상에 펴보고자 하는 마음도 있었을 것이고, 가난에 지친 가족과 늦게라도 밥 세끼 굶지 않고 다복하게 살고 싶은 마음도 있었을 터. 그러나 안타깝게도 평생 고생만 한 그의 부인 이씨는 그가 출사를 한 그해에 숨을 거두고 만다. 주변의 강권에도 재혼을 하거나 첩을 두지 않았다고.

그런데 〈열하일기〉가 뒤늦게 역사의 중심에 떠오르는 발생한다. 공직생활 6년 차, 〈열하일기〉가 장안에 퍼진 뒤 10년 뒤 단행된 '문체반정'이 그것이다. 잘못된 글쓰기를 다시 바르게 만든다는 뜻으로, 그 구체적인 조치는 청나라서적 반입금지와 패사소품 창작 금지였다. 정조가 뒤늦게 〈열하일기〉를 구해 읽고 자신조차 은근히 마음이 흔들리는 것을 느꼈던 것일까? 그는 박지원을 콕 짚어 언급하며 준엄하게 꾸짖는다. 하지만 그 질책 내용을 자세히 보면 짐짓 문체를 문제 삼아 연암을 가까이 불러들이려는 속셈은 아니었나 싶기도 하다.

> "근자에 문풍이 이렇게 된 것은 모두 박지원의 죄다. 〈열하일기〉를 내 이미 익히 보았거늘 어찌 속이거나 감출 수 있겠느냐? 〈열하일기〉가 세상에 유행된 후로 문체가 이같이 되었거늘 본시 결자해지인 법이니 속히 순수하고 바른 글을 한 부 지어 올려 〈열하일기〉로 인한 죄를 씻는다면

음직으로 문임 벼슬을 준들 무엇이 아깝겠느냐? 그러나 그렇게 하지 않으면 무거운 벌을 내릴 것이다."

- 〈나의 아버지 박지원〉 중 정조의 어명

어명을 받아든 연암은 어떻게 대처했을까? 반성문만 썼으면 바로 큰 벼슬을 얻을 수도 있는 상황, 그는 정조에게 '원고를 챙기고 단속하는 일을 제대로 못한 탓에 자신과 남까지 그르치는 결과를 낳고 말았고, 견책을 받은 몸이 새로 글을 지어 이전의 잘못을 덮으려 해서야 쓰겠냐'는 답장을 올린다. 틀린 말은 아닌데 잔뼈가 있고, 정중하긴 하나 책 쓴 자체는 잘못이라 여기지 않는 알쏭달쏭한 내용. 연암은 이렇게 또 한 번 정계 진출을 피하고 지방관리로 돌며 백성들과 가장 가까운 곳에서 '이용후생'을 실천한다. 그리고 정조가 죽던 해 은퇴, 중풍으로 쓰러지고 난 다음해 69세로 숨을 거둔다. 그의 유언은 "깨끗하게 목욕을 시켜 달라"였다.

괴테의 이탈리아 여행 지도
레스겐부르크
체코
독일
오스트리아
스위스
헝가리
보젠
트리엔트
비첸차
슬로베니아
밀라노
베로나
베니스
크로아티아
파도바
피아첸차
파르마
켄토
보스아니아
헤르체고비나
모데나
볼로냐
피렌체
페루지아
아시시
테르니
치비타카스텔라나
로마
이탈리아
벨레트리
폰디
나폴리
폼페이
페스톰
티레니아 해
팔레르모
메시나
카스텔레베트라노
시아카
타오르미나
기르젠티
칼타니세타

순례 2. 괴테의 이탈리아 여행

르네상스를 찾아 나선 그랑투르

법학박사이자 황실 고문의 아들로 태어난 괴테(Johann Wolfgang von Goethe, 1749~1832)는 영재교육을 받으며 자랐다. 그는 10대 후반 유학 중 방탕한 생활을 했으며, 귀향 후 근신하여 스물두 살이 되던 해, 법학박사학위와 변호사 승인을 받았고, 같은 해 첫 희곡 〈괴츠 폰 베를리힝겐〉으로 작가로서 인정을 받았다. 그 후 전 유럽을 강타한 화제작 〈젊은 베르테르의 슬픔〉을 비롯한 20여 편의 작품을 쏟아내 독일 낭만주의의 신성이 되었다. 10여 년 동안의 이 왕성한 창작기를 우리는 '슈트름 운트 드랑(질풍노도)'의 시기라 부른다.

세계에서 두 번째로 행복한 여행자

질풍노도 문학이라고 해서 그가 반항적 기질의 청년이었다고 생각했지만 그것은 착각이었다. 그는 스물일곱 살부터 바이마르 왕국에

괴테(1828)

서 공직생활을 시작해 수많은 요직을 거쳐 늘그막에는 재상이 되었고, 공직과 창작 양면에서 놀라운 활동을 펼치며 바이마르 왕국(지금의 예나)을 문화의 중심으로 만들었다.

불운한 낭만주의자 역할은 괴테와 절친했던 친구 실러나, 실러보다도 더더욱 불운한 삶을 살다간 천재 시인 횔더린의 것이었다. 모든 것을 다 가지고도 끝없는 욕망에 시달리는 '파우스트 박사', 기나긴 수업과 편력을 거쳐 성숙한 인간에 이르는, 그 이름도 마이스터(장인)인 '빌헬름 마이스터'의 모습은 바로 괴테 자신의 모습이었다.

1786년 9월, 30대 후반의 괴테는 아무도 모르게 이탈리아로 떠난다. 여행을 몰래 떠나야 했던 이유조차 '친구들이 더 놀다 가라고 잡을까봐'였다니 얼마나 행복한 삶이란 말인가?

"나는 새벽 3시에 카를스바트를 몰래 빠져나왔다. 그렇게 하지 않으면 사람들이 나를 놓아주지 않았을지도 모르기 때문이었다. 8월 28일인 내 생일을 극진히 축하해주고 싶어 한 사람들은 아마 이를 핑계 삼아 나를 붙잡아둘 구실을 마련했을지도 모른다. 하지만 더는 여기서 꾸물거릴 수 없었다. 나는 여행가방과 오소리 가죽 배낭만을 꾸린 채 단신으로 우편 마차에 몸을 실었고, 아침 7시 30분에 자욱하게 안개 낀 아름답고 고요한 츠보다우에 도착했다."

- 9월 3일 레겐스부르크에서

괴테의 행복은 여기서 끝나지 않는다. 바이마르 왕국은 공직생활을 접고 여행을 떠난 그에게 2년 동안 꼬박꼬박 월급을 보내주었다. 그리고 여행길에서 만난 화가 티슈바인은 그의 그림수업을 봐주면서 캄파니아의 폐허를 바라보는 괴테의 초상화를 그려주었다.

이 정도면 그를 역사상 가장 행복한 여행자라 불러도 좋지 않을까? 그러나 행복한 여행자의 대명사 오디세우스가 있으니 괴테는 '세계에서 두 번째로 행복한 여행자'라 할 수 있겠다. 총각 괴테에게는 없고, 유부남 오디세우스에게 있는 것, 그것은 바로 '완전한 사랑', 전사 오디세우스에게는 없고 작가 괴테에게는 있는 것, 그것은 '창작의 고통'이다.

르네상스를 찾아 나선 그랑투르(Grand Tour)

"지금 나에게 중요한 것은 어떤 책이나 그림에서도 얻을 수 없는 감각적

> 인상뿐이다. 나는 다시 세상에 관심을 갖고 나의 관찰 정신을 시험하고 심사하고 있다. 나의 학문과 지식이 어느 정도인지, 나의 눈이 빛나고 순수하고 밝은지, 얼마나 많은 것들을 신속하게 파악할 수 있는지, 마음속에 파고들어 짓눌렸던 주름들이 다시 지워질 수 있는지를 알아보려는 것이다."
>
> - 9월 11일 아침, 트렌토에서

괴테의 이 말은 '그랑투르'의 의미를 정확히 요약하고 있다. 그랑투르는 '유럽의 귀족이나 지식인들의 견문과 교양을 넓히기 위한 장기 여행'으로 계몽주의가 여행에 남긴 자취이다. 일견 여행길에 오른 모든 예술가가 품을 법한 생각이지만, 괴테가 의도하는 '정신적 시험'은 매우 구체적이고 원대한 것이었다.

> "정말이지 나는 지난 몇 년 동안 이곳을 직접 보고 현장에 와야 나을 수 있는 병에 걸린 것 같았다. 이제 와서 고백하건대 급기야는 라틴어 책은 더 이상 읽을 수 없었고 이탈리아 지역을 그린 어떤 그림도 볼 수 없을 지경이었다. 이 나라를 보고 싶은 욕망이 너무나 강렬했던 것이다."
>
> - 11월 1일 로마에서

괴테는 왜 이토록 이탈리아 여행을 열망했던 것일까? 괴테에게 르네상스 예술은 각별한 의미를 지니고 있다. 그는 영국 르네상스의 거두 셰익스피어의 작품을 읽고 문학에 눈을 떴다. 고전적인 갈등 구조 안에 개인의 개성과 감정을 최대한 증폭시키는 셰익스피어의 작법은 괴테를 낭만주의 문학으로 이끌었다.

같은 시기, 독일 낭만주의는 르네상스 예술을 찬양함으로써 계몽주의에서 벗어나고자 했던 헤르더와 빙켈만의 예술비평에 의해 주도되고 있었다. 요컨대 독일 낭만주의는 계몽주의 이전의 르네상스로 돌아가고자 했고, 이탈리아는 르네상스의 시작과 끝이었다. 이탈리아에 대한 괴테의 열망은 '르네상스의 근대적 완성'이라는 명확한 예술적 지향에서 비롯된 것이었다. 그의 열망이 명확했으므로 성공적인 순례가 될 가능성이 높았다.

예술 기행의 교과서

괴테의 여행은 끝없는 자연 관찰로 시작된다. 인스부르크의 험준한 산길을 넘어 베네치아로 향하는 동안 괴테는 풍경, 기후, 광물, 식물, 풍속 등을 매우 자세히 묘사한다. 독자들에게는 다소 지루하게 느껴질 수도 있는 그의 자연 탐구는 르네상스 예술 탐구의 중요한 배경이 된다(그는 평생 12권의 자연과학서를 썼다).

괴테는 자연의 원리와 예술의 원리가 같다고 보았다. 자연은 각자의 방식대로 끊임없이 움직이며 충돌한다. 그것은 결국 그 내적 원리에 의해 조화를 이루어 거대한 순환이 된다. 각자의 개성이 보편적 원리에 의해 조화를 이루어 나가는 모습, 이것은 르네상스가 추구한 예술의 원리와 정확히 일치한다. 예컨대 일차적으로 자연은 예술의 재료가 된다. 나무는 가구의 재료이고, 광물은 조각의 재료이다.

"무척이나 아름다운 이스트리아산 떡갈나무 목재를 가공하는 모습을 바라보면서 이 값진 나무의 성장에 대해 곰곰 생각해보았다. 인간이 유용한 재료로 쓰는 자연의 산물에 대해 내가 힘들여 얻은 지식이 어디에서나 예술가와 수공업자들의 처리 방식을 설명하는 데 도움이 된다는 것을 거듭 말하지 않을 수 없다. 그러므로 나에게는 산과 거기서 나온 암석에 대한 지식도 예술을 이해하는 데 커다란 이점이 된다."

- 10월 4일 베네치아에서

그리고 여기서 한발 더 나가면 자연은 예술가의 정서를 지배한다. 이탈리아의 화가들이 화려한 색채로 그림을 그리고, 독일 화가들이 우울하고 어두운 그림을 그리는 이유는 어쩔 수 없는 자연환경의 차이에 기인한다.

"내가 감명 받은 그림을 그린 바로 그 화가의 눈으로 세상을 보는 나의 오래된 재능은 독창적인 사고를 하도록 해주었다. 우리의 눈은 어릴 때부터 보아온 대상들에 따라 형성되는 것이 분명하다. 그러므로 베네치아의 그 화가는 다른 사람보다 삼라만상을 더 맑고 명랑하게 보는 것이 틀림없다. 때로는 오물로 뒤덮이고 먼지투성이에다 우중충하며 반사되는 빛마저 음울하게 만드는 땅에서, 어쩌면 심지어 좁디좁은 방에서 살아가는 우리 북쪽 사람들이 자발적으로 그런 명랑한 시각을 발전시킬 수 없을 것이다."

- 10월 8일 베네치아에서

광선은 색채를 만들고, 그림의 정서를 결정하며, 인물과 사물에 음영을 만든다. 그림에서 광선은 화가의 의도를 감상자에게 부지불식간에 전달하는 절대적인 수단이다. 먼 나라의 그림을 보면서 '도대체 어떻게 이런 방식으로 표현할 수 있을까' 생각하다가도 실제 그곳에서 보면 모든 것이 매우 일상적이고 자연스러운 풍경일 때가 많다. 그러므로 실제로 예술가가 작품을 창작한 그곳에서 작품을 접할 때, 우리는 소모적인 분석을 거치지 않고 작가의 진정한 의도로 직행할 수 있는 것이다. 때로는 그 소모적인 분석이 예상치 못한 걸작을 낳기도 하지만…….

괴테는 이탈리아 사람들의 이목구비에서도, 달력 그림과 같은 풍경에서도, 그리고 자유분방한 그들의 삶 속에서도 르네상스를 느낀다. 그리하여 그는 르네상스의 출발점에 선다. 진정한 예술이란 진정한 현실감에서 비롯된다는 깨달음이 그것이다.

> "내가 티치아노의 그림들에서 깨달았듯이, 다음에 배출되는 예술가들은 가령 거짓되거나 거짓 효과를 내면서 단지 상상력에 호소하는 현실감이 아니라, 강렬하고 순수하고 밝고 상세하며 양심적이고 부드럽고 달리 표현된, 진정으로 진실한 현실감으로부터 출발했다. 동시에 이러한 현실감에는 무언가 엄격하고 부지런하고 힘든 것이 담겨 있었다…(중략)…이리하여 야만의 시대가 끝나고 예술이 발전하게 된 것이다."
>
> - 9월 27일 파도바에서

고대 그리스 건축을 부활시킨 비첸차의 건축가 팔라디오, 옛 대가들이 서로 경쟁하며 쌓아올린 피라미드 위에 마지막 돌멩이를 얹었던 화가 라파엘로, 신성하고도 오랜 전통적 요소를 토대로 서로 어울리지 않는 다양한 인물들을 교묘하고 의미심장하게 나란히 세워놓은 티치아노……. 르네상스의 수많은 예술 작품들은 자연의 모방을 능가하는 인간의 정신이 빚어낸 제3의 창조물이 된다.

> "팔라디오는 자신의 신성한 건축물을 고대 신전 양식과 비슷하게 만들려고 했다. 건축술이 마치 옛날의 유령처럼 무덤에서 솟아나와 이젠 쓰이지 않는 언어 규칙이라도 되는 양 그 가르침을 공부하도록 시킨다. 이는 건축술로 건물을 짓거나 그것을 생생하게 즐기기 위해서가 아니라, 이젠 영원히 사라져버린 지난 시대의 존경할 만한 실존을 차분한 마음으로 숭배하기 위해서다."
>
> - 10월 11일 베네치아에서

베네치아까지의 예술기행이 이 정도이니 로마에서, 나폴리에서 괴테가 감당해야 했던 예술적 충격은 어떠했을까? 그의 표현에 의하면 '학창시절로까지 되돌아가 그 많은 것을 버리고 모조리 새로 공부해야 할 줄은 미처 예상하지 못했다'고 할 정도. 그는 그 단물이 빠질 때까지 르네상스를 씹고 또 씹었고, 결국 자신의 내면세계를 완전히 개조했다. 그는 여행 중 그리스 비극을 소설로 개작한 〈이피게니아〉를 비롯한 새로운 작품들을 완성했고, 열정적이고 치밀한 예술기행을 통해 낭만주의에서 고전주의로 작품세계를 넓혀나가는 데 성공한다.

새로운 순례지의 발견

괴테의 〈이탈리아 기행〉은 훌륭한 르네상스 해설서인 동시에 근대 독일문화의 탄생을 담은 기록이다. 북유럽 종교개혁의 철학적 전통으로 남유럽 르네상스의 예술세계를 녹여낸 괴테의 문학작품들은 근대 독일문화의 시작이자 정수가 되었다. 〈파우스트〉는 표현주의적 전통, 〈빌헬름 마이스터〉는 교양소설 전통, 〈친화력〉은 사회소설 전통을 낳았다. 또 베토벤, 슈만, 슈베르트, 멘델스존은 그의 작품에서 영감을 받아 수많은 곡을 쓰기도 했다. 괴테는 어두운 음악청년 베토벤보다 반짝거리는 천재 소년 멘델스존을 좋아했다고 한다. 그리고 기억하시는지. 그들의 회합에 안데르센이 동석했던 사실을.

괴테와 함께 한 르네상스 순례를 마치며 새로운 순례지를 발견한다. 그곳은 바로 바이마르와 예나. 옛 바이마르 왕국의 수도이자 구동독 튀링겐 주의 주도인 바이마르와 예나는 괴테에 의해 근대 독일문화의 성지가 된 곳이다. 그는 그곳에서 실러와 절친하게 지냈고, 청년 헤겔은 실러의 제자로 이곳에 머물렀다. 청년 작가 하이네가 〈파우스트〉 개작을 제안했다 일거에 거절을 당한 바 있는 그곳. 로마에 가보지 않고는 르네상스의 진정한 현실감을 느낄 수 없다고 했던가. 프랑크푸르트의 괴테 생가와 괴테 박물관에서 내가 보고자 했지만 보지 못한 무엇이 어쩌면 진정한 괴테의 삶의 무대였던 그곳에 있을 것만 같기에, 튀링겐에서 하르츠를 넘어 바이마르로 이어지는 순례길을 아련히 열망해 본다.

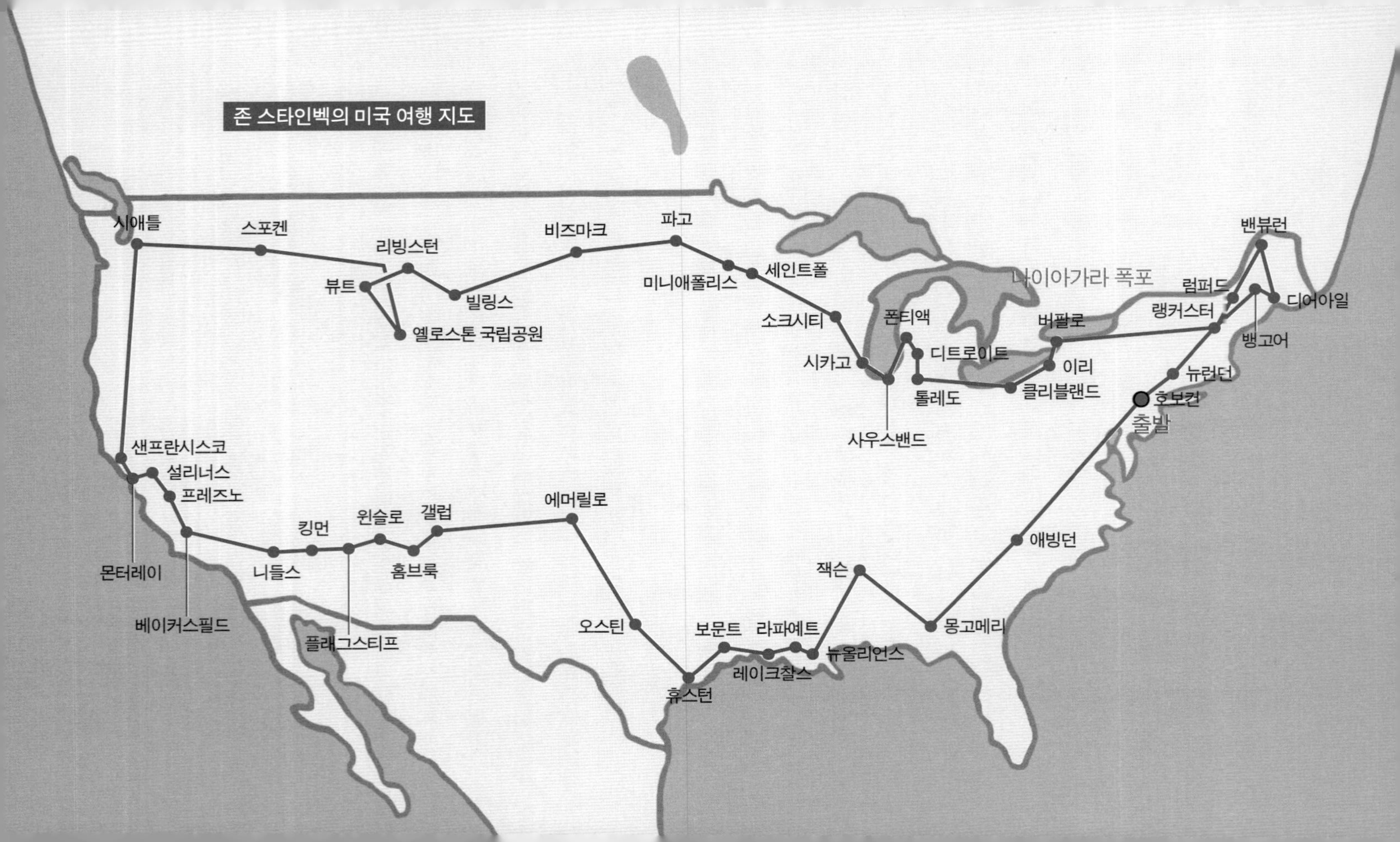
존 스타인벡의 미국 여행 지도
시애틀
스포켄
리빙스턴
뷰트
옐로스톤 국립공원
빌링스
비즈마크
파고
미니애폴리스
세인트폴
소크시티
시카고
사우스밴드
폰티액
디트로이트
톨레도
클리블랜드
이리
버팔로
나이아가라 폭포
랭커스터
럼퍼드
밴뷰런
디어아일
뱅고어
뉴런던
호보컨
출발
애빙던
몽고메리
잭슨
뉴올리언스
라파예트
레이크찰스
보문트
휴스턴
오스틴
에머릴로
갤럽
홈브룩
윈슬로
킹먼
니들스
플래그스티프
베이커스필드
프레즈노
설리너스
샌프란시스코
몬터레이

순례 3. 존 스타인벡의 미국 국토 순례

국토 순례에서 만난 망령들

에피소드 1

몇 년 전, 북경에서 만난 이탈리아 사람이 나에게 물었다.

"서울은 어떤 곳이죠?"

그 순간, 머릿속은 하얘졌고, 입은 얼어붙었다. 애국자라면 "굿, 원더풀!"이라고 무조건 날려놓고 없는 말이라도 만들어냈어야 했다. 그러고 나서 "뭐 이것저것 문제가 많긴 하지만요"라고 마무리를 하면 그만이었을 것이다. 문제 많기로는 이탈리아도 만만치 않은 나라이므로 쉽게 공감대가 이루어졌으리라.

3초 사이에 수많은 단어가 떴다가 졌다. 무엇 하나 특별하지 않았다. 급기야 '다이내믹?' 하고 생각하다가 도대체 뭐가 다이내믹하다는 것인지 설명할 자신이 없었다. 결국 "사람이 너무 많아서 살기는 힘들지만 한강이라는 아름다운 강이 있는 도시죠"라고 말했다. 얼마나 재미없는 대답이었는지 대화가 잠시 끊겼다. 다행히 상대가 이탈리아 사람이었기에 침묵은 길지 않았다.

그 이후로 어떤 외국인이 또 다시 같은 질문을 던진다면 서울에 대해서, 한국에 대해서 자랑스럽게 소개할 것이 무엇인지 가끔씩 생각해보고는 한다. 고백컨대, 아직까지 나의 답안지는 채워지지 않았다. 그동안 도대체 뭘 배운 걸까? 한심할 따름이다.

에피소드 2

미국에 다녀온 적 있는 사람들에게 물어보았다.

"미국은 어때?"

90퍼센트의 사람이 "글쎄……"로 시작해서 "나는 어디어디에만 있어봐서 잘 모르겠지만"으로 말을 이어갔다. 재미없는 사람들은 재미없는 사람끼리 봐줘가며 어울리기 때문일까? 이야기는 매우 다양한 인간과 인종이 공존한다는 것, 그 다양함을 묶어주는 것은 국가에 대한 자부심과 기독교 문화라는 것, 미국시민과 그렇지 않은 이민자 사이에는 엄청난 벽이 존재한다는 것 등등으로 이어졌다.

미국은 영화 〈매트릭스〉의 세계와 같았다. 전 세계를 상대로 영향력을 행사하는 미국의 모습은 스펙터클하기만 한데, 그들의 '시온', 즉 그곳에 사는 미국시민들의 본 모습은 오리무중이었다. 그들의 생활은 주마다 다르고, 인종마다 다르고, 계층마다 다르거니와 그곳에 사는 대부분의 미국인들은 국내외의 뉴스에 대해서 무관심하다고 했다. 오랜 기간 수많은 뉴스와 대중문화로 그들을 접해왔음에도 불구하고, 나는 그들의 인간적인 면에는 너무나 무지했음을 깨달았다. 미국은 뭔가를 보러 가고 싶은 나라가 아니라, 도대체 미국인은 어떤 사람들인지 궁금해서 가고 싶은, 그런 나라가 된 것이다.

미국 여행의 안내자를 찾아서

미국 여행의 안내서를 찾기 위해 몇 권의 여행기를 보았다. 세련됨과 광활함과 각종 선진기법을 나열한 책들도 있었고, 엄청난 빈부격차와 탐욕과 추악한 음모를 파헤친 책들도 있었다. 그 양면을 모두 망라하고자 하던 베르나르 앙리 레비가 〈아메리칸 버티고〉라는 제목을 달고 서점 한 구석에서 현기증 때문에 괴로워하고 있었다. 현기증 안 나게 만드는 안내자가 필요했다. 이민자에게는 보이지 않는다는 미국인의 본 모습을 보여줄 그런 안내자가 필요했다.

존 스타인벡의 여행기 〈찰리와 함께 한 여행 Travels with Charley in Search of America〉를 펼쳐드는 순간 마음이 편안해지는 기분이었다. 왜냐하면 그는 여행에 앞서 내가 관심 있어 하는 두 가지에 대해 먼저 말하고 있었기 때문이다. 그 두 가지란 바로 '여행'과 '조국'이었다.

> "다년간 시달리고 나면 사람이 여행을 하는 것이 아니라 여행이 사람을 끌어낸다는 사실을 알게 된다. 그 불가피하게 닥치는 관광 안내원이며 예정표며 예약이며 하는 문제들도 실은 여행이 가지는 개성으로 말미암아 으레 산산조각이 나게 마련이다…(중략)…그때에야 모든 좌절감이 사라진다. 이런 점에서 여행은 결혼과 같다. 자기 마음대로 좌우할 수 있다고 생각한다면 그것은 분명히 오산이다."

존 스타인벡(1962)

책머리 두세 페이지의 '여행론'만으로도 마구 신뢰가 생기기 시작했다. 마치 여행은 누구에게나 다 똑같다고, 미국 여행이라고 별반 다르지 않다고, 일단 떠나보자고 은근하게 눈웃음치는 것 같았다. 내가 잠시 망설이며 뜸을 들이자, 그는 미국인인 자신도, 2년 뒤 노벨상을 받게 될 소설가인 자신도 미국을 잘 모르겠다고 말했다.

"쉰여덟에 이르도록 나는 내가 내 나라를 모르고 있다는 것을 알았다. 미국에 관해서 글을 쓰는 미국 작가이지만 나는 실은 기억에만 의존해왔다. 그런데 기억이란 기껏해야 결점과 왜곡 투성이의 밑천일 뿐이다. 참된 미국의 언어를 듣지 못하고 미국의 풀과 나무와 시궁창이 풍기는 진짜 냄새를 모르고, 그 산과 물, 또 일광의 빛깔을 보지 못했던 것이다. 간

> 단히 말해서 알지도 못하는 것을 써왔던 셈이다. 이른바 작가라면 이것은 범죄에 해당될 일이다. 그래서 나는 다시 내 눈으로 과연 이 거대한 나라가 어떤 나라인가 다시 발견해보리라 마음먹었다."

단 세 페이지를 읽고, 나는 스타인벡의 손을 덥석 잡았다. 손을 잡고 보니 1960년 9월 뉴욕이었다. 그리고 쉰여덟의 스타인벡이 야심찬 국토순례를 준비하고 있었다.

스탠 바이 존 스타인벡 (Stand by John Steinbeck)

그는 지난해에 몹시 아팠다고 했다. 그러자 주위에서 이거 조심해라, 저거 조심해라 하며 아이 취급을 하기 시작했다. 고집스럽고 남성적인 그는 그 상황에 자존심이 상해 있었다.

> "수명을 조금 더 늘이자고 장렬한 삶을 버릴 생각이 나에겐 없었다. 내 아내도 어엿한 한 남자와 결혼을 한 것이다. 그녀가 이제 와서 어린아이를 맡아야 할 이유는 도대체 없지 않는가."

고개를 돌려보니 트럭 짐칸 위에 숙식을 할 수 있도록 꾸며놓은 컨테이너 박스가 얹혀 있었다. 분리형 트레일러보다 이동이 수월할 것 같았다. 치밀한 준비 상태에서 이번 국토순례에 대한 그의 기대와 열정이 느껴졌다. 조수석에 올라보니 먼저 타고 있던 그의 애완견 찰리가 나를 째려보고 있었다. 손님 대접을 해줘야 할지, 동생 취급을 해야 할지

고민하는 것 같았다. 나도 찰리를 강하게 째려보았다. 아무리 미국이라지만 개에게까지 무시를 당하긴 싫었기 때문이다.

짐을 모두 실은 스타인벡이 시동을 걸었다. 그는 뉴욕 시내를 빠져나오며 여기가 영국 청교도들이 처음 정착한 곳이라고, 그래서 뉴욕주를 위시한 북동쪽 지역을 뉴잉글랜드라고 한다고 했다. 차는 어느새 북쪽을 향해 달리고 있었다. 나는 그에게 뉴욕에서 국토순례를 시작하면서 왜 서쪽이나 남쪽이 아닌 북쪽으로 가느냐고 물었다.

> "나는 우선 여행의 첫길로 메인 주 꼭대기까지 갔다가 거기서 서부로 향하리라 마음먹었다. 이렇게 함으로써 내 여행의 그 어떤 모양이 잡힐 것만 같았다. 사실 이 세상의 모든 것은 모양이 있어야 한다. 없다면 사람의 마음이 그것을 받아들이지 않으려 하는 법이다."

'마음의 모양이 없으면 뭐든 받아들이려 하지 않는다'는 말이 이마에 콕 박혔다. 하지만 너무 호들갑을 떨면 가벼운 사람처럼 보일까봐 천천히 고개만 끄덕였다. 그리고 '혹시 이번 여행은 요즘 잘나가는 '비트 제너레이션' 작가들에게 자극받은 결과인가요?' 하는 사전에 준비해 간 질문은 하지 않기로 했다. 안 그래도 구세대 취급을 받는 그를 굳이 확인사살할 것까지야. 갈 길이 먼데 초장부터 밉보여 좋을 것도 없고.

메인 주로 가는 길에서 버몬트 주의 가을산림을 보았다. 사진으로 보았을 때도 너무나 아름다웠던 버몬트의 가을 단풍은, 사진보다 수백 배 요란한 색채를 펼쳐 보이고 있었다. 혹시 늘 대하고 있으면 예사로워지는 것은 아닌지 그곳에 사는 아주머니에게 물어보았더니, 그녀가 말하길 매년 가을만 되면 자기들도 언제나 놀란다고 했다.

우리는 몇 번인가 길을 잃어버리는 우여곡절 끝에 미국 북동부에 있는 메인 주에 도착했다. 훗날 스티븐 킹의 소설에서 악령이 출몰하는 동네로 자주 등장했던 곳이기에 한번 와보고 싶었더랬다. 뉴욕 사람들이 여름 피서를 마치고 떠나버린 터여서 그런지 썰렁했다. 9월인데도 벌써 춥고 습한 것이 조금 음산하다. 왜 스티븐 킹이 여기를 애용했는지 알 것 같았다. 메인 주에서 가장 신비한 풍경을 간직한 곳은 '메인 주라는 유방에 젖먹이처럼 다가앉은 섬'인 디어아일이었다. 스타인벡은 디어아일의 이상한 분위기를 스티븐 킹보다 먼저 알아보고 있었다. 검은 수면이 광선을 빨아들이는 것 같은 느낌이라고, 급기야는 이상하게도 본 것 같지 않던 여러 사물들이 떠나고 난 후에 자꾸만 되살아오는 느낌이라고 했다. 불길한 조짐은 이때부터 시작되고 있었다.

국도를 타고 북쪽 끝으로 향해가던 스타인벡은 또 길을 잃었다. 가급적 국도를 따라 구석구석의 풍경을 둘러보려 했던 그는 하는 수 없이 투덜거리며 하이웨이로 들어갔다. U.S. 하이웨이 1번을 따라 올라가, 북쪽 끝에서 U.S. 하이웨이 2번으로 갈아타고 서쪽으로 달려 뉴햄프셔 주로 간다. 우리는 휴식을 취하기 위해 당시 우후죽순 생겨나고 있던 고속도로 휴게소에 들렀다. 점점 도시에 가까워지자 노인은 이렇게 투덜댔다.

> "대도시는 점점 커지고 마을은 자꾸만 위축되어간다. 식료, 잡화, 철물, 의류 등 그 어떤 장사를 불문하고, 조그만 촌락의 상점들은 수퍼마켓이나 연쇄점을 도저히 당해낼 길이 없다…(중략)…한때는 자기 집을 든든

하게 꾸려서 비바람에도 끄떡없고, 서리나 한발, 해충 같은 것 하나도 무섭지 않던 그런 사람들이 이제는 대도시의 소란한 가슴팍에 매달려 살고 있는 것이다."

대도시가 작은 마을을 잡아먹고, 수퍼마켓이 작은 상점을 잡아먹는 익숙한 모습이 눈앞에 그려졌다. 21세기를 장악할 대자본의 망령을 스타인벡은 이미 1960년에 또렷하게 보고 있었다. 사실 그는 오래전부터 탐욕의 불길로 하층민들의 자존감을 재로 만들어버리는 자본주의의 망령과 싸워오고 있었다. 〈생쥐와 인간〉(1937), 〈분노의 포도〉(1939)가 그 증거였다. 대공황에서 벗어난 사람들은 망령이 사라졌다고 믿고 싶어 했지만, 스타인벡은 그들이 겉모습만 바꾼 채 더 교활하고 강력해져 가고 있다고 주장했다.

하지만 그의 말을 귀담아 듣는 사람은 없었다. 대중에게 그는 시대에 뒤떨어진 고지식한 노인네가 되어가고 있었다. 아무리 나이를 먹었다지만 한때 '청년문화의 기수' 소리를 듣던 스타인벡으로서는 이 현실을 받아들일 수 없었고, 대중의 냉대와 논쟁이 길어지면서 급기야 그는 스스로를 의심하게 되는 지경에 이르게 되었다.

망령과의 지난한 싸움을 애써 담담한 어조로 말하는 그의 표정은 침울하기 그지없었다. 그런 그에게 차마 진실을 말할 수 없었다. 망령이 결코 죽지 않을 것이며, 앞으로 전 세계를 다 먹어치우게 될 것임을 나는 알고 있었지만, 마지막 안간힘을 다하고 있는 그의 전의를 상실하게 만들고 싶지 않았기에 입을 꾹 다물었다. 찰리가 허공을 향해 짖기 시작했다. 망령을 본 것인지, 단지 배가 고파서 그러는 것인지 알 수 없었다.

또 다른 망령들

나이아가라 폭포에 들렀다가 계속 동쪽으로 달려 뉴잉글랜드 지방을 벗어났다. 오하이오 주에 들어서자 사람들은 거짓말처럼 쾌활해졌다. 상상해왔던 전형적인 미국의 모습이다. 클리블랜드, 톨레도, 디트로이트의 공장들은 한창 검은 연기를 뿜어내고 있었다. 공장지대의 사람들은 하나같이 꿈에 부풀어 있었다. 나는 1990년대에 이르러 이곳의 공장들이 대거 문을 닫으면, 이 사람들은 일거리를 찾아 다른 도시로 미련 없이 떠날 것임을 알고 있었지만 이번에도 말을 참았다. 하지만 스타인벡은 알고 있었다. 먹을 것을 찾아 모여 들었다가, 먹을 것이 없어지면 미련 없이 떠나는 미국인들의 습성을 그는 너무도 잘 알고 있었다.

> "결국 미국 사람들이란 한곳에 안주하지 못하는 국민이 아닐까. 현재 있는 곳에서 결코 만족하지 못하고 항상 떠돌아다니는 국민이 아닐까. 아메리카 대륙으로 건너온 개척자, 이민자들 자체가 유럽에서 안주하지 못한 사람들이었다. 착실한 뿌리를 가지고 있던 사람들은 고향에 남았던 것이며 현재도 그대로 있다. 그러나 노예가 되어 강제로 끌려온 흑인들을 빼놓고는 우리는 모두, 고향에 머물러 있지 못하고 방황하던 사람들의 후손인 것이다…(중략)…사실 우리에게는 그런 유전적인 성향이 있는 것이다."

여행은 미국에서 겨울에는 가장 춥고, 여름에는 가장 덥다는 (코엔 형제의 영화 〈파고〉의 배경지인) 파고 시를 지나, 몬태나 주의 옐로스톤 국립공원을 거쳐, 태평양에 다다른다. 캘리포니아는 그의 고향이었다.

차 안에서 바라본 시애틀과 샌프란시스코의 풍경은 적어도 내가 보기엔 모든 것이 좋아 보였다. 거대한 바다와 평화로운 해변과 쾌적한 날씨는 물론, 이민족이 많아 인종차별이 덜하고, 분위기도 자유분방했다. 얼마 전부터 시름시름 앓던 찰리도 이곳에 오면서 기운을 되찾았다. 역시 이곳은 살기 좋은 곳인 것 같았다.

하지만 스타인벡은 자신의 고향인 이곳에서도 망령을 보고 있었다. 바다가 보이는 아담하고 평화로운 도시였던 그곳은 화려한 폐허로 변해 있었다. 전망 좋은 자리는 돈 많은 사람이 다 차지하고 토박이들은 바다에서 점점 더 먼 곳으로 쫓겨나 우울하게 지내는 그런 동네가 되어 있었던 것이다. 그는 이곳이 고향이기 때문에 객관성을 잃은 것은 아닌지, 혹은 변화를 무조건 싫어하는 노인네가 되어버린 것은 아닌지 깊이 고민한 끝에 망령의 근원이 문명화에 있음을 밝혀낸다.

> "인류는 오늘날까지 기후, 재앙, 역병 같은 것들 때문에 할 수 없이 마음에도 없는 변화를 해왔다. 이제 한 종족으로서 생물학적 성공을 하고 나니 바로 그 성공으로부터 압력을 받고 있는 것이다. 우리는 모든 적을 물리쳤지만, 우리 자신을 극복하지는 못한 것이다."

나는 그곳에 좀더 머무르고 싶었지만 기분이 상한 그는 발길을 돌렸다. 아무리 그리워도 돌아갈 수 없는 것이 과거라고 하면서 애절하게 잡고 늘어지는 고향 친구들의 손을 뿌리치고는 그곳을 떠났다.

애리조나의 사막을 건너 남부로 향하며 그는 새로운 두려움에 휩싸인다. 그곳이 인종 갈등이라는 또 다른 망령의 근거지이기 때문이다.

미국 남부의 흑백 갈등은 최고조를 향해 치닫고 있었다. 루터 킹 목사가 주도하는 인권운동에 당황한 백인들이 반격의 기회를 벼르고 있었다. 스타인벡은 그 자신이 백인이라는 이유로 그 추악한 싸움의 중심으로 들어가는 것을 머뭇거린다. 스타인벡의 고뇌에도 불구하고, 나에게는 이 남부 여행이 이번 여행 중 가장 유익한 시간이었다.

먼저 간 텍사스에서는 그 지역 특성을 통해 전 미국 대통령인 부시 부자의 기질을 좀더 깊이 알게 되었다. 텍사스 사람들은 오래전부터 '돌아이' 기질로 유명한 듯하다. 그들은 스스로 멕시코인들을 몰아내고 삶의 터전을 잡은 연유로 지역문화에 대한 자부심이 상당히 강하다. 그래서 텍사스 사람들은 전국 어디를 가나, 또 아무리 부자여도 카우보이 문화를 즐긴다. 더구나 석유로 인해 재정이 튼튼하므로 연방정부와 항상 일정한 거리를 둔다. 카우보이와 석유가 만난 결과, 텍사스 사람들은 모두가 "예스"라고 말할 때 혼자서 "아니오"라고 말하는, 모두가 "아니오"라고 말할 때 혼자서 "예스"라고 말하는 성향을 지니게 되었다고 한다.

나는 40년 후에는 텍사스에서, 그것도 대를 이어 대통령이 나올 것이라고 그에게 얘기해주었다. 그는 멍한 눈으로 나를 쳐다보다 "카우보이가 대통령이 된다고?" 하더니 피식 비웃었다. 그는 개도 못 믿을 말이라는 듯 찰리에게 어떻게 생각하느냐고 물었고, 찰리는 걱정스러운 눈으로 나를 쳐다보았다.

뉴올리언스에 이르면서 격세지감은 한층 더해졌다. 어느 백인 초등학교에서 최초로 흑인 학생을 받아들이기로 결정한 이후 흑백 갈등이 폭발했고, 그 충돌이 전국적으로 퍼져나가고 있었다. 백인들의 선봉에는 '응원단'이라 불리는 백인 아줌마들이 있었다. 그들은 아침마다 교문 앞에 서서, 등교하는 흑인 초등학생을 향해 갖은 욕설을 퍼부었고, 사람들은 이들에 대한 환호와 경멸로 양분되었다. 갈등은 흑백은 물론이고 백인과 백인 사이로 번져 나가고 있었다. 하지만 흑백 갈등의 광풍 속에 스타인벡과 같이 '응원단'을 경멸하는 백인들의 목소리를 들어주는 사람은 아무도 없었다.

나는 그에게 위로가 될까 해서 50년 뒤에는 흑인 대통령이 나올 테니 너무 걱정하지 말라고 말했다. 스타인벡은 최근 들은 얘기 중 가장 어이없는 농담이라며 백인들만 걸리는 전염병이라도 돌아 백인들이 다 몰살하기 전까지 절대 그럴 일은 일어날 수 없을 것이라고 했다. 나는 답답한 마음에 하지만 그 바로 다음 대통령은 부동산 망령의 후예가 될 것이고, 그는 KKK나 나치의 망령을 방관하게 될 것이라고 폭로했다. 스타인벡은 주먹을 불끈 쥐고 나를 노려보았다.

"재미 없는 농담을 너무 오래하는군 그 입 그냥 닥치겠나, 아니면 실컷 두들겨 맞고 닥치겠나? 원하는 대로 해주지."

나는 그의 큰 주먹을 보고 입을 꾹 다물었고, 그는 뒤도 돌아보지 않고 차에 올랐다.

스타인벡은 미국 남부 지역을 벗어나는 동안 성난 표정으로 단 한 마디도 하지 않았다. 그리고는 어느 날 오후 네 시 무렵 버지니아 주 애빙던 근처 도로가에 차를 세우더니 여행을 끝내자고 말했다. 그의 갑작스러운 선언에 놀란 나는 아직 동부 해안이 남아 있지 않냐고, 어차피 집으로 돌아가는 방향이니 마저 순례를 하자고 애원했다. 하지만 소용없었다. 그는 운전대를 잡고 우두커니 앉아 달아난 여행을 애써 불러보았지만 돌아오지 않았다고 하며 나를 포기시켰다. 그러고는 내가 대답도 하기 전에 곧바로 차를 돌려 집으로, 집으로 달리기 시작했다. 그 역시도 오래 뒤돌아보지 않는 미국인임을 잊고 있었구나 하는 생각에 잠시 빠져드는 순간 눈 앞이 번쩍하며 모든 것이 사라졌다.

내가 꿈에서 깨어난 곳은 거실의 소파였다. TV에서는 성조기 앞의 트럼프 대통령이 집게 모양의 손가락을 위아래로 흔들며 잔뜩 오무린 입술로 '어메리카 훨스트'라고 외치고 있었다. 탁자에는 〈찰리와 함께 한 여행〉이 놓여 있었다. 책 표지에 스타인벡과 그의 애완견 찰리가 다정하게 마주보고 서 있었다. 그들을 둘러싼 배경도 검은색, 거실 창밖도 검은색이었다.

서경식의 미술관 순례지
영국
아일
랜드
〈부인상〉 캄핀/내셔널갤러리
빅토리아 앤드 앨버트미술관
런던
〈거친 하늘과 밭〉 고흐/고흐 미술관
암스테르담
독일
브뤼주
벨기에
〈캄뷰세스 대왕의 재판〉
헤랄드 다비드 호르닝헤미술관
파리
〈젊은 부르델의 자화상〉 부르델미술관
〈성묘로 달려가는 사도 베드로와 요한〉
외제느 뷔르낭/팔레 드 도쿄 미술관
스트라스부르
〈죽은 연인들〉 작가미상
노트르담성당부속박물관
프랑스
이탈리아
아비뇽
〈데세앙스〉 수틴 카르베미술관
피렌체
〈수태고지〉 프라안젤리코
산마르코수도원
스페인
포르
투갈
마드리드
〈게르니카〉 피카소/프라도미술관 별관
〈모래에 묻히는 개〉 고야/프라도미술관

순례 4. 서경식의 유럽 미술관 순례

폭주하는 역사가 지나간 자리

노무현 대통령의 죽음을 접했던 그날, 존경하는 작가의 책에서 보았던 조각상 하나가 즉각적으로 떠올랐다. 제목은 〈상처를 보여주는 그리스도〉. 조각상은 예수가 자신의 부활을 의심하는 제자에게 창에 찔린 상처를 벌려 보이고 있는 모습이다. 신자도 아닌 내가 왜 이 조각상을 떠올렸을까? 험난한 여정을 신념과 의지로 돌파한 그의 삶이, 그리고 그를 죽음으로 몰고 간 과정이, 온몸을 던져 결백을 증명하려 한 마지막 몸짓이 본질적으로 예수의 생애와 흡사하다고 생각했기 때문일까?

> "멍청한 눈길로 자신의 상처를 드러내 보이고 있는 이 사나이는, 아무리 보아도 신의 아들은 아니다. 틀림없는 인간인 것이다. 인간이 상처의 아픔을 참으려고 몸을 뒤트는 모습인 것이다."
>
> -〈나의 서양미술 순례〉 중 8장 '상처를 보여주는 그리스도'에서

그날 아침, 딱딱하게 경직되어 버린 내 심장은 오늘까지도 그 조각상의 모양을 하고 있다. 오랜 시간이 지났어도 여전히 그렇다. 그다지 기억력이 좋지 않은 내가 그날의 느낌을 유독 선명하게 기억하는 것은 엄연히 눈앞에 존재하는, 신성모독적일 정도로 사실적인 이 딱딱한 조각품에 마음을 기대었기 때문일 것이다. 유명한 작가들의 조각품이 즐비한 런던의 빅토리아 앤 앨버트 미술관에서 작자미상의 이 작품에 주목한 작가는 서경식(1951~)이다. 나는 그를 통해 이 무명의 조각을 알게 되었고, 예술작품에 기억을 주입하는 법을 배웠다.

사라지지 않을 사람, 서경식

20세기 전 세계를 질주한 양대 정치폭력은 제국주의와 군사독재이다. 작가 서경식은 본인의 의지와 무관하게 이 두 가지 정치폭력으로부터 동시에 직격탄을 맞았다. 재일한국인 3세로 태어나 식민지의 가해자들 사이에서 차별을 받아왔고, 1970년대 서울대에서 유학 중이던 두 형이 '학생간첩단' 사건으로 구속되어 20년 가까이 비전향장기수로 복역했기 때문이다. 그 여파로 한국과 일본을 오가며 두 아들을 옥바라지하던 그의 어머니 오기순은 끝내 두 아들의 출소를 보지 못하고 암으로 숨을 거두었다.

> "서승과 서준식은 옥중에서 사상전향을 계속 거부했다. 오기순 역시 면회를 다니는 동안에 독재와 그녀 나름의 투쟁을 벌이게 되었다. 투쟁의 첫걸음은 독학으로 글자를 익히는 일이었다. 한국과 일본을 왕래하기 위

서경식(2008)

해, 또 감옥에서 면회나 차입을 신청하기 위해서는 자신의 성명과 주소를 써야만 했기 때문이다. 감옥 당국은 정치범을 전향시키도록 어머니와 아내들에게까지 압력을 넣었지만, 오기순은 '학교를 다니지 않아 어려운 말은 모른다'며 끝까지 거절했다. 서승의 회상에 따르면, 부아가 치민 담당검사가 '고리키의 〈어머니〉 같다'며 비난한 말에 대해서도 오기순은 '고리키가 뭐냐?'며 반문할 따름이었다고 한다."

-〈사라지지 않는 사람들〉 중 '오기순' 편에서

서경식은 자신에게 가해진 정치폭력을 역사적 시각에서 조망하는 작가가 되었다. 아직 끝나지 않는 지난 시대의 정치폭력를 차분하고 예리하게 관찰한 그의 글은 그 어떠한 절규보다 통렬하게 폭력의 세기를 고발한다. 읽을 때마다 정신적 위기를 지성으로 극복하려 한 그의 존재론적 분투를 절절하게 느낄 수 있다.

〈나의 서양미술 순례〉는 그 치열한 전쟁의 시작이었고, 이어서 에세이집 〈소년의 눈물〉과 〈시대의 증언자 쁘리모 레비를 찾아서〉와 같은 걸출한 작품이 봇물 터지듯 나왔다. 이 작품들은 제일한국인의 시각이 강하게 반영된 작품임에도 불구 일본 유수의 문학상을 수상했다. 지난 25년간 거의 공백 없이 〈청춘의 사신〉, 〈디아스포라 기행〉, 〈사라지지 않는 사람들〉, 〈고뇌의 원근법〉 등 미술, 역사인물, 디아스포라(난민)에 관한 수많은 작품을 써낸 그는 냉엄한 역사관과 유려한 문장의 에세이스트로 지난 시대의 폭력을 기록하는 시대의 증언자이다.

> "(할아버지의 일본으로 이주부터 두 형의 출옥까지 긴 사연을 적은 후)…(중략)…지나간 20년의 세월에 배운 것이 있다고 한다면 희망이라는 것의 공허함일지도 모르겠는데, 뒤집어 생각하면 그것은 도리어 쉽게 절망하는 것의 어리석음이라 할 수도 있다. 그 희망과 절규의 틈바구니에서 역사 앞에서 자신에게 부과된 책무를 이행할 뿐이다."
>
> - '에필로그와 뒷말' 중

그의 작품 중 가장 기억에 남는 세 작품을 꼽는다면 〈시대의 증언자 쁘리모 레비를 찾아서〉, 〈사라지지 않는 사람들〉, 〈역사의 증인, 재일조선인〉을 들 수 있다. 덧붙여 그의 최근작들에 대한 독서를 게을리한 사실을 고백해야겠다. 〈내 서재 속의 고전〉, 〈시의 힘〉, 〈다시, 일본을 생각한다〉를 읽자 읽자하면서도 못 읽고 있다.

미술 순례의 시작

서경식의 첫 작품 〈나의 서양미술 순례〉보다 더 절박한 느낌을 주는 여행기는 아직 세상에 없지 싶다. 적어도 내가 읽은 바로는 그렇다. 때는 1983년. 아버지에 이어 두 형의 옥바라지에 지친 어머니마저 돌아가시고 난 어느 날, 그는 누이와 함께 유럽으로 떠났다.

> "그해 여름은 유난히 더웠다. 고뿔도 고약한 놈에 걸려 한여름 내 기침을 해댔다. 누이하고 단 둘만 남게 돼버린 집에서, 할 일 없이 누웠다 일어났다 하는 중에 8월도 다 가고, 내가 사는 교토에서는 지장분(지장보살을 기리는 일종의 불사-역주)도 끝나갈 무렵, 유럽여행이나 하고 돌아올까 하는 생각이 뜬금없이 솟구치더니 나를 쑤셔대는 것이었다…(중략)…비행기 요금이 뚝 떨어지는 10월을 기다려, 마침내 출발하는 때가 되었건만 마음이 들뜨기는커녕 도리어 서서히 고개가 수그러지는 듯한 기묘하게 경건한 심경 그대로였다."
>
> \- 제1장 '캄뷰세스 왕의 재판'에서

가장 절망적이었던 순간 그는 도피하듯 유럽으로 떠났고, 그 여행은 그를 미술순례의 길로 이끌었다. 떠내려가던 그의 영혼이 붙잡은 것이 왜 하필 그림이었을까? 미술관이 조용히 숨어 있기 좋은 곳이었기 때문일까? 괴롭지만 아무것도 할 수 없는 인간이 몸과 마음을 가장 멀리 보낼 수 있는 일이었기 때문일까? 그도 아니면 작품이 된 역사의 한 순간 속에 자신의 처지를 대입함으로써 냉정을 되찾으려 했던 것일까?

그는 자신을 미술순례로 이끈 작품을 정확히 기억한다. 다비드 헤랄드의 〈캄뷰세스 왕의 재판〉. 그는 누이와 함께 '헤엄치듯이, 떠밀리듯이, 단지 관광지를 놀아다니다'가 네덜란드 브뤼주의 흐로닝헤 박물관에서 그 작품과 마주쳤다.

> "운하를 유람하고 탑에 오르는 따위 정해진 관관코스를 거친 다음 그곳에 가서, 그 그림과 맞닥뜨렸다. 그 그림이 나를 기다렸다는 생각도 든다. 그곳이라고 하는 것은 흐로닝헤 미술관이다. 이렇듯 '예사롭지 않은 것'과 맞닥뜨리기 위하여 나는 멀리 이곳까지 오게 된 것인가……"
>
> - 1장 '캄뷰세스왕의 재판' 에서

고대 페르시아 제국의 전제군주인 캄뷰세스 왕이 가죽 벗김 형을 당하는 모습을 그린 이 그림 앞에서 그는 '피 한 방울도 놓치지 않고 그려내려는 가열한 사실정신'에 압도당한다. '사뭇 그려내기 어려운 대상들만을 골라 더 바랄 나위 없이 정밀하게 그려내었던' 17세기의 플랑드르의 사실적 전통을 되짚던 그는, 불현듯 그림 속 가죽이 벗겨지고 있는 왼쪽 발목에 주목한다. 그곳은 돌아가신 그의 아버지가 싫어하는데도 불구하고 주사바늘을 꽂은 부위였던 것이다.

아버지를 생각하던 그는 이내 끔찍해 보일 수도 있는 성인의 유골이나 성의를 신성시하는 '십자군적 열정'의 역사를 탐구하고, 이 그림이 '영원히 타락, 부패하지 않아야겠다는 마음가짐을 잃지 않도록' 시청사에 걸려 있었다는 사실을 알고 나서는 '준엄하고도 가열한 북방 르네상스의 정신적 풍경'임을 깨닫는다.

그는 그 이후로 많은 '피투성이의 종교화'를 보았지만 같은 주제의 그림을 접한 적은 없었으며, 5년 뒤 만난 다비드 헤랄드의 또 다른 그림 '피에타'에서 '투명한 고요로움'에 이른 화가의 또 다른 경지를 보았다고 회고하며 감상을 마친다.

"여행길에 무심코 들른 미술관이나 성당에서 갑자기 무엇에 얻어맞은 것처럼 발길이 얼어붙는 경우가 있다. 한 장의 그림, 한 덩어리의 조각상이, 시공을 초월해서 사람을 붙들고 놓아주지 않는 마력을 간직하고 있는 경우가 있다. 내가 그런 경험을 한 것은 이때가 처음이었다. 그리고 그것이, 지금 돌이켜보건대 나의 '서양미술 순례'의 시작이었다."

- 제1장 '캄뷰세스 왕의 재판'에서

이렇게 시작된 미술순례는 8년 동안 8차례에 걸쳐 계속 되었고, 그 어둡고 길었던 순례의 결실이 바로 〈나의 서양미술 순례〉이다.

순례의 재구성

애절한 개인사와 유려한 문장에 가려 도드라져 보이지는 않지만, 여행기적 관점에서 볼 때 이 작품에서 특별히 주목해야 할 점은 독특한 구성이다. 오랜 순례를 재구성한 방식에서 우리는 지독하리만큼 성실한 그의 작가적 태도를 확인할 수 있다. 그는 8년의 여정에서 얻은 인상과 지식을 첫 번째 여행에 담는다. 첫 번째 여행에서 대면한 그림들('상처를 보여주는 그리스도'만 두 번째 여행에서 본 작품)을 각장의 주제로 삼고, 작품에서 느낀 강렬한 인상과 이후에 알게 된 흥미로운 사실들을 옷감에 무늬를 짜넣은 듯 촘촘히 엮어나간다. 마지막 여행에 이전 기억을 보내는 여행기는 많지만 선후가 뒤바뀐 경우는 매우 드물고, 첫 여행에서 본 그림들을 이토록 집요하게 기억하고 탐구하는 경우는 더더욱 드물다 하겠다.

이러한 독특한 구성을 선택해야만 했던 이유는 그가 추적하고자 한 것이 미술 작품 자체라기보다는 그 작품에서 자신이 느꼈던 강한 인상이기 때문이다. 그는 역사적으로 중요한 미술 작품을 분석하고자 한 것이 아니라 특정 작품이 자신에게 강렬하게 다가왔던 이유를 분석하고자 한다. 주제작과 함께 언급되는 다른 그림들 또한 미술사적 관계보다는 비슷한 인상으로 해서 연관성을 갖는 경우가 많다. 인상이 먼저고 배경은 그 다음인 것이다. 이 여행이 '서양미술 순례'가 아니라 '나의 서양미술 순례'인 이유이다.

이러한 구성의 묘는 자연풍경과 낯선 도시에 투사된 심경이 그림에 대한 강렬한 첫인상으로 이어질 때 확연히 드러난다. 모든 그림이 '캄뷰세스 왕의 재판'처럼 정처 없는 여정의 와중에 영화 속의 주인공처럼 갑작스레 등장하는 것이다. 여정이 살아 있기에 그림에 대한 첫인상을 순식간에 공감할 수 있고, 이어지는 그림 분석에서 묘한 박진감을 느끼게 된다.

관광객들로 북적이는 피렌체에서 우피치 미술관의 명화의 홍수에서 빠져나와 어느 수도원의 복도에서 만난 프라 안젤리코의 '수태고지', 이상하게도 일본 군국주의시대 노래를 흥얼거리게 만드는 아비뇽의 교황청 근처에 만난 하임 수틴의 일그러진 여인의 초상 '데세앙스', 감옥에 있는 형이 그토록 예찬했기에 파리를 떠나는 날까지 만나길 미루고 있었던 미켈란젤로의 조각품 '반항하는 노예', 프라도 미술관에서 맥 빠지도록 완만한 역사의 흐름에 상심하다 만난 고야의 '모래에 묻힌 개'……. 이 여행에서 무덤덤하게 등장하는 작품은 단 한 점도 없고, 무덤덤하게 다가오는 역사도 없다.

> "아무리 보아도 명화는 아니다. 어찌 보면 로드쇼의 간판 같기도 하다. 그러나 사나이들의 눈과 손의 절박한 표정, 허둥대는 모습과 배경의 불타는 듯한 하늘에, 내 마음을 잡아끄는 기묘하고 강력한 힘이 있었다. 이 사나이들은 대체 어디로 와서 어디로 가는 것인가? 무엇을 좇고 있는가? 아니면 쫓기고 있는가? 고향을 쫓겨난 난민인가? 혹은 괴로운 여행을 계속하는 순례자인가?
> 곰곰이 바라보고 있노라니, 아아, 내가 지금 이 꼴이겠구나 하고 생각되었다."
>
> -〈나의 서양미술 순례〉 제12장 '에필로그와 뒷말'에서
> 외젠 뷔르낭의 '성묘로 달려가는 사도 베드로와 요한'을 보며

화가 누이의 초상

그의 작가적 태도와 모범적 글쓰기를 실감하기 위해 한 장면 정도만 자세히 따라가 보고 싶은데, 어느 하나를 고르기 어려울 따름이다. 할 수 없이 가장 요약하기 쉬워 보이는—물론 제대로 요약해내지는 못하겠지만 아무튼 그런 장이라 여겨지는—'화가 누이의 초상'을 골랐다. 그는 이 그림을 통해 역사를 바라보는 새로운 관점의 필요성을 느꼈고,

그 깨달음으로 인해 범상치 않은 작가적 태도를 획득한다.

1983년 11월 7일. 그는 프랑스와 스페인의 국경을 넘는다. 국경선으로 둘로 갈라진 바스크 지역에서 그는 국경경비대의 검문을 받는다. 스페인 병사는 'Republic of Korea'라고만 적힌 여권을 보고는 엄지손가락을 위아래로 흔들며 남한인지 북한인지를 묻고, 그는 엄지를 아래쪽으로 질러 보이고는 국경을 통과한다. 국경을 넘은 직후 그는 자신이 무심코 한 행동에서 깊은 비애를 느낀다.

> "그래, 여기서는 조선이란 무엇보다도 분단국가로서 알려져 있을 테지. 어느 민족이 그 민족을 식별하는(identify) 지표가 되어 있다니 이게 도대체 뭔가?……게다가 나는 방금, 분단된 자기 민족의 어느 한쪽 나라에 자기가 소속한다는 뜻을, 이국의 관헌 앞에서 승인한 것이다. 이 승강장 위의 눈에 보이지 않는 선을 넘어, 저편에 기다리고 있는 기차를 타겠다는, 단지 그것뿐인 이유 때문에."
>
> -〈나의 서양미술 순례〉 제7장 '화가 누이의 초상'에서

그가 기차를 타고 향한 곳은 바스크 지방 바이욘느의 보나 미술관. 미술학도로 보이는 여대생 하나가 모사를 하고 있을 뿐인 썰렁한 미술관에서 그는 창고에 가까운 방으로 들어가 레온 보나의 '화가 누이의 초상'을 만난다. 어두운 방 안에 서 있는 어린 누이를 그린 그림을 보며 열흘 전 먼저 귀국해 '생활'을 재개했을 자신의 누이를 떠올린다.

"피지배자의 후예가 절대적 소수자로서, 지난날의 지배자의 나라에서

살아가고 있는 것이다. 그 사실만으로도, 그 '생활'의 밑바닥이 불안을 품기에 충분하다. 하물며 고국은 두 쪽으로 찢어져 있는 채요, 형들 중의 두 사람은 이미 10년 이상 그 고국의 감옥에 있다. 양친은 잇따라 세상을 떠났다…(중략)…내 상념 속의 누이는 물론 이미 어린 나이는 아니지만, 어두컴컴한 속에서 혼자 서성거리고 있다."

-〈나의 서양미술 순례〉 7장 '화가 누이의 초상'에서

그의 비애는 화가의 이력에서도 계속된다. 레온 보나는 현재까지도 분단의 아픔을 겪고 있는 스페인 바스크 출신임에도 불구하고 19세기 프랑스 미술계에서 가장 수구적이고 권위적이었던 화가였다. 그래서 그와 그림은 분단된 조국, 상반된 역사적 태도, 누이의 존재라는 여러 갈래의 지점에서 조우한다.

19세기 화단에는 '뽕삐에(소방수)'라는 말이 있었다. 국가의 지원을 독식하며 인상파를 쓸어내는 데 앞장섰던 아카데미즘 화가들을 부르는 별명으로, 레온 보나와 더불어 카바넬, 제롬이 대표적인 인물이었다. 작가는 그 별명이 '찬물을 끼얹다'와 비슷한 의미에서 온 것이 아닐까 추측하면서 그들을 미술사상의 '적방(반대편)'에 있는 화가로 규정한다. 그에게 레온 보나는 오로지 적방의 화가 중 한 명으로만 기억되는 그런 화가였다.

"그러나 보나 미술관에 가보고 새삼스럽게 깨달은 것은, 내 자신이 이러한 적방들이 어떠한 그림을 그리며, 어떠한 생애를 보냈는지, 거의 아무것도 모르고 있었다는 사실이었다…(중략)…인상파가 아니면 해가 뜨지

도 않는다고 생각하는 일본에서는, 그 적방인 보나 같은 화가를 누가 쳐다보기나 할 것인가. 하지만 바로 거기서 나는, 평가나 명성이 정해진 것만을 감지덕지 고마워 만족해하는, 뒤집어놓은 공식주의 냄새를 맡는다. 그것은 결국, 싸움에 승패가 판가름 난 뒤에야 승자 편에 가 붙는 꼴이 아니고 뭔가."

- 〈나의 서양미술 순례〉 제7장 '화가 누이의 초상'에서

서경식은 전통이나 보수를 시대적 문맥 속에서 허심탄회하게 바라보지 않으면 결국 비겁한 공식주의에 빠질 뿐임을 비판한 후, 레온 보나의 생을 천천히 다시 되돌아본다. 그리고 미술관을 나서기 직전 본 '머리를 쥐어뜯으며 절망하고 있는 여인'이라는 해괴한 작품에 대한 감상으로 관람을 끝낸다.

"리베라가 그리는 17세기의 젊은 여인은, 대체 어떠한 초조감의 불길에 태워지고 있는 것인가. 어떠한 절망이 그녀로 하여금 모골이 송연해지는 소리를 내게 하고 있는가…… 버둥거리면 버둥거릴수록, 속수무책의 불행을 엮어내고 마는, 그러한 삶이 있는 법이다."

- 〈나의 서양미술 순례〉 제7장 '화가 누이의 초상'에서

아무도 없는 미술관 구석 '화가 누이의 초상' 앞에 서 있었을 청년 서경식을 떠올리면 언제나 묘한 감정에 빠져들게 된다. 정치적으로 불온한 화가도 아름다운 그림을 그릴 수 있고, 그에게도 작은 소녀 같은 누이가 있었다는 사실을 받아들이려 안간힘을 다하고 있는 모습, 조용

히 견디며 화가의 모델이 돼주는 착한 누이도 있지만 자기 머리라도 쥐어뜯어야 직성이 풀리는 처치 곤란한 누이도 있음을 이해하려 애쓰는 모습이 떠오른다. 조용히 서 있는 것 같지만 그는 폭주하는 역사에 치어 산산조각난 영혼을 그림 속에서 수습하는 중인 것이다.

그의 모습을 떠올리는 것만으로도 이미 무너진 마음 한 구석에 그림이 가만히 들어온다. 그림을 찬찬히 뜯어보는 그의 고백과도 같은 감상이 흐르면, 그때부터 그림에서 온갖 감정들이 튀어나와 눈앞에 일렁인다. 그가 아니었다면 보이지 않았을, 살아 움직이지 않았을 그림 앞에서 절망과 좌절, 슬픔과 비애 속에서 위안과 감동을 느낀다. 그래서 그를 통해 알게 된 그림들에서 그의 그림자를 지워내기란 불가능하다. 언제나 그의 어둑한 그림자 위에 나의 그림자 하나를 더할 수 있을 뿐.

시대의 증언자

서경식이 '화가 누이의 초상'에서 강한 인상을 받은 것은 역시 자신의 누이 때문이었겠지만, 이 그림을 오랫동안 추적해 얻은 새로운 깨달음으로 그는 구원을 받는다. 그 깨달음이란 앞서 언급한 적방에 대한 각성이다. 그는 레온 보나를 시작으로 당대에는 승자였으나 역사에서는 패자로 분류되는 인물들의 인생에 주목하기 시작했다. 한 개인을 비난하기에 앞서 그를 극악한 지경으로 몰고 간 역사의 정황과 요구들을 차분하게 추적했고, 이것은 작가 자신에게 폭력을 가한 가해자그룹에 대한 이해로 자연스럽게 이어졌다.

그리하여 그는 정치폭력이 남긴 트라우마로부터 영혼을 온전히 지켜내는 한편 가해자 자신도 의식하지 못했던 불온한 공기를 파악해 드러내 보임으로써 가해자들에게도 남달리 설득력 있는 작가가 되었다.

트라우마를 글로 극복하려 했다는 면에서, 비극적 사태를 철저하게 인간적 관점에서 복기하려 한다는 면에서 그는 작가 프리모 레비를 '모범적 인간'으로 여겼다. 프리모 레비는 암울했던 시절 그의 정신적 동지이자 스승이었다. 학살생존자들이 정신적으로 파괴되거나 자살을 택하는 와중에 작가 프리모 레비는 불굴의 의지로 학살의 진실을 기록하는 것은 물론 독일인 독자들과 편지를 주고받으며 서로를 이해하기 위해 노력했다.

그랬던 프리모 레비마저 자살을 했을 때, 서경식은 '무엇이 그를 자살로 몰고 갔는가'를 밝히기 위해 자살, 성장, 유대인 학살 등 그의 자취를 역추적했다. 폭력의 20세기를 고발한 '다크투어리즘'의 걸작 〈시대의 증언자 쁘리모 레비를 찾아서〉는 그렇게 탄생되었고, 서경식은 현재까지 프리모 레비를 잇는 모범적 작가, 시대의 증언자로 살아가고 있다.

> "팔레스타인 난민인 영화감독 미셸 클레이피는 '노스탤지어는 하나의 무기다'라고 나에게 말한 적이 있다…(중략)…권력자나 강자는 '시간의 흐름을 거스르지 말라'라는 틀에 박힌 말로 자신의 정당하지 않은 행위를 감추고, 부당한 권익을 기정사실화하려 한다. '노스탤지어'란 그것을 용납하지 않는 정신을 가리킨다. 그것이 내가 이 책을 쓴 동기이기도 하다."
>
> - 〈사라지지 않는 사람들〉 서문 중에서

〈나의 서양미술 순례〉는 글로 쓴 12개의 거대한 프레스코 벽화, 기억을 고리로 모아 만든 12개의 미술관이다. 그는 자신의 아픔과 시대의 아픔을 그림에 새겨 넣으며, 미술순례도 기억을 지우려는 기만적인 시도에 맞서는 무기가 될 수 있음을 펼쳐보였다. 아픔을 아픔으로 기억하는 것. 그는 이것을 자신에게 지워진 짐짝으로 받아들였고, 지금도 혼자 그것을 묵묵히 견뎌가고 있다. 따지고 보면 그 짐짝은 우리 모두의 짐짝이기도 한 바, 그의 거대한 벽화를 통해 그와 그의 짐짝을 기억하고자 한다.

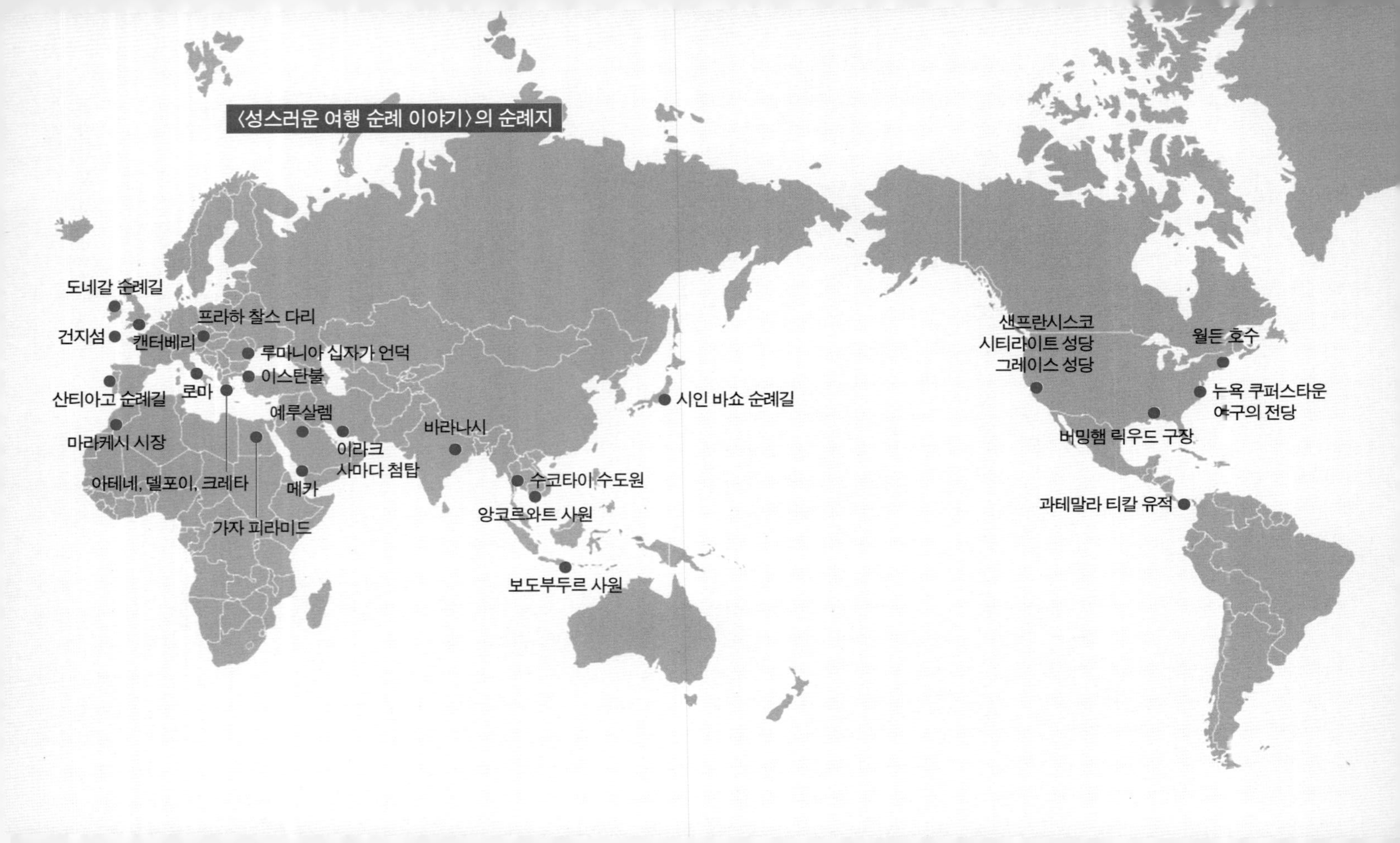
〈성스러운 여행 순례 이야기〉의 순례지
도네갈 순례길
건지섬
캔터베리
프라하 찰스 다리
루마니아 십자가 언덕
이스탄불
로마
산티아고 순례길
마라케시 시장
아테네, 델포이, 크레타
가자 피라미드
예루살렘
메카
이라크
사마다 첨탑
바라나시
수코타이 수도원
앙코르와트 사원
보도부두르 사원
시인 바쇼 순례길
샌프란시스코
시티라이트 성당
그레이스 성당
월든 호수
누욕 쿠퍼스타운
야구의 전당
버밍햄 릭우드 구장
과테말라 티칼 유적

순례를 부르는 여행기 - 필 쿠지노의 〈성스러운 여행 순례 이야기〉

부름의 종소리에 응답하는 법

여행의 문턱에서

T.S. 엘리엇의 말마따나 우리가 여행을 통해서 얻고자 하는 것은 '정보'보다는 '지식'이고, '지식'보다는 '지혜'일 것이다. 그렇다면 여행을 통해 얻을 수 있는 지혜란 무엇일까? 그것은 때로 커다란 깨달음일 수도 있고, 때로는 아주 작은 부스러기들일 수도 있다. 그 작은 부스러기들이 모여 하나의 모양을 이루는 순간 여행자는 세상을 다시 보게 되기도 하고, 커다란 깨달음을 통해 사소한 것들의 소중함을 절감하기도 하는 것이다.

그런데 우리가 막상 여행을 떠나지 못하는 이유는 여행의 마력을 몰라서가 아니고, 그러다 시간과 경비를 들여 떠난 여행이 허탈하게 끝나는 이유도 여행의 미덕을 몰라서가 아니다. '다들 훌훌 털고 떠나는데 왜 나는 떠나지 못하는 것일까? 여행기들을 보면 다들 감동적인 여행을 하는데 왜 나의 여행은 그렇지 못할까?' 하는 의문이야말로 여행자의 최대 관심사인 바, 순례 여행 전문가 필 쿠지노의 〈성스러운 여행 순례 이야기〉(필 쿠지노)는 그 부름의 종소리에 응답하는 법을 알려주는 책이다.

떠나고 싶지만 떠나지 못하는 사람들, 실망스러운 여행을 마치고 돌아와 허탈감에 빠진 사람들, 긴 여행길 도중에 여행의 의미를 상실하고 멍때림에 빠진 사람들, 특히 여행기를 쓰기 위한 여행을 준비하는 사람들에게 이 책을 한번 읽어 보라고 권하고 싶다. 아무 때, 아무 페이지나 펴서 읽어도 '종교와 예술과 여행'이 한 지점에서 조우하는 시적인 순간을 만날 수 있을 것이다.

이 책의 원제 'The Art of Pilgrimage'를 그대로 옮기자면 '순례의 기술'이다, '순례'라는 개념을 폭넓게 적용하면서 여행이 어떻게 순례가 되는지, 순례가 어떻게 지혜를 탄생시키는지에 대해 다루고 있다. 말하자면 〈성스러운 여행 순례 이야기〉는 여행에서 더 깊이 느끼고, 더 넓게 보기 위해 우리가 준비해야 할 것들과 우리가 기대할 수 있는 감동의 부스러기들을 총망라한 '순례자 로망백서'라고 할 수 있다. 순례라는 다소 무거운 주제를 다루고 있고, 내용도 결코 말랑말랑하지 않다. 하지만 일생을 순례 여행가로 살아온 저자의 여행담도 흥미롭거니와, 방대한 문헌에서 가려 뽑은 인용구들 하나하나가 너무도 강렬하여 가야할 곳, 읽어야 할 책의 목록을 넘치게 만든다.

"예술가와 순례자는 같은 영역에 있는 영적인 여행자들이며 본질적으로 유사하다. 샴쌍둥이들처럼 그들은 세상을 직접 경험하려는 욕망의 신경조직으로 연결되어 있다…(중략)…예술과 마찬가지로 순례는 적당한 분위기가 생겨나기를 기다리지 않으며, 시처럼 시간과 공간을 초월한다. 그러므로 순례 여행은 지금 당장 이루어질 수도 있고 결코 이루어지지 않을 수도 있다…(중략)…에로스의 존재 없이는 기억에 남을 만한 여행도 없기 때문이다."

열망과 부름

이 책은 성공적인 순례에 이르는 길을 일곱 단계로 나누고 있다. '열망', '부름', '출발', '길', '미궁', '도착', '은혜로운 선물'. 저자는 우리가 여행의 매 단계에서 무엇을 느낄 수 있고, 무엇을 깨달을 수 있는지를 탐구한다. 순례는 무언가에 대한 '열망'으로 시작된다(여기에는 '열망에 대한 열망'도 포함된다). 여행의 시작이 출발이 아니라 열망이라는, 너무도 당연한 이 말이 새삼스레 인상적이다. 그 이유는 이것이 우리가 떠나지 못하는 이유나 실패한 여행을 하게 되는 이유와 맞닿아 있기 때문일 것이다. 그는 우리가 여행의 문턱을 넘지 못하는 이유는 용기의 부족이 아닌 열망의 부족에 있다고 말한다.

"서로 다른 순례를 하나로 묶어주는 것은 강렬한 목적, 즉 중심으로 돌아가고자 하는 부름에 응답하려는 정신의 소망이다. 그 소망이 환희를 예고하건 고뇌를 예고하건 간에. 순례를 신성하게 만드는 것은 여행 뒤에 숨은 열망이다."

여행을 꿈꾸되 열망이 부족한 상태로는 신성한 여행을 할 수 없다. 여행자는 무언가에 대한 뜨거운 열망과 준비를 통해서만 자신이 가야 할 곳과 그냥 지나쳐 가야 할 곳을 분별할 수 있게 되는 것이다.

저자는 열망의 중요성을 강조한 후, 그 열망이 우리의 마음속에 드러나는 방식을 소상하게 파헤친다. 이 책만의 매력이 빛을 발하는 부분은 바로 이 대목이다. 마치 "당신의 열망은 이 중에 어떤 모양인가요?" 하고 묻는 것 같다. 그것은 저자가 어릴 적에 이집트와 앙코르와트의 사진을 보며 품었던 '신비로움'이고, 헨리 데이비드 소로가 월든 호수에서 느꼈던 '자연과 인간의 무한한 잠재력'이며, 일본의 방랑 시인 바쇼가 '언뜻 본 어렴풋한 빛'이라고 말한 '성스러운 기운'이다. 환경론자인 존 보튼에게 그것은 '자연과 인간, 인간과 인간의 연속성'이었으며, 이슬람 신비주의의 대 시인 메블라나 루미에게는 '갈망 그 자체'였다.

그리하여 열망에 휩싸인 여행자는 떠나지 않고는 못 배기는 상태가 된다. 아픔의 현장을 직접 가봐야만 마음의 상처가 치유될 것 같고, 누군가가 걸었던 그 길을 직접 걷고 나서야 생각이 명확해질 것 같은 열병에 시달리게 된다. 저자는 이 단계를 '부름'이라 부른다. 부름의 장은 이 책에서 가장 낭만적이다. 이 인용구 하나로도 그 부름의 종소리가 울려 퍼지는 순간을 실감할 수 있으리라.

프랑스의 시인 쥘 쉬페르비엘은 세상이 뜻밖의 가능성으로 달라지는 이 나른한 순간을 기술하면서 그의 시 〈부름(The Call)〉에서 이렇게 쓰고 있다.

그리고 바로 그때 깊은 잠 속에서 누군가가 내게 속삭였다.

너만이 그 일을 할 수 있어. 지금 당장 와.

출발, 길, 미궁, 도착

저자는 '출발'의 장에 들어서면서 낭만적인 어조를 거두고 냉정해진다. 다양한 사례를 통해 순례에 필요한 육체적, 정신적, 영적 준비를 소개한다. 출발 전 행하는 특별한 의식들, 순례자들의 체험담, 짐 꾸리기, 그리고 신성한 것을 받아들이기 위한 마음의 자세에 담긴 깊은 의미를 되짚는다.

> "출발하기 전에 여행의 목적을 마음에 새겨야 한다. 이제부터 미온적인 행동이나 멍한 생각, 목적 없는 나날 같은 것은 없을 것이다. 여행은 생각의 깊이에 따라 신성해진다…(중략)…이제 이상적인 삶을 살 시간이다."

여행의 매 단계에 이렇게 과도한 의미 부여를 할 필요가 있을까 하는 생각이 들다가도, 그렇게 하지 않는다면 도대체 우리가 안락한 집을 버리고 위험을 감수면서 시간과 돈을 들여 순례를 떠날 이유가 뭘까 하는 생각도 든다. 어디 여행뿐이랴. 미온적인 행동, 멍한 생각, 목적 없는 나날은 인생의 적이기도 한 것이다. 그러나 의욕 과잉에 의한 경직된 태도도 인생과 순례의 적이기는 마찬가지. 순례자에게는 뒤를 잘 잠그되 언제나 마음을 열어놓는 태도가 중요하다. 저자는 신화학자 조셉 캠벨의 목소리를 빌어 이렇게 열린 마음을 강조한다.

"우연히 발견할 소지를 남겨놓지 않으면 신성함을 찾을 수 없어. 우리 자신을 발견하는 모험의 시작은 길을 잃는 것이야."

- 조셉 캠벨

출발을 하고 나면 '길'과 '미궁', '도착'이 우리를 기다리고 있다. 이 장들은 전 세계의 수많은 순례자와 순례지의 향연이다. 노자와 에픽테투스, 이븐 바투타는 물론, 갤런드의 〈어둠에 대한 열망〉, 힐레어 벨록의 〈로마로 가는 길〉, 에드윈 번바움의 〈종교 백과사전〉, 테오필 고티에의 〈스페인 방랑〉, B.J. 잭슨의 〈폐허의 필요〉, 알렉산더 엘리엇의 〈땅, 불, 물, 바람〉, 마쓰오 바쇼의 〈먼 곳으로 이르는 좁은 길〉, 헨리 베스톤의 〈가장 먼 집〉, 조셉 캠벨의 〈살아 있는 신화〉, 구름의 순례자 위안 홍타오, 괴테와 로르카와 네루다, 여행을 노래한 밴 모리슨……. 실로 우리를 미궁에 빠뜨릴 정도로 방대한 '듣보잡' 여행기가 펼쳐진다. 모르는 책들 앞에 주눅들 필요는 없다. 반대로 생각해보면 이것은 새로운 순례지를 찾는 여행자들의 '알카즈네(보물창고)'이기도 하니까.

저자가 이 방대한 예를 통해 말하고자 하는 바는 명확하다. 기나긴 순례길에서는 고난과 어둠을 받아들여야 한다는 것, 그리고 그에 대처할 수 있는 방법의 실마리를 스스로 찾아야 한다는 것이다. 보는 법, 걷는 기술, 믿음의 기술, 우연한 발견 등은 모두 순례자가 벗으로 삼아야할 덕목들이다.

"고금의 영웅들이 우리보다 앞서 갔기에

미궁은 이제 완전히 다 열려져 있다.

우리는 단지 영웅들이 갔던 길을 따라가기만 하면 된다.

그러면 끔찍한 것을 찾으리라고 생각했던 곳에서
신을 찾게 될 것이다.
그리고 다른 사람을 죽이리라고 생각했던 곳에서
자신을 죽이게 될 것이다.
밖으로 여행하리라 생각했던 곳에서
자신의 존재 한가운데로 오게 될 것이다.
혼자라고 생각했던 곳에서
온 세상 사람들과 함께 있을 것이다."

- 조셉 캠벨

은혜로운 선물

순례는 도착으로 끝나지 않는다. 기록하지 않으면 '지금 이 순간의 언어'는 증발된다. 번뜩이는 직관이야 오래도록 선명하겠지만, 무언가 발견될 듯 말 듯 어렴풋이 명멸했던 순간은 오래 가지 못한다. 우리가 집을 떠나기 전부터 알고 있었지만 잊고 있었던, 작은 기쁨과 겸허한 경험을 '지금 이 순간의 언어'로 기억해야 하는 것이 중요하다.

"모든 은혜로운 선물 가운데서 가장 오래 되고 가장 심오한 것은 어렵게 얻은 지혜이다."

순례자의 미덕은 달뜬 감탄에 있는 것이 아니라 그 길에서 얻은 지혜를 나누는 데 있다. 여행의 처음으로 돌아가 우리가 열망했던 그 무엇을 돌이켜 보고, 여행길에서 마주했던 시련에 대해서까지도 감사하며, 신성한 기억을 삶의 일부로 만드는 것. 그리고 다음 여행지를 위해 그것을 기록으로 남기는 것이 순례의 종결이다.

기록의 의미는 여기에서 그치지 않는다. 회상은 순례자와 시인과 여행자의 마지막 훈련이다. 여행자는 기억하는 연습을 통해 아름다운 순간들을 포착하고 상상하는 힘을 키울 수 있다. 또 여행자는 자신을 변화시킨 힘의 정체를 명확하게 앎으로써 새로운 열망을 품을 수 있을 것이니, 그렇지 않고 한 번의 변화에만 계속 매달린다면 '황금을 지키는 늙은 용'이 되어 버리기 십상이다. 그리고 하다못해 기록은, 우리가 비록 커다란 지혜를 전하지 못한다 하더라도, 그것을 찾기 위해 고군분투를 벌였다는 증거가 된다. 우리가 여행기를 순례하는 이유도, 이 글을 쓰는 이유도 이와 다르지 않을 것이다.

"그대는 잊을지도 모르지만
이 말만은 해야겠습니다.
언젠가 어떤 사람이
우리를 생각할 것이라고."

\- 사포

여행은 허망하고, 개별적인 행위로 끝나버릴 수도 있다. 하지만 열망과 지혜는 개별적일지언정 결코 공허하거나 허망한 것이 아니다. 〈성스러운 여행 순례 이야기〉는 열망에서 지혜로 이어지는 신성한 원을 그리라고 말한다. 신성한 원을 많이 그릴수록 삶은 충만해진다고 말한다.

그러고 보면 우리가 살고 있는 일상도 온통 신선한 원으로 이루어져 있으니, 그것을 자주, 유심히 들여다보는 '일상의 순례'도 해봄직하다.

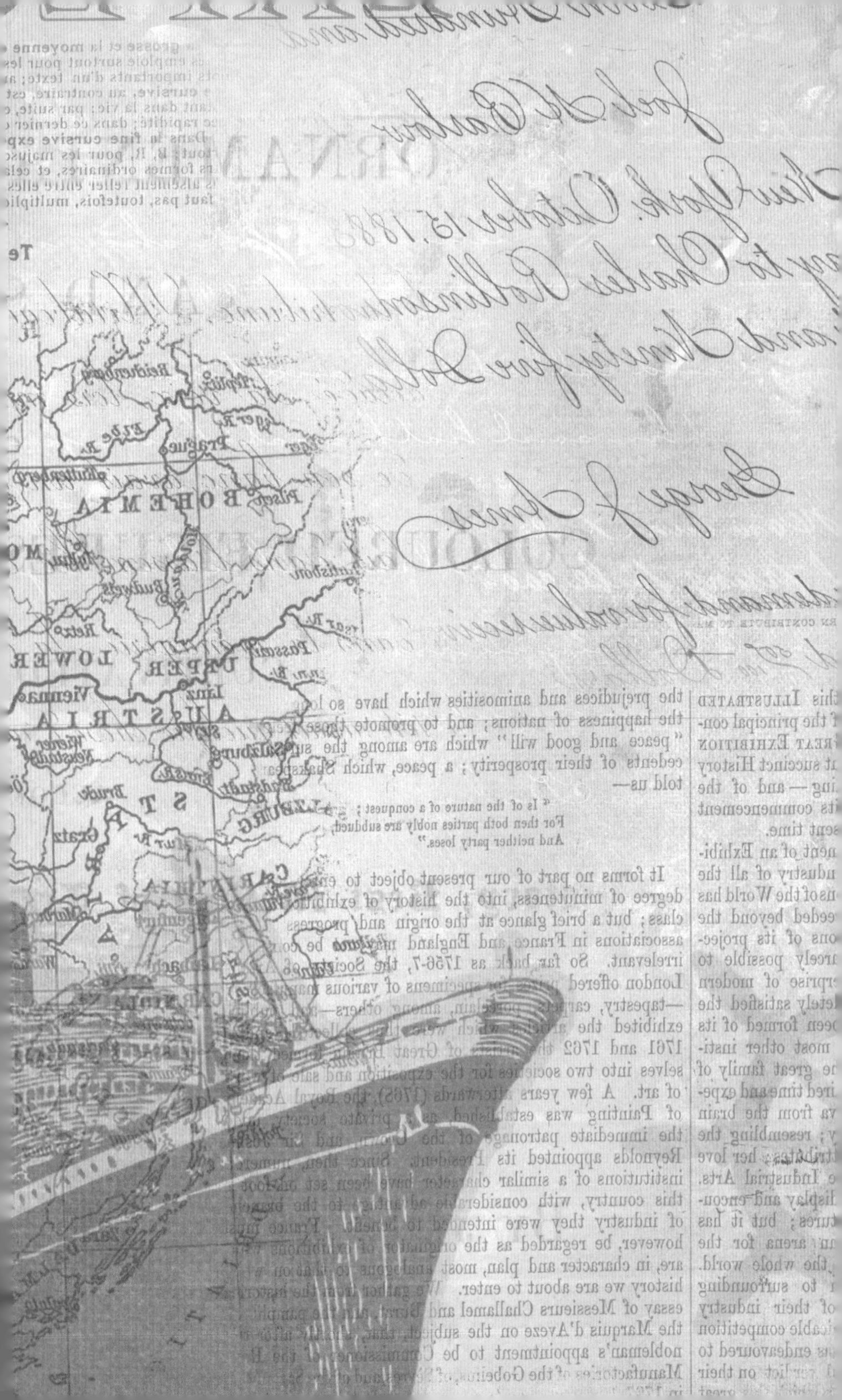

BOHEMIA
LOWER
UPPER
AUSTRIA
the prejudices and animosities which have so lo
the happiness of nations; and to promote those
"peace and good will" which are among the su
cedents of their prosperity; a peace, which Shakspe
told us—
" Is of the nature of a conquest;
For then both parties nobly are subdued,
And neither party loses."
It forms no part of our present object to en
degree of minuteness, into the history of exhibitio
class; but a brief glance at the origin and progress

Chapter 5.

역사 현장, 무덤을 파다

Chapter 5.

역사현장, 무덤을 파다

용기가 없어 대들지 못한 르포르타주(기록문학, 탐사)가 있다. 외국인 노동자들에 관한 이야기이다. 생활비를 벌기 위해 건설현장으로 일을 하러 다니던 시절, 재중동포(조선족)로부터 그들의 해외취업 과정과 지하철 공사현장에 관한 얘기를 들었다. 그 얘기를 듣고 밤새 잠을 이루지 못했다. 콩고에서 앙드레 지드가 그랬던 것처럼.

스물다섯의 그가 한국으로 해외취업을 온 것은 스무 살 때였다. 중국의 해외취업은 지역별로 모집인원이 정해져 있다. 항상 모집인원보다 신청자가 많아 공무원에게 줄을 대야 빨리 선발될 수 있다. 해외근로자로 선발이 되면 천만 원가량의 보증금을 정부에 내야 한다. 근무지에서 도망쳐 불법체류를 할 경우 이 돈은 몰수된다. 해외 근로자가 취업할 협력업체는 이미 정해져 있고, 계약기간은 통상 2년이다. 2년 뒤

재계약을 하지 못하면 즉시 돌아가야 한다. 그때까지 월급통장은 국영 은행에서 보관한다. 월급은 80만 원. 한국의 근로현장은 그 돈으로는 도저히 사람을 구할 수 없는 극한 곳들이다.

그가 일할 곳은 지하철 공사장이었다. 선발된 근로자들은 한국에 도착하자마자 바로 공사장으로 실려 간다. 숙소에 도착해 한 방에 5명씩 짐을 풀고, 바로 다음날 현장에 투입된다. 어두운 터널 속을 30~40분씩 가야 굴착현장에 도착한다. 매일 발파를 하고, 수백 명이 달라붙어 돌과 흙을 파내 밖으로 실어 나르며 하루에 겨우 몇 미터씩 앞으로 나아간다. 어두운데다가 빽빽하게 들어찬 먼지가 시야를 가리다 보니 사고가 자주 발생하는 편이다. 바로 옆에서 같이 일하던 아저씨가 터널 속을 달리던 덤프트럭에 깔린 적도 있었다. 그는 밖으로 창자가 튀어나온 시체 위에 직접 담요를 덮어주어야 했다. 중국에 있는 아저씨의 가족은 침묵의 대가로 회사로부터 거액의 보상금을 받았다고 한다. 일하는 동안 터널, 식당, 숙소를 벗어날 시간적, 경제적, 체력적 여유는 거의 없다.

그렇게 1년여를 양쪽에서 파고, 또 파다 보면 마침내 양쪽 터널이 만나는 순간이 온다. 한 번도 만난 적 없는 저쪽 터널에서는 베트남과 태국에서 온 근로자들이 일하고 있었음을 그때야 알게 된다. 이날은 양쪽 근로자 2000명이 모두 모여 회식을 한다. 한 현장이 끝나면 바로 다른 현장으로 이동하고, 새로 계약을 하지 못한 근로자들은 바로 짐을 싸서 귀국을 해야 한다. 이렇게 저임금으로 인력을 써도 지하철을 건설하는 데에는 대략 10만 원짜리 수표를 바닥에 까는 정도의 비용이 들어간다.

그는 장장 4년 동안 어두운 터널 속에서 일을 했다고 한다. 20대 초반을 모두 터널 속에서 보낸 것이다. 다행이 중국에 있는 할머니가 아직 한국 국적이었기에 그는 영주권을 받았고, 취업 보증금과 월급을 찾아 방을 얻었고, 밝은 아파트 건설현장으로 나올 수 있었다.

우리가 매일 타는 지하철과 고속도로가 이렇게 만들어지고 있다. 우리는 누군가는 해야 할 극악한 노동을 가난한 외국인들에게 의지하고 있다. 그렇다고 무대책으로 건설사를 비난할 수만도 없는 현실. 그래서 결국 나는 그 이야기를 쓰지 못했다. 다만 지금 내가 누리고 있는 편리에는 나도 모르는 누군가의 고통과 희생이 있다는 사실만은 새삼 절감할 수 있었다.

쓰지 못한 지하철 공사장 르포르타주 얘기를 뜬금없이 꺼내놓은 이유는 순전히 이 한 마디를 하기 위해서다. '그들의 고통은 절대 우리와 무관하지 않다. 그리고 작가와 무관한 타인의 고통은 없다.'

지금 이 시간에도 지옥 같은 나날을 보내고 있는 사람들이 세계 도처에 있다. 전쟁, 빈곤, 인종, 노동, 여성, 종교 때문에 자신의 의지와 상관없이, 이유도 모른 채, 원하지 않았던 장소에서 고통 받고 죽어가는 사람들이 있다. 당장 현실을 바꿀 수는 없다 해도 누군가는 그것들을 기록해야 한다. 역사가 기록하지 않는 억울한 사연과 그들이 희생당할 수밖에 없었던 진짜 이유를……. 그것은 작가들이 감당해야 할 임무 중 하나이다.

증언자가 되기 위해 어두운 역사의 한가운데로 뛰어 들어간 작가들의 여정도 일종의 여행이라고 나는 생각한다. 국제전으로 번진 스페인 내전의 현장으로 간 카잔차키스, 영국의 탄광노동자를 따라 갱도 끝으로 들어간 조지 오웰, 시베리아 횡단철도를 타고 러시아 조선인강제 이주의 길을 따라 간 역사학자 강만길, 그리고 평생 제3세계 분쟁현장을 누비고 다닌 폴란드 작가 카푸시친스키. 그들은 위험을 무릅 쓰고 역사의 현장으로 달려갔다. 그리고 우리 모두가 봐야만 했을 어두운 진실을 우리 대신 보았다.

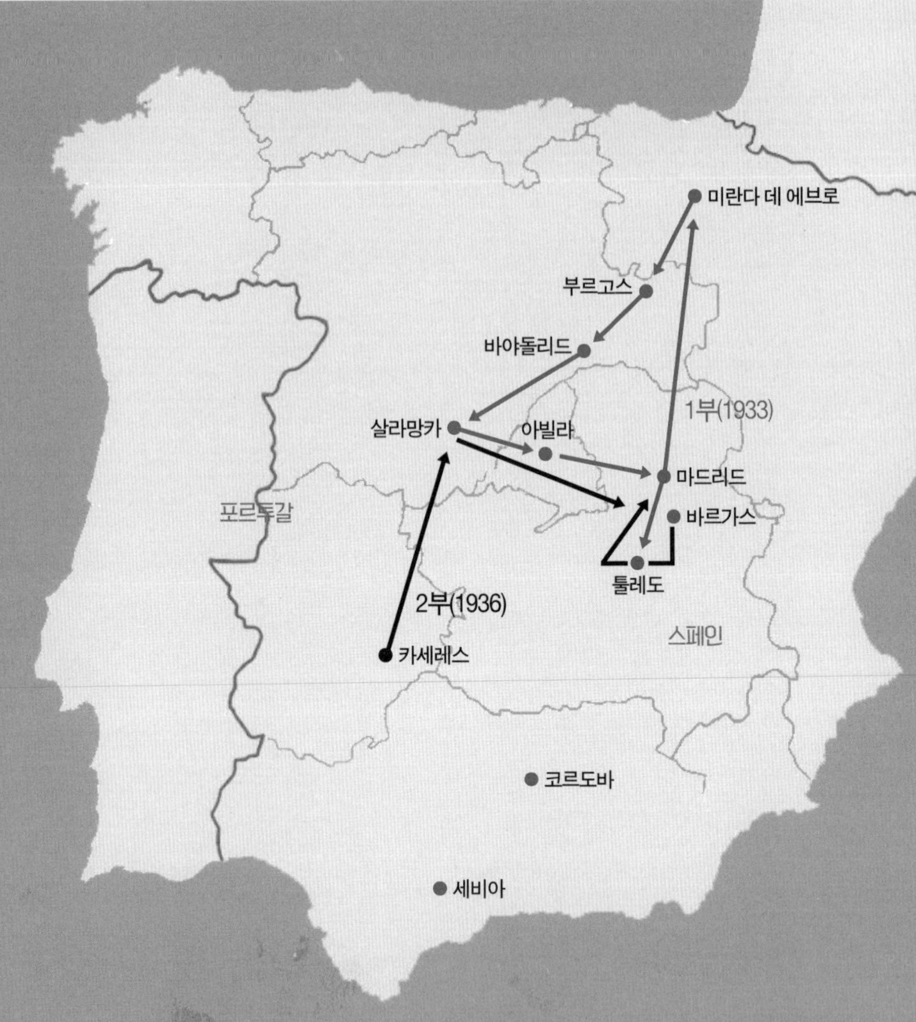

카잔차키스의 스페인 여행 지도

역사 현장 1. 카잔차키스의 스페인 여행

스페인이 거부한 스페인 여행기

어쩌다 보니 스페인 내전(1936년 7월~1939년 4월)과 관련이 있는 작가가 네 명이나 등장하게 되었다. 유랑의 장에서 만난 로르카, 모험의 장에서 만났던 헤밍웨이, 그리고 카잔차키스와 다음에 만나볼 조지 오웰이 그들이다. 스페인 내전에서 34세의 로르카는 시골집에 내려가 있다가 파시스트 군에 잡혀 허망하게 총살당했다. 30세의 헤밍웨이는 스페인 정부군(공화정부)을 위한 모금활동을 하다 결국 참지 못하고 유럽과 미국인 지원부대인 '국제여단'에 자원, 전쟁 후 소설 〈누구를 위하여 종을 울리나〉를 썼다. 34세의 조지 오웰은 통일노동자당 민병대원으로 입대, 목에 총상을 입고 스페인을 가까스로 탈출한 뒤 르포르타주 〈카탈로니아 찬가〉를 썼다. 그리고 53세의 카잔차키스(Níkos Kazantzakís, 1885~1957)는 특파원 자격으로 파시스트 프랑코 군대와 동행하며 두 달 동안 전쟁을 취재했다. 그리고 3년 전 스페인 여행 당시 썼던 스페인 인상기와 스페인 내전 취재기록을 1, 2부로 묶어 여행기이자 르포르타주

카잔차키스(1957)

〈스페인 기행〉을 펴냈다.

스페인 내전의 작가들

스페인이 조국이었던 로르카를 제외한 세 작가가 스페인 내전으로 빨려 들어간 이유는 근본적으로 스페인에 대한 애정에서 비롯되었다. 하지만 스페인 내전의 복잡한 성격만큼이나 그들의 참전 동기와 시각은 조금씩 다르다. 스페인 내전은 1936년 좌파 연립정부였던 제2공화정이 사회주의 정책을 강하게 추진하자 이에 군대가 반란을 일으키며 시작되었다. 공화군은 반군을 대적할 만한 힘이 없었으나 각지의 노동자들이 주요 도시를 지켜내면서 전선이 형성되었다. 그리고 독일과 이탈리아가 반군을, 소련과 세계 각지에서 모인 의용군인 국제여단이 공화군을 지원하면서 국제전으로 확대되었고, 이로써 전쟁은 제2차 세계대전의 전초전이 되었다.

혜밍웨이는 정치적인 이유보다 스페인에 대한 애정에 이끌려 참전한 측면이 크고, 소설을 통해 인류애의 숭고함을 강조했다. 〈누구를 위하여 종을 울리나〉에서 주인공은 그의 작품 중 가장 영웅적인 죽음을 보여주지만 여운은 가장 약하다. 조지 오웰은 전체주의에 대한 반감으로 참전했고 가장 처절한 전투를 치렀다. 그는 〈카탈로니아 찬가〉로 스페인 내전의 처참함을 가장 충실하게 담아내는 한편 사회주의 진영의 내부 분열을 자세하게 증언한다.

카잔차키스의 경우는 그들보다 냉정하다. 그가 당시 이념문제에서 한 발 비켜 있었기 때문이다. 소련으로 이주할 생각을 품고 러시아어를 새로 배우기까지 하며 40대를 소련과 사회주의로 보낸 그는 혁명 이후 벌어진 권력 다툼을 보며 회의를 느끼고 이념투쟁에서 벗어나 다시 영혼과의 투쟁으로 돌아온 상태였다. 정치적으로는 여전히 좌파적이었으나 그는 이념도 영혼의 일부일 뿐이라고 결론을 내린 상태였다. 그렇다면 왜 그는 스페인 내전의 현장으로 간 것일까? 그것도 파시스트 군대와 동행을 하는 특파원으로. 이 여행기를 읽는 사람들은 하나같이 그 이유를 궁금해한다.

우리는 그 이유를 카잔차키스 사후, 그의 아내 엘레니 카잔차키스가 남편의 편지를 모아 쓴 〈인간 카잔차키스〉에서 발견할 수 있다. 당시 그의 심경과 상황을 모르면 〈스페인 기행〉를 제대로 이해할 수 없으므로, 우리는 부득이 〈인간 카잔차키스〉를 거쳐 길게 돌아갈 수밖에 없는데, 이것은 〈스페인 기행〉으로 가는, 거리상으로는 멀지만 막힘없이 더 빠르게 달려갈 수 있는 길이다.

> 블라코스가 서명한 그 전보는 니코스더러 전시인 스페인으로 가서 그곳에 대한 기사를 써 보내 달라는 내용이었다…(중략)…
> "빨갱이들하고 어울리는 쪽을 당신이 더 좋아하리라는 사실은 나도 알지만, 난 당신이 '시커먼 인간들'이라고 부르는 사람에게로 당신을 보내고 싶어요."
> "그런데 왜 도대체 나를 보내려고 하나요?"
> "당신은 진실을 얘기하니까요."
>
> \- 엘레니 카잔차키스 〈인간 카잔차키스〉 중

블라코스는 〈카티메리니〉라는 문학잡지사의 사장이었다. 카잔차키스는 글을 청탁받고 돈을 벌기 위해 그곳으로 떠났다. 기대에 못 미치는 싱거운 해답이다. 오십 넘은 작가를 전장으로 보내는 사장도 어이없지만, 청탁을 거절하지 못하는 카잔차키스의 모습은 그가 얼마나 경제적으로 곤궁했는지를 단적으로 보여준다. 물론 블라코스가 아무 생각 없이 이런 제안을 한 것은 아니었다. 스페인과 카잔차키스와 블라코스는 이미 몇 년 전 진한 인연을 맺은 바 있었기 때문인데, 그 인연은 이 여행기에 드러난 카잔차키스만의 매우 독특한 시선을 이해하는 열쇠가 된다.

불경스럽고 위험한 작가

그들의 인연은 카잔차키스가 1932년 10월부터 1933년 4월까지 스페인에 머물며 쓴 〈스페인 인상기〉였다. 당시 거의 무일푼으로 스페인에 체류하던 카잔차키스는 스페인 외무부의 의뢰를 받아 이 글을 연재하기 시작했고, 같은 글을 그리스의 〈카티메리니〉에 동시 기고했다. 그 덕분에 무일푼 신세에서 벗어났고, 이것이 훗날 〈스페인 기행〉 1부의 주요 내용이 된다.

1932년 당시 카잔차키스를 스페인으로 부른 것은 화가 엘 그레코와 돈키호테였다. 그는 평생 위대한 영혼을 좇았다. 청년시절에는 니체와 베르그송을 찾아 프랑스 유학을 했고, 그 뒤로도 톨스토이, 레닌, 붓다, 예수와 성 프란체스코, 괴테, 그리고 호메로스에 탐닉했다. 아이러니하게도 그런 그를 65세의 나이에 작가로 인정받게 해준 사람은 허랑방탕한 섬 사나이 '조르바'였지만…….

아무튼 그는 언제나 평범한 작품을 거부하고 매번 원대한 걸작에 도전했다. 그래서 그럴까? 카잔차키스는 정열적인 작품활동과 사회활동에도 불구하고 50세가 될 때까지도 출판에 어려움을 겪고 있었다. 그때까지 그의 주 수입원은 고전과 동화 번역, 사전 편찬, 교과서 등이었다. 종교와 정치적인 양면 모두에서 불경스럽고 위험한 작가. 그것이 위대하고 원대한 글만 쓰는 그에 대한 국내에서의 평가였다. 한 예로 그 종교관의 일단을 드러내는 유머러스한 한 대목을 보자. 이것은 먼 훗날까지 이어질 그리스 정교회와의 갈등을 예감케 하는 예고편과 같다.

위대한 모슬램 고행자인 압둘 하싼이 무릎을 꿇고 기도를 드리는 순간에, 그는 어떤 목소리를 들었습니다.

"압둘 하싼, 압둘 하싼, 만일 너에 대해서 내가 알고 있는 모든 것을 다른 사람들에게 털어 놓으면, 그들은 너를 돌로 쳐 죽일 것이니라!"

그러자 압둘 하싼이 대답했습니다.

"뭐라구요? 신이여. 당신도 조심해야 합니다! 만일 내가 당신에 대해서 알고 있는 바를 사람들에게 모두 알려준다면, 당신도 고난을 받을 것입니다!"

그러자 하느님의 목소리가 들려 왔습니다.

"쉬! 쉬! 쉬! 여보게나, 압둘 하싼, 자네가 비밀을 잘 지켜준다면 나도 비밀을 지켜주겠네, 나의 형제여!"

-〈인간 카잔차키스〉 1933년 2월 8일 마드리드에서 중

'카잔차키스가 러시아 작가였다면 톨스토이나 도스토옙스키와 어깨를 나란히 할 수 있었을 것'이라는 말은 그의 문학적 능력을 높이 평가하는 것인 동시에 작가가 제대로 대접을 못 받는 당시 그리스의 풍토를 에둘러 비판한 말이다. 그의 종교적 사상적 성향이 러시아에 훨씬 가까웠기도 했고.

카잔차키스도 이것을 알고 있었다. 그래서 끊임없이 조국이 아닌 다른 나라로의 이주를 꿈꾸었고, 다른 나라에서 먼저 작품을 출판할 방도를 찾았다. 1932년 스페인으로 떠나기 직전 카잔차키스는 파리에 있었다. 소련에 대한 그의 생각과 체험을 일곱 개의 시선으로 재정리한 〈토다 라바〉를 스스로 프랑스어로 번역해 그곳 출판인들을 물어물어 접촉하고 있었다. 결국 대공황의 여파로 출판, 영화 시나리오 등 모든

계획은 좌절되었고, 설상가상 프랑스어 사전과 위인전 번역을 함께 작업하던 그리스의 출판사마저 파산해 버리면서 그는 벼랑 끝에 몰리게 된다.

하지만 고작 이런 고난 따위에 무너질 그가 아니었다. 그는 몸과 마음이 무거워질수록 더 앞으로 전진하고 보는 인간이었다. 결국 카잔차키스는 아내를 파리에 두고 홀연히 스페인으로 떠난다. 파리를 벗어나고 싶은 마음, 혹시나 하는 출판에 대한 기대, 엘 그레코와 돈키호테에 대한 동경을 품고 다시 길을 떠난 것이다.

크레타가 낳은 미노타우로스

여행을 할 마음도 돈도 없었다. 스페인으로 간 그는 다시 출판인들을 접촉하고 일을 벌이기 시작했다. 박물관의 엘 그레코와 고야가 유일한 위안이었다. 그로부터 두 달 후, 아내가 전하는 노력의 결과는 다음과 같다.

> "〈칼란드리아〉, 〈돈키호테〉, 보카치오의 〈데카메론〉, 마키아벨리의 〈흰 독말풀〉, 〈일식〉(모두 영화 시나리오), 마드리드 대학에서 현대 희랍어 교수직, 주브넬이 피토예프에게 넘기기로 했던 〈니케포로스 포카스〉와 〈토다 라바〉를 출판하겠다는 리에더의 새로운 제안—모든 것이 모래처럼 우리의 손가락 사이로 빠져나갔다."

- 〈인간 카잔차키스〉 중 1932년 12월 8일에서

파리에 이어 스페인에서도 탈출구를 찾지 못한 그는 더 이상 갈 곳이 없었다. 그러자 카잔차키스는 괴로운 마음을 털어버리고자 무작정 스페인 북부로 떠났다. 그의 목적은 '육신을 기진맥진하게 만드는 것'이었다. 돈이 없어 하루 한 끼를 겨우 먹으며 피레네 산맥 주변을 정처 없이 떠돌았다. 그런데 아무리 돌아다녀도 육신이 지치지 않아 고민하던 그에게 마침 반가운 소식이 날아든다. 스페인 외무장관으로부터 스페인에서의 지적인 활동에 대한 글을 쓰면 한 달에 400페세타를 주겠다는 제안을 받은 것이다. 한 달 생활비에 불과한 돈이었지만 너무나 반가운 기회였다. 그는 제안을 받자마자 한달음에 마드리드로 돌아온다. 그때 마드리드에서는 또 다른 소식이 그를 기다리고 있었으니, 아버지의 죽음이었다.

> 배운 것이 없어도 처절하게 터키에 대항하여 독립을 이끌었던 아버지…(중략)…거리에는 시체들의 썩는 냄새가 났다. 아버지는 어느 문간에서 허리를 굽혀 온통 핏자국으로 얼룩진 돌멩이 하나를 집어 들었다.
> "이걸 간직해라."…(중략)…나는 아버지처럼 뜨거운 피가 모자랐고, 철저하게 투사로 살 자신이 없었다. 결국, 내 피를 잉크로 바꿔놓은 것은 아버지였다.
>
> -〈영혼의 자서전〉 중

크레타 독립을 위해 싸웠던 강인한 남자였던 아버지의 죽음은 그를 큰 충격에 빠뜨린다. 모든 것을 중단하고 고향으로 가 장례식에 참석해야 할 일이었다. 하지만 그는 고심 끝에 장례에 참석하지 않고 스페인에 머물기로 결심한다. 그는 아내에게 보낸 편지에 다음과 같이 고백한다.

> "이 죽음으로 인해서 내가 느낀 바는 말로 다 형언할 수가 없습니다…(중략)…나를 아버지하고 결속시킨 것은 사랑이 아니라, 이제는 잘려져 버린 어떤 깊고도 굵은 뿌리였습니다. 나무 전체가 뒤흔들렸습니다…(중략)…우선, 내가 벗어나게 된 무섭고도 성스럽지 못한 느낌이 있습니다. 평생 동안 어떤 무서운 존재가 나를 억눌러 왔습니다. 이제 나는 숨을 쉬기 시작할 것입니다…(중략)…내 머리 위의 그림자는 흩어졌으며, 밑으로 내려가 땅 속으로 들어갔습니다. 그리고 이제 나를 잉태한 자가 사라졌으니, 나는 다시 태어나는 것입니다."
>
> -〈인간 카잔차키스〉 '마드리드 1933년 1월 5일 저녁' 중

크레타가 낳은 괴물 '미노타우로스'의 음성이 이보다 더 끔찍할까? 그는 아내에게 이 '무섭고도 성스럽지 못한' 편지를 읽자마자 태워 버리라고 했다. 그의 진심을 이해할 사람은 아내밖에 없다고 생각했기 때문이다. 하지만 편지를 없애고 싶지 않았던 그의 아내는 그가 다른 친구에게도 비슷한 고백을 한 것을 듣고서야 편한 마음으로 이 편지를 간직할 수 있었다고 한다.

여기까지가 〈스페인 기행〉 1부를 쓰기 전까지의 카잔차키스이다. 스페인에서 그는 좋은 의미로든 나쁜 의미로든 점점 더 괴물이 되어가고 있었다. 이제 우리는 그의 스페인 여행기가 범상치 않은 무언가를 말하게 될 것임을 충분히 예감할 수 있다. 또 다음과 같은 그의 말이 펜 끝

에서가 아니라 체험에서 나온 것이라는 사실도. 〈인간 카잔차키스〉로 돌아온 보람을 느껴보지.

"내 모든 여행은—그것이 원인이 되었든 결과가 되었든 간에—내가 질식할 것처럼 느꼈고, 또 포위된 미솔롱기온의 영웅처럼 죽는 것 이외에는 다른 출구를 찾을 수 없었던 내 자신의 정신적 위기를 보여주고 있다. 내가 이 모든 것을 말로 포착할 수 있다면, 나와 같은 길을 시작한 다른 영혼들의 고뇌를 줄여줄 수 있을 거라고 믿는다. 나는 이 고해와 같은 글이 선행이 되기를 바란다. 그 이상 바랄 게 없다. 왜냐하면 나는 예술을 창작하고 있는 것이 아니기 때문이다. 나는 단지 내 마음이 실컷 절규하게 놔두고 있을 뿐이다."

- 〈지중해 기행〉 프롤로그 중

스페인이 거부한 스페인 여행기

돈키호테는 카잔차키스의 초상과도 같다. 초지일관 이성과 합리를 비웃으며 자신의 환상을 좇는 인간, 미친 사람 취급을 받으면서도 자기 생각을 숨기지 않으며 괴물을 향해 끝없이 돌진하는 인간이라는 의미에서 두 캐릭터는 도플갱어이다. 카잔차키스가 베르그송과 니체를 통해 마음에 새긴 생명력, 의지, 초인 같은 철학적 개념을 모든 스페인 사람들은 태어날 때부터 몸에 지니고 있었다.

스페인 사람은 정의와 자유와 이상 역시 오로지 자기 내면에만 존재하고 있음을 알아요…(중략)…그래서 스페인 정신의 결정체였던 돈키호테는 이렇게 외쳤답니다.

"오직 우리 내면에서 희망하는 것만이 현실적이고 살아 있는 것이다!"

그러나 스페인 영혼의 또 다른 결정체인 산초는 이렇게 주장했지요.

"오직 우리가 보고 만지는 것만이 현실이고 살아 있는 것입니다! 주인님 당신이 말씀하시는 것은 단지 말입니다 말뿐이란 말입니다."

이것이 바로 돈키호테, 즉 스페인의 진짜 뿌리 깊은 투쟁입니다. 스페인의 영혼은 계절에 따라 돈키호테 같은 산초나, 산초 같은 돈키호테가 되지요.

- '스페인에 들어서며' 어느 청년과의 대화 중

그런 의미에서 카잔차키스에게 돈키호테는 '성스러운 순교자'였다. 그리고 그 반대편에 부부처럼 성녀 테레사가 있다. 스페인은 이성과 합리로는 감당할 수 없는 대립된 감정들, 즉 정열과 사색, 애증과 너그러움, 허무와 낙관이 아무렇지도 않게 공존하는 나라였다. 그는 스페인에 고통 받는 그리스도의 모습이 많은 이유도, 스페인 사람들이 피로써 사랑을 완성하는 투우에 열광하는 것도, 엘 그레코나 고야의 암울한 그림이 말하고자 하는 바도, 이슬람의 궁전이 보여주는 건축적 의미도, 스페인이 유럽문화에 동화되지 않고 스페인만의 문화를 지켜낼 수 있었던 이유도 여기에 있다고 생각한다. 아버지의 죽음 앞에서 슬픔과 해방감을 동시에 느끼고 받아들일 수 있었던 것은 그곳이 스페인이었기 때문일까?

이 모든 스페인의 미덕은 "인간은 얼마나 오래 살았느냐가 중요한 것이 아니라 얼마나 강도 높게 살았느냐가 중요하다"고 했던 카잔차키스의 인생관과 정확히 일치했나. 그에게 스페인은 불운과 가난에도 불구하고 몸에 착 달라붙는 옷과 같은 곳이었다.

읽는 것만으로도 행복한 1부를 지나면 문제의 두 번째 스페인이 시작된다(엄밀하게 말하면 더 오래전에 취재 차 간 적이 있으므로 세 번째이지만 그 짧았던 여정은 무시하기로 한다). 스페인 내전을 취재한 2부는 그 제목부터 '죽음이여 만세!'. 벌써부터 스멀스멀 괴물의 향기가 풍겨오기 시작한다. 그는 파시스트 군대와의 동행을 시작하기에 앞서 크나큰 부담을 느꼈던 것 같다.

> "이 글을 쓰는 지금, 나는 완전한 책임 의식을 가지고 보여줄 것이다. 난 내가 본 것을 정직하고 명확하며 공평하게 쓸 것이다…(중략)…스페인, 아니 전 인류가 함께하고 있는 이 중대한 위기의 순간, 나는 양 진영의 비난을 받을 만한 위치에 있다는 것을 알았다. 내 마음과의 격렬하고 고통스러운 투쟁 끝에 나는 자유의지에 의해 내 입장을 선택했다. 어떤 멍청하거나 거만한 의도로 선택한 것이 아니었다. 또한 비판에 무관심하기 때문도 아니었다. 단지 오늘날 생각하는 사람의 가장 어려우면서도 유익한 의무는 진실을 말하는 것이라고 생각했기 때문이다. 필연적으로 이런 진실은 모든 전투원에게 모질고 불쾌하다
>
> \- 2부 '작가노트'에서

카잔차키스는 잡지사 사장의 기대에 정확하게 부응했다. 본 것만을 쓰겠다, 어느 한쪽 편에 서지 않겠다는 그의 말은 사장의 요청이기도

했지만 그가 스스로에게 하는 다짐이기도 했다. 하지만 그의 다짐에도 불구하고 이 여행기는 결국 파시스트군을 온정적인 시각으로 바라본 유일한 여행기가 되었다. 이편에서 볼 때 '붉은 군대'는 피에 굶주린 얼굴을 하고 있었고, 파시스트 군대는 더운 피를 가진 일상적인 인간의 얼굴을 하고 있었으니까. 아무리 카잔차키스라 해도 인간인 이상 어쩔 수 없었던 것이다. 그는 전쟁이란 어느 편에서나 처절하고 비극적인 것임을 다른 작가들의 반대편에서 비춘다.

이 여행기에서 전쟁에 대한 기록만큼이나 흥미로운 내용은 그가 첫 번째 스페인에서 느꼈던 생각을 스페인 내전에 적용하려 한 부분들이다. 그는 이 전쟁을 이념이 아닌 영혼의 관점에서 바라보고자 했는데, 이러한 태도는 정치논쟁과는 다른 차원에서 스페인 사람들의 분노를 샀다.

> "두 개의 끔찍한 말, '붉은 군대'와 '파시스트'는 작금의 증오와 적의의 원인이 아니다. 그것은 스페인 사람들이 스스로를 분출하고 위안을 얻기 위해 줄곧 만들어 온 역사적 변명 중의 하나일 뿐이다…(중략)…그들은 탈출구를 찾고 넘치는 과잉 에너지를 소모하고 다시 자연의 정적으로 회귀한다."
>
> - '아빌라'에서

그는 무슨 문제든 지칠 때까지 싸우는 것이 지극히 스페인적인 행동이라고 생각했고, 그것이 그가 느낀 스페인의 힘이요 매력이었다. 그는 고난과 파괴가 결국 새로운 것을 만들어내는 불가피한 과정이라 믿었다. 그리고 스페인 내전 또한 그러한 과정이라고 여겼던 것이다. 당시 〈오디세이아〉를 6고째 쓰고 있었기에 그 믿음은 더 강했을 것이나. 하지만 이건 두 사람이 피를 흘리며 싸우고 있는데 옆에 서서 구경만 하다가 '다 그러면서 크는 거야.' 라고 말하는 격이니, 차라리 상대방 편을 들어주는 것보다도 못한 얄미운 행동이었다. 적어도 친구라면 그럴 수 없는 것이니까.

절대중립은 미로와 같아서 길을 잃고 '방관'으로 흐르기 쉽다. 카잔차키스와 같은 대작가도 예외는 아니어서 결국 해서는 안 될 말을 해버리고 만다. 그는 전쟁으로 부서져 마치 엘 그레코의 그림처럼 변해버린 톨레도를 보며 이렇게 말한다.

> "부끄러운 말이지만, 나는 전혀 슬프지 않았다. 그것과는 거리가 멀었다! 강렬한 기쁨이 나를 사로잡았다. 현재의 톨레도는 내가 알았던 다른 톨레도 - 내가 처음 보았을 때 무척이나 실망스러웠던 그 톨레도—보다 인간에게 더 많은 것을 제공해준다."
>
> - '진정한 톨레도'에서

카잔차키스는 분명 진실을 말했다. 자기 안에 떠오르는 생각을 그대로 드러냈다는 의미의 진실을. 부끄럽다는 단서에도 불구하고 스페인 사람들은 이 구절을 보고 경악했다. 결국 파시스트 군대가 전쟁에 승리했지만 그의 〈스페인 기행〉은 스페인에서 금서가 되었고, 그 조치는 아직도 풀리지 않았다.

객관적으로 보면 분명 카잔차키스가 스페인에 실수한 게 맞다. 하지만 불경스럽고 위험한 작가인 그를 사랑할 수밖에 없는 이유는 일관된 솔직함과 대담함에 있다. 그는 엘 그레코의 그림처럼 변해버린 톨레도를 실제로 보았고, 감동을 받았으며, 그것을 그대로 썼다. 악의 없이. 때로 모질고 불쾌할지라도 그를 용서할 수 있는 것은 그가 언제나 그랬기 때문이다. 전쟁뿐 아니라 예수님, 부처님 앞에서도 그는 달라지지 않았다는 것, 그것이 중요하다.

미노타우로스의 최후

전장에서 돌아온 그는 에기나 섬의 집에 틀어박혀 기사를 모두 보낸 후, 41세부터 쓰고 있던 〈오디세이아〉를 손보며 지낸다. 출간 2년 전이었다. 그런데 그에게 〈스페인 기행〉은 생각지도 못한 효자가 되었다.

> "얼마 전에 나는 아테네에 갔었어요…(중략)…사람들을 피하기 위해서 나는 박물관들로 달려가고는 했지만…(중략)…우연히 나는 아는 사람 몇 명을 만났는데…(중략)…모두들 스페인에 대한 기사들에 대해서 열광적이었어요. 그들은 글들이 기가 막히다는 둥, 걸작이라는 둥 등등의 얘기를 했어요. 내가 쓰는 좋은 글은 그들이 이해를 하지 못하고, 시시한 잡문을 쓸 때만 사람들은 이해를 하고 열광하기 시작하기 때문에, 이런 모든 현상은 나를 슬프게 만들어요."
>
> - 〈인간 카잔차키스〉 '에기나에서 1933년 5월'에서

그의 이러한 심드렁한 반응에도 불구 〈스페인 기행〉은 대중이 그

에게 호감을 갖게 했다. 결과적으로 블라코스의 선택은 옳았다. 그도 그것을 느꼈는지 그해에 그리스 펠로폰네소스 반도를 여행하고 신문기사를 썼고, 이것은 나중에 〈모레아 기행〉으로 출간되었다. 또 3년 뒤 아내와 인연이 깊은 영국을 다녀온 뒤 〈영국 기행〉을 쓴다. 여행기는 오십대 중반의 그에게 문학적으로나 경제적으로 새로운 활로를 열어주었다. 여행기를 계속 출간하는 사이 15년 동안 작업한 〈오디세이아〉도 출간할 수 있었다. 그는 원 없이 글을 쓰는 데만 몰두할 수 있게 되었다.

〈영국 기행〉을 쓴 다음해, 그는 예전에 갈탄사업을 같이 했던 늙은 광부 '조르바'가 세르비아에서 죽었다는 전보를 받는다. 그는 카잔차키스에게 '삶을 사랑하고 죽음을 두려워하지 말아야 함'을 깨닫게 해준 사람이었다. 조르바는 죽어가며 근처 학교장에게 이렇게 말했다고 했다.

> "내 친구 한 사람이 그리스에 살아요. 내가 죽은 다음에 그에게 편지를 써서, 내가 죽었으며, 마지막 순간까지 나는 정신이 멀쩡했고, 끝까지 그를 생각했다고 전해주세요. 그리고 내가 한 어떤 행동에 대해서도 후회하지 않는다고요. 그가 잘 지내기를 바라며, 이제는 정신 좀 차리라는 얘기도 하세요."
>
> -〈영혼의 자서전〉'조르바'에서

카잔차키스는 뜨거운 눈물을 흘렸다. 그의 이야기를 소설로 쓰기로 결심, 착수 6년 만에 프랑스에서 〈그리스인 조르바〉를 출간한다. 그의 나이 64세였다. 〈그리스인 조르바〉는 출간되자마자 폭발적인 반응을 얻었고, 연달아 세계 각국에서 번역 출간되었다. 뒤늦게 그를 인기 작가로 만들어준 것은 여행기였고, 그를 구원한 진정한 성자는 광부 '조르바'였다는 사실은 뭔가 많은 것을 생각하게 한다.

세계적인 작가가 된 카잔차키스는 이후 최후의 10년 동안 자신이 써왔던 위대한 영혼을 다룬 원대한 작품들을 쉼 없이 쏟아냈다. 죽기 2년 전, 자서전 〈영혼의 자서전〉을 남겼고, 마지막 해에는 병상에서 노벨문학상 후보가 되었다는 소식을 들었으며, 죽기 일주일 전 한 표 차이로 알베르 카뮈가 수상자가 되었다는 소식을 들었다.

'나는 아무것도 바라지 않는다. 아무것도 두렵지 않다. 나는 자유다'라는 그의 묘비명은 유명하다. 마치 그의 유언처럼 알려져 있지만 이것은 그가 미리 써두었던 것이다. 실제로 그가 병상에서 죽어가면서 가장 자주한 말은 "나에겐 아직도 쓰고 싶은 작품이 너무 많아. 내게 10년만 더 주어진다면 얼마나 좋을까?"였다.

조지 오웰의 탄광촌 취재 지도

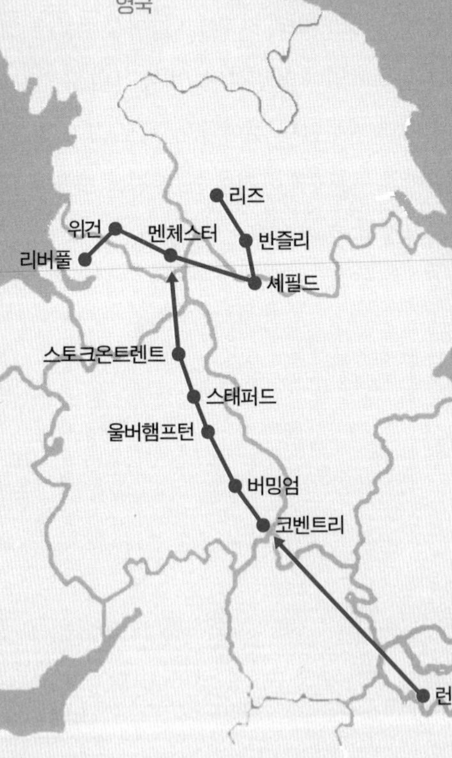

역사 현장 2. 조지 오웰의 영국 탄광촌 탐사 취재

낮은 곳에서
더
낮은 곳으로

작가에게는 갑자기 모든 생각이 명료해지고, 그것을 쓰지 않고는 견딜 수 없는 특별한 시기가 온다. 글쟁이들끼리 하는 말로 '글발 터졌다'고 하는 이런 시기에 작가들은 문제작을 써낸다. 조지 오웰(George Orwell, 1903~1950)에게는 서른세 살 되던 1936년이 그런 해였다.

> "스페인 전쟁과 1936~1937년의 기타 사건들은 정세를 결정적으로 바꾸어 놓았고 그 이후 나는 내가 어디에 서 있는가를 알게 되었다. 1936년 이후 내가 진지하게 쓴 작품들은 어느 한 줄이건 직·간접적으로 전체주의에 '맞서고' 내가 아는 민주적 사회주의를 '지지하는'것들이었다."
>
> \- 에세이 〈나는 왜 쓰는가〉(1946)에서

조지 오웰에게 1936년은 여러모로 특별했다. 탄광 노동자의 삶을 기록한 르포 〈위건 부두로 가는 길〉과 버마의 제국경찰 시절의 일화를 다룬 에세이 〈코끼리를 쏘다〉를 썼고, 아내 아이린과 결혼을 했으며, 그해 말 스페인 내전에 참전한 후 다음해 또 하나의 르포 〈카탈로니아 찬가〉를 썼다. 자평했듯이 조지 오웰은 이 시기에 자신의 신념을 확정했고, 만족할 만한 문학적 성취를 이루었다.

이때까지만 해도 조지 오웰은 소설보다 산문으로 인정받는 작가였다. 두 편의 자전적 소설을 내긴 했지만 언제나 르포르타주나 에세이에서 훨씬 깊은 인상을 남겼다. 그는 직접 체험한 것만을 믿고, 자신이 믿는 것만을 글로 쓰는 곧이곧대로형의 작가였다. 그의 성향이나 전작에 비추어 볼 때 1945년 발표한 정치우화 〈동물농장〉은 매우 이례적인 작품이었다.

> "〈동물농장〉은 정치적 목적과 예술적 목적을 하나로 융합해보려고 시도한 최초의 책이었다. 나는 7년 동안 소설을 쓰지 않았는데, 이제는 조만간 또 하나의 소설을 쓰고 싶다. 그것은 실패작이 될 게 뻔하고, 사실 모든 책은 실패작이다."
>
> - 에세이 〈나는 왜 쓰는가〉(1946)에서

'7년 동안 소설을 쓰지 않았다'는 말에서 〈동물농장〉을 완성하고 출판하기까지 6년이 걸렸음을 알 수 있다. 소련을 흠모하는 사회주의자들과 제2차 세계대전에 소련의 도움이 절실했던 영국 정부 모두가 싫어할 작품이었기 때문이다. 그리고 그가 실패작이 될 게 뻔하다고 했던 작품은 미래소설 〈1984〉(1948)였다. 1년 전 아내가 갑자기 세상을 떠났기 때문일까? 그는 자신이 걸작을 연달아 쓰고 있는 줄도 모른 채 한숨짓

조지 오웰(1941)

고 있다.

조지 오웰 이전에도 판타지풍의 풍자소설은 있었다. 잭 런던의 〈야성의 부름〉도 있었고, 〈걸리버 여행기〉부터 〈유토피아〉까지 영국의 미래소설 전통도 있다. 하지만 낯선 장르에 사회의식을 이토록 순도 높게 녹여내고, 문명의 흐름을 정확하게 예견한 작품은 지금까지도 전무후무하다. 그것은 그의 사회의식이 그만큼 정교하고 견고했기에 가능했고, 그 시작점이 바로 1936년이었던 것이다. 새로운 작품세계의 신호탄이라 할 〈위건 부두로 가는 길〉은 탄광촌 취재와 더불어 당시 그가 품게 된 정치적 확신을 스스로 정리해놓은 각별한 작품이다. 다시 말해 〈위건 부두로 가는 길〉을 읽지 않고 인간 조지 오웰을, 〈동물농장〉과

〈1984〉를 온전히 이해할 수는 없다고 하겠다.

낮은 곳에 진실이 있다

〈위건 부두로 가는 길〉은 1부와 2부로 구성되어 있다. 1부 '탄광지대 노동자의 밑바닥 생활'은 탄광 지역의 열악한 주거 및 노동환경과 실업사태를 취재한 내용이고, 2부 '민주적 사회주의와 그 적들'은 취재 내용과는 별개로 그간의 삶을 통해 확립하게 된 정치적 견해를 밝힌 글이다. 내용상으로는 자서전인 2부를 먼저 보고, 취재기인 1부를 보는 것이 훨씬 흥미롭고 이해도 빠르다. 알뜰한 독자들에게는 일종의 동시상영, 1+1 형태의 구성이 오히려 반가울 수도 있겠지만, 작품의 의미나 완성도를 생각할 때 애초에 각각 따로 출판됐어야 한다고 보는 게 맞다. 책의 구성이 이렇게 된 데에는 복잡한 속사정이 있다. 그 속사정을 알려면 불가피하게 2부의 내용을 언급할 수밖에 없으니 차제에 거꾸로 읽어보도록 하자.

어색한 합본의 가장 큰 사정은 이 작품이 외부의 의뢰를 받은 작품이었기 때문이다. 작품을 의뢰한 곳은 '레프트 북클럽'으로, 노동자들을 위해 책을 제작하고 배포하는 진보단체였다. 그들은 쇠락한 북부 탄광지역 노동자들의 실태를 알리고자 했고, 작가로 조지 오웰을 선택했다. 선택의 이유는 조지 오웰이 20대에 쓴 두 작품 〈버마 시절〉과 〈파리와 런던의 밑바닥 생활〉 때문이었다.

〈버마 시절〉은 식민지 인도에서 제국경찰로 5년간 근무했던 경험을 토대로 쓴 소설이다. 고등학교를 졸업하고 다소 우발적으로 인도행을 선택한 조지 오웰은 그곳에서 5년간 제국경찰로 근무했다. 그는 몸소 식민지배의 앞잡이 임무를 수행하며 양심의 가책과 자기혐오에 시달렸는데, 영국인과 원주민 누구에게도 마음을 털어놓을 수 없었기에 그 고통은 매우 컸다. 결국 근무 5년째 휴가 차 영국으로 돌아온 그는 인도로 돌아가지 않고 인도령 버마를 배경으로 한 소설을 쓰기 시작했다. 〈버마 시절〉은 원주민에게 온정적이었던 영국인 관료의 비애를 그렸다. 그는 〈위건 부두로 가는 길〉 2부에서 당시의 체험을 다시금 돌아보며 이렇게 결론 내린다.

> "제국주의를 혐오하기 위해서는 그 일원이 되어봐야 한다…(중략)…번민 끝에 결국 얻은 결론은 모든 피압제자는 언제나 옳으며 모든 압제자는 언제나 그르다는 단순한 이론이었다. 잘못된 이론일지 모르나 압제자가 되어본 사람으로서 얻을 수밖에 없는 자연스러운 결론이었다."
>
> -〈위건 부두로 가는 길〉 2부 중 '제국경찰에서 부랑자로'에서

그는 우발적으로 자원한 인도 제국경찰 생활에서 진실은 가장 낮은 곳에서 가장 선명하게 드러난다는 사실을 깨달았다. 불편한 역사의 현장을 낱낱이 목격하고, 누구도 부정할 수 없는 가장 단순한 진실을 발견해내는 것! 이 작품을 계기로 이것이 조지 오웰만의 작업 방식이 된다. 그래서 이후로도 계속 여행 작가가 여행을 떠나듯 자발적으로 낮은 곳을 찾아 들어가기 시작한다.

식민지에서 돌아온 그는 뭔가 속죄를 해야 한다는 강한 압박을 느꼈고, 스스로 노숙자가 되기로 마음먹었다. 식민지가 아닌 조국의 현실

을 알고자 하는 마음도 컸다. 그는 대공황의 런던과 파리에서 6개월간 자발적으로 극빈자 생활을 했고, 그 경험을 토대로 〈파리와 런던의 밑바닥 생활〉을 썼다. 소설과 기록문학의 중간 형태로 된 이 작품은 극빈자들이 잠자리를 옮겨 다니거나 끼니를 해결하는 과정, 그리고 그곳에서 만난 사람들과의 일화를 세밀하게 담고 있다. '가난이란 무엇인가?', '극빈자들은 실제로 게으른가?', 그리고 '빈곤은 인간을 어떻게 변화시키는가?'가 그의 주요 관심사였다. 이 작품은 미흡한 완결성에도 불구하고 사회 밑바닥 생활을 생생한 유머로 묘사했다는 호평을 받았고, '레프트 북클럽'이 그에게 원고청탁을 하게 만들었다.

신인급 작가였던 조지 오웰에게 이것은 매우 반가운 기회였다. 쓰기만 하면 출판이 보장되고, 무료로 배포되어 많은 독자를 만날 수 있기 때문이었다. 더욱이 극빈자에 이어 진짜 노동자의 세계로 들어간다는 면에서 뜻 깊었다. 몸은 이미 가난에 익숙해져 있고, 눈과 마음 모두 현장에 단련된 준비된 사수였다. 그렇게 그는 탄광촌으로 떠났고 물 만난 고기가 되었다.

성과는 기대 이상이었다. 그는 산업사회의 밑바닥에서 실제 노동자들의 모습을 사진을 찍듯 선명하게 관찰하고 기록할 수 있었다. 그 속에는 자본주의의 폐단은 물론이고, 사회주의자들이 자각하지 못하는, 실수라고 표현하기엔 너무나 심각한 적폐가 있었다.

아마도 탄광촌에서 돌아와 취재를 기록하던 어느 날이었을 것이다. 그의 길고 긴 체험이 하나로 모아지고, 고뇌의 실타래가 한순간에 풀려버린 것은. 그리하여 1936년에 그가 발견한 열쇠는 바로 '민주적 사회주의'였다. 그리고 '그 적들'은 파시스트와 자본가가 아니라 '신분이 높고 책으로만 훈련받은 사회주의자'였다. 파시즘의 극악함과 자본주의의 모순에 대해서는 더 이상 말할 필요도 없는 터. 중요한 것은 내부의 적이었다.

그는 특히 사회주의자들의 무의식에 잠재된 우월의식을 심각하게 보았다. 많은 사회주의자들이 노동자를 위한 세상을 만들자고 하면서도 정작 노동자들의 생활과 생각은 외면한 채 자신만의 이념 논리에 도취되어 있었다. 노동자 중 하나가 되어야 할 그들이 스스로를 메시아로 여기고 있었던 것이다. 조지 오웰은 이것이 노동자들이 사회주의로부터 등을 돌리게 만드는 원인이자, 사회주의 국가인 소련이 파시즘화된 근본적인 원인임을 간파했다.

> "내가 사회주의를 '반대'하는 게 아니라 '찬성'하는 입장이라는 사실을 부디 주목하기 바란다. 단, 당장은 '악마의 대변인' 노릇을 해야만 하겠다…(중략)…사람들에게 사회주의 얘기를 꺼내보면 "사회주의는 반대하지 않지만 사회주의자는 반대한다"는 말이 안 되는 듯한 대답을 하곤 한다. 이 말은 논리적으로 부실한 주장 같지만 상당한 무게를 지닌 말이다. 기독교의 경우와 마찬가지로, 사회주의 홍보에 가장 큰 해를 끼치는 것은 바로 그 신봉자들인 것이다."
>
> -〈위건 부두로 가는 길〉 2부 11장
> '왜 사회주의가 지지받지 못하는가'에서

사회주의는 파시즘과 자본주의의 유일한 적수였다. 파시즘이 전 유럽을 위협하는 정세 속에서 사회주의를 온전하게 만드는 것은 무엇보다 시급한 일이었다. 식민지, 빈민, 노동자의 세계를 거치며 사회주의와 제국주의의 어두운 연결고리를 찾아낸 그는 감히 아무도 하지 않았던 말을 쏟아낸다. 사회주의가 오히려 파시즘화되기 쉬운 제도임을 지적한 대목에서는 〈동물농장〉을 떠올리게 하고, 기술발달이 사람들을 '생산을 위한 생산'으로 내몰 것이라 예측하는 대목에서는 〈1984〉를 떠올리게 하는, 방대한 생각을 낱낱이 풀어낸다. 그의 정치 선언문이자 시국발표와 같은 〈위건 부두로 가는 길〉 2부는 결과적으로 앞으로 나올 걸작 소설들에 대해 작가가 미리 쓴 최고의 해설서가 되었다.

조지 오웰은 노동자들에게 무료로 배포될 이 책에 민감한 내용이 잔뜩 담긴 글을 부록처럼 끼워 넣었다. 스페인 내전은 이미 발발해 있었고, 그는 원고를 던져주자마자 파시즘과 싸우기 위해 아내와 함께 전선으로 향했다.

조지 오웰의 과감한 행보에 난처해진 것은 '레프트 북클럽'이었다. 탄광 취재 원고는 그야말로 최고였으나, 뒤에 붙어 있는 애정 어린, 하지만 치명적인 내부 비판을 어찌해야 할지가 문제였다. 작가는 이미 전선으로 떠나버려 협상할 방법도 없었다. 양식 없는 출판사 같았으면 과감하게 반으로 갈라 뒷부분을 휴지통에 던져버렸을 테지만, '레프트 북클럽'은 그렇게 하지 않았다. 고민 끝에 원고를 그대로 출판하는 대신, 편집자 서문에 '2부의 내용은 북클럽 입장과 다른 내용이 수백 군데도 넘는다'는 단서를 다는 궁여지책을 짜낸 것이다.

그렇게 해서 탐사기록과 자서전은 오늘날까지 어색하게 동거를 하게 되었다. 레프트 북클럽의 선택에서 작가를 존중하는 품격이 느껴진다. 하지만 부러워만 할 일이 아닌 것이, 그 선택을 가능하게 했던 것은 결국 그의 탄광 탐사기록이 너무나 출중했기 때문일 터, 작가라면 존경은 쟁취하는 것이라는 교훈을 새길 일이다.

경이로운 광부들

〈동물농장〉과 〈1984〉로만 알려진 조지 오웰은 이렇게 의외로 모험적인 청년시절을 보냈다. 그는 여행을 하듯 낮은 곳으로 떠났고, 그곳에서 자신만의 진실을 하나하나 몸에 새겼다. 예기치 않게 깊이 엮인 식민지, 자발적으로 걸어 들어간 부랑자의 세계에서 그는 '제국주의와 자본주의', '권력과 가난'이라는 거대한 시대적 문제를 보았다. 그렇게 20대가 지나갔고, 그의 30대는 탄광촌에서 시작되었다.

취재를 할 곳은 잉글랜드 북부 탄광지대, 요크셔와 랭커셔 지역의 몰락한 탄광 도시들이었다. 스코틀랜드 접경 지역으로, 영국 전체로 놓고 보면 중앙부에 위치하고 있다. 이 지역은 노천탄광과 철광석은 물론 광활한 목축지가 있어 19세기 산업혁명기에 급속도로 공업화되었다. 하지만 산업혁명의 열기가 식고, 대공황이 불어 닥치면서 극빈 노동자의 도시로 전락해버린 상태였다. 본 내용에서 비중 있게 소개되지 않는 '위건 부두'를 제목으로 쓴 것은 쇠락한 탄광 도시의 현실을 강조하기 위해서였다.

위건 부두는 위건 운하에 있던 부두로 산업혁명 당시엔 물동량이 많은 번성한 부두였으나, 1930년대 경기침체로 이미 헐려버렸다. 현재의 그곳 풍경이 궁금해 구글링을 해보니 위건 운하는 보트 낚시를 위한 아담하고 조용한 공원의 모습이다.

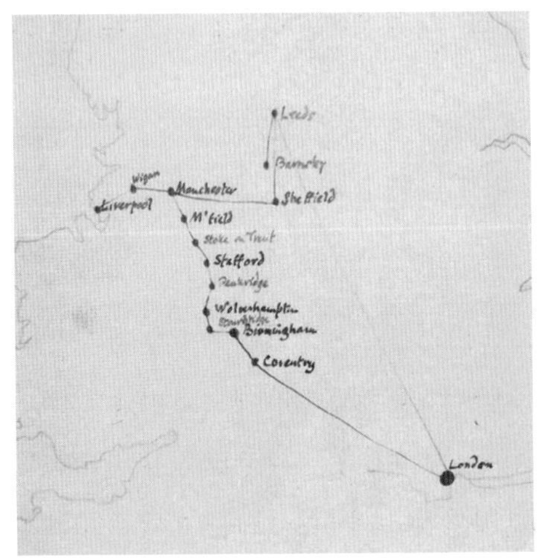

조지 오웰이 직접 그린 취재지도(1936)

조지 오웰은 1936년 1월 말에서 3월 말까지 위건, 맨체스터, 리버풀, 셰필드, 반즐리 등을 취재하고, 4월부터 12월까지 런던 외곽에 작은 시골집을 얻어 글을 썼다. 앞서 말한 대로 그해 6월에 결혼식을 올렸고, 7월 스페인 내전이 발발했다. 집필하는 동안 텃밭을 일구고 가축을 길렀다고 한다. 〈위건 부두로 가는 길〉의 탄광촌 탐사는 기록문학으로의 가치도 크지만, 대공황 실업사태 당시의 탄광 지역에 대한 아주 드문 조사 기록인 까닭에 역사적으로도 매우 중요한 연구 자료로 평가받고 있기도 하다.

조지 오웰은 처음 묵었던 빈민자들의 하숙집을 묘사하는 것으로 탐사보고를 시작한다. 이미 부랑자 구호소를 오랫동안 전전해본 바 있는 그에게 그곳의 풍경은 낯설거나 충격적이지 않았을지도 모른다. 다른 작가라면 '난 이곳보다 더한 곳에서도 지내보았다'고 은근히 자기 경험을 내세웠을 테지만, 조지 오웰에게 그런 경솔함은 찾아볼 수 없다. 허름한 하숙집이 빈민 구호소보다 나을 것이라는 생각이야말로 있는 사람들의 한가한 생각인 것이다. 그는 비참함의 우열을 가리는 대신, 형태만 다를 뿐인 가난과 불결, 근심에 갉아 먹힌 영혼을 차근차근 기록할 뿐이다.

> "그들 역시 산업화가 우리에게 가져다준 것 가운데 일부이다…(중략)… 그 때문에 미로 같은 슬럼가가, 나이 들고 병든 사람들이 바퀴벌레처럼 빙글빙글 기어 다니는 컴컴한 부엌이 생겨난 것이다. 그런 것들이 존재한다는 것을 잊지 않기 위해서는 이따금 그런 곳들을 찾아가 냄새를 맡아볼 의무 같은 게 있다. 가서 너무 오래 머무르지는 않는 게 낫겠지만 말이다."
>
> - '부루커 부부의 하숙집에서'에서

그를 가장 힘들 게 한 것은 냄새였다. 하숙집을 떠도는 불쾌한 냄새는 그가 그곳을 떠나는 날까지 적응할 수 없을 정도였다. 하지만 그 냄새에 코를 막고 얼굴을 찌푸리는 순간 취재는 끝날 것이었다. 그곳은 일을 끝내고 돌아온 노동자들이 밥을 먹고 잠을 자는 곳이라는 사실이 중요했고, 그러자면 냄새를 더 자세히 느낄 필요가 있었다. 그는 하숙집을 떠나며 그 냄새가 불결한 손님이나 각박한 주인의 책임이 아니라 근대 세계 특유의 부산물이라고 우리를 일깨운다.

1부에서 가장 강렬한 대목을 꼽는다면 단연 탄광의 노동현장을 묘사한 부분이다. 과거 일제의 '군함도'에 비할 수야 없겠지만, 비참함의 우열은 가리지 않는 법이거니와 식민지도 아닌 자국인들의 노동현장이었기에 다른 의미에서 시사하는 바가 크다 하겠다. 그는 ‘서구세계의 신진대사에서 석탄 광부보다 중요한 존재는 땅을 일구는 농부밖에 없음‘을 지적하며 탄광으로 향한다.

탄광 노동의 어려움은 석탄을 캐기도 전에 시작되었다. 갱도의 길이와 형태 때문이었다. 조지 오웰이 거의 5페이지 넘게 묘사한 광부들의 출퇴근을 요약하면 이렇다.

영국의 탄광은 애초에 노천탄광이었다. 그런데 100여 년 동안의 산업혁명을 거치면서 탄광은 점점 깊어졌고, 갱도는 평균 1.5킬로미터에서 보통 5킬로미터, 길면 8킬로미터까지 깊어졌다. 문제는 입구에서 얼마 지나지 않은 지점부터 갱도의 높이가 1.5미터로 낮아진다는 것, 거기에 더해 천장에는 1~2미터 간격으로 천장을 떠받치는 들보들이 불규칙한 모양으로 세워져 있다는 것이다. 그 결과 광부들은 작업장, 즉 갱도의 끝인 막장까지 허리를 접는 한편, 들보에 머리를 부딪치지 않기 위해 고개를 쳐든 자세로 5킬로미터에서 8킬로미터를 걸어간다. 바닥엔 돌멩이가 많고, 질퍽거리기도 하며, 광차가 다닐 수 있게 침목을 댄 미니 철길도 있다.

그뿐인가. 시야를 가린 먼지, 매캐한 탄내, 철사에 매달린 연장꾸러미, 어떻게 거기까지 왔는지 모를 생쥐들……. 이런 갱도를 광부들은 ‘달리듯’ 간다. 막장에 가까워지면 천장은 1미터 높이로 낮아져 네 발로 기어서 가야 한다. 그리하여 가로세로 1미터의 번들거리는 벽, 막장에 도착한다. 보통사람에게는 그 자체로 하루의 일거리가 광부들에게는 아예 작업의 일부도 아닌 출퇴근길일 뿐이며, 그 사이에 일곱 시간 반의 무지막지한 노동이 끼어 있다! 그런데 일을 끝내고 돌아나올 때는 출근 때보다 더 어렵다. 이미 지친 탓도 있지만 돌아오는 길은 약간 오르막이기 때문이다!

막장 가는 길은 읽기만 해도 숨이 턱턱 막힌다. 하지만 조지 오웰은 숨 돌릴 틈도 주지 않고 바로 무지막지한 본격 노동의 세계로 우리를 안내한다. 광부들 앞에는 1미터 정도 높이의 번들번들한 검은 벽이 있다. 막장이다. 광부들은 높이 1미터, 폭 1미터가량의 공간에 반 벌거숭이의 몸을 집어넣은 채 탄을 퍼서 어깨 너머의 컨베이어벨트로 넘긴다. 쪼그려 앉은 자세에서는 하체와 허리의 힘을 쓸 수 없으므로 오로지 팔과 상체 힘만으로 삽질을 한다. 그들은 그런 자세로 일곱 시간 반 동안 쉬지 않고 어마어마한 양의 석탄을 퍼 담는다. 온몸이 석탄 먼지와 땀으로 뒤덮여 있기에 광부들의 나이를 전혀 가늠할 수 없지만, 나이가 많든 적든 온몸에 단 1온스의 군살도 없다. 그들은 철로 만든 사람처럼 보이고, 또 그렇게 일을 한다.

조지 오웰은 그들의 끔찍한 노동이 지상의 모든 일상을 떠받치고 있음을 지적한다. 아이스크림을 먹는 것에서 대서양을 건너는 것, 빵을 굽는 것에서 소설을 쓰는 것까지, 모든 게 석탄과 직·간접적으로 연관을 맺고 있음을 일깨운 다음, 진짜 노동과 노동자의 세계에 무감각한 지식인들의 우월의식을 통렬하게 비판한다.

> "광부들이 일하는 모습을 지켜보기만 해도 자괴감을 느낄 만하다. 그럴 때 우리는 잠시나마 '지식인'으로서의, 전반적으로 우월한 존재로서의 자기 지위를 의심하게 된다. 적어도 지켜보고 있는 동안에는, 우월한 인

간들이 계속 우월하기 위해서는 광부들이 피땀을 흘려야만 한다는 자각은 똑똑히 한 수 있기 때문이다. 당신도 나도, 〈타임스 문예부록〉의 편집인도, 동성애자 시인도, 캔터베리 대주교도, 아무개 동지도, 〈유아를 위한 맑시즘〉의 저자도 마찬가지다. 우리 모두가 지금 누리고 있는 비교적 고상한 생활은 '실로' 땅속에서 미천한 고역에 시달리는 사람들에게 빚지고 얻은 것이다."

- '막장의 세계를 체험하다'에서

그렇다면 극한 노동을 감당하고 있는 그들의 주거환경은 어떠했을까? 그들의 주거 문제를 다룬 4장의 제목은 '더 이상 나빠질 수 없는 주택 문제'이다. 당시의 탄광도시는 50~60년 전 조성된 이래 한 번도 재정비되지 않은 채였다. 오래전 급하게 지은 집들은 그을음을 뒤집어 쓴 채 누더기가 되어 있었고, 반면 시골에서 일거리를 찾아 올라온 젊은이는 대가족을 꾸린 노인이 되어 있었다. 집은 그대로인데 인구만 늘었다는 얘기다. 조지 오웰은 가가호호를 찾아다니며 방 갯수와 식구 수는 물론 집 안 곳곳의 상태와 집주인이 좋은지 나쁜지, 월세는 얼마가 밀렸는지에 이르기까지 낱낱이 기록한다. 주거환경은 위건보다 셰필드, 셰필드보다 반즐리가 더 열악했다. 당시 탄광촌 주거에 관한 유일한 역사적 기록을 해나가던 조지 오웰은 이렇게 말한다.

"나야 읽어보면 내가 본 것들이 떠오르지만, 기록 자체가 북부 지역 슬럼가의 끔찍한 실태가 어떤 것인지 제대로 드러내는 건 아니다. 글이란 게 그렇게 미약한 것이다. '지붕샘'이나 '여덟 식구에 침대 넷'이란 짤막한 문구가 무슨 소용이겠는가? 흘려 보면서 아무 인상도 남기지 못할 말에 불과하다. 그런가 하면 이 짧은 말들에 얼마나 비참한 현실이 담길 수 있는가!"

- '더 이상 나빠질 수 없는 주택 문제'에서

시대적 과제가 달리 있는 것이 아니다. 짧은 말들 하나하나, 이웃 한 명 한 명의 고통이 모두 시대적 과제이다. 모든 인류의 문제가 이 안에 있다. 하다못해 축구도 시대적 문제가 될 수 있다. 쓰러져 가는 집의 가족들을 놔두고 펍으로 몰려가 축구 중계에 광분하는 광부들이 누군가의 눈에는 한심해 보일 수도 있겠다. 하지만 펍에 모여 지역 팀을 응원하는 순간이야말로 그들이 유일하게 소속감과 열정과 연대를 느낄 수 있는 시간이다. 묘하게도 인간은 어딘가에 소속됨으로써 자유로워진다. 탄광지대에 프리미어 축구팀이 많은 이유이다. 위건, 셰필드, 리버풀, 맨체스터, 블랙 번, 리즈, 브레드포드 같은 팀이 이 지역에 몰려 있다. 광부들은 정치가, 공무원, 회사, 심지어는 가족도 주지 못하는 소속감을 축구에서 느낀다. 그들은 축구 안에서만 평등하고 자유롭다. 그러므로 축구도 시대적 문제가 될 수 있다.

실제로 축구는 추후에 추진된 임대주택 정책에 큰 영향을 미쳤다. 시 당국이 열악한 주거의 최선의 대책으로 고층 임대아파트를 제안했으나 광부들은 반대했다고 한다. 동네 펍에 모여 축구를 볼 수 없게 되는 것을 받아들일 수 없었던 것이다. 그래서 결국 시 당국은 개인주택 형태로 임대주택을 지었고, 그 집들이 우리가 흔히 영국 영화에서 자주 보는 빨간 색 벽돌 주택단지이다.

남자들에겐 축구라도 있지만 그렇다면 여성은? 아이들은? 노인은? 떠돌이는? 실직자는? 해결책은? 조지 오웰은 모든 가난의 표정과 아픔을 기록한다. 이건 직접 읽어봐야만 가난의 비극, 조지 오웰의 인간적인 시선을 실감할 수 있다. 물론 영국에서는 당시에도 실업수당이 있었다는 대목에서는 우리와 그들의 복지 격차를 느낄 수밖에 없지만, 일천한 실업수당에 의지해 살아가는 실업자와 노인들을 바라보는 조지 오웰의 시선은 그 너머의 무너진 자존감을 본다. 건강한 노동과 평범하고 안락한 가정을 원하는 그들의 꿈을 본다. 조지 오웰은 그들도 그런 삶을 원하지 않는다고, 그들도 자신들에게 어떤 일이 벌어지고 있는지 잘 알고 있음을 상기시킨다.

우리에게는 이따금 조지 오웰의 르포르타주를 펴서 불쾌한 냄새를 맡아볼 의무 같은 게 있다. 그가 낮은 곳에서 더 낮은 곳으로 들어가 캐낸 단순한 진실들이 지금도 여전히 우리의 발밑에 있음을 기억하기 위해서 말이다.

그 후

1. 탄광

2015년 12월. 영국에서 마지막으로 남아 있던 지하탄광인 요크셔주의 켈링리 탄광이 폐쇄되었다. 아울러 영국 정부는 2025년까지 환경오염을 유발하는 주요 석탄 화력발전소를 폐쇄할 계획이다.

2. 아파트

2017년 6월. 런던 서부 래티머 로드에 있는 24층짜리 고층 임대아파트 그렌펠 타워에서 화재가 발생했다. 그렌펠 타워는 구청 소유 임대아파트로, 저소득층과 이민자들이 주로 살고 있었다. 부자들만 산다는 노팅힐과 한동네에 있는 아파트였다. 매우 노후한 탓에 2016년에 리모델링을 했지만 외장은 방염이 되지 않는 값싼 재료를 썼고, 집안에는 스프링쿨러조차 없었다고 한다.

강만길의 고려인 강제 이주 답사 지도

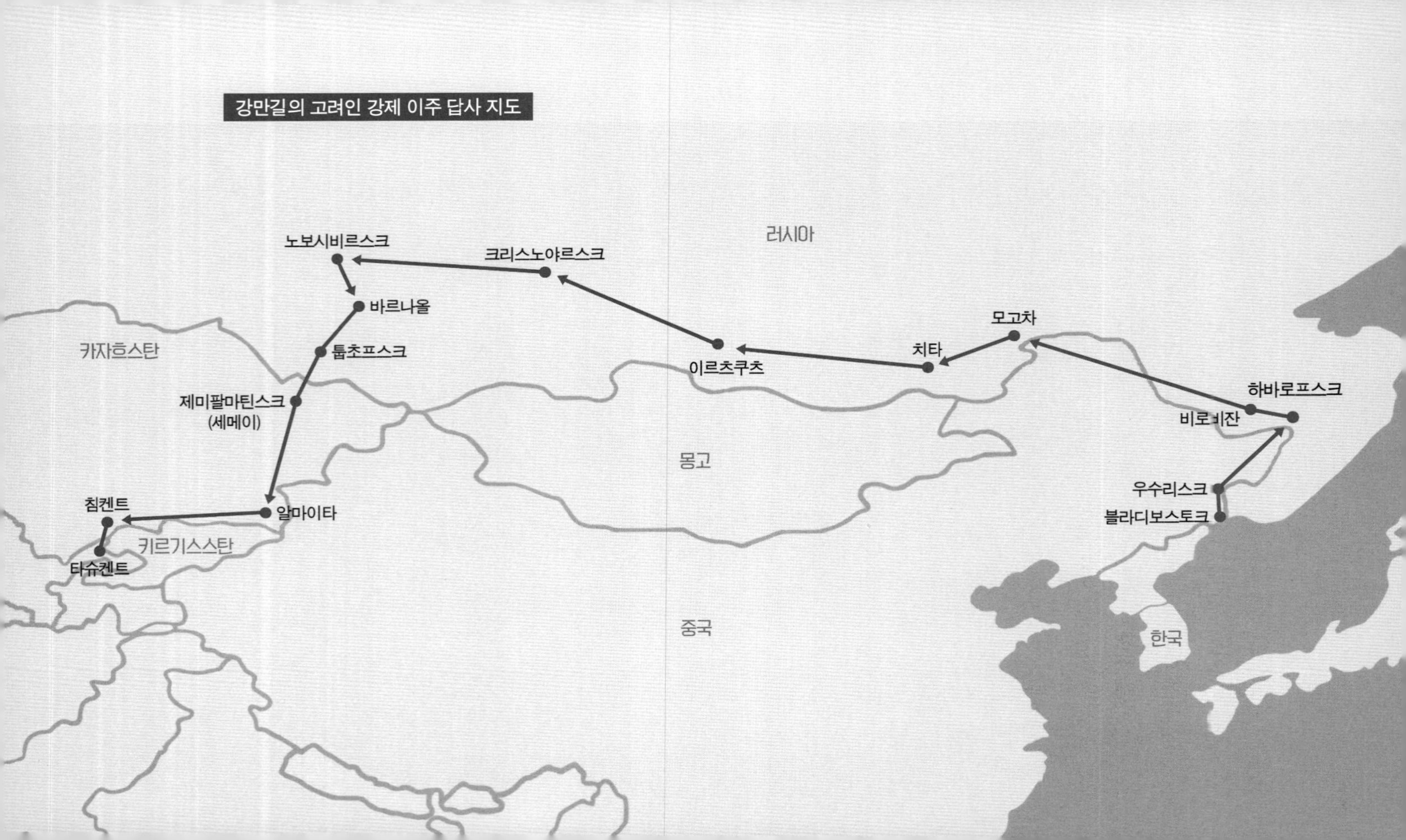

러시아

노보시비르스크

크라스노야르스크

바르나울

톰스크

카자흐스탄

제미팔라틴스크
(세메이)

알마아타

침켄트

키르기스스탄

타슈켄트

이르쿠츠크

치타

모고차

하바로프스크

비로비잔

우수리스크

블라디보스토크

몽고

중국

한국

역사 현장 3. 강만길의 고려인 강제 이주 답사

시베리아에 남은 고려인의 그림자

강만길(姜萬吉, 1933~) 선생님의 강의를 직접 들을 수 있었던 것은 대학시절의 가장 큰 행운이었다. 군 제대 후 복학하던 해, 수강신청을 하다 오로지 수업 일을 하루라도 줄이려는 사특한 생각으로 시간에 맞는 수업을 고른 것이 타과 수업인 '한국 근현대사'였다. 역사에 큰 관심이 없었던 나는 이 수업을 계기로 역사에 흥미를 갖게 되었다. 불성실한 대학생활 동안 결석이 없었던 수업은 이 과목이 유일했던 것 같다. 아니, 다시 생각해보니 한두 번 정도는 결석을 한 것 같기도 한데, 결석이 있었던 것 같다는 생각이 드는 것 자체가 매우 열심히 수업에 임했다는 증거라 할 수 있다.

주요 수업내용은 독립운동사였다. 선생님은 독립운동가들의 일화를 마치 옆집 형이나 삼촌의 이야기를 하듯 실감나게 들려주셨고, 아직 발굴되지 않은 수많은 독립운동가에 대한 관심과 참여를 당부하셨다. 해야 할 것은 많은데 시간과 인력이 부족하다며 아쉬움에 차 창밖을 바라보시던 선생님의 모습이 지금도 눈에 선하다. 돌이켜보면 나의 마음을 움직인 것은 학문으로의 역사라기보다는 선생님의 학자적 태도였지 싶다. 20대 학생들을 향해 '나를 좀 도와줄 사람 없니?' 하고 호소하는 학문적 의욕과 열정에서 존경을 넘어 인간적인 부러움 같은 것을 느꼈었다. 나중에 안 일이지만 선생님은 그 다음해 정년퇴임을 하셨다고 한다. 강단을 떠날 때까지 한결 같으셨음을 뒤늦게 알고 존경하는 마음이 더 커졌다.

진보적 민족사학자

역사학자 강만길은 '원로 지성인'이자 '진보적 민족사학자'이다. 1967년 고려대 사학과 교수로 임용되었고, 광주항쟁이 있었던 1980년 전두환 정권에 의해 해직당했다가 4년 뒤 복직했다. 그는 사회주의적 관점이 아닌 학자적 관점에서 유신정권과 군사독재를 비판해 왔는데, 그를 사법적으로 처벌하려던 전두환 정권은 뚜렷한 혐의를 증명하는데 실패하고, 학교 측을 은밀히 압박해 끝내 그를 교단에서 떠나게 했다. 해직 기간 무고하게 안기부 대공분실과 서대문형무소에 불려 다니는 중에도 그는 〈한국 근대사〉와 〈한국 현대사〉를 썼다. 이 저서들은 민족사적인 관점에서 남북을 아우른 최초의 근현대역사서로서 당시 큰 반향을 불러일으켰고, 오늘날에도 역사학도의 필독서로 남아 있다. 그의 자서전 〈역사가의 시간〉의 한 부분을 통해 그의 역사관을 직접 들어보자.

강만길

"역사학이 현재성과 대중성을 회복해서 국민 일반의 역사의식을 높여야 한다는 주장을 하는 한편, 일제강점기의 사회주의운동도 민족해방운동의 일환으로 되어야 한다고 남달리 주장해왔다. 그리고 분단민족의 역사학은 평화통일문제에 공헌할 수 있어야 한다는 생각에서 그 역사적 배경으로서 민족해방운동에서의 좌우익 통일전선에도 주목하게 되었고, 그 때문에 한때는 역사학계의 '이단자' 취급을 받기도 했다…(중략)…일제강점기의 사회주의계통 운동을 민족해방운동으로 간주해야 한다는 주장은 사상적 '좌경' 여부와 상관없이 역사적 사실을 사실 그대로 인정해야 한다는 역사학의 본질적 문제일 따름이다."

-〈역사가의 시간〉 8장 '복직 후 학문 방향이 바뀐 이야기'에서

우리의 역사를 '통일로 향하는 역사'의 관점에서 바라보고자 하는 그의 노력은 복직 후 더욱 본격화되었다. 남과 북이 서로의 독립운동사만을 가르치고, 상대진영 독립운동역사를 은폐하기 바쁠 때, 그는 당시만 해도 마음대로 드나들 수 없었던 중국과 일본, 하와이를 찾아다니며 독립운동사를 발굴해, 있는 그대로의 우리 민족의 역사를 만들어 나갔다. 남북통일을 민족사적 최대과제인 동시에 우리 민족이 인류평화에 기여할 수 있는 가장 현실적인 책무라 여긴 그는 통일의 관점으로 지난 역사를 되돌아보는 일, 남북 간 현안에 대해 역사적 견해를 개진하는 일을 멈추지 않았다. 민족통일의 중요성과 시급함을 대중에게 알리기 위해 역사논설문집 〈분단시대의 역사인식〉, 〈한국민족운동사론〉, 〈통일운동시대의 역사인식〉, 〈우리통일, 어떻게 할까요〉를 써냈고, 역사는 더디긴 하지만 앞으로 나아가고 있다는 역사적 신념을 전하기 위해 지금도 분투중이다.

"인간사의 정치적, 경제적, 사회적, 문화적 상황전개, 즉 역사 그것이 현재의 수준에 이르기까지 얼마나 많은 투쟁과 희생이 바쳐졌는지를 생각하지 않을 수 없다…(중략)…인간의 역사란 것이 모든 인간의 이상을 기어이 현실화해가는 과정임을 기득권자를 포함한 더 많은 인간들이 터득하게 될 때, 비로소 인간의 이상을 현실화해가는 방법과 과정이 한층 더 평화롭고 순조롭게 이루어질 수 있으리라 생각하며, 그래서 역사라는 것이 가르쳐지고 또 배우게 되는 것이라 할 수 있다."

- 〈역사가의 시간〉 '글쓰기를 마치면서'에서

퇴임 이후 그는 본격적인 사회활동에 나섰다. 김대중, 노무현 정부의 통일고문으로 6.15남북선언을 성사시키는 데 참여했고, 남북역사학자협의회 남측위원회 위원장, 친일반민족행위 진상규명위원회 위원장, 광복 60주년 기념사업 추진위원회 위원장으로 활동하는 한편, '내일을 여는 역사재단'을 설립해 젊은 한국 근현대사 전공자들을 지원하고 있다. 이 재단의 설립기금은 문중선산을 팔아 납골당을 건조하고 남은 돈 중 그의 몫으로 받은 돈이었다고 한다. 재단설립 취지를 밝힌 대목에서 숨길 수 없는 그의 인품과 배려심이 드러난다.

> "세상에는 무슨 학술상 하는 것이 많은데 그 대상은 주로 명망 있는 기성학자가 받기 마련이다. 그러나 정작 상금이나 연구기금이 필요한 사람은 생활기반이 잡힌 기성학자가 아니라 이제 학문의 길에 들어선 신인들일 것이다. 그래서 연구기금 지급대상을 해마다의 학위취득자에 한정하기로 했다."
>
> -〈역사가의 시간〉 14장 '그 밖에 남겨두고 싶은 이야기들 2'에서

회상의 열차

〈회상의 열차를 타고〉(1999)는 강만길의 유일한 여행기이다. '회상의 열차'는 1997년, 러시아 고려인 강제이주 60주년 행사의 일환으로 실제로 운행되었던 열차이다. 러시아 고려인협회와 한국의 우리민족서로돕기운동 본부 주관으로, 주관단체와 학자들, 그리고 러시아 한인사회를 대표하는 인사들이 함께 열차를 타고 60년 전 러시아 고려인 강제

이주의 길을 따라가는 행사였다. 그는 우리민족서로돕기운동 본부 공동대표의 자격으로 〈한국 사회주의 인명사전〉을 같이 만든 성대경 교수와 함께 이 열차에 탑승했다.

〈회상의 열차를 타고〉는 구소련 지역 동포사회의 역사적 내력을 알아보는 역사서이자, 10여 일 동안의 열차여행을 담은 여행기이다. 현장에서 취재한 역사 이야기가 반, 그 여정에서 일어났던 일들이나 행사에 대한 감상이 반 정도를 이루고 있다. 담백한 문장으로 지적 호기심과 동포애를 풀어내다가도 적재적소에서 냉정한 학자적 시선으로 독자를 긴장시키는 것이 이 여행기만의 매력이라 하겠다. 대작가들의 여행기 중 유일한 패키지여행이라고 할 수 있는데, 이런 여행에도 그 나름 먹고 자는 것에 쏟을 신경을 알고자 하는 것과 보고자 하는 것에 집중할 수 있는 미덕이 있음을 보여주는 좋은 사례라 할 만하다.

20년 전의 여행 기록인데도 방금 나온 책을 읽는 것 같았다. 그간 해외 동포들에 대한 인식이 부족했기 때문일 것이고, 역사의 시계가 진퇴를 거듭하며 비슷한 지점을 맴돌고 있기 때문이기도 할 것이다.

> "여행에서 돌아와 1년이 넘어서야 겨우 책을 내게 되었다. 그 1년이 개인적으로는 정년을 앞둔 시점이었고 사회적으로는 이른바 IMF관리체제 아래 1년이어서 여행을 한 때와 책을 내는 때와는 여러 가지로 달라진 점이 많다. 지금에 와서 생각해보면 강제이주 60주년을 기념하는 일이 꼭 '회상의 열차'를 운행하는 '거창한' 일이어야 했는가, '회상의 열차' 운행 자체가 우리의 '거품'은 아니었는가 하는 생각 때문에 자책감이 일기도 한다. 이런 책이라도 내어 구소련 지역 동포사회의 실상을 알리는 일이

라도 해야 그 자책감에서 조금이라도 벗어날 수 있지 않을까 하는 것이 솔직한 심정이다."

- '책을 내면서' 에서

열차는 고려인의 강제이주길을 따라 달린다. 고려인들이 처음 터를 잡았던 연해주의 블라디보스토크에서 시베리아횡단 길을 따라 하바로프스크, 이르쿠츠크를 지나 노보시비르스크까지 가고, 거기서 방향을 바꿔 중앙아시아의 카자흐스탄을 거쳐 우크라이나 타슈켄트에 이르는 2만 리 길이다.

이 열차에 오르는 강만길의 기대는 컸다. 여행을 앞두고 역사사학자로서 고려인 사회에 대한 관심이 부족했음을 절감한 그는 강제이주의 길을 답사하며 고려인 사회의 지난 역사와 현재, 구소련 지역의 독립운동에 관한 조사, 모국에 살고 있는 사람들과 그들의 바람직한 관계를 역사적 시각에서 다루어 보자 마음먹는다. 물론 마음 한구석에 문학작품으로만 접해 온 시베리아를 여행한다는 설렘도 없지는 않았다.

강제이주, 그 통한의 길

블라디보스토크에서 그를 기다리고 있는 것은 러시아 고려인협회의 환영식이었다. 연해주 정부 인사와 코사크 군부대장, 그리고 고려인협회 인사들과 고려인 동포들의 환영을 받으며 그는 격세지감의 감격을 느낀다. 그도 그럴 것이 당시는 철의 장막이라 불리는 소비에트사회주의가 붕괴된지 불과 5, 6년밖에 되지 않은 때라 그곳 땅을 밟는 자체가 매우 이례적인 일이었기 때문이다. 이러한 역사적 배경 속에서 그는 현지인들이 생각하는 사회주의 붕괴의 원인을 들을 수 있었고, 이 여행의 끝자락에 이르러 카자흐스탄과 우크라이나와 같은 중앙아시아 국가의 독립이 고려인의 생활에 미친 영향을 직접 목격하기도 한다.

열차에 오른 그는 고려인의 역사와 강제이주의 역사를 간추리는 틈틈이 강제이주 경험자와의 인터뷰, 고려인 참가자의 면면, 창밖의 광활한 풍경과 장거리 기차여행의 체험담을 숨 가쁘게 풀어낸다. 여행 초반 가장 인상적인 내용은 역시 역사 이야기이다. 우리의 조상들은 어떻게 연해주로 가게 되었으며, 왜 강제로 중앙아시아로 이주당하게 되었을까? 사연이 길지만 그들을 이해하는 차원에서 그 과정을 자세히 살펴볼 필요가 있다.

러시아 연해주에 한국인이 정식으로 이주한 것은 1863년이었고, 조금씩 늘어나던 이주는 1869년 북한지역을 휩쓴 대기근으로 급증했다. 1910년 일본이 한반도를 강점한 이후 독립운동가와 일제에게 토지를 빼앗긴 농민들이 또 한번 대거 이주해 1923년 공식통계에 잡힌 고려인만 90,561명이었다. 그들은 주로 농업에 종사했으며 어업과 광업에도 종사했는데, 금광에서 일하던 고려인들은 러시아 정부의 금지조치로 모두 쫓겨나기도 했다.

일본의 조선 강점 이후 그곳은 민족해방운동의 중요한 거점으로 변모한다. 그곳에서 무장독립군을 조직한 고려인은 러시아 혁명군과 합세하여 백위군(반혁명군), 일본군에 맞서 싸웠다. 1920년대 초, 연해주의 러시아 백위군과 일본군은 완전히 소탕되었고, 이후 연해주의 독립군이 통합되는 과정에서 대한의용군과 고려혁명군이 내분으로 서로 죽고 죽이는 '자유시 사변'이 일어났다. 이로 인해 규모가 대폭 줄어든 고려혁명군 일부가 러시아 사회주의 해방전쟁에 적군으로 참전, 혁명 이후 소련군에 정식으로 편입되었다. 그들이 바로 '76연대' 혹은 '조선특립저격단'라고 불리는 고려인부대이다. 이때 그들이 혁명군과 하나가 되어 싸운 가장 큰 이유는 그것이 조국의 독립을 위한 최선의 방책이라고 믿었기 때문이다.

> "이국땅에서 우리의 철천지원수 일본군을 공격하고 조국의 자유와 독립을 달성하는 것이 우리의 목적입니다. 일본군은 조선을 강점한 것처럼 러시아의 광활한 극동지역을 점유할 목적으로 이곳에 온 것입니다. 때문에 우리는 러시아 형제들과 합세하여 10만 명의 사무라이 대군을 격멸해야 합니다. 합심이 승리의 담보일 것입니다."
>
> \- 러시아 나자렌코 부대와의 연합작전을 앞둔 김경천 장군의 연설 중

해방전쟁 당시 혁혁한 공은 세운 많은 고려인들이 훈장과 영웅 칭호를 부여 받았으나, 권력을 장악한 스탈린이 전 국민을 상대로 대대적인 숙청작업을 벌이면서 국면은 비극으로 치닫는다. 중앙정부와 군간부의 70퍼센트를 처형했다고 알려진 대숙청의 와중에 조선인 사회의 정신적 지주인 민족지도자들도 일본의 첩자라는 등의 아무 죄명이나 덮어쓴 채 대거 처형당했다. 기록에 따르면 당시 전체 한인 18만 명 중 처형당한 민족지도자만 2500명에 달했다고 한다.

소련 지역 민족해방운동의 중심인물 김만겸, 한인사회당 창립 멤버이자 하바로프스크에 그녀의 이름을 딴 거리가 남아 있는 김 알렉산

드라, 시베리아에서 일본군과 싸운 조선인 빨치산 부대장 한창걸, 레닌그라드에 있었던 시베리아 고려인부대의 지휘관 오하묵, 러시아군과의 연합전투에서 혁혁한 공을 세워 국민전쟁의 영웅으로 인정받은 김유천, 농업 발전에 기여한 공로로 레닌 훈장을 받은 김 아나파시, 조선독립유격대의 지휘관이었으며 블라디보스토크 한인 대표자로 활동했던 김 미하일 등 이들 모두 약식 재판에 이어 즉결 처형되었고, 스탈린 사후 실시된 진상조사에서 모두 무죄판결을 받고 복권되었다. 허망하기 그지없는 노릇이다.

스탈린은 반대파를 숙청하는 동시에 접경지역의 소수민족에 대한 강제이주를 단행했다. 국경분쟁과 집단반발을 예방하기 위해서였다. 그들은 '일본인들의 첩자로 활용당할 우려가 있다'는 이유를 들어 연해주 지역의 고려인을 중앙아시아로 강제이주시킨다. 보유중인 재산에 대한 보상과 정착지원금을 위한 예산이 각 주정부에 배당되었으나 어찌된 일인지 이주 몇 달 후 지급된 것은 밀가루 100킬로그램과 100루블이 전부였다. 우리 조상들이 그 길 위에서 겪었던 처참한 강제이주의 여정은 다음과 같다.

> "목적지까지 40일이 걸렸다. 도착 때까지 차량 안(화물칸)을 소독하지도 않았고 목욕도 할 수 없어서 이주민들의 옷에는 이가 바글바글했다. 열차가 도착하면 여자들은 차창을 열고 머리칼을 털었는데, 이가 먼지처럼 떨어졌다…(중략)…이주해 가는 도중 환자가 생기면 그 즉시 들것에 실어내 갔다. 완쾌되면 곧 가족에게 돌려보낸다고 약속했으나 환자들은 모두 가족에게로 돌아오지 않았다. 그렇게 되자 강제이주민들은 환자가 생

겨도 알리지 않고 숨겼는데, 병이 낫는 경우도 있었지만 그대로 죽는 경우가 많았다. 특히 어린이들의 희생이 많았다. 고려인들은 화물칸에 실려 3주일이나 더 간 후 도시 근방의 집 한 채 없는 허허벌판에 내려졌다. 그곳에서 제 나름대로 살림터를 마련해야 했는데, 결국 땅굴을 팔 수 밖에 없었다…(중략)…땅굴을 파고 살게 되자 위생 상태가 나빠져 특히 아이들이 죽어갔다."

- 강제이주 경험자의 증언들 에서

시베리아 횡단 열차에서

강제이주의 역사를 되돌아보는 동안 회상의 열차는 시베리아의 한복판으로 들어선다. 여행이 장기화되면서 '감옥에라도 갇힌 것' 같은 횡단열차에서의 불편함이 누적된다. 불친절한 러시아 승무원의 태도도 못마땅하고, 전체 열차에 앞뒤로 두 개뿐인 화장실에서 많은 인원이 씻고 일을 보는 일도 고역이지만, 무엇보다 하루 종일 가만히 앉아 있자니 혈압이 정상범위를 완전히 벗어날 정도로 치솟아 동행한 의사에게 약을 처방받아야 했다. 동승한 고려인들의 파란만장한 인생사와 창밖의 광대무변한 시베리아의 대지를 보며 보람을 찾던 그는 이 길이 고난의 길이었음을 떠올리고는 불현듯 비애를 느낀다.

"시베리아 대지 위에는 벌써 서리가 하얗게 내렸다. 추위가 닥쳐오는 바로 이 계절에, 바로 이 길을 따라 지금의 우리보다 훨씬 나쁜 기차를 타고, 어디로 가는지도 모르고 그냥 끌려갔을 60년 전 동포들의 심정이 어떠했을까 생각하지 않을 수 없다. 얼마나 불안했을까. 마치 사지로 끌려가는 기분이었을 것이다. 비록 그 길을 따라 가본다 한들 조국을 잃고 누구의 보호도 받을 수 없었던 그들의 절망을 만분의 일이라도 옮겨 받을 수 있을까. 어림없는 일일 것 같다."

- '해외동포와 모국의 관계가 소원해진 이유' 중에서

횡단열차는 이르츠쿠츠에 이르러 절정을 맞는다. 바다와 같은 바이칼 호수와 앙카라 강이 흐르는 아름다운 그곳은 처음으로 항일투쟁 독립운동부대가 창설된 곳이기도 한 것이다. 그는 이르츠쿠츠에서 처음으로 북한 노동자를 만나 북한 해외근로자의 실생활을 알게 된다. 북한 노동자 김씨는 서른다섯. 시험을 치고 가정과 신분이 좋아야 하고, 러시아어까지 할 줄 알아야 하는 엄격한 심사를 거쳐 선발된 그는 4년째 가족과 헤어져 지내며 건설현장에서 일을 하고 있었다. 그가 받는 월급은 200달러로 100달러는 국가에 상납하고 100달러를 자기가 갖는다고.

이르쿠츠크에서 가장 먼저 만날 독립운동가는 러시아군 장교로 고려공산당에서 활동했던 남만춘이다. 전략적 요충지인 앙카라 강의 다리를 지키기 위해 최전방에서 25명의 고려인 부대원을 지휘했던 그는 러시아 땅에서 태어나 조국해방을 위한 하나의 방법으로 적군에 투신하여 백군 및 일본군과 싸우다가 결국 소련공산당에 의해 숙청되는 고려인 지도자의 슬픈 운명을 벗어나지 못한다.

치열한 전투를 통해 수많은 전과를 올린 김경천 장군의 활약상도 인상적이고, 우리가 몰랐던 독립운동가 박청림의 일대기는 안타까움 그 자체라 할 수 있다. 그는 3.1운동에 참가했다 두만강을 넘어 연해주로 가 조선인 유격대의 일원으로 러시아혁명에 참가해 싸웠다. 혁명 이후 모스크바 공산대학을 졸업하고 농업 분야에서 활발한 활동을 하던 그는 스탈린 숙청 때 체포되어 중앙아시아 수용소에서 12년을 살았다. 끝까지 살아남아 집으로 돌아와 보니, 그 사이 아내는 병사했고, 아들은 행방불명이 되어 있었다. 양로원에서 말년을 보낸 그는 주위의 도움으로 특별연금을 탈 수 있게 되었으나 한 번도 타보지 못하고 타개했다.

이 외에 고려인 참가자인 극작가 맹동욱 교수와 한국 측 참가자 육군 소령 출신의 서승주 씨가 6.25전쟁 당시 비슷한 시기에 동부전선에서 서로 총부리를 겨누었던 사이였음을 알게 되는 장면, 타고난 재능으로 소련 유학을 나와 김일성 개인숭배를 비판하는 편지를 썼다가 북한 보위부에 쫓겨 캐나다 망명까지 신청했던 맹동욱 교수의 기구한 인생 이야기도 기억에 남는다.

중앙아시아의 고려인

열차가 시베리아 횡단철도를 벗어나 중앙아시아 카자흐스탄으로 꺾어들면서 풍경은 확연히 달라진다. 그는 도스토엡스키가 유배생활을 했다는 제미팔라틴스크를 지나 우스토베를 거쳐 알마아타로 향한다.

> "카자흐스탄 사람들은 서양인보다는 동양인에 훨씬 가깝다. 머리도 검은 사람이 많고 얼굴빛도 거의 동양인에 가까운 그런 사람들이다. 러시

여행 당시 성대경 교수(좌)와 박미하일(중앙. 고려인 화가 겸 소설가), 강만길 교수(우)

아 국경을 넘어서 카자흐스탄 땅에 깊숙이 들어왔다. 알마아타로 가는 철로변의 나무들은 활엽수가 대부분이고 모두 노랗게 물들어 있다. 날씨는 조금 따뜻해진 것 같다."

- '러시아의 자랑거리 세 가지와 몹쓸 것 세 가지'에서

카자흐스탄과 우즈베키스탄에서 그는 중앙아시아 고려인을 만나며 강제이주 이후의 그들의 삶에 대해 알게 된다. 이주 후 아이들과 가족들을 잃어가며 갖은 고생 끝에 땅을 일군 그들은 가까스로 자리를 잡았다. 그들의 표현대로 '좋은 옷을 입을 수는 없었으나 빵은 넉넉히 먹을 수 있게 되었을 때' 소련과 독일의 전쟁, 즉 제2차 세계대전이 발발한다. 이주 5년 만이었다. 군량미를 바쳐가며 어려운 시기를 넘긴 고려인

은 특유의 근면함과 교육열로 주로 전문직에 종사하게 되었다. 그러나 얼마 전 소련의 붕괴로 중앙아시아 국가들이 독립을 하며 자기 민족을 우대하기 바빠 고려인을 비롯한 소수민족에게 일자리를 주지 않아 다시 어려운 상황에 놓이게 되었다. 당시는 몇 년을 어렵게 버틴 끝에 차츰 살길이 열리고 있는 중이었다.

소련 정부가 무너지기 전, 한때 중앙아시아에 거주하는 한인들 중 원하는 사람은 다시 연해주로 이주할 수 있도록 허가를 한 적이 있었다. 일부는 돌아갔고, 어렵게 터를 잡았는데 또 이주를 할 수는 없다고 생각한 사람들은 중앙아시아에 남았다. 연해주로 돌아간 사람들은 러시아 문화에, 우즈베키스탄에 남은 사람들은 이슬람 문화에, 카자흐스탄에 남은 사람들은 그 중간의 문화에 적응하며 살아야 했다. 이주에 이주를 거듭한 결과 그 후손들은 다음과 같은 기막힌 처지에 놓이게 된다.

> "나의 부친은 하바로프스크 시에 묻혀 있다. 어머니는 크림 주 엠파트라 시에, 외할아버지는 타슈켄트 주 미르자 촌에, 친할아버지는 연해주 수하노프카 촌에, 외할머니는 타슈켄트 사마르스코예 촌에, 그리고 친할머니는 카자흐스탄의 침켄트 시에, 형님은 연해주 그리스키노 촌에 안치돼 있다. 그러니 이 고인들을 누가 모셔서 성묘할 것인가. 기가 막히다."
>
> - '고려인 지도자의 숙청 : 김 아나파시의 경우' 중
>
> 김 아나파시의 아들 김 텔미르와의 인터뷰에서

중앙아시아에 살고 있는 고려인과 이야기를 나누던 강만길은 연해주 이주와 관련한 새로운 사실을 알게 된다. 애초 '회상의 열차'는 강

제이주의 역사를 기억하자는 의미로 기획되었으나 그 이면에는 또 다른 의도가 깔려 있음을 그는 짐작하고 있었다. 그 의도란 첫째, 고려인 연합회는 연해주로 돌아가기를 희망하는 많은 중앙아시아의 고려인을 각국 정부가 허가 및 재정지원해 줄 것을 은연중에 호소하고, 둘째 소련이 휘청거리는 현실 속에서 흩어진 고려인을 연해주에 모으고, 한국 기업의 투자를 유치해 연해주에 자치주를 설치하는 문제를 수면 위로 띄우고자 하는 의도였다. 지금 같으면 푸틴의 서슬 아래 상상도 못할 일인데 그때는 그것이 가능해일 정도로 러시아는 궁지에 몰려 있었다.

그런데 막상 그가 만난 중앙아시아의 고려인들은 대부분 연해주로 갈 생각이 없다고 말하고 있었다. 대체로 어렵게 자리를 잡은 곳을 버리고 또 다시 새로운 곳에 가서 자리를 잡아야 하는 부담과 더불어 척박한 연해주나 사할린보다는 중앙아시아가 살기에 낫다는 생각을 하고 있었다.

> "중앙아시아 지역 고려인들의 연해주 이주문제는 러시아 고려인들의 생각과 중앙아시아 고려인들의 생각 사이에, 그리고 러시아 정부와 중앙아시아의 카자흐스탄이나 우즈베키스탄 정부 사이에 차이가 있음을 알게 된다. 러시아 지역의 고려인들은 중앙아시아 지역의 고려인들이 러시아 지역으로 옮겨오기를 바라는 것 같고, 중앙아시아 지역의 고려인들은 반드시 그런 것 같지가 않으며, 러시아 정부는 또 옮겨오기를 바라는 것 같은데 중앙아시아 국가들은 옮겨가기를 바라지 않는 것 같다는 말이다."
>
> - '회상의 열차는 왜 운행되어야 하는가' 에서

'60년 전 강제이주의 길을 따라가면서 그 고통을 되새기는 행사'로 알고 참가했던 그는 주최 측의 또 다른 목적을 생각하며 다소 복잡한 심경에 빠진다. 이에 더해 이슬람 국가에 와 있는 기독교 선교단체의 가열찬 선교활동도 우려스럽게 바라본다. 하지만 결국 역사는 앞으로 나아가는 법. 국가 간의 벽이 낮아지고, 정치보다 문화의 영향력이 커지는 것이 시대가 나아가는 방향이라 할 때 다른 민족과 민족문화에 대한 존중이야말로 '회상의 열차'가 남기는 교훈이라고 그는 단언한다.

> "다양성을 가진 문화라야 발전할 수 있으며, 다양성을 잃은 문화는 정체하게 마련이다. 제국주의 시대가 완전히 가시고 평화주의 시대가 오게 되면 넓은 땅을 가진 민족국가들이 그 문화의 다양한 발전을 위해 다른 나라 사람들이 제 땅에 더 많이 와서 살기를 권하면서 그들이 제 민족 본래의 문화를 유지 보전하기를 바라게 될 것이다. 러시아와 중앙아시아 등지에 살고 있는 고려인들이 그 땅 문화의 다양한 발전에 공헌하기 위해서는 제 민족문화를 복원하여 유지하려는 노력을 다하게 될 것이며, 그러기 위해 모국과의 관계, 특히 문화적 관계를 더 긴밀히 하게 될 것이다."
>
> - '고려인 사회에 민족문화가 유지될 수 있을까'에서

끝없는 가르침

선생님이 여행기를 쓸 당시 러시아와 우리나라는 최악의 경제난에 허덕이고 있었다. 세월이 흘러 러시아는 다시 강국의 면모를 되찾고,

우리나라도 오래전 IMF를 졸업하고 길었던 역사적 퇴보에서 벗어나 다시 앞으로 나아가고 있다. 하지만 우리는 여전히 안팎으로 한계상황에 직면해 있다.

고려인과 관련해서 고려인4세의 국적문제에서 우리 스스로의 한계를 본다. 현행 '재외동포법'이 고려인3세까지만 국적을 인정하고 있어 부모와 함께 한국으로 들어왔던 어린 고려인4세들은 19세가 되면 부모와 생이별하거나 비자 연장을 위해 3개월마다 한 번씩 비싼 비용을 치르면서 러시아를 오가고 있다. 또 불안정한 신분 때문에 기본적인 복지혜택을 받지 못해 보이지 않는 곳에서 고통받고 있기도 하다. 당국이 적극적으로 고민한다면 인도적 차원에서 법을 탄력적으로 운용할 수 있는 방법을 반드시 찾을 수 있지 않을까 한다.

한편 밖으로는 구한말과 유사하게 열강의 틈바구니에 다시 끼어버린 운명적 한계에 직면해 있다. 모자란 식견으로 나라 걱정을 하다 또 다시 선생님의 말씀에서 답을 찾는다. 이상적인가 하면 냉정하고, 학구적인가 하면 현실적인 선생님의 건강과 건필을 기원할 뿐이다.

> "4대 강국 시각에서 보면 한반도가 분단 상태에 있는 게 안전하다. 한반도가 중국이나 러시아 등 대륙 세력권에 들어가면 한반도는 해양 세력, 특히 일본을 찌르는 칼이 된다. 반대로 한반도가 일본이나 미국 등 해양 세력권에 포함되면 해양 세력이 대륙을 침략해 들어가는 다리가 된다. 과거 일제강점기가 대표적인 예 아닌가. 우리는 4대 강국에 의해 민족 분단이라는 비극을 겪을 수밖에 없는 상황이었다. 그래서 나는 4대 강국이 포함된 6자 회담으로 통일문제나 남북문제를 해결하자는 주장에 한계가

있다고 본다. 한반도의 지정학적 위치가 그걸 말해준다. 내가 보기엔 남북한이 중심이 되어 해결해야 한다. 2000년 김대중 정부 때 이뤄진 6·15 남북공동선언은 그런 역사인식에서 나온 것이다.“

- 2017년 9월 4일자 '시사IN' 인터뷰에서

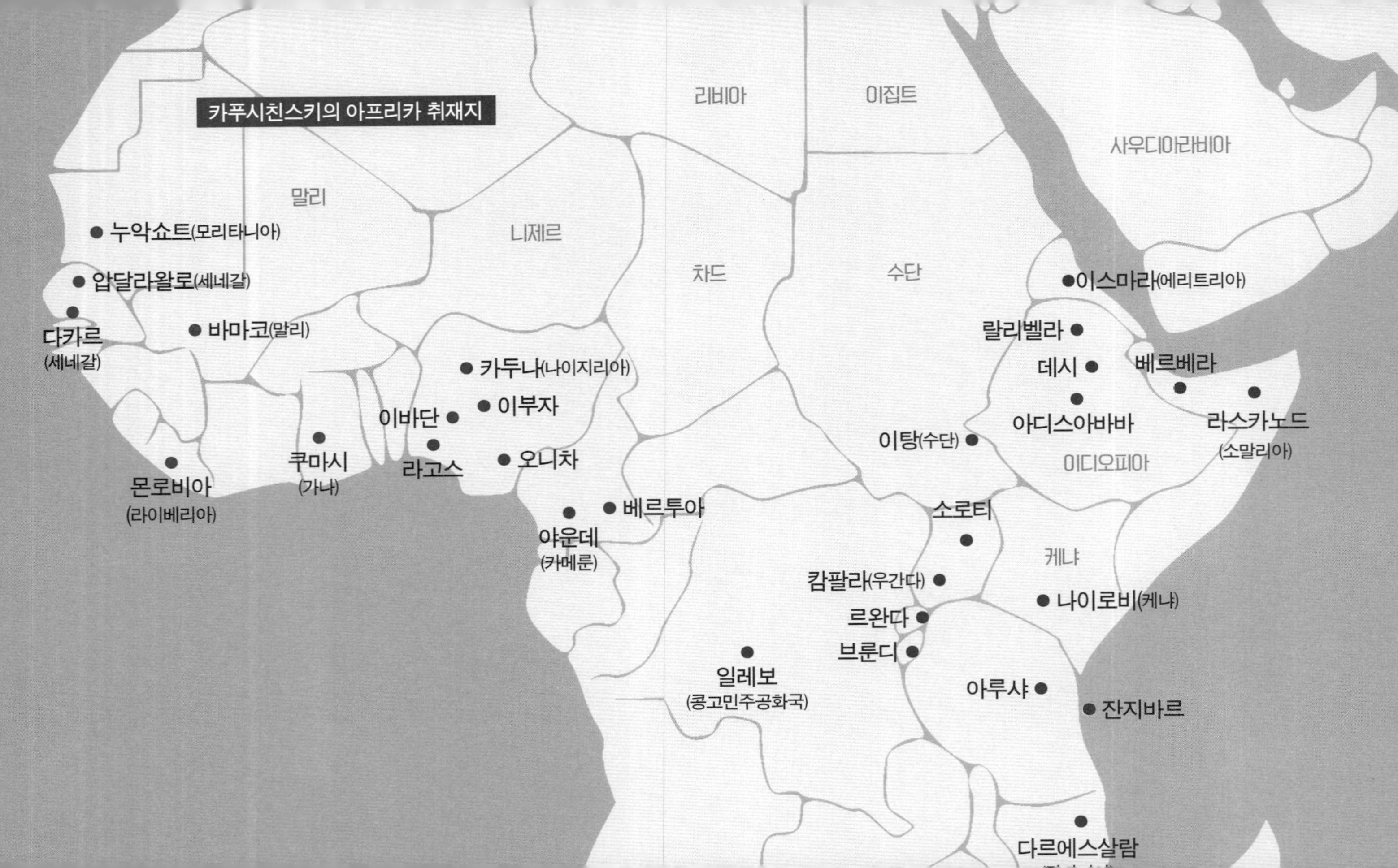
카푸시친스키의 아프리카 취재지
리비아
이집트
사우디아라비아
말리
니제르
차드
수단
누악쇼트(모리타니아)
압달라왈로(세네갈)
다카르
(세네갈)
바마코(말리)
카두나(나이지리아)
이부자
이바단
라고스
오니차
쿠마시
(가나)
몬로비아
(라이베리아)
베르투아
야운데
(카메룬)
이스마라(에리트리아)
랄리벨라
데시
베르베라
아디스아바바
라스카노드
(소말리아)
이탕(수단)
이디오피아
소로티
케냐
캄팔라(우간다)
나이로비(케냐)
르완다
브룬디
일레보
(콩고민주공화국)
아루샤
잔지바르
다르에스살람

역사 현장 4. 카푸시친스키의 아프리카 취재기

최전방의 시인

책을 읽을 때 내용을 모른 채 읽어나가는 것을 좋아하는 사람이 있고, 작가 소개나 서문, 작품 해설과 역자 후기를 먼저 보고 읽는 것을 선호하는 사람도 있다. 나는 후자에 속한다. 작품 속으로 들어가기 전 해설을 정말 꼼꼼히 읽는 편이다. 서문과 작품 해설이 좋으면 내용도 좋은 경우가 많을뿐더러, 내용을 어느 정도 알고 있어야 책이 더 편하게 읽힌다. 길치이면서도, 혹은 길치라서 지도 보기를 좋아하는 것과 일맥상통하는 습성이라고나 할까. 초식동물 같은 조심스러운 성격 덕에 이런 책을 쓰게 되었다. 누구는 스포일러라고 싫어할 책을, 하지만 나와 비슷한 사람들에게는 제법 유익하리라 여겨지는 책을, 좋아하는 작가들을 마음껏 칭송하는 영광을 누릴 수 있는 책을.

카푸시친스키(Ryszard Kapuscinski, 1932~2007)를 알게 된 것은 헤로도토스(Herodotos BC 480~420 추정) 덕분이다. 여행기만큼이나 고대 그리스에 관심이 많다 보니 〈헤로도토스와의 여행〉이라는 제목의 책을

카푸시친스키(1996)

자연스럽게 뽑아들게 되었다. 어떤 기자가 헤로도토스의 여정을 따라가는 순례기 정도 되려니 짐작하며, 늘 읽던 대로 작가 소개와 작품 해설을 살폈다. 그런데 기자 출신이라는 이 작가 매우, 대단히 심상치 않았다.

> "폴란드 출신의 기자이자 저널리스트인 리샤르드 카푸시친스키는…(중략)…50여 년에 걸친 기자생활 대부분을 폴란드 사회주의 정부가 운영하는 폴란드 통신사 해외 특파원으로 지내면서 전 세계 50여 개 국을 누비고 다녔다. 27회의 혁명과 쿠데타를 경험했고, 12차례의 대규모 전쟁을 취재하는 동안, 여러 차례 최전방을 넘나들었다. 그 와중에 마흔 번 넘게 체포와 구금을 당했고, 네 차례나 처형당할 위기도 겪었다."
>
> -〈헤로도토스와의 대화〉 옮긴이 해설 '2천 5백 년의 동행'에서

해설을 읽는 내내 '이런 사람이 있었단 말인가? 이런 사람을 모르고 있었단 말인가?' 하는 생각을 떨칠 수 없었다. 그제야 표지에 쓰인 '21세기의 헤로도토스', '우리 시대 진정한 저널리스트의 표상' 같은 카피에 신뢰가 가기 시작했다. 책의 구성도 매우 신선했다. 카푸시친스키는 헤로도토스를 선배 저널리스트로 여기고 있었다. 따지자면 대략 2500기수 선배인 셈이다. 카푸시친스키는 50여 년간 기자생활을 하며 전 세계 어디를 가나 헤로도토스의 〈역사〉를 가지고 다니며 기자로서 배워야 할 모든 것을 헤로도토스에게 물었고, 언제나 기대 이상의 해답을 얻었다. 틀에 얽매이지 않고 숨 가쁜 취재현장과 헤로도토스의 〈역사〉를 거침없이 오가는 작가의 내공이 놀라웠다. 두툼한 책을 다 읽고 나서도 더 두툼하지 않은 것이 아쉬울 정도로 뿌듯한 작품이었다. 그래서 알리고 싶어졌다. 이런 사람이 있다는 것을.

불굴의 르포르타주 작가

카푸시친스키는 폴란드의 전설적인 해외 특파원으로, 특히 제3세계 분쟁에 관한 한 타의추종을 불허하는 전문기자이다. 1955년에 기자생활을 시작한 이래 그는 60년 동안 분쟁의 현장으로 지체 없이 달려갔고, 가장 깊숙한 곳으로 뚫고 들어갔으며, 끝까지 살아 돌아와 어김없이 그것을 기록했다. 10대 시절에 시인으로 등단하고, 대학에서 역사를 전공한 그는 전쟁과 시가 한데 어우러진 순도 높은 르포르타주들을 썼다. 그의 저술은 용맹한 취재활동을 더 빛나게 했을 뿐만 아니라 어느 시점부터인가 기자 경력을 뛰어넘는 비범한 업적으로 인정받기 시작했다.

그래서 사람들은 그를 '최전방의 시인'이라 부른다.

쉼 없이 취재와 저술을 병행한 덕에 그는 꽤 많은 작품을 남겼다. 현재 국내에 두 개의 작품이 번역 출간되어 있는데, 먼저 읽은 〈헤로도토스와의 여행〉은 그의 마지막 르포르타주이다. 평생 〈역사〉를 끼고 살았던 그였기에 그 기록은 자연스럽게 헤로도토스를 매개로 한 자서전이 되었다. 특파원 생활을 시작하게 된 동기부터 전 세계로 취재 범위를 넓혀가는 과정, 그 결과 얻게 된 세계와 문명에 대한 통찰이 소상하게 담겨 있는, '헤로도토스 최고의 해설서'이자 '전설적인 기자의 자서전'이다.

우리가 만날 수 있는 그의 또 다른 작품은 〈흑단〉이다. 그가 가장 열정적으로 취재를 했던 아프리카에 관한 글을 모은 책이다. 격변의 역사 현장 속에서도 인간미와 지적 호기심을 잃지 않는 그의 매력을 오롯이 느낄 수 있는 대표작 중 하나이다. 두 작품 모두 역자 해설이 마음에 들어 확인해보니 같은 분이다. 폴란드어 전공의 최성은 교수. 그의 또 다른 걸작 〈축구전쟁〉을 얼른 번역해주시길 부탁드리며, 읽은 순서에 따라 '카푸시친스키와의 여행'을 시작한다.

헤로도토스와의 여행

숫자로 요약된 파란만장한 취재활동으로도 전설이 되기에 충분하지만, 그를 더 특별하게 만든 것은 고립되어 있던 동유럽 국가 출신의 특파원이라는 점이다. 50년대 중반의 폴란드는 제2차 세계대전의 참혹한 후유증에서 겨우 벗어나 공산국가 건설에 박차를 가하고 있었다. 때는 바야흐로 본격적인 냉전에 돌입하고 있었고, 소련의 위성국가 폴란드는 이제 막 국제사회와 외교적 접촉을 시작하는 단계였다. 주변 동유럽 국가들을 제외한 모든 나라에 대사관도, 언론사의 해외지사도, 특파원도 없는 상황. 카푸시친스키는 무엇을 취재해야 할지도 정해지지 않은 채로 낯선 나라에 정찰병처럼 특파되기 시작했다.

그의 첫 해외 취재지는 인도였다. 그에게 인도 근무는 '첫 해외 근무'와 '헤로도토스와의 만남'이 동시에 이루진 특별한 의미가 있는 사건이었으므로 자세히 소개할 필요가 있다.

때는 1955년. 촉망받는 신입기자 카푸시친스키는 복도에서 마주친 미모의 여성 편집장과 최근 기사에 대해 이야기를 나누게 되었다. 앞으로의 취재 계획을 이야기하던 그는 편집장에게 두서없이 "외국에 꼭 한번 꼭 가보고 싶습니다"라는 말을 했다. 당시 그가 생각한 외국은 바로 옆 나라 체코슬로바키아 정도였다고. 그런데 1년 뒤, 사무실로 그를 부른 편집장은 다짜고짜 "당신을 해외에 파견하기로 결정했어요. 인도로 가세요!"라고 말했다. 그리고 여행 중에 읽으면 좋을 것 같아 준비했다며 헤로도토스의 〈역사〉를 선물로 건넸다.

> "내가 원한 것은 오직 하나, 국경을 넘는 것이었고, 방향은 어느 쪽이든 상관 없었다. 내게 중요한 건 목표 지점이나 종착역이 아니라 '국경을 넘는' 그 신비롭고 초월적인 행위, 단지 그것뿐이었으므로."
>
> - '국경을 넘어서'에서

그의 인도행은 소비에트 블록에 속하지 않은 나라 중에서 최초로 인도의 수상이 폴란드를 방문해 수교를 맺었기 때문이었다. 그는 기사를 통해 인도와 폴란드를 가까워지게 만들라는 막연한 임무를 부여받고 인도로 떠났다. 수많은 국경 위를 날아 도착한 인도에서 그를 기다리는 사람은 아무도 없었다. 그야말로 고립무원. 러시아어라면 모를까 영어라고는 배워본 적이 없었으므로 취재는 고사하고 생활 자체도 버거웠다. 취재를 하기 위해서는 먼저 영어를 배워야 하는 어이없는 상황이었다. 맹렬한 영어 독학과 힌두교 탐구로 3개월을 보낸 그는 결국 변변한 성과 없이 바르샤바로 돌아와야 했다. 당시 그의 유일한 영혼의 동반자는 헤로도토스였다.

> “인도에서 혼란에 빠져 갈팡질팡할 때 내 곁에 있었고, 책을 통해 나에게 직접 도움을 준 데 대해 헤로도토스에게 감사한 마음이 들었다. 헤로도토스의 글을 읽노라면 타인에게 관대하고, 세상에 대해 무한한 호기심을 품고 있으며, 언제나 수많은 질문거리를 갖고 해답을 찾기 위해서라면 수천 킬로미터가 넘는 방랑길에도 기꺼이 오를 수 있는 한 사내의 모습이 절로 떠오르곤 한다.”
>
> - ‘랍비가 우파니샤드를 노래하다’에서

그의 다음 출장지인 중국에서도 마찬가지. 중국 정부에서 러시아 통역을 붙여주어 그나마 나았지만 마오쩌둥 정부의 급격한 강성화와 그가 소속된 폴란드 잡지사 〈젊은이의 깃발〉의 폐간 위기로 인해 체류 한 달 만에 빈손으로 돌아와야 했다. 현지 적응만 하다 끝나버린 두 번의 해외출장에서 그는 외국어의 절대적 필요성과 단시간에 결코 섭렵

할 수 없는 아시아 문화의 거대함을 절감했다.

도대체 어떻게 하면 제대로 해외취재를 할 수 있을까? 특파원 분야에 전범이 될 만한 스승이나 선배, 매뉴얼이나 인프라가 전혀 없는 상황. 하지만 그에겐 이보다 더한 맨바닥에서 성공적으로 임무를 수행한 선배가 딱 한 분 있었으니, 그는 바로 역사라는 것 자체가 없던 시절에 명함 하나 없이 〈역사〉라는 걸작을 써낸 헤로도토스였다. 그는 역사를 바라보는 법, 취재하는 법, 기록하는 법뿐만 아니라 다른 문화에 대한 열린 사고, 기록자의 사명과 자세, 전쟁이 빚어내는 다양한 현상 등등 모든 것을 해로도토스에게서 배우며 평생을 그와 함께 한다. 헤로도토스의 〈역사〉는 그에게 하나의 경전이었다.

> "헤로도토스는 한 번 지나간 것은 결코 돌이킬 수 없다는 만물유전의 법칙을 정확하게 꿰뚫고 있었기에, 그 파괴적 속성에 저항하기로 결심했다. 바로 '인류의 역사가 시간의 흐름에 따라 기억 속에서 사라지는 것을 경계하기 위해서' 말이다. 감히 '인류의 역사가 시간의 흐름에 따라 기억 속에서 사라지는 것을 경계하기 위해서' 뭔가 해보겠다는 의지를 널리 공표하다니 이 얼마나 용기 있고 확신에 찬 결단인가. 인류의 역사! 그런 것이 세상에 존재한다는 사실을 헤로도토스는 어떻게 알았을까?"
>
> \- '세상으로 나아가는 길에서의 추억'에서

직장을 옮긴 그는 아시아에 갔다 왔다는 이유 하나로 국제부 아시아 담당 기자로 배정되었다. 국제뉴스가 들어올 때마다 지도에서 그 나라의 위치를 찾아야 할 만큼 그에게 세계는 여전히 넓고 낯설었다. 아시아에서 크나큰 좌절을 겪은 그는 아시아 각국에서 송고한 긴급전보들에 파묻혀 잠시 헤로도토스를 등한시해야 했다. 베트남에서는 내전이, 중국에서는 문화혁명이, 인도네시아에서는 네덜란드인 추방이 시작되고 있었다. 하지만 전보로 접하는 몇 가지 정보로는 실제 그곳에서 어떤 일이 벌어지고 있는지 원하는 만큼 실감할 수가 없었다. 거대한 사건의 이면에 존재하는 그곳만의 특수한 사정과 그곳 사람들의 생활에 미치는 실제적 영향 같은 것을 모른 채 접수된 뉴스만을 전달하는 것은 그의 성에 차지 않았던 것이다. 이런 이유로 그는 아프리카로 눈을 돌리기 시작했다.

> "그렇다. 아시아는 넘치는 사건의 보고였다. 방마다 돌아다니며 전보를 전해주는 아주머니는 내 책상 위에 늘 새로운 뉴스를 놓아두었다. 하지만 틈틈이 내 관심을 끄는 곳은 따로 있었으니 바로 아프리카였다. 늘 혼란과 동요 속에 있다는 점은 아시아와 비슷했다. 끊임없는 폭동과 반란, 쿠데타와 봉기. 하지만 아프리카는 유럽 대륙과 좀더 가까운 곳에 있었기 때문에, 그곳에서 들려오는 소식들은 바로 옆에서 울려 퍼지는 소리처럼 생생하게 다가왔다."
>
> - '신의 기원에 대하여'에서

카푸시친스키는 부름에 바로 응답하며 아프리카로 떠났고, 그 후 아프리카는 물론 중동, 남미, 붕괴 직전의 소련으로 전문 영역을 넓혀 나갔다. 그의 옆자리에는 늘 헤로도토스가 앉아 있었던 것은 두말할 나위 없다.

카푸시친스키(1965년 사하라 사막)

그들의 여행은 그렇게 한참 더 계속되지만, 우리는 카푸시친스키를 따라 중도하차해 아프리카행 〈흑단〉으로 환승한다. 열차에서 내리기 싫어 이 허접한 책을 던져버리고 〈헤로도토스와의 여행〉을 펼쳐들 독자가 있다면 그보다 큰 보람과 영광이 없겠다.

〈흑단〉

앞서의 여행이 고대와 현재를 오가는 여정이었다면, 〈흑단〉은 취재와 여행의 여정이다. 대자연과 피바람, 천국과 지옥을 오가는 기록이다. 헤로도토스 없이 온전히 카푸시친스키와 함께할 수 있고, 전설적인 취재활동의 진면목을 느낄 수 있다. 읽던 대로 서문을 보자. 〈흑단〉의 서문은 달랑 한 쪽. 그는 단 몇 줄의 글만으로 아프리카에 대한 무지와 선입견을 기분 좋게 무너뜨린다.

> "이 책은 아프리카에 관한 이야기, 아니 그보다는 그곳에 살고 있는 몇몇 사람들에 관한 이야기라고 할 수 있으며, 그들과의 만남, 그들과 함께 보낸 시절에 대한 기록이다. 그 대륙은 글로 기술하기에는 너무 광활하다. 그것은 살아 있는 대양이고, 별도의 혹성이며, 다양하고 광대한 코스모스다. 단지 극도로 단순화시켜, 편의상 우리가 '아프리카'라고 부를 따름이다. 지리적인 명칭을 제외하고 나면 실제로 아프리카는 존재하지 않는다."
>
> -'저자 서문'에서

〈흑단〉은 마치 아프리카의 서늘한 새벽녘처럼 시작한다. 1958년의 가나와 1960년의 탄자니아를 배경으로 더운 기후에 대하여, 원주민의 움직임에 대하여, 그들의 시간 관념과 신에 대하여, 종족과 가문에 대하여, 이동과 질병에 대하여 자신의 경험을 토대로 차분하게 설명한다. 모든 대목이 이제야 아프리카를 제대로 알게 되었다는 생각을 하게 할 만큼 신선하고 명쾌하다.

아프리카 사람들은 왜 눈뜨고 잠에 빠진 듯 멍한 상태로 쉬는가? 그러다 누군가 춤을 추면 왜 모두 일어나 따라 추는가? 나이지리아 오니차의 사람들은 웅덩이에 항상 차가 빠지는데도 왜 복구하지 않는가? 우간다의 암바 종족은 왜 미끄러지듯 걷는가? 소말리아인은 왜 여덟 살

소년에게 소를 키우게 하는가? 사막에서 길을 잃으면 왜 가축 다음으로 아이들, 그리고 여자들 순으로 죽이는가? 세네갈의 압달라왈로 소년들은 왜 그를 광장 한복판에 데려다놓고 사라졌는가? 맨발의 사내는 왜 형을 찾아 에리트리아에서 에티오피아까지 걸어 내려오고 있는가?

그는 이 모든 질문에 대한 답을 알려준다. 마치 헤로도토스가 그랬던 것처럼 그들의 모든 행위와 관습이 광활하고 척박한 자연환경에서 살아남기 위한 것임을 조근조근 증명한다. 우리가 그곳에서 느끼는 불편함과 불합리는 우리의 것일 뿐 그들의 것은 아님을 강조한다.

> "소규모 집단이 공생하고, 함께 이동하는 사람은 그들에게 위험 지역으로부터 대피하는 것을 용이하게 만들어주었다…(중략)…인구의 필연적인 이동으로 인해 아프리카에는 유럽이나 중동처럼 오랜 옛날부터 전해져오는 고도가 없다. 유럽이나 아시아와는 반대로 아프리카의 대다수 사회 공동체는 과거에 사람들이 전혀 살지 않던 영토에 거주하고 있다…(중략)…아프리카 문명의 충격적인 겉모습들, 즉 일시적이고 잠재적 속성과 문리적인 지속성의 결여는 바로 여기에서 비롯된 것이다."
>
> - '쿠마시로 가는 길' 중

카푸시친스키는 독자들이 아프리카를 어느 정도 알았다고 생각하는 순간, 분쟁의 현장으로 돌진하기 시작한다. 갑자기 떠올라 땅 위의 수분을 순식간에 말려버리는 아프리카의 태양처럼 〈흑단〉은 그렇게 급격하게 달아오른다. 잔지바르에서 쿠데타가 일어난 것은 그가 탄자니아 다르에스살람에서 폐결핵 치료를 막 끝냈을 때였다. 그는 폐결핵

카푸시친스키(1975년 앙골라)

진단을 받고도 아프리카로 다시 나오지 못할까봐 현지 무료 진료소에서 치료를 받았다.

잔지바르의 쿠데타는 아프리카가 식민지에서 벗어난 이후 첫 쿠데타였고, 이에 자극을 받은 아프리카 대륙의 다른 나라들에서 연쇄적으로 쿠데타가 발생했다. 카푸시친스키의 취재 전쟁은 이렇게 갑작스럽게 시작되어 1960년대 연쇄 쿠데타를 지나 1970년대부터 20년간 계속된 반란과 내전과 학살의 현장으로 이어진다.

아프리카 분쟁의 특징은 분쟁이 발생할 수밖에 없었던 역사적 배경은 같지만, 나라마다 갈등의 이유는 다 다르다는 데 있다. 그 내막은 다음과 같다.

아프리카 분쟁의 역사적 시초는 식민통치가 결정된 '베를린 회의

(1883~1885)'였다. 회의가 진행되는 동안 식민주의자들은 비스마르크의 지휘 아래 아프리카를 분할한 뒤 40여 개의 식민지를 만들고, 그 틀 안에 수천 개의 국가와 연방, 그리고 종족사회를 쑤셔 넣었다. 이렇게 해서 긴 세월 서로 충돌을 해오던 네다섯 개의 종족들이 갑자기 동일한 외세 권력의 동일한 법률로 통치를 받게 된 것이다.

식민지배를 받는 동안 종족 간의 갈등은 백인들에 의해 관리되는 듯 보였지만 사실은 그렇지가 않았다. 피지배자들은 백인들을 의식해 갈등을 겉으로 표출하지 못했을 뿐, 적대감은 그대로였다. 그들은 80년 동안 한 공간에 억지로 붙어 살면서 조용히 증오를 키웠고, 그러다 독립을 맞았다. 결국 그들은 식민주의자들이 정해놓은 국경 안에서 적대적인 종족끼리 새로운 국가를 설립해야 하는 어려운 과제를 떠안게 되었고, 신생 국가들에서는 수단과 방법을 가리지 않는 권력 쟁탈전이 벌어졌다. 종족과 인종 간의 분쟁, 잦은 군사력 동원, 뇌물 수수, 살인 위협…….

각 나라마다 분쟁의 양상이 다른 이유는 애초에 종족 간 갈등의 이유가 다 달랐기 때문이다. 그리고 식민지배와 냉전 등 외세의 개입으로 충돌은 걷잡을 수 없이 복잡해지고 격렬해졌다. 일반적인 역사 지식과 단편적인 국제 뉴스로만으로는 결코 수많은 반란과 학살의 원인을 알 수 없다. 이것이 카푸시친스키가 서문에 '아프리카란 실체 없는 명칭에 불과하다'고 강조한 이유이고, 그는 각 나라들이 끊임없이 충돌하게 된 제각기 다른 이유를 세밀하게 추적하며 그것을 증명해낸다. 잔지바르, 나이지리아, 에티오피아, 우간다, 르완다, 수단, 소말리아, 세네갈, 라이베리아, 카메룬, 말리, 나이지리아, 에리트리아의 피의 현장들.

〈흑단〉의 분쟁은 아프리카의 태양이 오래도록 저물지 않고 대지를 태워버리듯 길고도 끝없이 계속된다.

> "우간다와의 국경으로부터 키갈리까지는 150킬로미터도 채 되지 않았습니다. 게릴라 부대가 수도까지 진입하는 데는 하루나 이틀이면 충분했습니다. 하바리마나의 군대가 저항도 하지 못하고 항복할 수밖에 없다는 것은 불 보듯 뻔한 사실이었습니다. 만약 전화 한 통화만 아니었더라면 말이죠. 다급해진 하바라마나 장군은 프랑수아 미테랑 대통령에게 원조를 요청하는 전화를 걸었습니다. 그 전화가 없었다면, 훗날 1994년에 벌어진 무시무시한 대량 학살과 살육, 인종 청소도 일어나지 않았을 것입니다."
>
> - '르완다에 대한 강연' 중

〈헤로도토스와의 여행〉을 통해 우리가 잘 알고 있듯이, 그는 정보를 꿰맞추는 것이 아니라 그것을 뚫고 들어가 불가피한 충돌의 이유를 밝혀내고, 현장을 실감하기를 원했기에, 분쟁의 복판에서 "이 처참한 전쟁은 왜 일어났는가? 그들은 왜 그럴 수밖에 없었는가?"를 묻고 또 묻는다.

잔지바르는 왜 노예무역의 거점이 되었는가? 소년 군인은 왜 더 잔인한가? 르완다의 후투족은 왜 100만의 투치족을 학살했는가? 그들은 총을 놔두고 왜 벌채용 칼이나 망치로 학살을 하게 했는가? 수단 이탕의 수용소에 있던 난민 15만 명은 왜 갑자기 하루아침에 사라졌는가? 라이베리아의 혁명군들은 왜 대통령의 내장을 꺼내 마당의 개들과 독수리의 먹잇감으로 내던졌는가? 대통령이 된 혁명군의 대장은 왜 다음 혁명군에게 열 발의 총상을 입은 채 양쪽 귀를 잘리고, 그 모습을 비디오로 촬영 당해야 했는가? 에리트리아 평원에는 왜 보고도 믿기지 않을 정도로 어마어마한 양의 무기들이 방치된 채 썩어가고 있는가?……

그는 이 모든 질문에 대한 그들만의 특수하고도 질긴 우여곡절을 밝혀낸다. 그리고 차마 읽어나가기조차 힘들 정도로 참혹한 현장을 전하며 우리의 무심함을 조용히, 그러나 엄중하게 질타한다. 그의 화살은 정확히 유럽인들을 조준하고 있지만, 나 자신도 그들의 아픔에 너무나 무감각했음을 절감하지 않을 수 없는 뼈아픈 질책.

> "아프리카에서 일어난 대부분의 전쟁은 아무도 접근할 수 없는 곳에서, 목격자도 없이 비밀스럽게, 쥐도 새도 모르게 조용히 벌어지거나 아니면 세상이 그 전쟁을 의도적으로 묵살해버립니다. 르완다의 경우도 그랬습니다. 여러 해 동안 분쟁과 접전, 학살이 계속되는 동안 세상은 그들에게 무관심했습니다…(중략)…복수의 위협에 늘 시달려온 후투는 석 달 후 또 다시 투치로부터 정복을 당하자, 겁에 질린 나머지 자신의 전 재산을 머리에 이고 자이르로 도망칩니다. 그리고 이곳저곳 떠돌아다닙니다. 유럽인들은 텔레비전을 통해 그 끝없는 피란 행렬을 보며 도대체 어떤 불가항력적인 힘이 저 사람들을 고생스러운 방랑의 길로 내모는 것일까 의아해했습니다."
>
> - '르완다에 대한 강연' 중

아프리카의 태양은 갑자기 뜨고, 오래도록 타오르다가, 갑자기 진다. 〈흑단〉도 그렇다. 도무지 꺼질 줄을 모르고 타오르던 전쟁의 열기가 채 식기도 전에 갑자기 져버린다. 그들의 전쟁이 아직 계속되고 있기 때문이리라. 그는 길고 처절했던 취재기를 마치며 타는 갈증을 달래주는 듯 한 편의 서늘한 시를 선사한다. 질문은 '에티오피아 아도포 마을의 망고나무는 왜 소중한가?'쯤 되겠다. 이 책을 여기까지 읽어주신 분들께 물 한잔 드리는 마음으로 옮겨 적는다.

> "……그러므로 망고나무 그늘은 동이 틀 때까지 텅 비어 있다. 여명이 시작되면 태양과 나무 그림자가 동시에 모습을 드러낸다. 태양이 사람을 깨우면, 사람들은 태양을 피해 몸을 가릴 은신처를 찾아 다시 그늘로 모여든다. 사람들의 목숨이 '그림자'처럼 순간적이고 가변적이고 덧없는 존재에 의해 좌우된다는 것은 참으로 기묘하면서도 부정하기 힘든 명백한 사실이다. 그런 의미에서 본다면, 그늘로 활용되는 나무는 이미 단순한 나무가 아니라 생명이다. 만일 망고나무 꼭대기에 벼락이 쳐서 나무가 불타버리면, 이곳 사람들은 태양을 피해 쉴 곳도, 모여서 회합을 할 장소도 잃게 된다. 만남의 장소가 없어지면 아무런 결정도 내릴 수 없게 되고, 아무런 해결책도 마련할 수가 없게 된다…(중략)…아프리카에서 '고독'이란 인간이 절대로 느껴서는 안 될 감정이다."
>
> - '아프리카에서, 나무 그늘에 앉아' 에서

수많은 죽음의 현장에서 돌아온 카푸시친스키는 강연과 저술로 말년을 보내다 2007년 바르샤바의 집에서 평화롭게 영면했다. 그는 평생 죽을 고비를 넘나들면서도 한 번도 총을 지니지 않았고, 취재와 저술의 와중에도 틈만 나면 현지 마을로 여행을 떠났다. 그가 여러 번 처형의 위기에서 살아 돌아온 비결은 무장해제와 정신적인 연결이었다.

이 원칙은 그의 르포르타주에도 그대로 적용되었다. 보도의 주요 수단이 영상매체로 변화된 이후에도 그가 글쓰기를 고집한 이유는 현지인들과 자연스럽게 함께하기 위해서였다. 그는 암흑 속의 내밀하고 순수한 순간을 보길 원했고, 그 순간들을 전하는 시인이고자 했다. 그는 언제나 '그곳에 있는 당신의 사람'이었고, '최전방의 시인'이었다.

〈바람의 노래, 혁명의 노래〉의 여행 지도

페루

브라질

쿠스코(아르게다스)

볼리비아

티티카카 호

라파스(에르네스 카부르)

포토시

(악마의 카니발)

파라과이

칠레

살타

후후이

투쿠만(메르세데스 소사 출생지)

산티아고

(빅토르 하라, 비올레타 파라

실비오 로드리게스

& 파블로 밀라네스[쿠바])

팜파스(아타왈파 유팡키)

우루과이

부에노스아이레스

(가르델, 메르세데스 소사,

스토르니, 피아졸라)

아르헨티나

치안

(비올레타 파라 출생지)

역사 현장이 부르는 여행기 - 우석균의 〈바람의 노래, 혁명의 노래〉

남미의 민중혁명과 음악

참혹한 역사 현장의 장을 음악 기행으로 마무리하려 한다. 세상에 음악이라는 것이 있어 얼마나 다행인지! 지나간 시간을 순한 마음으로 재생하고, 가본 적도 없는 곳을 추억하기에 음악보다 좋은 것은 없다. 〈바람의 노래, 혁명의 노래〉(우석균)는 라틴아메리카 음악, 특히 혁명기에 불렸던 노래의 현장으로 떠나는 음악 기행이다. 새들이 새장 속에서도 노래를 하듯, 인간은 참혹한 역사의 현장에서도 노래를 불렀다. 노래로 공포와 분노와 슬픔을 달랬다. 남미 하면 삼바나 탱고, 살사만 떠올리는 사람들, 이 책의 가사를 보며 노래를 찾아 들어보길 권한다. 특히 전설적인 가수들의 삶과 그들의 시적인 가사를 눈 여겨보길!

라틴아메리카에서 '노래'란?

라틴아메리카의 주요 나라들을 대략 떠올려 보자. 아르헨티나, 우루과이, 볼리비아, 칠레, 페루, 에콰도르, 브라질, 콜롬비아, 베네수엘라, 그리고 멕시코, 온두라스, 코스타리카, 파나마, 과테말라, 카리브의 쿠바, 자메이카, 푸에르토리코…….

일반적으로 우리가 그들을 구별하는 기준은 피상적이다. 그저 더 잘사는 나라와 못사는 나라, 더 유럽적인 나라와 덜 유럽적인 나라, 안데스를 끼고 있는 나라와 카리브 해를 끼고 있는 나라, 미인이 많은 나라와 그렇지 않은 나라, (약간의 정치의식이 있는 사람이라면) 좌파 정권이 들어선 나라와 그렇지 않은 나라 정도이다.

그래서 라틴아메리카 음악 순례기인 〈바람의 노래, 혁명의 노래〉는 소중하다. 비록 중미를 제외한 남미 지역만을 순례하고 있고, 시기는 1960년대를 전후한 혁명기의 음악을 중심으로 다루고 있지만, 이것이 오히려 이 책을 빛나게 한다. 이 시기의 노래야말로 그들의 전통음악을 새롭게 계승한 음악이었고, 라틴아메리카 민중은 이 노래들을 통해 그들의 정체성을 자각했기 때문이다.

그 주역들의 이름을 떠올려 보자. 아르헨티나 팜파의 음유시인 아타왈파 유팡키와 민중의 어머니 메르세데스 소사, 볼리비아 안데스 음악의 거두 에르네스토 카부르, 칠레 누에바 칸시온(새로운 노래)의 대모 비올레타 파라, 노동하는 기타 빅토르 하라, 그리고 그들의 뒤를 따른 각국의 후계자들인 찰리 가르시아, 인티 이이마니, 킬라파윤, 미키스 테오도라키스…… 이름과 나라는 달라도 그들은 모두 자신의 삶을 노래했고, 그 노래를 나눠 부르며 동질적인 영혼을 발견했다.

바람의 노래

작가의 여정은 아르헨티나에서부터 시작된다. 부에노스아이레스는 식민지 시대 라틴아메리카의 관문이었다. 남미 대륙에서 수탈한 자원들은 라플라타 강을 타고 부에노스아이레스에서 모인 다음 유럽행 상선에 실렸다. 유럽 사람들은 이곳을 남미의 파리로 만들고자 했다. 1920년대에는 '잠들지 않는 거리'라고 불렸고, 지금은 '남미의 브로드웨이'라고 불리는 '코리엔테스 가'와 100년 전 프랑스인들이 파리의 거리를 그대로 본 따 조성한 거리인 '5월 가(아베니다 데 마요)'에는 언제나 탱고가 넘쳐흐른다.

탱고의 황제 카를로스 가르델은 1920~30년대를 주름잡으며 탱고의 전성기를 이끈 가수이자 영화배우이다. 성악을 전공한 후 재즈 가수로 전향, 재즈 트리오 멤버들과 수많은 히트 곡을 썼는데, 영화 〈여인의 향기〉에 연주곡으로 쓰인 'Por Una Cabeza(간발의 차이로)'가 대표곡이다. 코리엔테스 가를 주 무대로 활동하다 1935년 비행기 사고로 숨을 거두었다. 하늘나라에서 내려다보는 부에노스아이레스도 여전히 아름다울지.

내 사랑하는 부에노스아이레스
너를 다시 보는 날
더 이상의 고통과 망각이 없으리.

- '내 사랑 부에노스아이레스'의 가사 중에서

여행기는 부에노스아이레스에서 수많은 탱고의 별들을 만나고

난 다음, 독자들을 숙연한 감동으로 빠뜨리기 시작한다. 팜파의 현신이라 불리는 아타왈파 유팡키(1908-1992)는 그 감동의 시작이자 정수이다. 유팡키는 말했다. "팜파의 대자연이 일구어낸 나라에 살면서 바람소리가 노래에 배어 있지 않은 것은 한 번도 대자연을 고즈넉하게 관조하지 못한 증거"라고, "자신이 딴 박사학위는 고독"이라고. 그와 함께라면 적막함에서도, 바람소리에서도, 달빛에서도 팜파스 평원과 안데스 고원의 영혼을 느낄 수 있다.

내가 세상에 물으면
세상은 나를 속이겠지.
저마다 자신은 변하지 않는데
다른 이들만 변한다고 믿지……
밤은 왜 이리 긴지
기타야, 말해다오!

- '기타야 말해다오'의 가사 중에서

저자는 유팡키의 노래 가사들과 그가 남긴 말들, 그의 자취들을 감동적으로 펼쳐놓는다. 유팡키라는 가수를 알고 나서 아르헨티나에 반드시 꼭 가봐야 할 곳이 생겼다. 투쿠만이다. '엄마 찾아 삼만리'에서 이탈리아 소년 마르코가 붕대감은 다리로 쓰러지고 또 쓰러지며 최후의 여정을 펼치던 곳(마르코의 엄마는 투쿠만 인근의 샐리릴로 강 기슭의 사탕수수 농장의 식모였다)이자, 음악으로 민중을 감싸 안았던 여가수 메르세데스 소사의 고향이자, 청년 유팡키가 안데스의 달을 노래했던 그곳이다.

내가 달에게 노래하는 것은
빛을 비추기 때문만은 아니야.
내 기나긴 여정을 알기에
노래하는 것이지……
우리는 닮은 데가 있지.
고독의 달이여.
나는 걷고 노래하며
빛을 발한다네.

- '투쿠만의 달'의 가사 중에서

1960년대 아르헨티나의 가수들은 정권에 의해 추방당했고, 세계 각지를 돌며 망명생활을 해야 했다. 그러나 아이러니하게도 이를 계기로 메르세데스 소사나 아타왈파 유팡키는 전 세계에 알려졌다. 그들의 노래는 이방인들이 모르고 있던 라틴아메리카의 정신과 영혼을 전 세계에 알렸고, 그들의 귀국 공연은 영원히 잊지 못할 라틴아메리카 전 민중의 축제가 되었다.

1967년 체 게바라가 볼리비아에서 체포되어 처형당했을 때 유팡키는 노래로 그를 추모했다. 정치를 직접적으로 노래에 담지 않던 그로서는 이례적인 일이었다. 도대체, 언뜻 보면 탤런트 김동현과 비슷한 투박한 인상의 이 양반 어디에 이런 감수성이 숨어 있는 것일까? 넓이와 깊이를 가늠하기 어렵기만 하다.

다시 태어나려고

죽는 사람이 있지.

믿지 못하겠으면

체에게 물어보라.

- '단지 그뿐'의 가사 중에서

혁명의 노래

식민의 잔재와 독재 속에서 살아야 했던 남미 민중에게 1959년 쿠바혁명의 성공이 미친 파장은 컸다. 그리하여 가수들은 노래로 세상을 바꾸고자 했다. 아르헨티나의 누에보 칸시오네로, 칠레의 누에바 칸시온, 쿠바의 누에바 트로바는 모두 '새로운 노래'라는 의미이다. 모두 자국의 민속음악을 다시 채집하여 거기에 오늘의 아픔과 염원을 담아낸 노래를 추구했고, 이것으로 그들은 공통된 남미의 정체성을 확인할 수 있었다.

새로운 노래의 물결은 칠레에서 가장 강력하게 폭발했다. 산티아고의 비올레타 파라가 그 시작이다. 그녀는 서른다섯의 나이에 열정적으로 칠레의 민속음악을 채집하기 시작했다. 그녀가 만든 노래들은 제목만으로도 짙은 서정성과 결연한 의지를 느끼게 한다. '생에 감사해', '열일곱 살로 돌아간다는 것은', '룬룬은 북쪽으로 가버렸네' 모두 누에바 칸시온의 정수이다.

생에 감사해. 내게 너무 많은 걸 주었어.
웃음도 주고 울음도 주니
내 노래와 당신들의 노래 재료인
즐거움과 고통을 구분할 수 있네.
당신들의 노래가 바로 나의 노래이고
모든 이의 노래가 바로 나의 노래라네.
생에 감사해. 내게 너무 많은 걸 주었어.

- '생에 감사해'의 가사 중에서

비올레타 파라의 노래는 수많은 사람들의 삭막해진 가슴에 삶의 소중함을 일깨워주었으며, 영원할 것 같은 침묵을 깨뜨렸다. 그녀의 뒤를 이은 빅토르 하라, 킬라파윤, 인티 이이마니는 거리로 나섰다. 결국 민중연합의 살바도르 아옌데는 선거에서 승리했고. 그들은 광장에 모여 '우리 승리하리라(벤세레모스)'를 합창했다.

저자는 산티아고 중앙광장 아옌데의 동상 앞에서 그들의 희망이 참담하게 무너지던 날을 회상한다. 1973년 9월 11일, 칠레의 군부는 자국의 대통령궁을 비행기로 폭격하며 쿠데타를 일으켰다. 아옌데 대통령은 '내 목숨으로 민중의 충성에 보답하겠노라'고 선언하고는 피신을 거부한 채 대통령궁에서 생을 마쳤다.

'선언문', '너를 기억해 아만다'로 유명한 노동하는 기타 빅토르 하라는 칠레 스타디움에 수용되었고, 참혹한 고문을 당했다. 그리고 채 피가 마르지도 않은 몰골로 연필을 잡고 마지막 노래를 썼다 '칠레 스타디움', 이 노래는 국립운동장 안에서 입에서 입으로 번져 나갔고, 그는 며칠 후 산티아고 교외에 싸늘한 시체로 버려졌다.

> 우리 중 여섯이
>
> 별나라로 사라졌지.
>
> 한 명이 죽고, 한 명은 믿을 수 없을 정도로 맞았지.
>
> 한 인간을 그렇게 때리는 것이 가능할까?……
>
> 신이시여! 이곳이 당신이 만든 세상입니까!
>
> - '칠레 스타디움'의 가사 중에서

여행은 빅토르 하라의 집과 그의 미망인과 그의 무덤으로 이어진다. 그리고 누에바 칸치온의 정치적, 예술적 버팀목이 되어주던 파블로 네루다의 자취를 찾아가고, 네루다의 시를 노래한 그리스 가수 미키스 테오도라키스를 떠올린다. 그는 네루다의 '모두의 노래', '나는 살리라'를 노래로 만들어 남미 전역을 순회했다. 그리고 네루다의 죽음을 추모하며 팔순의 나이에도 불구, 무대에 올라 '네루다를 위한 레퀴엠'을 불렀다.

책을 덮고, 명반 〈메르세데스 소사가 부르는 아타왈파 유팡키〉(1977)를 듣는다. 멀게만 느껴지던 남미 대륙이, 그곳의 영혼이 굵은 빗줄기 사이를 바람처럼 떠돈다. 바람이 불고, 또 불면서 그곳의 바람과 여기의 바람이 결국 하나가 된다. 그리고 나는 책을 책꽂이에 꽂으며 속삭인다. 언젠가 우리는 함께 그곳으로 가게 될 거라고. 그때까지 우리 모두 샛별 같은 눈동자를 간직하자고.

여행을 마치며

별들과 함께한 긴 여행이 끝났습니다. 여행을 마칠 때면 집이 그리워지는 법인데 작가들과의 여행을 끝내고 나니 오직 떠나고 싶은 마음뿐이네요. 돌이켜보면 여행기중독자로 지낸 지난 10년간 매일매일 같은 마음이었던 같습니다. 여행기는 여행에 대한 갈증을 달래주고, 세상 보는 눈을 넓혀주고, 여행을 떠나게 만들었습니다. 그리고 그 끝에는 언제나 '지금 이 순간'과 '가까이 있는 사람'이 가장 소중하다는 깨달음이 있었습니다.

책을 마치며 저에 대해, 여행기를 즐겨 읽게 된 동기에 대해 말씀드리려 합니다. 여기까지 오셨는데 작가가 어떤 사람인지 알려드리는 것이 도리일 테니까요.

저의 본업은 데뷔를 위해 시나리오를 쓰는 영화감독입니다. 데뷔를 했으면 그냥 영화감독이라고만 하면 될 것을…… 데뷔하지 못한 영화감독의 자기 소개는 언제나 어렵습니다. 시나리오 작업 사이사이 이러저러한 글을 쓰다 보니 요즘은 정작가라 불립니다.

여행기에 빠진 계기도 시나리오 때문이었습니다. 긴 조감독 생활을 끝내고 중국 윈난성 샹그릴라에 다녀와 그 여행담을 바탕으로 시나리오를 썼더랬습니다. 그때까지만 해도 중국이라는 나라는 순박했고, 끝자락에 서서 바라본 히말라야는 통곡하고 싶을 정도로 장엄했습니다. 영화화를 위해 몇 년간 시나리오를 수정해야 했는데, 다시 여행을 떠날 사정이 안 되다보니 기댈 것이라고는 여행기밖에 없었습니다. 그렇게 시작된 여행기 편력은 지구를 돌고 돌다 오디세이아를 만나 바닥을 치고, 다시 대작가들의 여행기를 따라 지구를 몇 바퀴 더 돌면서 고전탐독으로 이어졌죠. 저에게 여행기는 가난한 나날의 유일한 낙, 온전한 영혼의 유일한 버팀목이었습니다.

첫 시나리오를 접고, 즉 영화화를 포기하고 나서부터 기억에 남는 여행기에 대한 서평을 '오마이뉴스'와 개인 블로그에 쓰기 시작했습니다. 필명은 여행기중독자. 아무도 시키지 않는데 참 열심히도 읽고 썼던 기억이 납니다. 이 책에 실린 글 중에 절반 정도는 그때, 그러니까 8,9년 전 글이고, 나머지 절반 정도는 출판을 위해 최근에 쓴 글들입니다. 예전에 쓴 것들은 책으로 내놓기 부끄러운 수준이라서 다시 수정 보완했습니다만, 어떤 것은 지금에 와서 재생 불가능한 느낌이 담겨 있어 그대로 남겨둘 수밖에 없었습니다. 문장과 생각의 수준이 널을 뛰고 작가마다 분량이 들쭉날쭉하게 된 이유입니다. 아울러 이 책에 소개한 여행기들은 모두 한국에 번역 출간되었으나 안타깝게도 독자들의 무관심 속에 절반가량은 절판이 된 상태임을 미리 알려드립니다. 출판 관계자분들께 대작가들의 여행기를 재출간해 주시길, 그들의 다른 여행기들을 번역출간해 주시길 간곡히 요청 드리고 싶습니다. 여기까지가 제가 여행기중독자가 된 사연입니다.

오랫동안 꿈꾸고 준비해 온 여행도 막상 떠날 때가 되면 갑작스럽게 느껴진다고 하죠. 혼자 쓰고 읽던 글을 모아 막상 세상에 내놓으려 하니 왠지 모르게 먼 길을 떠나는 기분이 듭니다. 한 권의 책을 타고 망망대해 둥그런 수평선 한가운데에 떠 있는 것 같다고나 할까요? 세상에 더 이상 무슨 책이 필요할까 싶을 정도로 많은 책이 있지만 아무리 배가 많아도 바다를 뒤덮지는 못하듯, 아무리 많은 책으로도 드넓고 변화무쌍한 세상을 다 덮을 수는 없음을 위안 삼으며 작은 책 하나를 세상에 띄워 보냅니다. 이름만 불러도 왠지 아련하고 그리운 그곳에서 여러분과 만나게 되기를 바라고 바랍니다.

오덴세, 하르츠, 브라자빌, 은공, 갈리에니, 알라하바드, 사모라, 이스파한, 스플리트, 쿤제라브, 이타케, 코줄카, 핀카비히야, 라호르, 비스핑겐, 고북구, 보젠, 메인, 바이욘느, 도네갈, 톨레도, 위건, 알마아타, 랄리벨라, 투쿠만……

2018년 2월, 냉기 가득한 서교동 작업실에서

정원경

참고서적

Chapter. 1. 도피, 숨어서 울다

한스 크리스티안 안데르센, 〈지중해 기행〉, 송은경 옮김, 예담, 2001
(원제 : En Digters Bazar, 1842)
한스 크리스티안 안데르센, 〈안데르센 자서전〉, 이경식 옮김, 휴먼앤북스, 2012
하인리히 하이네, 〈하르츠 기행〉, 조두환 옮김, 범우사, 2006
(원제 : Die Harzreise, 1826)
하인리히 하이네, 〈회상록〉, 김재혁 옮김, 고려대학교출판부, 2008
하인리히 하이네, 〈노래의 책〉, 이재영 옮김, 열린책들, 2016
앙드레 지드, 〈앙드레 지드의 콩고 여행〉, 김중현 옮김, 한길사, 2006
(원제 : Voyage Au Congo: Carnets De Route, 1926)
앙드레 지드, 〈지상의 양식〉. 김봉구, 이환 옮김, 혜원출판사, 1992
카렌 블릭센, 〈아웃 오브 아프리카〉, 민승남 옮김, 열린책들, 2009
(원제 : Out Of Africa, 1937)
에릭 메이슬, 〈보헤미안의 파리〉, 노지양 옮김, 북노마드, 2008
(원제 : Writer'S Paris, 2005)

Chapter. 2 방랑, 길에서 쉬다

마크 트웨인, 〈마크 트웨인의 19세기 세계일주〉, 남문희 옮김, 시공사, 2003
(원제 : Following The Equator, 1897)

마크 트웨인, 〈허클베리 핀의 모험〉, 김욱동 옮김, 민음사, 1998

마크 트웨인 저, 찰스 네이더 편, 〈마크 트웨인 자서전〉, 안기순 옮김, 고즈윈, 2007

가르시아 로르카, 〈인상과 풍경〉, 엄지영 옮김, 펭귄클래식코리아, 2008
(원제 : Impresiones Y Paisajes, 1918)

서경식, 〈사라지지 않는 사람들〉, 이목 옮김, 돌베게, 2007

폴 모리슨 연출, 필립파 고슬렛 각본, 〈리틀 애쉬〉, 영국, 2008

세스 노터봄, 〈이스파한에서의 하룻저녁〉, 김영중 옮김, 정신세계사, 1997
(원제 : Een Avond In Isfahan, 1978)

세스 노터봄, 〈산티아고 가는 길〉, 이희재 옮김, 민음사, 2010

빌 브라이슨, 〈발칙한 유럽산책〉, 권상미 옮김, 21세기북스, 2008
(원제 : Neither Here Nor There: Travels In Europe, 1991)

빌 브라이슨, 〈나를 부르는 숲〉, 홍은택 옮김, 동아일보사, 2008

유성용, 〈여행생활자〉, 갤리온, 2007

Chapter. 3 모험, 생사를 걸다

호메로스, 〈오디세이아〉, 유영 옮김, 범우사, 1997
(원제 : Ὀδύσσεια, BC 8C)

호메로스, 〈일리아드〉, 천병희 옮김, 숲, 2015

알베르토 망구엘, 〈일리아드와 오디세이아 이펙트〉, 김헌 옮김, 세종서적, 2012

베르나르 올리비에, 〈나는 걷는다〉, 임수현 옮김, 효형출판, 2003

안톤 체홉, 〈사할린 섬〉, 배대화 옮김, 동북아문화재단, 2013
(원제 : Ostrov Sakhalin, 1893)

안톤 체홉, 희곡선집 〈벚꽃동산〉, 오종우 옮김, 열린책들, 2009

안톤 체홉, 단편선 〈개를 데리고 다니는 여인〉, 오종우 옮김, 열린책들, 2009

레프 톨스토이 〈예술이란 무엇인가〉, 이철 역, 범우사, 1988

힐러리 헤밍웨이, 카렌 브레넌 공저, 〈쿠바의 헤밍웨이〉, 황정아 옮김, 미디어2.0, 2006
(원제 : Hemingway in Cuba, 2005)

어니스트 헤밍웨이, 〈킬리만자로의 눈〉, 김욱동 옮김, 민음사, 2013

어니스트 헤밍웨이, 〈노인과 바다〉, 이인규 옮김, 문학동네, 2012

마이클 크라이튼, 〈여행〉, 신현승 옮김, 터치아트, 2007
(원제 : Travels, 1988)

쿠르트 파이페, 〈천천히 걸어, 희망으로〉, 송소민 옮김, 서해문집, 2009
(원제 : Dem Leben Auf Den Fersen, 2008)

Chapter. 4 순례, 두 번 살다

연암 박지원, 〈연암 박지원 산문집〉, 리가원, 허경진 옮김, 한양출판, 1994
(저술 1781~1782 최초 간행 1901년)

고미숙, 〈열하일기, 웃음과 역설의 유쾌한 시공간〉, 북드라망, 2013

요한 볼프강 폰 괴테, 〈이탈리아 기행〉, 홍성광 옮김, 팽귄클래식코리아, 2008
(원제 : Italienische Reise, 1829)
존 스타인벡, 〈찰리와 함께 한 여행〉, 이정우 옮김, 궁리, 2006
(원제 : Travels with Charley, 1962)
서경식, 〈나의 서양미술 순례〉, 박이엽 옮김, 창작과비평사, 1992
서경식, 〈사라지지 않는 사람들〉, 이목 옮김, 돌베게, 2007
서경식, 〈시대의 증언자 쁘레모 레비를 찾아서〉, 박광현 옮김, 창비, 2006
필 쿠지노, 〈성스러운 여행 순례 이야기〉, 황보석 옮김, 문학동네, 2003
(원제 : The Art of Pilgrimage, 2000)

Chapter. 5 역사현장, 무덤을 파다

니코스 카잔차키스, 〈스페인 기행〉, 송병선 옮김, 열린책들, 2008
(원제 : Taksidevondas: Ispania, 1937)
엘레니 카잔차키스, 〈인간 카잔차키스〉, 안정효 옮김, 고려원, 1992
니코스 카잔차키스, 〈영혼의 자서전〉, 안정효 옮김, 열린책들, 2008
조지 오웰, 〈위건 부두로 가는 길〉, 이한중 옮김, 한겨레출판, 2010
(원제 : The Road To Wigan Pier, 1937)
조지 오웰, 〈나는 왜 쓰는가〉, 이한중 옮김, 한겨레출판, 2010
조지 오웰, 〈파리와 런던의 밑바닥 생활〉,신창용 옮김, 삼우반, 2008
조지 오웰, 〈카탈로니아 찬가〉, 정영목 옮김, 민음사, 2001
강만길, 〈회상의 열차를 타고〉, 한길사, 1999

강만길, 〈역사가의 시간〉, 창비, 2010

리샤르드 카푸시친스키, 〈헤로도토스와의 여행〉, 최성은 옮김, 크림슨, 2013
(원제 : Travels with Herodotus, 2004)

리샤르드 카푸시친스키, 〈흑단〉, 최성은 옮김, 크림슨, 2010
(원제 : Heban, 1998)

우석균, 〈바람의 노래, 혁명의 노래〉, 해나무, 2005